古典詩歌研究彙刊

第九輯

龔鵬程 主編

第 6 冊

南朝贈答詩與士人文化研究

黃 智 群 著

國家圖書館出版品預行編目資料

南朝贈答詩與士人文化研究／黃智群 著 — 初版 — 新北市：
花木蘭文化出版社，2011〔民 100〕
目 4+276 面；17×24 公分
（古典詩歌研究彙刊 第九輯；第 6 冊）
ISBN 978-986-254-524-9（精裝）
1. 中國詩 2. 南朝文學
820.91 100001461

ISBN-978-986-254-524-9

9 789862 545249

古典詩歌研究彙刊
第九輯 第 六 冊　　　　ISBN：978-986-254-524-9

南朝贈答詩與士人文化研究

作　者 黃智群
主　編 龔鵬程
總 編 輯 杜潔祥
出　版 花木蘭文化出版社
發 行 所 花木蘭文化出版社
發 行 人 高小娟
聯絡地址 新北市永和區中正路五九五號七樓之三
　　　　 電話：02-2923-1455／傳真：02-2923-1452
網　址 http://www.huamulan.tw 信箱 sut81518@ms59.hinet.net
印　刷 普羅文化出版廣告事業
初　版 2011 年 3 月
定　價 第九輯 20 冊（精裝）新台幣 28,000 元

作者簡介

黃智群，1983 年出生於臺中，2009 年中央大學中國文學研究所畢業，獲碩士學位，目前於清華大學中文系攻讀博士學位。現主要以六朝文學、文化為研究方向，曾發表〈敘事中的抒情與抒情中的敘事：試論〈五美吟〉〉、〈《詩經》中「贈貽」行為之意涵探析〉、〈接世與企隱：論四靈詩對「出處」之表現〉、〈雅俗並蓄——論南朝贈答詩的文學審美趣味〉等論文。

提　要

　　「贈答詩」之立類雖源自《文選》，但其發軔可遠溯先秦，於六朝之際形成典型風貌，具備獨特的審美趣味。唐代以降，贈、答詩雖各有發展，但始終未衰絕於中國古典詩歌之林。現今研究的焦點多著重於魏晉時期，本文以「南朝贈答詩與士人文化研究」為題，將研究範疇集中於南朝，試圖從文化角度以拓展新的視野，探究南朝贈答詩歌的文學價值與意義。全文共分為六章：

　　第壹章「緒論」：釐清贈答詩之定義，探索贈答詩的淵源流變，並掌握南朝士人的身分特性，具體說明本文的論述架構、取材範圍和研究方法。

　　第貳章「贈答詩與士人的文學審美」：探究贈答詩多元的表現手法，以及內容風格的轉變，並且關注南朝文士創作與審美觀念的遞嬗。

　　第參章「贈答詩與士人的仕隱心聲」：分析贈答詩中的仕隱觀念，反映士人面對出處進退，從抉擇的糾葛到企求歸隱的各異心態。

　　第肆章「贈答詩與士人的思想風貌」：旨從贈答詩窺見南朝文士的處世哲學，就宗親倫理、儒玄兼容與仙佛信仰等為切入面向。

　　第伍章「贈答詩與士人的社會交誼」：根據贈答詩所反映的交誼內涵，可分為友朋諧晤、別離懷思、規諫稱賞、譏諷嘲謔等四類，藉此察知士人交際生活的樣貌，以及交流互動過程中所展露的人生態度。

　　第陸章「結論」：總結本文研究，先論南朝贈答詩的文本特點，實已兼容本色與別調，能見抒情詠懷，亦可具有實用目的，也能純為應酬、遊戲。又，藝術風格與發展脈絡富有時代特色，所反映出的不只是詩人個別的情志款曲，也牽涉到自我與社群的互動。詩中承載著當時的學術、宗教、藝術、政治、社會等議題，可視為整體六朝文化的縮影，足見南朝贈答詩歌在文學與文化上的豐富意蘊。

目
次

第一章 緒 論

第一節 研究論題的提出

「贈答詩」立類是源於《文選》，收錄王粲以下至齊梁之詩有七十二首，爲數之多，僅亞於雜詩一類，其受重視的程度可見一斑。建安時期被稱爲文學自覺之年代，是詩歌的黃金時期，歷經正始、兩晉之發展，爰及南朝已然繽紛多采，詩人輩出，先後競爽，樹立六朝之唯美風格，並開啓唐代詩學之先聲。贈答詩歌在建安文人之努力下，開創了多樣的題材風貌，奠定了典範基礎，爾後各代加以承繼與發展，源源不絕。六朝詩歌的研究對此議題雖有所關注，但仍存有論述、拓展的空間。初探六朝的贈答詩作，發現梁代的數量甲於各朝，且在形式、內容、創作動機上亦多有轉變，與南朝社會和文學思潮有著密切聯繫。六朝門閥影響甚鉅，世家大族注重文化的修養，並引領風尚，但自劉宋以來，四代帝王皆出於寒族，士庶間政治權力地位的升降，牽動著原先由士族所引領的文化形態，皇室成員如蕭衍、蕭綱，名級低微的作家如鮑照、江淹、范雲、何遜、吳均等人，皆存有一定數量的贈答篇什，若僅探討士族間的贈答詩創作及其文化意涵，似乎略爲片面，如果用知識分子的概念，即士人階層的觀點加以涵攝，應能有較爲完整的觀照。尤其贈答詩的特色，是藉由迴環往復，形成詩人間情意交流的重要憑藉，對象身分的差

異，牽涉到政治、群體、仕途、思想、信仰等面向，這正包含於文化的範疇之中。因此，本文將結合南朝贈答詩與士人文化，加以條分縷析，希冀能有番新意，並為六朝贈答文學研究補白，獻貢芹之力。

一、文獻回顧與探討

透過相關文獻的爬梳，有助於掌握目前的研究成果，使得本文能在現有的研究基礎上進行論題的開展，以增補前人未完備之處。關於「贈答詩」之研究，據洪順隆先生於一九九二年所編輯的《中外六朝文學研究文獻目錄》中顯示，〔註1〕尚未見以其為探討對象的學術論文。但近十年來，六朝贈答詩的相關研究，已有學者先後涉及討論，從中可歸納出以下三點，呈現目前研究的趨勢，發掘可探索的空間。

（一）研究範疇多在魏晉時代

金南喜的博士論文《魏晉交誼詩類的研究》，〔註2〕將「宴會」、「贈答」、「祖餞」三類詩歌作為探討對象，以察知詩人之間的交際生活。其中「贈答」部分，先針對其義界、原型、分類進行論述，並且分析魏晉贈答詩的題材、內容和結構，最後歸結出其特色為「以文會友」、「慷慨、稱頌與玄理」，可謂是此議題之先聲。梅家玲〈論建安贈答詩及其在贈答傳統中的意義〉〔註3〕一文探討以詩贈答的源起與醞釀，並提出了建安贈答詩的示範意義：文學形式上兼採四言正體與五言流調，內容上開展出無物不可寫、無情不可抒、無事不可述的新體貌，功用上從為群體

〔註1〕詳見洪順隆，《中外六朝文學研究文獻目錄》（臺北：漢學研究中心，1992年）。

〔註2〕金南喜，《魏晉交誼詩類的研究》（臺北：臺灣大學中文所博士論文，1993年）。

〔註3〕〈論建安贈答詩及其在贈答傳統中的意義〉，原收錄於《漢魏六朝文學新論——擬代與贈答篇》（臺北：里仁書局，1997年）。本文所引乃據氏著，《漢魏六朝文學新論——擬代與贈答篇》（北京：北京大學出版社，2004年），頁101～157。

意願代言轉變成個體情志的抒發，透過贈答詩的交流，展示出生命並非孤立的存在。此文亦援引西方理論，認爲建安贈答詩在集團性的創作中，體現出精英團體、儀式行爲、象徵符號等社會學方面的意義。金、梅二人的研究成果與方法對後來的研究者影響甚遠，如王莉〈論魏晉贈答詩之嬗變〉、〔註4〕衛曉輝〈從擬代到贈答：魏晉文學空間的拓展〉、〔註5〕韓蓉〈論建安贈答詩的典範意義〉等，〔註6〕便多承續前說，依贈答詩中思想內容的變遷，分爲建安、西晉、東晉三個階段，對其變化軌跡進行研究。周唯一〈魏晉贈答詩的基本模式及藝術文化特徵〉，〔註7〕將贈答詩分爲抒情、頌美兩類，其中認爲劉琨的贈答篇什，能置生死於度外，表達了愛國之忠憤，有極高的價值；文中也點出了贈答詩的價值，在於其與魏晉士子之間的聯繫所反映出的文化意蘊。王曉衛的〈魏晉贈答詩的興盛及當時詩人的交流心態〉〔註8〕便從文化群體（鄴下文人、正始文人、東吳遺少、二十四友、蘭亭諸友）的角度切入，呈現當時文人交流的狀態與心態。王玉萍便根據前文的基礎，撰寫其碩士論文《魏晉贈答詩與士人心態》，〔註9〕提出建安時期的贈答詩構築了慷慨的情感世界，正始時期則在尋求詩化的人生，西晉時期反映了入世與隱逸的矛盾，東晉部分則體現了與山水融合傾向，作者認爲這一時期的贈答詩不僅是詩歌史的濃縮，也是文人生活史、士人心靈史的呈現。至此，魏晉贈答詩的整體風貌研究已有相當的成果展現。

〔註4〕王莉，〈論魏晉贈答詩之嬗變〉，《巢湖學院學報》卷6期1（2004年），頁65～70。

〔註5〕衛曉輝，〈從擬代到贈答：魏晉文學空間的拓展〉，《寧夏大學學報》卷29期4（2007年4月），頁43～46。

〔註6〕韓蓉，〈論建安贈答詩的典範意義〉，《上海師範大學學報（哲學社會科學版）》卷37期3（2008年5月），頁96～102。

〔註7〕周唯一，〈魏晉贈答詩的基本模式及藝術文化特徵〉，《衡陽師範學院學報》卷16期4（1995年），頁8～13。

〔註8〕王曉衛，〈魏晉贈答詩的興盛及當時詩人的交流心態〉，《貴州大學學報》卷20期6（2002年6月），頁48～54。

〔註9〕王玉萍，《魏晉贈答詩與士人心態》（濟南：山東大學碩士論文，2006年）。

個別作家的贈答詩研究，亦是著重在魏晉時代，建安部分有梁祖蘋〈曹植贈答詩主體意識的呈示〉、王麗珍〈試論曹植贈答詩的思想意蘊〉、劉全志〈論曹植的贈答詩〉三篇論文，〔註 10〕全以曹植為討論中心；正始時代則有李紹華〈兩種玄學人生觀的碰撞——讀嵇康嵇喜的贈答詩〉與孫亞軍〈嵇康與嵇喜贈答詩質疑〉，〔註 11〕這兩篇文章是後者對前說提出質疑，並從生平考察來加以論證，得出同一組贈答詩卻截然不同的結論，因此在使用前人的研究成果時，亦須謹慎揀擇，並思索有多元的闡述空間。西晉部分，梅家玲〈二陸贈答詩中的自我、社會與文學傳統〉〔註 12〕一文是承續〈論建安贈答詩及其在贈答傳統中的意義〉之論據，展開對陸機、陸雲贈答詩的討論，援引西方社會、人類學等相關批評、理論，說明其中的儀式性與美學性，並且就詩中的自我、社會與文學傳統作深入的探析。孫明君的〈二陸贈答詩中的東南士族〉〔註 13〕透過二陸的贈答詩探究西晉北方社會的東南士族群體中，南人意識、士族意識、羈旅仕宦的矛盾心態以及體現這一群體共同的情感體驗。李劍清〈從「贈答詩」看西晉時人對陸機的認同〉〔註 14〕一文從與陸機交遊過程中產生的贈答詩，來探討西晉士人對亡國之臣的陸機之認同，是由於宇宙文化同源性、倫理道德認

〔註 10〕分見梁祖蘋，〈曹植贈答詩主體意識的呈示〉，《寧夏大學學報》卷 22 期 2（2000 年 2 月），頁 20～23；王麗珍，〈試論曹植贈答詩的思想意蘊〉，《青海師範大學學報（哲學社會科學版）》期 6（2007 年），頁 100～103；劉全志，〈論曹植的贈答詩〉，《漳州師範學院學報（哲學社會科學版）》期 3（2007 年），頁 68～76。

〔註 11〕分見李紹華，〈兩種玄學人生觀的碰撞——讀嵇康嵇喜的贈答詩〉，《南寧職業技術學院學報》卷 5 期 3（2000 年 3 月），頁 37～39；孫亞軍，〈嵇康與嵇喜贈答詩質疑〉，《南京工業職業技術學院學報》卷 8 期 1（2008 年 3 月），頁 24～26。

〔註 12〕見梅家玲，《漢魏六朝文學新論——擬代與贈答篇》，頁 158～200。

〔註 13〕孫明君，〈二陸贈答詩中的東南士族〉，《北京大學學報（哲學社會科學版）》卷 44 期 5（2007 年 9 月），頁 46～52。

〔註 14〕李劍清，〈從「贈答詩」看西晉時人對陸機的認同〉，《青海師範大學學報（哲學社會科學版）》期 6（2008 年），頁 86～88。

同感以及文藻才華的側重，沖淡了政治歸屬的差異。喻斌〈劉琨盧諶贈答詩考辨〉〔註15〕主要就劉琨〈重贈盧諶詩〉的「重贈」之名進行探析；張明明〈從劉琨盧諶二人的贈答之作分析劉琨其人的人格魅力〉〔註16〕從詩中的用典比喻看出劉琨的人生理想在於儒家的聞達諸侯、有所作爲。東晉部分，陳秀美〈郭璞「贈答詩」析論〉〔註17〕一文則就郭璞現存的五篇贈答詩進行探析，以四言居多，表現出言古理奧、句多綺合的特色，並抒發對時局混亂及個人出處的無奈與感嘆，郭璞除以「遊仙詩」馳名於世外，其贈答詩亦有可觀之處。另外，陶淵明的贈答篇什更是江左的焦點，日本學者上田武文〈從贈答詩的世界看陶淵明與青年友人的關係〉、呂菊〈從贈答詩看陶淵明的社交心理及社交關係〉以及鄭雅如〈寄意一言外，茲契誰能別？──陶淵明的贈答詩〉三篇論著，〔註18〕分別藉由陶氏十七首贈答詩，指出其歸隱後並非屏交絕遊，而是藉由詩篇進行人我間的互動往還，被認爲是文人群體中的成員，且詩歌贈答活動對陶詩的保存亦有一定的作用。此外，淵明的贈答詩在體例、內涵意境上皆有創新開拓之處，擺脫西晉以來的頌美之風，脫去東晉玄言之習，而打上了獨特的生命印記。

（二）研究取材多自文選詩部

「贈答」之名既源於《文選》詩部之子目，相關研究者在分析書中選詩時，自會觸及此一議題，如陳宏天等編撰的《昭明文選譯

〔註15〕喻斌，〈劉琨盧諶贈答詩考辨〉，《海南大學學報（社會科學版）》期2（1995年），頁68～70。

〔註16〕張明明，〈從劉琨盧諶二人的贈答之作分析劉琨其人的人格魅力〉，《語文學刊》期8（2007年），頁89～90。

〔註17〕陳秀美，〈郭璞「贈答詩」析論〉，《中國語文》卷93期5（2003年11月），頁83～88。

〔註18〕分見〔日〕上田武文，李寅生譯，〈從贈答詩的世界看陶淵明與青年友人的關係〉，《九江師專學報》期3（2001年3月），頁33～39；呂菊，〈從贈答詩看陶淵明的社交心理及社交關係〉，《蘭州學刊》期6（2007年），頁135～137；鄭雅如，〈寄意一言外，茲契誰能別？－陶淵明的贈答詩〉，《漢學研究》卷22期2（2004年12月），頁35～59。

注》、周啓成等所著的《新譯昭明文選》，〔註19〕便對《文選》所收贈答詩進行白話翻譯與注解，並作簡要賞析。王令樾《文選詩部探析》，〔註20〕則先就贈答詩進行題解，以理清詩類的題材、性質與體制，再逐一析論選詩中的贈答篇什，且不局限於個體平面的詞句、技巧、風格等，而是將不同作家或同類諸詩的比較評論視為要點，並參引各代評家之語，對於《文選》贈答詩有較完整的解析。胡大雷《文選詩研究》一書，〔註21〕對文選的贈答之作，依照寫作動機進行分類，例如：贈答以送行、述所遇、詠懷、勸勵讚賞、為辦某事、述相思與友情等，替六朝贈答詩的類型研究奠下基礎。宋恪震〈贈答詩的勃興——讀《文選》隨札一則〉，〔註22〕便分為兩大部分，前半述贈答詩的勃興與成熟，從《文選》所收的質與量，能反映出贈答詩為當時顯類；後半則將詩歌以內容情意概分九類，仍不脫前人所論。江雅玲《文選贈答詩流變史》〔註23〕從分類學的角度切入，以文選為中心，分別探究贈答詩類的義界與其溯源，並將觸角延伸至《文苑英華》，分析贈答詩的類際演變，以及與唱和詩間的聯集。書中的第六章，則將漢魏六朝的贈答詩透過歸納與分析，得出幾個關鍵性的轉變現象，但或許囿於《文選》之故，未選入之篇什則為泛論，南朝部分的特色只點出了有「世間情愛」的傾向，仍是初步的概說。此外，上述對於個別作家的贈答詩研究，如曹子建、嵇叔夜、陸士衡、陸士龍、劉越石、盧子諒等人，取材篇章亦多自《昭明文選》的詩部類別，未來則可將研究視角延伸至其他作家，或是文選未收之贈答篇什，加以深入評析較論。

〔註19〕分見陳宏天等編撰，《昭明文選譯注》（中和：建宏出版社，1994 年）；周啓成等，《新譯昭明文選》（臺北：三民書局出版社，1997 年）。
〔註20〕王令樾，《文選詩部探析》（臺北：國立編譯館，1996 年）。
〔註21〕胡大雷，《文選詩研究》（桂林：廣西師範大學出版社，2000 年）。
〔註22〕宋恪震，〈贈答詩的勃興——讀《文選》隨札一則〉，《黃河科技大學學報》卷 5 期 2（2003 年 6 月），頁 76〜81。
〔註23〕江雅玲，《文選贈答詩流變史》（臺北：文津出版社，1999 年）。

（三）分析角度較重類型屬性

歷來將贈答詩作爲專題論著者，多將作品進行分類研究，以梳理其演變的流程，並呈現其時詩歌的特色，如韓蓉〈六朝贈答詩的類型研究〉，〔註24〕依據贈答主體所處的空間位置、所做的目的、內容及其風格，進行初步的分類解析，但對於詩歌背後的文化意蘊則較少提及。韓蓉、韓芬〈論六朝文學集團與贈答詩的關係〉〔註25〕一文從贈答詩的「集團性」來探究其題材與藝術風格，有涉及南朝的「山澤之遊」、「竟陵八友」、「蘭臺之聚」等，惜所舉詩例過少，析論不夠深入，並且將「奉和」、「奉酬」等同題共作的詩歌納入範疇，顯得過於駁雜，而未釐清贈答詩的意義。趙輝〈從「致意性」看贈、送、和、答類詩歌的實用性——以六朝唐代詩歌爲例〉，〔註26〕則認爲贈答一類的詩歌屬性不僅是爲了抒情，而在於「致意」，具有明顯的「實用」本質，如讚美、祝賀、致謝、同情、干謁、勸勉、邀請等，亦是從分類的角度來呈現詩歌所承載之「意」。洪順隆先生由題材視點研究六朝詩，認爲可分抒情與敘事兩大系統，其下共分十六個題材類型加以統攬，卻不見贈答詩一類。洪先生對此劃分標準與文類取捨有專文論述，先於〈六朝祖餞、贈答詩論略〉〔註27〕中透過對六朝贈答詩的歸納分析，發現其是以用途的觀點爲搜集、收錄標準下，結聚而成的類型，因其類聚缺乏嚴格推理的過程，所以贈答詩在《文選》假性詩類系統中，只是外在於其他類型的文學存在。其後在〈六朝贈答詩對文類學原理的背離〉〔註28〕一文中，針對贈答詩

〔註24〕韓蓉，〈六朝贈答詩的類型研究〉，《晉中學院學報》卷 24 期 5（2007年 10 月），頁 38～42。

〔註25〕韓蓉、韓芬，〈論六朝文學集團與贈答詩的關係〉，《合肥師範學院學報》卷 26 期 1（2008 年 1 月），頁 20～23。

〔註26〕趙輝，〈從「致意性」看贈、送、和、答類詩歌的實用性——以六朝唐代詩歌爲例〉，《湖北師範學院學報（哲學社會科學版）》卷 27 期 2（2007 年），頁 29～33。

〔註27〕洪順隆，〈六朝祖餞、贈答詩論略〉，《第三屆中國詩學會議論文集》（彰化：彰化師範大學國文系，1996 年 5 月），頁 63～102。

〔註28〕洪順隆，〈六朝贈答詩對文類學原理的背離〉，魏晉南北朝學術國際

的形式、內容、題材、語言等加以探析，認爲贈答詩與其他以題材爲定位的文學類別不同層次，故在六朝題材詩系統中不將其納入討論範疇。但值得留意的是贈答詩群的題材內容之所以類型眾多，便是在於其「對象的差異」，因所贈答酬和的身分地位不同，選擇敘事或抒情的形式與內容便有所改變，不能因此忽略了贈答詩有特定對象的創作動機、文化背景，以及實用交際的功能特性。古來大型選集、總集亦分有贈、答詩類，如《文選》、《文苑英華》或《古今圖書集成》等，並非一定要因襲古人，但從中可窺探出贈答詩群並非假象的營構，而是具有其存在與分類的價值。另外，題材的豐富亦是古典詩歌的特性與普遍性，誠如王國瓔先生認爲中國詩歌往往有主題多樣題材合流之現象，例如遊仙詩中有隱逸情懷，山水詩中夾雜著莊老名理、仕宦生涯的感嘆，若是要嚴格區分比較困難，或許中國詩歌類型只能從寬處理。〔註29〕

綜上所述，目前研究六朝贈答詩之著作雖不少，但整體風貌或個別作家研究多偏向魏晉時期，或以《文選》詩部爲取材對象，而鮮少涉及對南朝贈答詩的深入研析。查檢資料，發現與本文論題直接相關者有二篇專著：其一，周唯一〈南朝贈答詩對魏晉詩歌的繼承與發展〉，〔註30〕認爲南朝贈答詩是在魏晉的基礎上，再結合時代風尚、生活實踐和思想感情發展而來，文中分別從創作原則與手法兩方面來論述，得出贈答詩融社會、人生、自然景物於一體，匯敘述、描寫、抒情於一爐，代表了南朝詩歌的重要成就。但礙於篇幅所限，作者在析論作品時未能深入歷史的脈絡、文學的思潮，或缺乏對作品的考

研討會，臺北：中國文化大學文學院、國家圖書館漢學中心主辦，1998 年 12 月。見《魏晉南北朝學術國際研討會發表論文彙編》，頁 1～38。(未出版)

〔註29〕此說乃王國瓔先生針對洪順隆先生〈論六朝祖餞詩群對文類學原理的背離〉一文之講評意見，可詳參《第三屆魏晉南北朝文學國際學術研討會論文集》(臺北：文史哲出版社，1998 年 12 月)，頁 489。

〔註30〕周唯一，〈南朝贈答詩對魏晉詩歌的繼承與發展〉，《衡陽師範學院學報》卷 19 期 1 (1998 年)，頁 37～41。

證，是有可再增補立論之處。此外，作者所訂的文章副標題過於繁冗，看似能涵蓋較廣面向，實則突顯不出立論的焦點，如創作原則的第一項：「他們能根據自己生活的時代和社會現狀，將視野投向了他們關心的各個角落，表現內心的哀樂之情」，實際上即是「仕途失意」與「欽羨隱逸」；創作手法的第四項：「詩人運用生動優美的語言和多樣的形式來抒發內心的情感」，若改爲「語言自然流暢」、「形式由繁向簡」則更爲明顯，此外，作者也忽略了南朝贈答詩中具有「用典繁富」、「四言長篇」之現象。創作手法中第一項：「透過細小情事的敘述描寫來表現自己的內心情感」，第二項：「詩人善於將細膩的筆觸伸向內心深處，將自己對生活的體驗與感受描述出來」，兩者易在內容上相互重疊。另外，部分論述也有待斟酌，如將謝朓〈答王世子詩〉視爲對人民飽受生活的痛苦作了委婉的反映，以及在蕭衍〈贈逸民詩〉中，將「逸民」指作高門望族的知識分子等，似無更爲有力之論證來支持其說。總觀而言，周氏一文雖初步勾勒出南朝贈答詩之特點，但因僅爲單篇論著，詩歌的研析仍有再深入探究的空間。

其二，薛幼萍的碩士論文《南朝贈答詩研究》，〔註31〕作者主要從「主題與意象」、「性情與聲色」、「風格與成因」三大部分來探討南朝的贈答詩歌。第一，指出南朝贈答詩反映出遷逝之感、遊子思鄉、寒士心態等主題，並多運用暮、鳥意象。第二，就性情與聲色的關係對贈答詩進行分類，有性情顯於聲色、與聲色交融，以及性情漸隱，聲色大開三類。第三，認爲整體風格趨於纖細、萎靡，並從政治、思想、文化環境中究其原因。最後簡略敘述贈答詩的貢獻與弊端，認爲南朝贈答詩的獨特之處，便在於可從文人的贈答往來中看出多方的性格、心態和需求，同時也是聯絡感情的媒介。雖有部分是逢場作戲，不見性情之作，但其精華部分仍架起了建安詩歌與盛唐詩歌相承接的橋梁。這部專著能把握住南朝贈答詩的發展趨勢以及風格特質，在架

〔註31〕薛幼萍，《南朝贈答詩研究》（貴陽：貴州大學碩士論文，2007 年）。

構安排與切入角度上頗富參考價值。但經細讀察看，仍發現存有不少缺失，可歸納爲以下四項：

1、義界不明

從前人的研究成果中能知贈答詩與祖餞、雜和、唱和等詩，皆有類際交涉的現象，作者卻未加以辨明，爲求方便而將此全納入討論範疇之中，這麼一來，詩歌數量應近五百首，[註32] 然作者以南朝代表作家作品爲研究對象，於第一章統計出有兩百五十首，僅佔該有總數的一半，況且全文只舉了約七十首詩作爲析論，未能確實反映出詩歌的整體風貌。另外，所謂的代表作家也全無定義，若從贈答詩創作數量上看，謝瞻有三首即已列入討論範圍，那麼如王融、蕭衍、柳惲、陸倕、蕭統、劉孝綽、劉孝威、蕭綱、庾肩吾、王筠、蕭繹、徐陵等人皆符合標準，且亦是南朝的重要作家，但卻未納入「代表」之列，殊爲可惜。

2、論述空泛

閱覽全文後發現，作者在論述時幾乎全爲文本引用、解析，不見任何參考徵引資料。目前贈答詩的相關研究已有一定成果，實不宜完全忽略，造成內容論述上的薄弱。如第二章「寒士心態」部分，作者試圖以「士族心態」來作相對比較，但僅舉出謝靈運及其兩首酬贈詩，對於自兩晉以來的門閥演變，以及士庶地位的升降等背景資料略而不提，無法明確地呈現不同出身之「士人心態」的差異。再如第三章「性情漸隱，聲色大開」部分，作者僅用一頁便交代過去，對於南朝詩風轉變的成因與影響皆未提及，單從文本內容上去解讀，難以詮釋得當。另外，全文在詩歌內容與形式上的析論甚爲貧乏，南朝個別詩人的研究成果甚豐，亦有涉及贈答詩的討論，作者未多參考相關的第二手資料，致使內容不夠充實。

[註32] 根據洪順隆，〈六朝贈答詩對文類學原理的背離〉，附錄二之統計，頁 28～31。

3、論證不足

全文在論述上常有論斷性的表述，例如：「還有一些文人與僧人、道士往來的贈答詩，也是少見性情之作。考其篇什，大部分都是官場、同僚應酬之詩。」〔註33〕作者在此處完全沒有舉任何的詩例證明，不知其理據何在。又如：「如果說建安和盛唐詩人的追求是出於實現個人價值與社會價值的統一的話，那麼南朝詩人的追求則是在壓抑中為了『紹興家業』的不得不為之的行為。」〔註34〕這段話和作者在先前所舉「憂懼仕途」的贈答詩，其間的關聯不見深入論述。再如：「文學集團的存在是贈答詩蓬勃發展的重要原因。」〔註35〕作者敘述了南朝四代文學集團的興盛，但僅聊舉數首贈答詩，卻沒有對兩者間的聯繫進行探究；「贈答詩在魏晉南朝尤其是齊梁之際開始勃興」〔註36〕亦沒有提出確切的證據與說明，皆是論證不足的斷語。有時亦會因此造成前後說法的矛盾，如作者從贈答詩中歸結「士大夫們表現出想以追求『三不朽』的夢想去超越死亡」的觀點，但又在後文中提出南朝士人的生活方式為「忘懷於世事」，〔註37〕既要追求不朽的功業，又說是縱心於事外，豈不自相矛盾，亦是作者闡釋不足之處。

4、評析失誤

文中對於部分詩歌的理解與析論有明顯錯誤之處，如任昉〈贈徐徵君詩〉旨在敘別離傷感，非生命流逝的感嘆；〔註38〕顏延之〈夏夜呈從兄散騎車長沙詩〉亦不是「美人遲暮」之思，期望立功建業須趁早，〔註39〕而是從時序之變寓身世之變，因懷人思友心切，故作此詩；江淹〈寄丘三公詩〉中的「菊秀」、「芳蘭」應象徵美好的志節或歸隱之願，

〔註33〕薛幼萍，《南朝贈答詩研究》，頁30。
〔註34〕薛幼萍，《南朝贈答詩研究》，頁35。
〔註35〕薛幼萍，《南朝贈答詩研究》，頁44。
〔註36〕薛幼萍，《南朝贈答詩研究》，頁49。
〔註37〕分見薛幼萍，《南朝贈答詩研究》，頁13、40。
〔註38〕薛幼萍，《南朝贈答詩研究》，頁11。
〔註39〕薛幼萍，《南朝贈答詩研究》，頁12。

非以喻生命之短暫。﹝註40﹞任昉〈答劉居士詩〉作者理解爲盛讚高僧出類拔萃，﹝註41﹞但劉居士指南齊劉虯，《南史》記載其對盧陵王、竟陵王的徵召皆不就，答曰：「虯四節臥疾病，三時營灌植，暢餘陰於山澤，託暮情於魚鳥，寧非唐、虞重恩，周、邵宏施。」﹝註42﹞蕭子良延納劉虯不至，遂令庾杲之致書招之，任昉乃代作〈爲庾杲之與劉居士虯書〉，劉居士應有贈詩，今已不存，任昉作此詩應答。可知其人是一隱士而非高僧。任昉〈答到建安餉杖詩〉作者認爲是企盼故人引薦之作，﹝註43﹞但是查考史實，發現作者有所混淆顛倒，因爲「漑少孤貧，與弟洽俱聰敏有才學，早爲任昉所知，由是聲名益廣」，﹝註44﹞可知是到建安（到漑）受到任昉的見賞提攜，故此詩的主旨是答謝到漑的饋贈。綜上所述，《南朝贈答詩研究》一書之闕誤頗多，未能完整地呈現南朝贈答詩的特質與整體風貌，依然有進一步增補探究的空間。

關於「士人文化」的研究資料，涵蓋層面甚廣，實難一一羅列。如學術思想、宗教信仰、社會生活、政治官制、文學藝術等相關研究，都將儘量參考與應用，有助於研究者在背景知識上的擷取，以及研究視野的拓展。綜上所述，本文希冀在各家的研究基礎上進行延伸，吸取前人的研究成果，儘可能在舊有材料與諸家研究上有新的詮解，並開展相關之論述，以增補前人未完備之處，從而整理南朝贈答詩之發展脈絡，探究其與士人文化間之聯繫，呈現出南朝贈答詩的獨特風貌。

二、取材與研究方法

本文以「南朝贈答詩」爲探討對象，其範疇主要涵蓋宋、齊、梁、陳四代，凡一百六十九年（420～589），惟部分南朝詩人在晉末義熙年間已有創作活動，如謝瞻、謝靈運，或雖入隋朝但有詩歌作於陳代

﹝註40﹞ 薛幼萍，《南朝贈答詩研究》，頁 13。
﹝註41﹞ 薛幼萍，《南朝贈答詩研究》，頁 39。
﹝註42﹞ 〔唐〕李延壽，《南史》（臺北：鼎文書局，1985 年），卷 50，頁 1249。
﹝註43﹞ 薛幼萍，《南朝贈答詩研究》，頁 46。
﹝註44﹞ 〔隋〕姚察等著，《梁書》（臺北：鼎文書局，1980 年），卷 40，頁 568。

者，如江總、潘徽，因其作品內容、贈答對象與南朝時局有直接關連，故將納入取材的範圍。

　　關於研究材料上，以逯欽立所輯《先秦漢魏晉南北朝詩》爲底本，〔註45〕並兼採後人所錄詩文總集，如《文選》、《玉臺新詠》、《文苑英華》、《全上古三代秦漢三國六朝文》，〔註46〕以及作家別集，如明代張溥《漢魏六朝百三名家集》中所錄《謝宣城集》、《何記室集》等爲輔本，〔註47〕以收防漏補闕之效。其次，南朝相關史料、文獻，如《梁書》、《南史》等亦存有贈答詩的一手資料，可作爲查考之資。另外，關於詩人生平考證、作品繫年，以及相關研究之二手資料，也多有涉獵，避免造成作品的過度詮解或誤讀。

　　研究方法方面，以「文本析解」爲主，探察詩歌內容、思想與藝術技巧，並著重於史料的引述論證，且嘗試運用語言學角度來探究詩歌的美感，〔註48〕如「對比的意象」一節，以求詮釋上的新意。其次，參看、援引相關的西方理論，如接受美學中「作者、作品與讀者」的文學交流，〔註49〕文藝心理學中「笑與喜劇」的審美形式，〔註50〕

〔註45〕逯欽立輯校，《先秦漢魏晉南北朝詩》（臺北：學海出版社，1984 年）。

〔註46〕〔梁〕蕭統編，李善注，《文選》（上海：上海古籍出版社，1986年）；〔陳〕徐陵編，吳兆宜注，《玉臺新詠箋注》（北京：中華書局，1985 年）；〔宋〕李昉等編，《文苑英華》（臺北：大化書局，1985 年）；〔清〕嚴可均輯校，《全上古三代秦漢三國六朝文》（北京：中華書局，1991 年）。

〔註47〕〔明〕張溥編，《漢魏六朝百三名家集》（揚州：江蘇廣陵古籍刻印社，1990 年）。

〔註48〕主要參考自〔美〕梅祖麟、高友工著，黃宣範譯，〈論唐詩的語法、用字與意象（上）〉，《中外文學》卷 1 期 10（1973 年 3 月），頁 30～63；〈論唐詩的語法、用字與意象（中）〉，《中外文學》卷 1 期 11（1973 年 4 月），頁 100～114；〈論唐詩的語法、用字與意象（下）〉，《中外文學》卷 1 期 12（1973 年 5 月），頁 152～169；〔美〕高友工著，黃寶華譯，《中國美典與文學研究論集》（臺北：國立臺灣大學出版中心，2004 年）。

〔註49〕關於接受美學理論的內容，主要參考〔德〕姚斯、〔美〕霍拉勃著，周寧、金元浦譯，《接受美學與接受理論》（瀋陽：遼寧人民出版社，1987 年）；朱立元，《接受美學》（上海：上海人民出版社，1989 年）；

社會學、人類學中關於「自我表現」、「人際互動」、「交換行爲」等，〔註51〕希冀能在傳統「贈答」的議題上，拓展研究的視野。

第二節　贈答詩類的流變

一、贈答詩的義界

「贈答詩」雖是《文選》創立的詩類，但在李善、五臣的注本中，卻無相關的題解，認爲其與「述德」、「獻詩」、「哀傷」、「遊覽」等，皆屬可「望名生義」之詩部子目。〔註52〕但若欲深入探究，其義界的明確劃分將有助於掌握詩類的創作特質，故以下便由「命題」來認定本文贈答詩之義界。

（一）特定的傾訴對象

贈答詩，乃是文人間以詩作贈或答者，其創作動機與寫作焦點應著重於特定之「人」的情意交流，而非「詩作」上的互爲應和。如王令樾先生在《文選詩部探析》中對於贈答詩的題解有以下這番釋義：「以詩來往，有贈有答，藉贈答表相思之情，感謝之意，或勉勵勸戒，

馬以鑫，《接受美學新論》（上海：學林出版社，1995 年）。

〔註50〕主要參考〔法〕昂利·柏格森著，徐繼曾譯：《笑——論滑稽的意義》（臺北，商鼎文化出版社，1992 年）；朱光潛，《文藝心理學》（臺北：臺灣開明書店，1985 年）；佴榮本，《笑與喜劇美學》（北京：中國戲劇出版社，1988 年）。

〔註51〕主要參考〔美〕米德，胡榮、王小章譯，《心靈、自我與社會：從社會行爲主義者的觀點出發》（臺北：桂冠圖書公司，1995 年）；〔美〕特納著，張君玫譯，《社會學：概念與應用》（臺北：巨流圖書公司，1996 年）；〔美〕馬塞勒等著，任鷹等譯，《文化與自我》（臺北：遠流出版社，1990 年）；〔法〕牟斯著，何翠萍、汪珍宜著，《禮物：舊社會中交換的形式與功能》（臺北：遠流出版社，1989 年）。

〔註52〕江雅玲歸納《文選》詩部的「題解」方式後，反過來作逆向思考，認爲無義界的六類選詩，在李善、五臣眼中，即是無「寫作動機」可考、無「由來典故」可證、亦無「類名字面」理解上的困擾，的確可以「望名生義」，對其類內所聚合之詩篇，有一個簡單的共同概念。見氏著，《文選贈答詩流變史》，頁 66～69。

此類詩即稱贈答詩。一般贈答詩因多敘離別思念，相勸相勉，有的不免稍流於形式，實際上此類詩乃表情達意之作。」〔註53〕胡大雷先生則認爲：「『贈答』是嚴格依照爲某人而作的原則成類的，詩題中明確表明贈某人或答某人。」〔註54〕兩方參照下，可初步認定贈答詩的寫作乃是有一特定的傾訴對象，並藉由詩歌的往來向其傳達內心的情意。其後梅家玲先生的說法，更可作爲贈答詩義界之資鑑：「所謂『贈』，是先作詩送給別人，『答』則係就詩旨意進行回答。其迴還往復之際，自然形成一對應自足的情意結構。因此，就性質上說，『文人自作』和『有某一特定的傾訴對象』，乃是它的必要條件，也是與民間具有「對唱」性質的歌謠，及一般抒情、敘事之作最大的不同處。」〔註55〕突顯出贈答詩的特質是在「人我」、「群己」關係上的著墨與發揚，其之所以被寫作，亦是聚焦於「人」的身上，向投贈者表明內心的所感、所求，所以奉和、應制等詩歌便不在本文的討論範疇。

（二）贈答詩題的特定用字

用以辨認贈答詩類的標準，則是在其詩題或內容上探察是否具有贈答概念的語言文字。其中「贈」、「答」二字佔絕大多數，爲贈答詩之正題，其餘的關鍵題眼有：呈、上、獻、見、與、示、美、嘲、諷、送、寄、誡、授、賜、貽、詒、遺、問等，爲「贈」概念的文化語言；「答」概念部分則以酬、和、報等語詞爲代表，〔註56〕可藉此判知贈答詩群的身分。但若從詩題的關鍵詞來檢視，便會出現類際犯涉的問題，故加以說明本文取決的標準：

1、贈答與行旅、遊覽

謝靈運〈登臨海嶠初發彊中作與從弟惠連見羊何共和之詩〉一

〔註53〕王令樾，《文選詩部探析》，頁 20。
〔註54〕胡大雷，《文選詩研究》，頁 253。
〔註55〕梅家玲，《漢魏六朝文學新論——擬代與贈答篇》，頁 101。
〔註56〕參見洪順隆，〈六朝贈答詩對文類學原理的背離〉，頁 5；江雅玲，《文選贈答詩流變史》，頁 33。

首，其「登」字乃是遊覽、行旅詩中常用的題眼，但此詩被《文選》劃入「贈答」一類，當是著眼於「作與從弟惠連」這六字，其中的「與」字透露出詩人內心訊息，期望分享遠遊的所見所感，這也符合上述對贈答詩的定義標準，將寫作的焦點放在對特定對象的情意交流。只是若依此概念，那麼詩人沈約的〈新安江至清淺深見底貽京邑遊好詩〉，被歸入「行旅」一類便有斟酌的空間。內容上和謝靈運詩相同，都是寫旅途、遠遊的景境與所感，末句則提及願用流水的清潔珍貴來相贈眾友。詩題上的「貽」字屬於贈答的語言，藉此詩向好友表明內心的情志，帶有分享的意味，所以本文將此納入討論的範圍。二方的類際犯涉便可從詩題來作為辨認之依據。〔註57〕

2、贈答與祖餞

有部分贈答詩是臨別所作，或敍離愁別緒，與祖餞詩有所交集，且詩題所標示的「送」字或「與（某人）別」者亦含有「贈」的概念。但若細察二者仍有分別，因為詩題上雖有「贈」的涵義，但這並不表示是用「詩」來相贈某人，而多是意味著餞別的行為，從中引發詩人創作的動機，是單方面的抒發內心思念，非指雙方的情意交流。胡大雷先生便認為：「有餞別送行內容的贈答詩之所以不入祖餞詩類，一

〔註57〕關於此議題，朱曉海老師於筆者的論文口試時指出：謝靈運〈登臨海嶠初發疆中作與從弟惠連見羊何共和之詩〉之所以被歸類在「贈答」，並非僅單就詩題上著眼，乃因當時靈運已回其故鄉始寧，並不符《文選》對「行旅」或「遊覽」詩類的劃分標準。又，沈約〈新安江至清淺深見底貽京邑遊好詩〉雖在詩題寫出相贈「京邑遊好」，但卻未能入《文選》贈答之列，是因其贈貽對象未具體講明之緣故。朱老師的說法乃針對多數贈答詩之狀況而言，補足了筆者原先論證的罅漏，但是除了沈約一詩之外，亦有部分屬未標明具體對象的贈答篇什，如謝朓〈暫使下都夜發新林至京邑贈西府同僚詩〉中的「西府」乃指荊州隨王府，檢視其詩題與內容，亦未點明「同僚」所指何人，但《文選》的贈答類中卻收此詩，足見當中確有可斟酌之處。其餘如鮑照〈答客詩〉、鮑令暉〈古意贈今人〉、何遜〈西州直示同員詩〉與〈望新月示同羈詩〉、王僧孺〈春日寄鄉友詩〉等，亦未明確點明贈答的對象。但這些詩歌在題目上皆有贈答詩的特定用字，故仍將納入討論的範疇。

是題目上已被註明了『贈』，二是詩中沒有較充分的餞別送行場面的描摹。」〔註58〕但是這二類詩歌常有兼涉的情況，所以若在詩題上有「贈別」、「答別」者，如鮑照〈贈傅都曹別詩〉、蕭衍〈答任殿中宗記室王中書別詩〉等，因為較能明確地傳達出以「詩」相贈答的意涵，故將此視為贈答詩的探討範疇。

3、贈答與雜詩、唱和

在《文選》雜詩類中收錄有五首「和」詩，是否有別於「答」詩呢？李善在王粲〈雜詩〉下所注：「雜者，不拘流例，遇物即言，故云雜也。」〔註59〕這類詩歌較無既定體例，也較少見共同題材，自然保有在義界上的彈性空間。同樣在詩題上冠有「和」字卻未被歸入雜詩，而是放在贈答詩類者，為顏延之的〈和謝監靈運詩〉。江雅玲指出雜詩之和為單方面仰慕之情的抒發，或是同題繼作，有較勁之意味。認為顏延之〈和謝監靈運詩〉是漢隋間贈答詩類唯一一首「和字詩」，其所持的理由在於它是有贈詩（〈還舊園作見顏范二中書詩〉）之答詩，且以為贈答對詩之題眼，向來有固定配對的方式，即「見配和」，故此詩不冠「答」字而冠以「和」字。〔註60〕江氏之言將南朝之和詩盡排除於贈答詩類之外，所提出的判準原則仍有可商權之處：第一，所謂的對詩題眼的配對方式，僅舉出謝、顏此組詩例，便下結論，稍嫌武斷；第二，今不見贈詩有可能是散佚，不能遽下結論，認為沒有贈詩故不屬答詩。第三，雖然贈詩原作已不存，但有部分的和詩如鮑照〈和王丞詩〉、何遜〈日夕出富陽浦口和朗公詩〉等，多是自我的抒懷，看不出是單方面的仰慕之情，或者純為同題繼作的痕跡。第四，所謂對他人的仰慕之情也非雜和詩的特點，在答詩中亦能見之，如任昉〈答劉居士詩〉、〈答何徵君詩〉。第五，沈約的〈和謝宣城詩〉雖分入雜詩，但在《文苑英華》、《古詩紀》中作〈酬謝宣城

〔註58〕胡大雷，《文選詩研究》，頁89。
〔註59〕〔梁〕蕭統編，李善注，《文選》，頁1359。
〔註60〕見江雅玲，《文選贈答詩流變史》，頁174。

朓〉，影明依宋鈔本《謝宣城詩集》則作〈答謝宣城〉，並指出所答者即爲謝朓的〈在郡臥病呈沈尙書〉，〔註61〕是贈答的一組對詩。所以若單從標題論斷，版本的差異便會呈現出不同的分類結果。

　　不過「同題」之和詩，確實是須與贈答詩加以區分的，因爲這接近於「唱和詩」的範疇，如鞏本棟先生所言：「綜觀東晉以來的詩詞唱和，不管是同時同地還是異時異地的唱和，也不管是君臣之間還是山野之人的唱和，幾乎無例外地是在同一題目之下作文章。因此，我們認爲，同題共作，就是詩詞唱和的性質。」〔註62〕關於唱和，褚斌杰在《中國古代文體概論》一書曾云：「古人用詩歌相互酬唱、贈答，稱爲唱和，或稱倡和。梁蕭統《昭明文選》立『贈答』詩類，收王粲以下至齊梁贈答詩八十餘篇，可見當時贈答體已很發達。『贈』是先作詩送給別人，『答』是就來詩旨意進行回答，前者即稱『唱』，後者即稱『和』。但若只有贈詩而無答詩，那麼前者也就不能稱『唱』了。贈詩在詩題上一般標出『贈』、『送』、『呈』或『寄』等字樣，而不標『唱』；而答詩則標『答』、『酬』或直接標『和』字。」〔註63〕據褚氏的說法，則是將「贈答詩」視同爲「唱和詩」，本文則有不同的看法：首先，褚氏認爲若只有贈詩而無答詩，則「贈詩」是不能視爲「原唱詩」，但是「贈答詩」則可以「有贈不必有答」，如吳均〈周承未還重贈詩〉，從詩題可推想吳均早先有贈詩，但因對象尙未歸返而沒有答詩，故再次寫詩相贈。另外，《文苑英華》詩體中，有「寄贈」無「贈答」的分類方式，亦可作爲佐證。再者，寫作焦點上，贈答詩是以「人」爲主的

〔註61〕分見〔宋〕李昉等編，《文苑英華》，卷 240，頁 546；〔明〕馮惟訥編，《古詩紀》（臺北：臺灣商務印書館，1983 年《景印文淵閣四庫全書》本），冊 1380，頁 6；〔南齊〕謝朓，《謝宣城詩集》（臺北：臺灣商務印書館，1979 年《四部叢刊》影印上海涵芬樓明依宋鈔本），頁 7～8。

〔註62〕鞏本棟，〈關於唱和詩詞研究的幾個問題〉，《江海學刊》期 3（2006 年），頁 162。

〔註63〕褚斌杰，《中國古代文體概論》（北京：北京大學出版社，1990 年），頁 260。

交流，唱和詩則是著重於「詩」的相應，誠如鞏本棟先生所指出：「贈答詩與唱和詩詞是一種交叉關係，二者既有聯繫也有區別。贈答詩詞的特點是一贈一答，贈與答的對象十分明確，內容密切相關，贈答雙方所處的時代相同。唱和詩詞不一樣，詩人們作詩，往往並非先有一個贈送對象在心裡，只有和作才有明確的和作對象，而且，你不贈我我也可以和，還可以不受時間空間的限制。和作中同的成分比答詩要多。受贈答詩的影響，一些唱和詩中也常有贈答的成分。」〔註64〕

　　綜上所述，「和」體若為同題競采之詩，則不屬贈答詩的範疇，但若對方作品亡佚，僅留和詩，其判別的原則或許可從詩題之體製進行歸納。以下先列舉諸篇可考的唱和之詩：〔註65〕

朝代	和　作　詩	原　唱　詩
宋	鮑照〈和王義興七夕詩〉〔註66〕	王僧達〈七夕月下詩〉
齊	劉繪〈和池上梨花詩〉 謝朓〈和王長史臥病詩〉 謝朓〈和蕭中庶直石頭詩〉	王融〈詠池上梨花詩〉 王秀之〈臥病敘意詩〉 蕭衍〈直石頭詩〉
梁	陸倕〈和昭明太子鍾山解講詩〉 徐陵〈奉和簡文帝山齋詩〉 鮑泉〈奉和湘東王春日詩〉 何遜〈和劉諮議守風詩〉 王筠〈和蕭子範入元襄王第詩〉	蕭統〈鍾山解講詩〉 蕭綱〈山齋詩〉 蕭繹〈春日詩〉 劉孝綽〈櫟口守風詩〉 蕭子範〈入元襄王第詩〉
陳	孔魚〈和六府詩〉	沈炯〈六府詩〉

　　從表中的和詩題目來看，可以判讀出同題共作時，其詩題的組合多為：「和」、「對象」、「所和之詩名」，由此來釐清贈答與唱和之間的義界，作為汰選取捨的原則。所以即使對方作品今已不存無法參照，

〔註64〕鞏本棟，〈關於唱和詩詞研究的幾個問題〉，頁162。
〔註65〕參自王次澄師，《南朝詩研究》（臺北：私立東吳大學中國學術著作獎助委員會，1984年），頁246～253；264～267。
〔註66〕據《宋書》所載王僧達曾任義興太守，見〔梁〕沈約，《宋書》（臺北：鼎文書局，1980年），卷75，頁1952。

仍能就此分辨詩歌的類別，如謝朓〈和王主簿季哲怨情詩〉則屬唱和之作，非在本文贈答之列。但是，若僅存和詩一方，且詩題又非上述唱和詩之常見體製，在有「答詩」的可能下，便歸入討論的範疇，以圖盡可能地呈現南朝贈答詩的完整面貌。

二、贈答詩的溯源與發展

「贈答」的形式本屬一種社會禮儀行為，據《說文解字》云：「贈，玩好相送也」，〔註67〕是以物質禮品之可供玩賞而相送；又如《漢書·儒林傳》：「於是應聘諸侯，以答禮行誼。」顏師古注曰：「答禮，謂有問禮者，則為應答而申明之。」〔註68〕可見禮尚往來、投桃報李，藉由贈物之本身，來傳達內心的情意，亦是種習俗之展現。但是由於身分之差異，所相贈之物也有所區分；因為所致之意的殊別，所相送之物品也蘊含著不同的象徵意味。所以若追溯贈答詩的源起，則可先從禮儀酬贈行為加以探察，從《詩經》與周秦典籍中便可見關於「贈」、「答」之事的記載，從中能整理出由贈物、贈言到贈詩的發展脈絡。從贈答詩之內容與創作意圖上看，兩漢以降則漸由群體的社交實用轉變為個人的抒情詠懷。

（一）饋物、送言與贈詩

早在先秦周代就有「贈答」的酬送，屬於社會文化的一環，若欲追索以詩贈答之源起，或許能從《詩經》著手，因為它乃中國文學史上第一部詩歌總集，主要反映了周代社會的各種面向，就文學而言，詩歌題材類型之雛形，往往溯源至此，如征戍、宴饗、隱逸、送別、愛情詩等，對後世的創作產生深遠影響。同時也觀照先秦其他典籍中的相關記載，試圖找出贈答詩之淵源與流變。

〔註67〕〔漢〕許慎著，段玉裁注，《說文解字注》（臺北：黎民文化，1988年），頁283-1。
〔註68〕〔漢〕班固著，顏師古注，《漢書》（臺北：鼎文書局，1997年），卷88，頁3589。

若詩是因爲人心中的情志被激發而形成，那麼其內容中所表現的相贈之物，則可視爲承載互爲友好之情誼。〈召南・野有死麕〉曰：

　　野有死麕，白茅包之，有女懷春，吉士誘之。

　　林有樸樕，野有死鹿，白茅純束，有女如玉。

　　舒而脫脫兮，無感我帨兮，無使尨也吠。〔註69〕

此篇言男子用獲獵之物作爲贄見禮，贈與懷春少女。麕，即是獐，形似鹿而小，用白茅包之，去討女子之歡心，贏得她的愛戀。王靜芝先生認爲：「山中男女相悅，贈以獵物，以爲見面之機緣，以示男子之強健善獵。」〔註70〕除此之外，女子若收其獻禮，即是允許其戀情的誕生。其中所用白茅，據《植物名實圖考》載：「白茅，本經中品，古以縮酒。其芽曰茅針。白嫩可噉，小兒嗜之。河南謂之茅荑。……紫茹未拆，銀線初含，苞解綿綻，沁鼻生津。物之潔，味之甘，洵與倫比。」〔註71〕可知其形優美，其色潔白，其味甘美之特性，用來贈與女子，一來表示對方之美好天眞，二來則表達自身情感之純潔。

〈邶・靜女〉亦有此物出現：

　　靜女其姝，俟我於城隅，愛而不見，搔首踟躕。

　　靜女其孌，貽我彤管，彤管有煒，說懌女美。

　　自牧歸荑，洵美且異，匪女之爲美，美人之貽。〔註72〕

詩中所言的「荑」，即是茅之始生。《毛詩正義》曰：「茅，絜白之物也。自牧田歸荑，其信美而異者，可以供祭祀。猶貞女在窈窕之處，媒氏達之可以配人君。」〔註73〕以白茅來象徵純潔之外，因美人所貽

〔註69〕〔漢〕毛公傳，孔穎達疏，《毛詩正義》，〔清〕阮元校勘，《十三經注疏》（臺北：藝文印書館，1965年），頁65～66。

〔註70〕王靜芝，《詩經通釋》（臺北：輔仁大學文學院，1995年），頁73。

〔註71〕〔清〕吳其濬，《植物名實圖考》（上海：上海古籍出版社，1995年《續修四庫全書》影印清道光二十八年陸應穀刻本），冊1117，頁685-1。

〔註72〕〔漢〕毛公傳，孔穎達疏，《毛詩正義》，〔清〕阮元校刻，《十三經注疏》，頁104～105。

〔註73〕〔漢〕毛公傳，孔穎達疏，《毛詩正義》，〔清〕阮元校刻，《十三經注疏》，頁105-1。

之物，男子答語亦有雙關之妙，「說懌女美」則悅怡彤管和靜女之美，表現出真切的戀愛之情。錢鍾書《管錐篇》云：「卉木無知，禽犢有知而非類，卻胞與而爾汝之，若可酬答，此詩人之至情洋溢，推己及他。我而多情，則視物可以如人。」〔註74〕藉由相贈之物表現出了幸福之情調。〈衛‧木瓜〉則是篇男女互相贈答的詩：

> 投我以木瓜，報之以瓊琚。匪報也，永以為好也。
>
> 投我以木桃，報之以瓊瑤。匪報也，永以為好也。
>
> 投我以木李，報之以瓊玖。匪報也，永以為好也。〔註75〕

摘採木瓜、木桃、木李等瓜果，以贈心儀之人。女子熱情地用「投」的方式，顯明其勇敢追求愛情的性格，也用此物寄寓情意。收到的男子則以佩玉回報。《禮記‧玉藻》：「古之君子必佩玉。」〔註76〕取其有美德之象徵。如《說文解字》云：「玉，石之美。有五德：潤澤以溫，仁之方也；䚡理自外，可以知中，義之方也；其聲舒揚，專以遠聞，智之方也；不橈而折，勇之方也；銳廉而不技，絜之方也。」〔註77〕所以贈送玉珮表示人品高潔，以及對愛情的堅貞。解佩贈玉以贈女的情況還出現在〈鄭風‧女曰雞鳴〉與〈王‧丘中有麻〉兩首詩中，可為例證。

物質的本身以及投、報、贈、答的行為，就男女之間來說是愛情的行動語言，能代表著純潔與堅貞。若是天子與群臣的贈貽，物品則展現了「禮」的象徵。如〈小雅‧彤弓〉：

> 彤弓弨兮，受言藏之。我有嘉賓，中心貺之。
>
> 鐘鼓既設，一朝饗之。
>
> 彤弓弨兮，受言載之。我有嘉賓，中心喜之。
>
> 鐘鼓既設，一朝右之。

〔註74〕錢鍾書，《管錐篇》（臺北：書林出版公司，1990年），冊1，頁86

〔註75〕〔漢〕毛公傳，孔穎達疏，《毛詩正義》，〔清〕阮元校刻，《十三經注疏》，頁141-2。

〔註76〕〔漢〕鄭玄著，孔穎達疏，《禮記注疏》，〔清〕阮元校刻，《十三經注疏》，頁563-2。

〔註77〕〔漢〕許慎著，段玉裁注，《說文解字注》，頁10-1。

彤弓弨兮，受言櫜之。我有嘉賓，中心好之。

鐘鼓既設，一朝醻之。〔註78〕

這首描寫天子宴饗有功諸侯之詩，一派歡樂融洽的景象。天子賜弓，乃周初禮制，如鄭玄《箋》曰：「諸侯敵王所愾而獻其功，王饗禮之，於是賜彤弓一，彤矢百，玈弓矢千，凡諸侯，賜弓矢然後專征伐。」〔註79〕《詩集傳》亦云：「此天子燕有功諸侯，而錫以弓矢之樂歌也。」〔註80〕紅漆塗弓賜予討伐仇敵、保衛邦土之諸侯，並在設宴的情況下授之，更顯其隆重。《左傳・文公四年》有載：「衛甯武子來聘，公與之宴，爲賦〈湛露〉及〈彤弓〉。不辭，又不答賦。使行人私焉。對曰：『臣以爲肄業及之也。昔諸侯朝正於王，王宴樂之，於是乎賦〈湛露〉，則天子當陽，諸侯用命也。諸侯敵王所愾，而獻其功，王於是乎賜之彤弓一、彤矢百、玈弓矢千，以覺報宴。』」〔註81〕可知此乃周室傳統禮儀，天子藉此展現賞功之大權。君主賜弓的同時，心中「貺之」、「喜之」、「好之」則在自身眞誠情意的基礎上，表達了對於臣下的禮愛，賓主皆沉浸在歡悅的氣氛中。

　　觀察天子「賞賜」中的物，因其地位的高貴，故多以豪華的車馬、玉飾、衣服爲賞，表示對臣下的疼愛之情，也展現了贈者權力在握的形象。通常藉由宴饗的形式來進行，天子在賜物之餘，亦對功臣有所勉勵，期許能扛起重任，保邦衛國，恩寵愈深，對其的諄諄賜命也就愈加顯明。從酬贈行爲的動機來看，有因愛情表示傾慕，或因立功而慰勞賞賜，那麼在臨別之際，亦能藉由贈物來表達內心的不捨與情意，如〈秦・渭陽〉：

我送舅氏，曰至渭陽。何以贈之，路車乘黃。

〔註78〕〔漢〕毛公傳，孔穎達疏，《毛詩正義》，〔清〕阮元校刻，《十三經注疏》，頁 351～353。

〔註79〕〔漢〕毛公傳，孔穎達疏，《毛詩正義》，〔清〕阮元校刻，《十三經注疏》，頁 351-2。

〔註80〕〔宋〕朱熹，《詩經集傳》（臺北：學海出版社，1992 年），頁 113。

〔註81〕〔晉〕杜預注，孔穎達疏，《春秋左傳正義》，〔清〕阮元校刻，《十三經注疏》，頁 306～307。

我送舅氏，悠悠我思。何以贈之，瓊瑰玉佩。〔註82〕

這是外甥送別舅父之詩。〈序〉云：「康公念母也。康公之母，晉獻公之女。文公遭麗姬之難未反，而秦姬卒。穆公納文公，康公時爲大子，贈送文公于渭之陽，念母之不見也，我見舅氏，如母存焉。」〔註83〕此段史實的敘述和詩意頗爲吻合，前人亦多持此看法。從送別所贈之物來看，路車、乘黃是貴族所用的車馬，可見外甥的身分不凡。兩人來到渭水之陽，即將分離，雖內心有所不捨，但因爲重耳返國是爲了即位，故無須悲痛萬分，而是將深厚的情誼藉由贈物的方式，來表達心中的情志。詩人贈給舅舅車馬，祝福著一路順遂之外，對收者而言，則有召喚往事的作用，這些車馬將是路途的伴侶，提醒著雙方的情誼。第二章則轉爲念及其母。其實，甥舅之情本源於母，而念母之思更加深了甥舅情感，便自然地想到「瓊瑰玉佩」來相贈。這些純潔溫潤的玉器，不僅是讚美對方的人品高潔，也有願舅舅不要忘記母親曾有的深情厚意，當然亦不要忘記秦國對他重返晉國登君位所作的諸多努力。方玉潤云：「詩格老當，情致纏綿，爲後世送別之祖。令人想見攜手河梁時也。」〔註84〕送別之際，藉由贈貽之行爲，將依依的離情寄託在外物上，並擇其象徵之意，以顯發其心中之情志。

然而，餽贈行爲並不侷限於物品的往來，而有以言語來相送，如《史記·孔子世家》：「辭去，而老子送之曰：『吾聞富貴者送人以財，仁人者送人以言。吾不能富貴，竊仁人之號，送子以言，曰⋯⋯。』」〔註85〕或是《晏子春秋》載：「子將行，晏子送之曰：『君子贈人以軒，不若以言。吾請以言之，以軒乎？』曾子曰：『請以言。』晏子曰：『今

〔註82〕〔漢〕毛公傳，孔穎達疏，《毛詩正義》，〔清〕阮元校刻，《十三經注疏》，頁245～246。

〔註83〕〔漢〕毛公傳，孔穎達疏，《毛詩正義》，〔清〕阮元校刻，《十三經注疏》，頁245-2。

〔註84〕〔清〕方玉潤，《詩經原始》，卷7，頁122下。

〔註85〕〔漢〕司馬遷著，裴駰集解，《史記》（臺北：鼎文書局，1981年），頁1909。

夫車輪，山之直木也……。』〔註86〕《荀子·非相》云：「故贈人以
言，重於金石珠玉。」〔註87〕《說苑·雜言》：「子路將行，辭於仲尼，
曰：『贈汝以車乎？以言乎？』」〔註88〕都顯示出對於即將出行之人贈
以期勉的言辭，是種仁人的表現，自然形成了臨別贈言的傳統。這些
多屬於社交實用的性質，也是以詩贈答的基本原型。

　　《詩經》中的〈崧高〉、〈烝民〉可說是贈答詩之濫觴，二篇皆為
尹吉甫之作，是在對方臨去之時，作詩相贈以送別，其中多為頌揚美
德和忠直。先看〈大雅·崧高〉：

> ……王遣申伯，路車乘馬。我圖爾居，莫如南土。錫爾介
> 圭，以作爾寶。往近王舅，南土是保。……申伯之德，柔
> 惠且直。揉此萬邦，聞於四國。吉甫作誦，其詩孔碩。其
> 風肆好，以贈申伯。〔註89〕

此詩是周宣王徙封元舅申伯於謝邑，宣王在郿地為其餞行之時，吉
甫作此詩以送之。其中對於申伯的封贈著墨最多，君主為其造宮室
宅院，治土田、賦稅，又賜以車馬及大圭之寶，可說是相當隆重，
且規模十分巨大，如方玉潤言：「古之寵賚，予以弓矢、賜以甲第
者有之，未有代遷其室家，且並慮及餱糧者。有之，自宣王待申伯
始。」〔註90〕說明朝廷對重臣的籠絡，也顯示出宣王是一位有才幹
的君主，〈詩序〉云：「尹吉甫美宣王也。天下復平，能建國親諸侯，
褒賞申伯焉。」〔註91〕可知結尾點明作詩之意，指出申伯功德之盛，

〔註86〕〔春秋〕晏嬰著，吳則虞編，《晏子春秋》（北京：中華書局，1962
　　　　年），頁347。

〔註87〕〔戰國〕荀況著，李滌生集釋，《荀子集釋》（臺北：臺灣學生書局，
　　　　1979年），頁85。

〔註88〕〔漢〕劉向著，盧元駿註譯，《說苑今註今譯》（臺北：臺灣商務印
　　　　書館，1985年），卷17，頁594。

〔註89〕〔漢〕毛公傳，孔穎達疏，《毛詩正義》，〔清〕阮元校刻，《十三經
　　　　注疏》，頁672～673。

〔註90〕〔清〕方玉潤，《詩經原始》，卷15，頁234。

〔註91〕〔漢〕毛公傳，孔穎達疏，《毛詩正義》，〔清〕阮元校刻，《十三經
　　　　注疏》，頁673-2。

說明其受賜有當，非恃親貴以邀寵。

從禮的餽贈行爲，能知君王對於有功者則賞賜車馬寶玉，並爲其營建城邑，尋常的宴飲之樂不足表達對申伯的恩寵，故下令吉甫「專爲此事」作詩相贈，以彰顯申伯的特殊身分及代營城邑的實質恩典。〔註92〕另外一首〈烝民〉也是同樣的政治目的，是周宣王命仲山甫築城於齊，以坐鎮東方，平定齊亂：

……四牡騤騤，八鸞喈喈。仲山甫徂齊，式遄其歸。

吉甫作誦，穆如清風。仲山甫永懷，以慰其心。〔註93〕

吉甫在其臨行前作詩相贈，盛讚其美德與輔佐宣王中興的政績。其中既突出了仲山甫爲國忠貞，是位賢臣外，也反映出周宣王善於任賢使能，且虛心聽取臣下意見，不愧爲一明君。通過贈詩既美賢臣亦頌明君，並深知仲山甫心仍繫王室，必有所懷思，故以詩來安慰其心，則是點明了作詩之由。

綜上所述，先秦時期能見以「物」展開了贈答的情意交流，以及在臨別之際贈「言」相勉是贈答詩的原型，最後則有〈崧高〉、〈烝民〉二首贈「詩」的出現。從贈詩內容看，乃是餞行而作，屬社交應酬的性質，藉由詩歌來表達對特定人物的推崇，並彰顯其身分之榮耀；從形式上看，四言頌美，以及把褒勉式的贊筆留在末章，皆對後世贈答詩之創作產生影響。

（二）應酬、抒懷與玄理

《詩經》中已存有贈詩之作，但眞正以詩往返贈答則起於漢末，如桓帝時桓麟的〈答客詩〉，據逯欽立《先秦漢魏晉南北朝詩》引《文士傳》載：「麟伯父烏，官至太尉，麟年十二，在座，烏告客曰：『吾此弟子，知有異才，殊能作詩。』客乃作詩曰云：

甘羅十二，楊烏九齡。昔有二子，今則桓生。

〔註92〕參見江雅玲，《文選贈答詩流變史》，頁106～107。

〔註93〕〔漢〕毛公傳，孔穎達疏，《毛詩正義》，〔清〕阮元校刻，《十三經注疏》，頁677-1。

　　參差等蹤，異世齊名。

桓應聲答曰：

　　邈矣甘羅，超等絕倫。伊彼楊烏，命世稱賢。

　　嗟予蠢弱，殊才俟年。仰慚二子，俯愧過言。〔註94〕

此處看似維持了社交應酬的特色，但實際上已開展出兩點可注意之處：其一，先秦公卿大夫的以詩喻志，皆用詩經的舊章，此處則已為「自作詩」；其二，先秦賦者的身分多為世卿或執政者，所言之志多攸關時局世事、國政外交，非個人的一己私情的論述。但桓麟與客問答應對的內容，則僅止於個人殊異才能的揄揚與謙辭，完成的是「個人」間的交際功能。但其詩中的措辭用言，仍較看不出個人內在心靈的性情搖盪。

　　真正透過「詩」來進行個人間情感的贈答往返，能別於外交目的之外者，則可見於秦嘉〈贈婦詩〉與其妻徐淑〈答秦嘉詩〉。贈詩在形式上，捨棄了當時士大夫慣用的「四言正體」，改用「清麗居宗」的「五言流調」，本就頗具創變性，內容上，有著人生苦短、世道艱難的慨歎，以及臨別時的顧戀躕躇。在答詩上則藉淒怨宛轉的楚騷體，表達內心不能隨行的憾恨，以及佇立徘徊的刻骨相思。在這樣贈答往返中，突顯的是純粹發乎個人情性的行為，以抒情詠懷為主體，為贈答詩開拓出嶄新的面向，有其先驅的地位。〔註95〕但是贈答詩的社交實用性質並非全然消失，乃是根據創作意圖、場合、對象的不同而有所側重，或頌美應酬，或抒發情志。

　　建安時期，曹氏父子與鄴下文士的創作往來，促進了贈答詩的發展，並具有群體的特色，《文心雕龍‧時序》云：「觀其時文，雅好慷慨，良由世積亂離，風衰俗怨，並志深而筆長，故梗概而多氣也。」〔註96〕

〔註94〕二詩見逯欽立輯校，《先秦漢魏晉南北朝詩》，頁183～184。

〔註95〕以上兩段論述參考自梅家玲，《漢魏六朝文學新論——擬代與贈答篇》，頁106～110。

〔註96〕〔梁〕劉勰著，范文瀾註，《文心雕龍註》（北京：人民出版社，1962年），頁673～674。

能知建安文壇的共同風格，贈答之作亦表現出強烈的抒情特質，如王粲〈贈文叔良詩〉、〈贈蔡子篤詩〉等雖是贈行而作，但內容與動機上已非是「吉甫作誦」的政教實用意義，而是著重在動亂流離所激發出的感慨憂患，雖有諄諄規勉之言，但皆是個人情誼之間的交流。又如劉楨、徐幹的贈答對詩，其中的相知相契之情，溢於言表，有別於秦嘉夫婦間的相思眷戀，而是將人際互動從家庭拓展至社會生活。「骨氣奇高，詞采華茂」〔註97〕的曹植，由於自身的才性與經歷，使得其〈贈白馬王彪詩〉融死別之恨、友于之痛、失志之憾，以及種種對生命困境的傷懷和反思為一爐，遂使贈答一體，突破原先因寫贈對象不同而連帶使詩作內容界域分明、僵化凝滯的境況，產生社交規範與個人情懷能相互滙通的往還模式，亦提供往後作家可資步軌的準據。〔註98〕

　　正始時期乃易代之際，曹魏與司馬氏之間尖銳的對峙，以及政治上的血腥殺戮，使得玄學成了士子安身立命的依憑。士人大暢玄風並將哲學思想引入文學創作，《文心雕龍·明詩》則云：「正始明道，詩雜仙心」，〔註99〕贈答詩的寫作亦深受影響，有別於建安的抒情基調，也非一般的應酬性質，而是在贈答篇什中寄託著玄理，如嵇康的〈四言贈兄秀才入軍詩〉、〈五言贈秀才詩〉與嵇喜的〈答嵇康詩四首〉，便反映出不同的玄學人生觀：前者規箴兄長不應汲汲於險惡仕途，人生貴在閒適容與，不受羈絆；後者則闡釋自己順俗入世的想法，認為逍遙不一定要遠離世俗，只要不違本性即可。雖然二人在詩中表現出避世與順俗的互異觀念，但皆是在莊老「逍遙」的基礎上加以闡發，使得贈答詩蘊涵玄學的深意。這一時期的贈答詩多見於嵇康與其友人的往來酬和，內容常表現對超俗隱逸的嚮往，如嵇康〈答二郭詩〉、郭遐叔〈贈嵇康詩二首〉、阮侃〈答嵇康詩二首〉除呈現知己的懷念與真摯友誼外，尚有超然不群

<hr />

〔註97〕　〔梁〕鍾嶸著，陳延傑注，《詩品注》（臺北：臺灣開明書店，1978年），頁13。
〔註98〕　詳見梅家玲，《漢魏六朝文學新論——擬代與贈答篇》，頁152。
〔註99〕　〔梁〕劉勰著，范文瀾註，《文心雕龍註》，卷2，頁67。

的氣息，並且以玄妙的哲理相互慰勉，這正是正始贈答詩的特質所在。

　　爰至西晉，時人之間的贈答詩多屬奉承、稱頌一類，明顯帶有交際應酬之目的，但是與一般禮尚往來的情意交好有所不同，而是表現出當時社會攀龍附鳳、討好權貴的風氣。多運用四言體寫作，注重辭藻富麗、駢偶工整，但缺乏眞摯情思，賈謐集團中文人的贈答之作，就是以追求政途上的通達爲主，如潘岳〈爲賈謐作贈陸機詩〉、石崇〈贈歐陽建詩〉、歐陽建〈答石崇贈詩〉、潘尼〈答陸士衡詩〉、摯虞〈答杜育詩〉等篇什，表現出希求身名俱泰的士人心理。不過，除諛美頌德之外，亦存有抒情詠懷的贈答，尤其是晉滅東吳之後，吳地士族政治地位驟降，入洛之後又未能融入西晉的上層社會，所以藉由贈答詩傾訴內心的複雜情緒，如陸機〈於承明作與弟士龍詩〉流露政治上的失意與邦國傾覆的哀愁，陸雲〈答顧秀才詩〉、〈答兄平原詩〉則有昔日貴族的高亢情志以及家族敗落後的不平心理，鄭豐〈答陸士龍詩四首〉、孫拯〈贈陸士龍詩〉即表現出追念世德與重興家族聲威的心志。這群東吳遺少的相互贈答，因爲處境與背景的近似，遂呈現出有別於主流之外的贈答風格，表現出眞情實感之意蘊。

　　東晉江左，溺乎玄風，贈答詩多承載著玄理的旨趣。正始文人以詩酬贈所呈現出的玄思，是在險惡政治下追求精神解脫的理想境界，但是南渡以後，偏安的政局，江南的明秀山水，以及佛教的漸興，使得東晉士人在贈答詩中的玄學意趣乃在追求一種脫俗的瀟灑風神，如孫綽〈贈溫嶠詩〉、謝安〈與王胡之詩〉、王羲之〈答許詢詩〉、王胡之〈贈庾翼詩〉等蘭亭諸友的贈答篇什，內容多是體玄悟道，少見心靈情感的交流。不過，依舊存有抒懷的贈答作品，像是郭璞的〈答九州愁詩〉表達出對家國不在、中原淪陷的悲憤；陶淵明的〈贈長沙公詩〉、〈答龐參軍詩〉則流露情誼的美好，並寄寓了詩人的生活情趣與人生理想。〔註100〕

〔註100〕關於魏晉時期的贈答詩發展論述、研究甚多，以上論述則參考以下諸篇論著整理而成：王莉，〈論魏晉贈答詩之嬗變〉，頁

從兩漢到魏晉，贈答詩的發展已非侷限於社交應酬，而是能成為抒發、傾訴情感的媒介，或是清談玄理的文學載體，並且反映著各自的社會思潮與時代文風。值得注意的是，由贈答詩所展現出來的整體文化風貌，則多繫於文人群落的創作背景和思想內涵，其中個體間的身分位階雖有不一，但基本上皆出於「士人」階層，因為「文化和思想的傳承與創新自始自終都是士的中心任務」。〔註101〕但士作為一個社會階層的精神風貌，將隨著時代的變化而有不同的特性，在「贈答」的交流互動中，展露出各異其趣的文化特質。

第三節　士人身分的界定與特性

「士」在中國歷史上的作用及其特質涉及層面甚廣，內容複雜，已有眾多學者投入這塊領域中耕耘考論。因此本節先對士的起源、演變進行初步探索，旨在掌握士人的身分特徵和社會功能，並勾勒南朝士人的文化特點，以說明全文所側重的文化面向與主題。

余英時先生在考察「士」的起源上用力頗深，曾指出從文字訓詁解釋「士」的原始意義是農夫，是有所疑義的，因為就現存的古代文獻而言，一方面能難證明「士」可以單獨地解為農夫；另一方面，遠在商、周的士如文獻中的「多士」、「庶士」已可能指「知書達禮」的貴族階級而言了。並且從「封建」秩序的解體來說明士階層的興起，因為周代社會、政治、經濟、文化等方面的不斷演進，春秋中葉產生了貴族下降和庶人上升的現象，由於士人階層處於貴族與庶人之間，是上下流動的匯合之所，士的人數遂不免隨之大增，這就導使士階層在社會性格上發生了基本的改變。最重要的是士已不復顧炎武所說的

65～70；王曉衛，〈魏晉贈答詩的興盛及當時詩人的交流心態〉，頁48～54；周唯一，〈魏晉贈答詩的基本模式及藝術文化特徵〉，頁8～13；金南喜，《魏晉交誼詩研究》，頁138～162。
〔註101〕余英時，《士與中國文化》（上海：上海人民出版社，1987年），頁1。

「大抵皆有職之人」，相反的，士已從固定的封建關係中游離出來而進入「士無定主」的狀態。這時社會上出現了大批有學問知識的士人，他們以「仕」爲專業，然而社會上卻並無固定的職位在等待著他們，於是便有了所謂的「仕」的問題。〔註102〕

此時孔子的出現對於士階層的奠基亦不容忽視，馮友蘭先生便認爲：「孔子是中國第一個使學術民眾化的，以教育爲職業的『教授老儒』；他開戰國講學遊說之風；他創立，至少亦發揚光大，中國之非農非工非商非官僚之士之階級。」〔註103〕其所創立的儒家學說，提供了士人行爲規範的依據，更爲士人提出崇高的目標：「志士仁人，無求生以害仁，有殺身以成仁。」〔註104〕另外，儒家欲以禮樂教化來治國，非有其專門知識者來實踐，所以傳統士人便成爲儒家文化的社會載體。於是眞正士階層的構成，便始自於春秋戰國這禮崩樂壞的時代，至秦漢時代，官僚制度規模大備，漸演生出以學者（文人）兼爲官僚爲特徵的「士大夫」階層，由通經的讀書士子到爲政一方的行政官僚，決定了士大夫以「儒」爲體的文化特質，不僅意味著儒生個體命運和身分的變換，更表明儒生將自己信奉的政治、人格理想與人生價值推向社會、政治實踐。〔註105〕

但是到了東漢後期兩次黨錮之禍的濫殺、濫捕後，士人不再「上議執政，下議卿士」，〔註106〕或追求明哲保身之生活，或開始懷疑名教，甚至發出詆毀之言論，這與「士的自覺」思潮有其關聯，余英時

〔註102〕 參考自余英時《中國知識階層史論（古代篇）》（臺北：聯經出版社，1980 年），頁 1～24。

〔註103〕 馮友蘭，〈孔子在中國歷史中之地位〉，收於顧頡剛主編，《古史辨》（臺北：蘭燈文化公司，1987 年），冊 2，頁 203～204。

〔註104〕 〔魏〕何晏集解，邢昺疏，《論語注疏》，〔清〕阮元校刻，《十三經注疏》，頁 138～2。

〔註105〕 詳見郝耀南，《道的承擔與逃逸》（成都：巴蜀書社，2000 年），頁 7～10。

〔註106〕 〔晉〕袁宏著，周天游校注，〈桓帝紀・延熹九年〉，《後漢紀校注》（天津：天津古籍出版社，1987 年），卷 22，頁 624。

先生便指出:「自黨錮以後下迄曹魏,就士大夫之意識言,殆爲大群體精神逐步萎縮而個人精神生活之領域逐步擴大之歷程。當時社會上最具勢力之士大夫階層既不復以國家社會爲重,而各自發展與擴大其私生活之領域,則漢代一統之局勢已不得不墜。一統之局既墜,則與之相維繫之儒學遂失其效用,而亦不得不衰矣。故推源溯始,儒學之衰,實爲士大夫自覺發展所必有之結局。」〔註107〕於是士階層之思想精神在魏晉南北朝產生了重大的轉變。

西漢末年,士人之宗族逐漸發展,形成大族則不外三途:其一是憑藉政治勢力,其二爲經濟力量,其三是術業世傳。兩晉南北朝之士族,多由經學文章相繼,道德品行傳家來維持地位之不墜。〔註108〕九品中正制的實行,以及恆產化導致大莊園的興起,終於造成了一個所謂「士大夫非天子所命」的時代。〔註109〕遂能理解六朝士人不以國家社會爲重之由,尤其南朝「君臣之節,徒致虛名。貴仕素資,皆由門慶,平流進取,坐至公卿,則知殉國之感無因,保家之念宜切」,〔註110〕可謂當時士人的普遍觀念。漢代士人以道自任的弘毅精神,隨著大一統社會的分裂,以及對儒家名教的反動,魏晉南朝的思想文化呈現出空前活躍的局面,士人多有玄風的曠達,並且兼蓄佛道,注重養生保命和世俗的享受,社會責任感相對淡薄,而將其人生的重心放在山水怡情、文學藝術的修養。

若說士人是文化之實踐與創造者,那麼在經學爲主的時代過後,各樣思想的蓬勃發展,便影響著士人文化性質與身分特徵。誠如余英時先生在論中國知識階層興起時,援引美國社會學家派森思(T. Parsons)所提出「哲學的突破」之觀點,來闡釋春秋百家爭鳴的現象。

〔註107〕 余英時,《中國知識階層史論(古代篇)》,頁295~296。

〔註108〕 毛漢光,《兩晉南北朝士族政治之研究》(臺北:中國學術著作獎助委員會,1966年),頁63。

〔註109〕 余英時,《中國知識階層史論(古代篇)》,頁2~3。

〔註110〕 〔梁〕蕭子顯,《南齊書》(臺北:鼎文書局,1980年),卷23,頁438。

〔註111〕葉啓政先生曾對派森思的概念說進行說明：「認爲只有在文字的發明及哲學的突破，知識份子才得以產生。文字使得人們可以把過去的經驗保存下來，更重要的是人們能夠運用智慧，來從經驗世界中抽取概念，來解釋宇宙與人生。知識份子就是一個在社會中懂得使用象徵符號來解釋宇宙人生的一群特殊人物。他們跟社會產生最密切的關係在於『文化』這概念上。」並根據這個前提，認爲「知識份子的最重要特徵就是創造、解釋、修飾或傳播精緻文化」，〔註112〕故尤雅姿先生在探討魏晉士人的身分界定時，認爲舉凡太學生、文人官僚、書畫家、文學家、清談家、高僧名流、世家大族、貴遊子弟等皆可納入，只是社層來源雖不限於高門，但考慮文化資源取得的條件上，魏晉的文化創造者其身分泰半爲衣冠世族。〔註113〕南朝四代雖士庶地位有所升降，但其社會階層乃延續魏晉以門閥爲重，故在探究南朝贈答詩的「士人」文化時，則採上述前人之觀點。

　　南朝士人的特性大體表現在三個層次，第一是以個體情感的暢適、自足爲致思、行爲的最高目標歸宿，吸納老莊釋道作爲精神內蘊，按照個體自適的需求作出改造；第二爲崇尙個體人格，鄙棄向外承擔社會責任，致力於顯示「玄虛高蹈」、「綺靡艷麗」而獲取心靈滿足；第三是對「文」具有高度重視，作爲個體才學風度的展示，作爲情感娛悅的需要，故而對文的重視就坐實在對文的形式美的追尋創造之上。〔註114〕由於「文化」是一種「複合體」的概念，〔註115〕所以根

〔註111〕　詳見余英時，《中國知識階層史論（古代篇）》，頁30～38。

〔註112〕　陳國祥，〈訪葉啓政教授——從文化觀點談知識份子〉，徐復觀等，《知識份子與中國》（臺北：時報文化出版公司，1985年），頁28。

〔註113〕　詳見尤雅姿，《魏晉士人之思想與文化研究》（臺北：文史哲出版社，1998年），頁4～5。

〔註114〕　參看郝耀南，《道的承擔與逃逸》，頁340。

〔註115〕　「文化」一詞中國古來已有，是指文治教化之意，與近代以文化學科爲研究的定義不同。英國文化人類學家泰勒（E.B. Tylor）在1871年出版的《原始文化》中，第一次把文化作爲一個中心

據南朝士人的特性將本文之架構分爲四大主題：文學、政治、思想、社會，分別深入探究贈答詩與士人的創作審美觀念、仕隱的抉擇、儒玄佛道之會通、文會的蓬勃與交誼的心態，以歸結出南朝贈答詩在文學、文化史上的價值與意義。

概念提了出來，並表述其涵義爲：「文化是一種複合體，它包括知識、信仰、藝術、道德、法律、風俗，以及其餘從社會上學得的能力與習慣。」後世雖有許多學者修正泰勒的文化定義，但都沒有超出將文化視爲一個複合的整體之基本觀念。參見司馬雲杰，《文化社會學》(北京：中國社會科學出版社，2001 年)，頁 6～8；李宗桂，《中國文化概論》(臺北：新學識文教出版中心，1991 年)，頁 4～7。

第二章　贈答詩與士人的文學審美

　　「贈答」之名源於《文選》詩部之子目，收錄王粲以下至齊梁之詩共七十二首，爲數之多，僅亞於雜詩一類，備受時人所重視。若溯其淵源，詩三百的「贈詩形式」與先秦的「賦詩言志」風氣，可視爲濫觴，兩漢諸作則在社交性質之外，另開抒情詠懷的表現；降及建安，彬彬之盛的局面，是奠基的典範時代；爰至西晉則達到創作量的第一次高峰。〔註1〕南朝之際，文學繁榮發展，所謂「英華秀發，波瀾浩蕩，筆有餘力，詞無竭源」，〔註2〕出現了山水、詠物、宮體、邊塞詩等類型化的創作現象，不可忽略的是，贈答詩數量亦在梁代攀升爲魏晉六朝之冠。〔註3〕除受政治變革、思想興衰與風尚變遷等影響外，承繼著前代之基礎，在高舉「新變」〔註4〕的文學氛圍中，南朝贈答

〔註1〕　關於贈答詩類的溯源與建立，論文第壹章第二節有詳述。另可參梅家玲，〈論建安贈答詩及其在贈答傳統中的意義〉，《漢魏六朝文學新論》，頁101～157。

〔註2〕　〔唐〕魏徵等著，《隋書・文學傳序》（臺北：鼎文書局，1980年），卷76，頁1730。

〔註3〕　據江雅玲統計，東漢至隋贈答詩數量以梁代194首爲冠，西晉138首次之。若就百分比而觀，南朝四代爲45%，勝於魏晉的42%，可見創作量持續增長。詳參江雅玲，《文選贈答詩流變史》，第二章第三節，頁50～51。

〔註4〕　如劉宋文人對愈益僵滯的東晉玄言詩進行變革，南齊永明對聲調的講求，以及梁宮體豔情詩的出現，反映出新變的文學觀念被接受並

詩自有其獨特的審美趣味。

　　贈答一詞，顧名思義即是一方先有贈詩，接受者根據來詩內容而酬答，互爲往來，具有社交應酬的現實作用，亦有交流情意，抒發感懷的藝術效果。以詩歌創作做爲人際交誼的方式，其中便流露出對個人或時代風氣對文學品味之要求，也展現出酬贈雙方群體的特色。如建安諸子集結於鄴下，共相游宴，「傲雅觴豆之前，雍容衽席之上，洒筆以成酣歌，和墨以藉談笑」，﹝註5﹞彼此酬贈唱和之篇什體現了「梗概而多氣」﹝註6﹞的文風。從中，藉由群己雙方的交流，進而獲得對自我的肯定，尤其在以文學取才，崇文之風盛行的南朝，贈答詩可成爲文化優勢的「象徵符號」，即如鍾嶸在《詩品·序》所言：「今之士俗，斯風熾矣。纔能勝衣，甫就小學，必甘心而馳騖焉。於是庸音雜體，人各爲容。至使膏腴子弟，恥文不逮，終朝點綴，分夜呻吟。」﹝註7﹞可知高門士族極重視文學表現，將之視爲一種文化標記。但自劉裕建宋，四代帝王皆出於寒族，士庶間政治權力地位間的升降，必然牽動原先由士族所引領的文化形態，文學的審美觀念也因此產生變革，一來影響酬和詩作之表現，另一方面，士人則藉贈答詩歌的回還往復，流露出文學審美之意趣，以突顯其所代表的文化階層與品味。

　　就社會背景而言，東晉時與皇帝共治天下的士族大家，其門閥階級在元嘉末年已見鬆動，《南史》載：「孝武以來，士庶雜選，如東海鮑照以才學知名，又用魯郡巢尚之，江夏王義恭以爲非選。帝遣尚之送尚書四十餘牒，宣敕論辯，義恭乃歎曰：『人主誠知人。』」﹝註8﹞

實踐，即如蕭統在《文選·序》中所言：「踵其事而增華，變其本而加屬。」可視爲南朝文學發展的特點。另可參王夢鷗，〈魏晉南北朝文學之發展（中）〉，《中華文化復興月刊》卷14期8（1981年8月），頁9～16。

﹝註5﹞　〔梁〕劉勰著，范文瀾註，《文心雕龍·時序》，卷9，頁673。
﹝註6﹞　〔梁〕劉勰著，范文瀾註，《文心雕龍·時序》，卷9，頁674。
﹝註7﹞　〔梁〕鍾嶸著，陳延傑注，《詩品注》，頁5。
﹝註8﹞　〔唐〕李延壽，《南史·恩倖傳》（臺北：鼎文書局，1985年），卷77，頁1914。

趙翼在《二十二史箚記》裡指出：「其他立功立事，爲國宣力者，亦皆出於寒人。」〔註9〕由於皇室起用寒族掌實權，且大力拔擢下層文人，使得士庶界線漸趨淡化，同時，原屬豪族武宗的吳興沈氏、蘭陵蕭氏也開始嶄露頭角，以新貴之姿躍上政治舞台。另一方面文學內部亦有所轉變，如清人沈德潛曾云：「詩至於宋，性情漸隱，聲色大開，詩運一轉關也。」〔註10〕即指晉宋之交，玄言逐漸在文學中告退，讓山水代之而興，並將南朝詩歌引向重形尚美的風格。然而王夫之所言「元嘉之末，雅俗沿革之際」〔註11〕則更細微地點出了進入南朝後，詩風改變的時間點。是以，士庶升降的政治變動和雅俗鑒賞的文學變革，其時間脈絡似有相暗合之處，具有社交性質的贈答詩歌受到創作外緣與內因的影響，則展現出不同的特質。本章即從作品中的修辭、內容至風格的形成，勾勒出南朝贈答詩所呈現的文學審美之變化，並且與士人生活、心態互爲聯繫，探究背後蘊含的文化意義。

第一節　事典繁密的博雅風貌

一、典雅矜重的風格

　　劉宋之際的贈答詩，在句式上，以清麗的五言體爲多；篇制上則顯得鋪張雕琢，有生典重澀的特質；創作數量上，仍以元嘉三大家謝靈運、顏延之、鮑照爲代表。與謝、鮑互有交集的顏延之，詩風以典雅密麗爲主，南宋張戒在《歲寒堂詩話》中指出「詩以用事爲博，始于顏光祿」，〔註12〕可見在詩壇造成不小影響，尤其在與王謝二家子

〔註9〕　〔清〕趙翼，《二十二史箚記》（南京：鳳凰出版社，2008 年），卷12，「江左世族無功臣」，頁 175。

〔註10〕　〔清〕沈德潛，《說詩晬語》（臺北：臺灣中華書局，1966 年），卷上，頁 8b。

〔註11〕　〔明〕王夫之，《古詩評選》，《船山遺書全集》（臺北：自由出版社，1972 年），冊 20，頁 11745。

〔註12〕　〔宋〕張戒著，陳應鸞箋注，《歲寒堂詩話箋注》（成都：四川大學

弟互爲唱和的贈答詩作中，充分展現作家之文學素養與創作技巧，雖
非出自一流高門，〔註13〕卻在士族間備受推崇與欽慕，被譽爲「文章
之美，冠絕當時」，〔註14〕從中流露出「博物」的長才，是此一時期
的文學品味與審美概念，並與之後「類書」、「文集」的盛行流通與隸
事遊戲的競技發展，共同衍爲一種文化行爲。先從〈贈王太常僧達詩〉
看起，前半部分表達對王僧達的頌美之意：

> 玉水記方流，璇源載圓折。蓄寶每希聲，雖秘猶彰徹。
> 聆龍晬九淵，聞鳳窺丹穴。歷聽豈多士，歸然覯時哲。
> 舒文廣國華，敷言遠朝列。德輝灼邦懋，芳風被鄉耄。
> 〔註15〕

前四句以「美玉」、「珠寶」爲喻，讚其有君子般之善德，雖隱而不顯，
終會彰明外現；五至八句以「龍吟」、「鳳鳴」來比擬其文采堪稱一代
才俊；九至十二句述說僧達的文章言詞能發揚國朝之功業，德行光輝
可讓邦國更爲興旺，鄉老也受其芳美之風的感化。其中運用文辭講究
工麗，並多處用典，從《尸子》、《老子》、《尚書》、《楚辭注》、《山海
經》、《國語》、《禮記》等取引成辭，讓全段幾乎句句有來歷，〔註16〕
且並不拘限於儒家經典，而是廣泛涉獵取材。故鍾嶸在《詩品》對顏
延年之評語即爲：「喜用古事，彌見拘束，雖乖秀逸，是經綸文雅才。」
〔註17〕點出了詩人用事繁密，展其博學的特質，但是因「錯彩鏤金」

　　　出版社，1990年），頁44。

〔註13〕《宋書》本傳載延之少孤貧，居負郭，室巷甚陋。但其曾祖顏含，
　　　爲右光祿大夫；祖約，零陵太守；父顯，護軍司馬，屬琅邪臨沂
　　　顏族，可知非出身無世祚之資的寒素。另外，蘇紹興統計從晉朝
　　　以來的仕宦記錄，還有顏髦、顏謙、顏約、顏師伯等人皆官居五
　　　品以上，認爲雖不及王謝盛大，仍應列屬士族。見〔梁〕沈約，《宋
　　　書》（臺北：鼎文書局，1980年），卷73，頁1891；蘇紹興，《兩
　　　晉南朝的士族》（臺北：聯經出版社，1987年），頁244～245。

〔註14〕〔梁〕沈約，《宋書·顏延之傳》，卷73，頁1891。

〔註15〕遼欽立輯校，《先秦漢魏晉南北朝詩》，頁1232。

〔註16〕參見〔梁〕蕭統編，李善注，《文選》（上海：上海古籍出版社，1986
　　　年），卷26，頁1201。

〔註17〕〔梁〕鍾嶸著，陳延傑注，《詩品注》，頁25。

過甚，將贈詩中誠摯眞意轉爲溢美之詞。據史書所載，王僧達出自琅邪臨沂高門，自負才氣，言行狂放，終不得志，顏延之在詩中極力稱揚似是過譽之語。何焯謂此詩：「方流圓折、九泉丹穴、國華朝列、邦懋鄉耆，拉雜而至，亦復何趣。」〔註18〕雖展露學問，但過度鍛鍊文字，使得詩意晦澀難懂，有雕琢之弊。

詩的後半敘述曩昔共同閒居之景，並抒懷垂暮之傷、樂往悲來之情：

> 側同幽人居，郊扉常晝閑。林閭時晏開，亙廻長者轍。
> 庭昏見野陰，山明望松雪。靜惟泆群化，徂生入窮節。
> 豫往誠歡歇，悲來非樂闋。屬美謝繁翰，遙懷具短札。

〔註19〕

前四句自謙有幸與深雅之人爲鄰的境況，並使用《漢書》之典，把王僧達比陳平，用「門外多長者車轍」〔註20〕來稱揚王太常將來前途無量，必會十分出色。五、六兩句寫雪後之景，視線由近而遠，從暗到亮，層次井然卻不著痕跡，筆法相當清新。七、八二句則化用《莊子》中的「已化而生，又化而死」〔註21〕之句，來說明萬物變化不息的道理，引發步入垂老之際樂往悲來的感嘆。詩末則說明藉由此詩是來表述心中的情懷。清人方東樹云：「此詩完密凝厚，可以爲贈詩之式，然不免方板，所謂『經營地上』語，全是凡響，雖亦兼有陶、謝風格，終是皮厚，末流不可處。」〔註22〕通篇來說，這首贈詩過於堆砌，晦闇費解，若無博學，難透其「皮厚」而得其意。顏延之對於己身的才

〔註18〕〔清〕何焯，《義門讀書記》（北京：中華書局，2006 年），卷 46，頁 913。
〔註19〕逯欽立輯校，《先秦漢魏晉南北朝詩》，頁 1232。
〔註20〕見〔漢〕班固著，顏師古注，《漢書》（臺北：鼎文書局，1986 年），卷 40，頁 2038。
〔註21〕〔清〕郭慶藩，《莊子集釋》（北京：中華書局，1995 年），〈外篇〉卷 7 下，〈知北遊〉，頁 746。
〔註22〕〔清〕方東樹，《昭昧詹言》（北京：人民出版社，1961 年），卷 5，頁 161。

學是頗爲自負的，如史載：「時尙書令傅亮自以文義一時莫及，延之
負其才，不爲之下，亮甚疾焉……延之既以才學見遇，當時多相推服，
唯袁淑年倍小延之，不相推重。延之忿於眾中折之曰：『昔陳元方與
孔元駿齊年文學，元駿拜元方於牀下，今君何得不見拜？』淑無以對。」
〔註23〕小心維護所擁有的文名，且不避諱地展現對學問與創作的自
信，於是士族文人透過贈答詩的往來，除互相標榜稱美，更可成爲炫
其才華的方式。如王太常有答詩云：

> 長卿冠華陽，仲連擅海陰。珪璋既文府，精理亦道心。
> 君子聳高駕，塵軌實爲林。崇情符遠跡，清氣溢素襟。
> 結遊暑年義，篤顧棄浮沈。寒榮共偃曝，春醖時獻斟。
> 聿來歲序暄，輕雲出東岑。麥壠多秀色，楊園流好音。
> 歡此乘日暇，忽忘逝景侵。幽衷何用慰，翰墨久謠吟。
> 棲鳳難爲條，淑覜非所臨。誦以永周旋，匪以代兼金。
>
> 〔註24〕

這首詩在結構布局上和顏氏贈詩相仿，首八句都極力讚美文章道德
的高美；中間十句描寫兩人共遊的歡樂情景，並結爲忘年之交。結
尾六句則稱揚贈詩能安人心懷，十分絕妙可永遠珍藏。沈德潛評此
詩云：「亦著意追琢，答顏詩與顏體相似。」〔註25〕可從用典方面
觀察，如開頭即以司馬相如、魯仲連之事蹟和名聲來比延之的才華
和智謀。其他像「珪璋」一詞語出《詩經》〈大雅・卷阿〉；〔註26〕
「楊園流好音」分別剪裁自〈小雅・卷伯〉、〈邶風・凱風〉；〔註27〕
「道心」指道德觀念，出自《書・大禹謨》；〔註28〕「周旋」語出

〔註23〕〔唐〕李延壽，《南史・顏延之傳》，卷34，頁878。
〔註24〕〈答顏延年詩〉，逯欽立輯校，《先秦漢魏晉南北朝詩》，頁1240。
〔註25〕〔清〕沈德潛編，《古詩源》（臺北：臺灣商務印書館，1970年），卷
　　　　12，頁58。
〔註26〕〔漢〕毛公傳，孔穎達疏，《毛詩正義》，《十三經注疏》，頁628-1。
〔註27〕〔漢〕毛公傳，孔穎達疏，《毛詩正義》，《十三經注疏》，頁429-2、
　　　　85-2。
〔註28〕〔漢〕孔安國傳，孔穎達疏，《尚書正義》，《十三經注疏》，頁55-2。

《左傳·昭公二十五年》爲行禮揖讓的動作；〔註29〕「兼金」自《孟子·公孫丑下》出，表示最好的金子；〔註30〕「塵軌」語本何邵之詩、「春醪」語本曹植之賦等。〔註31〕用事仍相當可觀，且分別從經、史、子、集中去引用典實和辭彙，可見知識面相當廣泛。兩人的來往贈答，約在孝建三年（456），僧達擔任太常職位，年三十二，但延之已七十二歲，可說是忘年之交，二人性格皆疏狂且自負才氣，應是契合之因。〔註32〕除惺惺相惜的情意交流外，繁密的用事亦隱含有逞才炫學的較勁意味，「士大夫子弟，皆以博涉爲貴，不肯專儒」，〔註33〕顯現出士族階層以博雅爲美的文學品味，以及典雅矜重的藝術風格。〔註34〕

二、用事手法之巧變

　　顏延之與出身高門的謝靈運亦有互爲贈答之作。大謝之詩雖被稱爲「出水芙蓉」表示清新自然，但在贈答詩中仍見琢鍊、用典繁複，如清人方東樹云：「康樂乃是學者之詩，無一字無來處率意自撰也。」〔註35〕在〈還舊園作見顏范二中書詩〉中共四十二句，用事數即有三十處。顏氏的酬答之作〈和謝監靈運詩〉則有三十六句，但用事數多

〔註29〕〔晉〕杜預注，孔穎達疏，《春秋左傳正義》，《十三經注疏》，頁888-1。

〔註30〕〔漢〕趙岐注，孫奭疏，《孟子注疏》，《十三經注疏》，頁75-1。

〔註31〕分見〔梁〕蕭統編，《文選》，卷26，頁1208，李善注引何邵詩曰：「亮無風雲會，安能襲塵軌」；〔魏〕曹植，《酒賦》，見〔清〕嚴可均輯校，《全上古三代秦漢三國六朝文·魏》（北京：中華書局，1991年），卷14，頁1128-2。

〔註32〕見〔梁〕沈約，《宋書》〈顏延之傳〉，卷73，頁1891～1893；〈王僧達傳〉，卷73，頁1951～1958。

〔註33〕〔北齊〕顏之推著，王利器集解，〈勉學〉，《顏氏家訓集解》（上海：上海古籍出版社，1980年），卷3，頁170。

〔註34〕須要說明的是，詩歌用典並不僅限於贈答一類。回到文學本身來看，詩人在作品中運用典故，是憑藉其文化積累的工夫，從中選擇精確的語辭以傳達所欲訴說之情志，藉此豐富了詩歌的內涵。此點乃是朱曉海老師於論文口試中所給予的意見，提示筆者在論述過程之闕漏，特此致謝。

〔註35〕〔清〕方東樹，《昭昧詹言》，卷5，頁131。

達三十二處。作爲元嘉文壇的主要代表人物，他們之間直接的唱和之作，典型地體現了元嘉詩歌使事繁密的特徵，可藉此探究用事之手法。〔註36〕在《文心雕龍》〈事類〉篇曾對用典的取材方式進行區分：

> 事類者，蓋文章之外，據事以類義，援古以證今者也。昔文
> 王繇《易》，剖判爻位，〈既濟〉九三，遠引高宗之伐，〈明夷〉
> 六五，近書箕子之貞；斯略舉人事，以徵義者也。〔註37〕

劉勰認爲援引典故、成語或古籍中的語句來證明文義，是一種修辭方法。若運用於詩，則可將歷史人物或事件的典實來輔佐意旨，並以此爲喻抒發內心情懷。

> 至若〈胤征〉羲、和，陳〈政典〉之訓；〈盤庚〉誥民，敘
> 遲任之言，此全引成辭以明理者也。〔註38〕

完整引用前人話語可來說明文章之道理，在詩歌中則常引錄前人或古籍之語，來增添文采，不過若是要達到用事繁密，在創作中展現學識廣博，則在取引的方式上做改變，並大量地出現在作品中。因此，以下就顏、謝的互爲贈答之作，分「徵引古事」、「援用成辭」二類進行分析：

（一）徵引古事

〈還舊園作見顏范二中書詩〉是元嘉三年（426）文帝劉義隆即位後，徵靈運爲祕書監，靈運矜持不就，故文帝命范泰、顏延之帶親筆書信勸說，此詩就是呈獻給時爲中書侍郎的范、顏二人，試看其詩之內容：

> 辭滿豈多秩，謝病不待年。偶與張邴合，久欲還東山。
> 聖靈昔迴眷，微尚不及宣。何意衝飆激，烈火縱炎煙。
> 焚玉發崑峰，餘燎遂見遷。投沙理既迫，如印願亦愆。
> 長與歡愛別，永絕平生緣。浮舟千仞壑，總轡萬尋巔。
> 流沫不足險，石林豈爲艱。閩中安可處，日夜念歸旋。

〔註36〕關於元嘉詩人追求用典之風，以及表現之技巧手法，參考高莉芬，《元嘉詩人用典研究》（永和：花木蘭文化出版社，2007年），第參章，頁63～144；陳僑生，《劉宋詩歌研究》（北京：中華書局，2007年），第四章，頁136～174。
〔註37〕〔梁〕劉勰著，范文瀾註，《文心雕龍註》，卷8，頁614。
〔註38〕〔梁〕劉勰著，范文瀾註，《文心雕龍註》，卷8，頁614。

事躓兩如直，心愜三避賢。託身青雲上，棲巖把飛泉。
盛明盪氛昏，貞休康屯邅。殊方感成貸，微物豫采甄。
感深操不固，質弱易扳纏。曾是反昔園，語往實欷然。
囊基即先築，故池不更穿。果木有舊行，壤石無遠延。
雖非休憩地，聊取永日閒。衛生自有經，息陰謝所牽。
夫子照清素，探懷授往篇。〔註39〕

此詩分爲五層，起首十句追敘昔日外遷的原由，次八句，用賈誼、司馬相如之事，以及四種比喻來訴說至永嘉後的艱辛。之後六句，從永嘉不可處反轉出雖事遭頓跌，但仍正道直行，逍遙山林的感想。其後十四句，寫應文帝徵召就祕書監職，以及在舊園閒居的情景，末尾四句則回應題目，以詩傳達夙志。其中多引古事：

「偶與張邴合」則用張良與邴曼容的典故。據《史記·留侯世家》載張子房輔佐劉邦奪得天下後，曾說：「今以三寸舌爲帝者師，封萬戶，位列侯，此布衣之極，於良足矣。願棄人間事，欲從赤松子游耳。」〔註40〕詩人藉此表達退隱之意。邴曼容，是邴漢之姪兒，《漢書》載其「養志自修，爲官不肯過六百石，輒自免去，其名過出於漢。」〔註41〕表明辭去官職豈是爲了俸祿。「投沙理既迫，如印願亦愆」分別用賈誼被疏，貶至長沙，以及司馬相如與卓文君赴臨邛賣酒維生之史實，〔註42〕來比喻自己流放永嘉的無奈，並透露希望返回始寧墅隱居。「心愜三避賢」則依《史記·循吏傳》載：「（孫叔敖）三得相而不喜，知其材自得之也；三去相而不悔，知非己之罪也。」〔註43〕用賢相孫叔敖典，謂己雖被罷黜，仍然忠良。

〔註39〕見《先秦漢魏晉南北朝詩》，頁1174。
〔註40〕〔漢〕司馬遷著，裴駰集解，《史記》（臺北：鼎文書局，1981年），卷55，頁2048。
〔註41〕〔漢〕班固著，顏師古注，《漢書》，〈龔勝傳〉，卷72，頁3083。
〔註42〕分見〔漢〕司馬遷著，裴駰集解，《史記》，卷84，頁2492；卷117，頁3000。
〔註43〕《史記》，卷119，頁3100。上述用典部分另可參〔梁〕蕭統編，李善注，《文選》，卷25，頁1195～1197；顧紹柏校注，《謝靈運集校

顏延之〈和謝監靈運詩〉中「弔屈汀洲浦，謁帝蒼山蹊」〔註44〕
則以屈原和舜帝來比喻因謝晦等人的作亂，被遷為永安太守一事，同
時也象徵著自己的人格形象。由上述觀之，在贈答詩中運用事典，只
是標舉人物或關鍵語彙來概括背後的故事，提煉出所需的意涵，融入
創作之中。有別於先前的用典方式，如西晉潘岳〈為賈謐作贈陸機〉：
「強秦兼併，吞滅四隅。子嬰面櫬，漢祖膺圖。靈獻微弱，在涅則渝。
三雄鼎足，孫啟南吳。」或東晉孫綽〈贈謝安〉：「漢文延賈，知其弗
及；戴生之黃，不覺長揖。」〔註45〕都對故事原文進行較完整的轉述，
單一典故所占的幅度較大，自然用事密度不高。〔註46〕而顏、謝則是
集中概括，甚一句二典，故用事較為繁富。

（二）援用成辭

1、一句含二典

鍾嶸曾說顏延之詩為「動無虛散，一字一句，皆致意焉」，〔註47〕
用事密度之高，就是對典故辭彙進行大量鋪排，形成一句含二典的情
況，在謝靈運〈還舊園作見顏范二中書詩〉中已見此手法，如「浮舟
千仞壑，總轡萬尋巔」一句便先後包含了《戰國策》「乘夏水，浮輕
舟」、《春秋繁露》「赴千仞之壑，入而不疑，既似勇者」、《孔子家語》
「善御馬者正身以總轡」，以及嵇康〈琴賦〉「青壁萬尋」四處之典，
〔註48〕表達永嘉不可處的險苦。

顏延之〈和謝監靈運詩〉則大量運用這樣的方式，先觀其詩歌內

〔註44〕 注》（臺北：里仁書局，2004 年），頁 184〜191。

〔註44〕 《先秦漢魏晉南北朝詩》，頁 1233。

〔註45〕 二詩分見《先秦漢魏晉南北朝詩》，頁 629、901。

〔註46〕 參諶東颺，〈顏詩用典與詩的律化〉，《求索》期 6（1994 年），頁 94。

〔註47〕 〔梁〕鍾嶸著，陳延傑注，《詩品注》，頁 25。

〔註48〕 分見〔漢〕劉向集錄，《戰國策》（上海：上海古籍出版社，1978 年），
卷 30，頁 1079；〔漢〕董仲舒，《春秋繁露》（臺北：臺灣中華書局，
1966 年），卷 16，頁 2b；〔魏〕王肅注，《孔子家語》（臺北：世界書
局，1991 年），卷 6，頁 61；〔清〕嚴可均輯校，《全上古三代秦漢三
國六朝文‧魏》，卷 47，頁 1319-1。

容：

> 弱植慕端操，窘步懼先迷。寡立非擇方，刻意藉窮棲。
> 伊昔遘多幸，秉筆侍兩闈。雖慙丹膺施，未謂玄素睽。
> 徒遭良時詖，王道奄昏霾。入神幽明絕，朋好雲雨乖。
> 弔屈汀洲浦，謁帝蒼山蹊。倚巖聽緒風，攀林結留荑。
> 跂予間衡嶠，曷月瞻秦稽。皇聖昭天德，豐澤振沈泥。
> 惜無雀雉化，何用充海淮。去國還故里，幽門樹蓬藜。
> 采茨葺昔宇，翦棘開舊畦。物謝時既晏，年往志不偕。
> 親仁敷情昵，興玩究辭悽。芬馥歊蘭若，清越奪琳珪。
> 盡言非報章，聊用布所懷。〔註49〕

永初三年（422），宋武帝卒，由少帝劉義符即位。因盧陵王劉義眞器重顏延之、謝靈運，接遇豐厚，引起當時權臣徐羨之等人的猜忌，故將顏、謝二人外放，義眞亦被殺。元嘉三年（426），文帝剷除徐、傅等奸臣，三月徵延之爲中書侍郎，靈運爲祕書監，加以賞遇。兩人返京後，大謝作〈還舊園作見顏范二中書詩〉，顏延之以此詩相和。前八句寫年少時的理想，以及武帝施予的恩遇，次十句敘少帝的昏亂時局，以及被遠放的經歷與思友之情。其後十句述文帝時所受的徵召與個人的守貞之志，末六句讚揚謝詩之美與己答詩之意。與大謝的贈詩相比，顏的答詩在篇法上頗爲吻合，應是有意摹仿以呈現贈答相應的巧妙效果。其中用語鍛鍊，一句含二典的部分有：

「弱植慕端操」一句用《左傳・襄公三十年》「其君弱植」與《楚辭・遠遊》「內惟省以端操」二典，〔註50〕確切表達出少年立志，欽羨正直之節操。「窘步懼先迷」則取《楚辭・離騷》「唯捷徑以窘步」與《易・坤》「迷失道後順得常」之語，〔註51〕表急切追求，恐先迷失正道。「倚巖聽緒風，攀林結留荑」連用三處《楚辭》中之辭彙，

〔註49〕《先秦漢魏晉南北朝詩》，頁 1233。
〔註50〕分見《春秋左傳正義》，《十三經注疏》，頁 681-2；〔漢〕王逸章句，洪興祖補注，《楚辭補注》（北京：中華書局，1983 年），頁 164。
〔註51〕分見《楚辭補注》，頁 8；〔魏〕王弼、韓康伯注，《周易正義》，《十三經注疏》，頁 18-2。

〔註52〕表達己身雖遭外遷，仍保有如香草般的忠貞。「幽門樹蓬藜」亦是含兩個典故：《楚辭・哀命》「處玄舍之幽門分」、陸雲〈答兄書〉「脩庭樹蓬」。〔註53〕一句二典乃「集中」典辭，另外亦有「濃縮」的方式，如「年往志不偕」則典出《楚辭・九辯》「年洋洋以日往」，〔註54〕即是摘取首尾二字，表達歲月已逝之意，亦有助於增加用典的密度。

2、截詞以概括典意

此處是指將成辭減損若干字面，僅用關鍵詞彙來概括在原典之意蘊，如〈還舊園作見顏范二中書詩〉中「長與歡愛別，永絕平生緣」一句化用了《論語・憲問》「久要不忘平生之言」〔註55〕的意涵，截取「平生」二字，來代替原典所包含的意思，指先前的約定都能信守不忘，象徵靈運與劉義真、顏延之等人的深厚友誼。

「流沫不足險，石林豈為艱」分別用《莊子》典：「孔子觀於呂梁，縣水三十仞，流沫四十里，黿鼉魚鱉之所不能游也。」與《楚辭・天問》中「焉有石林」之語，〔註56〕以喻生活在永嘉的艱險與困頓。

「事蹟兩如直」語本《論語・衛靈公》：「直哉史魚，邦有道如矢，邦無道如矢。」〔註57〕詩中的「兩如直」即「兩如矢」，以此關鍵詞語來概括典意，表示儘管受挫，仍行正直之道。

「託身青雲上，棲巖挹飛泉」引陸機〈東宮作詩〉「託身承華側」和嵇康〈與山巨源絕交書〉曰：「許由之巖棲」之語，〔註58〕以喻遠

〔註52〕「倚石巖以流涕」、「欸秋冬之緒風」、「畦留夷與揭車」，分見《楚辭補注》，頁 299、129、10。

〔註53〕分見《楚辭補注》，頁 251；〔梁〕蕭統編，《文選》，卷 26，頁 1205，李善注引陸雲詩。

〔註54〕《楚辭補注》，頁 193。

〔註55〕〔魏〕何晏集解，邢昺疏，《論語注疏》，《十三經注疏》，頁 125-1。

〔註56〕分見〔清〕郭慶藩，《莊子集釋》，〈外篇〉卷 7 下，〈達生〉，頁 656；《楚辭補注》，卷 3，頁 94。

〔註57〕〔魏〕何晏集解，邢昺疏，《論語注疏》，《十三經注疏》，頁 138-1。

〔註58〕分見逯欽立輯校，《先秦漢魏晉南北朝詩》，頁 685；〔清〕嚴可均輯

離塵世，逍遙山林。

「盛明盪氛昏，貞休康屯邅」上句指宋文帝劉義除滅權奸徐羨之等史事；後句的「貞休」是純正美善之意，是《易》中習用語。「屯邅」出自《易·屯》：「屯如邅如」，〔註59〕此句表示平定政治危難的境地。

「感深操不固，質弱易扳纏」分別用《楚辭》「怨靈脩之浩蕩兮，夫何執操之不固」與應璩〈與陰中夏書〉「質弱者則陋于眾」之涵義，〔註60〕表未堅持隱退之操守，易被仕途牽纏，故應徵赴任。

「衛生自有經」意謂護全生命的道理，語出《莊子》：「南榮趎曰：『願聞衛生之經而已矣。』」、「老子曰：『衛生之經乎，能抱一乎，能勿失乎，……，與物委蛇而同其波，是衛生之經已。』」〔註61〕

「夫子照清素，探懷授往篇」中的「清素」即是「情素」，表真實心性，語出《史記·蔡澤傳》曰：「披腹心，示情素。」後句則截取王仲宣詩「探懷授所歡」之句意。〔註62〕

顏延之〈和謝監靈運詩〉以略語來涵蓋原典之意的用事方式，也有相當數量，如下所列：

「寡立非擇方」取自《荀子·不苟》：「寡立而不勝。」

「刻意藉窮棲」語出《莊子·刻意》：「刻意尚行，離世異俗。」

「雖慙丹雘施」出自《尚書·梓材》：「惟其塗丹雘。」以喻皇帝恩澤。

「徒遭良時詖」截取潘岳〈與河陽縣詩〉「徒恨良時泰」之語。

「皇聖昭天德」取自《荀子·不苟》：「變代化興，謂之天德。」

「親仁敷情昵」語出《左傳·隱公六年》：「親仁善鄰國之寶也。」

校，《全上古三代秦漢三國六朝文·魏》，卷47，頁1321-2。
〔註59〕〔魏〕王弼、韓康伯注，《周易正義》，《十三經注疏》，頁22-1。
〔註60〕分見《楚辭補注》，〈七諫·謬諫〉，卷13，頁252；《全上古三代秦漢三國六朝文·魏》，卷30，頁1220-2。
〔註61〕〔清〕郭慶藩，《莊子集釋》，〈雜篇〉卷8上，〈庚桑楚〉，頁785。
〔註62〕分見《史記》，卷79，頁2420；《先秦漢魏晉南北朝詩》，頁366。

「芬馥歊蘭若」截取左思〈吳都賦〉「芬馥肸蠁」之語。〔註63〕可見在引用時，考量出處文句之語意，然後擇其關鍵詞來代表原典涵義，除了符合詩中所要展現的情志，也展現作者的才學。

除上述兩首外，顏、謝二人的其他贈答詩歌也同樣呈現用事繁密的現象，如延之的〈夏夜呈從兄散騎車長沙詩〉共十四句，用事數有八處；〈直東宮答鄭尚書道子詩〉共二十句，用事數則多達十七處；靈運的〈贈安成詩〉共五十八句，有二十六處用典；〈酬從弟惠連詩〉四十句，有十三處用典。清末民初的學者沈曾植則論及：「康樂善用《易》，光祿長於《書》，經訓蓄奧，才大者盡容耡穫」〔註64〕在用事的取材上擴大了範圍，表現於詩歌之中。不惟顏、謝二人如此，時人的贈答篇什，亦多講究用事技巧，如謝瞻〈於安城答靈運詩〉共四十二句，有二十八處用典，其中亦多以截詞、略語來涵蓋典意：

「鴻漸隨事變」語出《易‧漸》：「鴻漸于干。」用以比喻仕進。
「華萼相光飾」典出《詩‧常棣》：「常棣之華，萼不韡韡。」喻
　兄弟相親。
「復禮愧貧樂」是「克己復禮」的略語，出自《論語‧顏淵》。
「符守江南曲」中的「符」是「竹使符」的略語，典出《漢書‧
　文帝紀》。
「過半路愈峻」典出《戰國策‧秦策五》：「詩云：『行百里者半
　於九十。』此言末路之難。」〔註65〕

〔註63〕上述引文分見李滌生，《荀子集釋》（臺北：臺灣學生書局，1979年），
　　　　頁42；〔清〕郭慶藩，《莊子集釋》，〈外篇〉卷6上，頁535；〔漢〕
　　　　孔安國傳，孔穎達疏，《尚書正義》，《十三經注疏》，頁212-2；《先
　　　　秦漢魏晉南北朝詩》，頁633；《荀子集釋》，頁47；〔晉〕杜預注，
　　　　孔穎達疏，《春秋左傳正義》，《十三經注疏》，頁70-2；〔梁〕蕭統編，
　　　　李善注，《文選》，卷5，頁209。
〔註64〕沈曾植，〈與金潛廬太守論詩書〉，見錢仲聯，《夢苕盦論集》，（北京：
　　　　中華書局，1993年），頁425～426。
〔註65〕上述詩句見《先秦漢魏晉南北朝詩》，頁1132；用典分見《周易正義》，
　　　　《十三經注疏》，頁117-1；《毛詩正義》，《十三經注疏》，頁321-1；

　　謝瞻另一首〈答靈運詩〉用事比例占了一半，謝惠連〈西陵遇風獻康樂詩〉、丘淵之的〈贈記室羊徽其屬疾在外詩〉、王韶之〈贈潘綜吳逵舉孝廉詩〉等亦多見典故鋪排，即出自寒門的鮑照，其詩亦染其風，習其技巧。〔註66〕蔡英俊先生曾指出：「援引典故事例是展示士族與知識階層所謂『博雅』的一種文化素養，而士族與知識階層也藉此取獲或保障其在政治社會上的優勢地位，……不論是使事用典或詩文唱和，都是知識階層用以彰明身份並藉以相互認同的一種文化上的象徵形式。」〔註67〕儘管門閥士族在統治權力上已非東晉時的巔峰，且趨向衰弱，但長久以來的文化積累，仍是此時的最大優勢，能藉贈答詩來中展現博學，則與當時的文化風尚有關。

三、博學逞才的文化體現

　　若能用事繁多，則須具備豐富的學養，士人以好讀書爲貴，以達博涉，而在作品中呈現。可於社交場合一逞富博和才氣，以符當時的文學審美觀念。劉若愚在《中國文學理論》中提及：「審美概念主要著重於文學作品對讀者的直接影響，……當批評家描述一件文學作品的美以及它給予讀者的樂趣，那麼他的理論可以被稱爲審美理論。」〔註68〕贈、答詩的接受對象即是作品的第一讀者，作家在創作的過程

　　　　《論語注疏》，《十三經注疏》，頁106-1；《漢書》，卷4，頁118；〔漢〕劉向集錄，《戰國策》，卷7，頁269。

〔註66〕王夢鷗先生指出鮑照詩多用壓縮的語彙和實字交替活用，許多造語學著謝靈運，而大膽則又過之。將古語舊事改頭換面而出之，甚至更改其文法，是出於踵事增華之必然的結果。見王夢鷗：〈魏晉南北朝文學之發展（中）〉，頁12。但檢視鮑照現存的贈答詩，對象多是僧人惠休和故人馬子喬，詩中情意較顯，而少長篇典重之感，一方面應和接受者的身分有關，另一和詩風轉變有關，可說是開雅俗沿革之端。

〔註67〕蔡英俊，〈「擬古」與「用事」：試論六朝文學現象中經驗的借代與解釋〉，收於李豐楙主編，《第三屆國際漢學會議論文集》（臺北：中央研究院中國文哲研究所，2002年），頁88～89。

〔註68〕〔美〕劉若愚著，杜國清譯，《中國文學理論》（南京：鳳凰出版公司，2006年），頁150。

中則須考慮對方的背景，牽涉到其所處階層對文學的品味；另外，作家有時兼批評家，所持的文學觀點，則可藉由贈答詩來實踐並展示己身的主張，去建立新的審美概念。著名的例子是顏延之的「休鮑論」：

> 延之每薄湯惠休詩，謂人曰：「惠休制作，委巷中歌謠耳，方當誤後生。」〔註69〕

> 羊曜璠云：「是顏公忌照之文，故立休鮑之論。」〔註70〕

可歸因於士庶雙方在文學觀念與詩體風格上的分歧，就贈答詩而言，是種文學交流活動，作者表現自身的審美觀念與品味，讀者則閱讀與體會其中的審美經驗，互爲標榜、肯定，形成所謂的「文化圈」。朱立元先生認爲：

> 文化層次、教育、素養、趣味相似、社會人生態度相近的人們，他們不一定舉行沙龍、集會，甚至可以天南海北，素不相識，但是，共同的或相近的文化心理結構把他們連結在一起，在社會上構成一種相近的文化傾向、要求與心態，這些人就被劃分爲廣義的「文化圈」。〔註71〕

所以面對事典繁密的詩作，讀者須有學識之淵博，才能進行品賞作品，以證明自己是「有識的讀者」。〔註72〕同時在接受贈詩後，須提筆回應，於是便在這往返回復之中衍生出對文學的審美理念，形成共識。

是以，檢視史書，將會發現劉宋文人，則多以博覽著稱，重飽學之士，對於不知書之人則給予「淺陋」的譏評：

> 義康素無術學，待文義者甚薄。袁淑嘗詣義康，義康問其年，答曰：「鄧仲華拜袞之歲。」義康曰：「身不識也。」淑又曰：「陸機入洛之年。」義康曰：「身不讀書，君無爲作才語見向。」其淺陋若此。〔註73〕

可見博學可應用於士人社交的應答，除誇耀自身的才學，此文化素養

〔註69〕〔唐〕李延壽，《南史·顏延之傳》，卷34，頁881。

〔註70〕〔梁〕鍾嶸著，陳延傑注，《詩品注》，頁37。

〔註71〕朱立元，《接受美學》（上海：上海人民出版社，1989年），頁180。

〔註72〕詳見高莉芬，《元嘉詩人用典研究》，頁41。

〔註73〕〔唐〕李延壽，《南史·劉義康傳》，卷13，頁367。

也是用來保障其社會地位的優勢所在。此外，帝室王侯雖多由寒素出身，但與高門在婚姻、政治等方面的接觸，也有「士族化」的傾向，如對文學的愛好，茲舉例如下：

　　宋文帝：「上好為文章，自謂人莫能及。」

　　宋孝武：「好文章，天下悉以文采相尚，莫以專經為業。」

　　前廢帝：「少好讀書，頗識古事，粗有文才。」

　　宋明帝：「博好文章，才思朗捷，常讀書奏，號稱七行俱下。

　　　每有禎祥及幸讌集，輒陳詩展義，且以命朝臣。」〔註74〕

於是詩人為迎合帝王的青睞，則藉用典來展示才學，除滿足君主王侯品賞之興趣外，亦能由此獲得見賞任用。因此，士族之所以能在相互贈答詩歌中，用事繁密表現其博學，助長此風之客觀環境如下：第一、清官職閒，有暇讀書。士族們享有特權，在門第的庇蔭下能獲得清貴官職，繁重的事務則交由寒人打理，所謂「望白署空，是稱清貴；恪勤匪懈，終滯鄙俗。」〔註75〕於是士族們有時間能遊山玩水、創作詩歌，品詠文學，自然能廣博學問，以致南朝文壇領袖多出於世家大族，史載「自魏正始、晉中朝以來，貴臣雖有識治者，皆以文學相處，罕關庶務，朝章大典，方參議焉，文案簿領，咸委小吏，浸以成俗，迄至於陳。」〔註76〕可見其有利之條件。第二、家學承傳，訓誡子弟。文化士族代代相傳，至於南朝已蔚然可觀，從史書中對其所記載，往往是博學與文義並舉，如「靈運少好學，博覽羣書，文章之美，江左莫逮」、「（延之）好讀書，無所不覽，文章之美，冠絕當時」、「（徐廣）家世好學，至廣尤精，百家數術，無不研覽」等等。〔註77〕王僧虔則

〔註74〕分見〔唐〕李延壽，《南史》，頁 360、595、71；〔梁〕裴子野，〈雕蟲論〉，見〔清〕嚴可均輯校，《全上古三代秦漢三國六朝文》，頁 3262-1。

〔註75〕〔隋〕姚察等著，〈何敬容傳・論〉，《梁書》（臺北：鼎文書局，1980年），卷 37，頁 534。

〔註76〕〔隋〕姚察等著，〈後主本紀・論〉，《陳書》（臺北：鼎文書局，1980年），卷 6，頁 120。

〔註77〕以上見〔梁〕沈約，《宋書》，頁 1743、1891、1574。

有〈誡子書〉說：「舍中亦有少負令譽，弱冠越超清級者，於時王家門中，優者則龍鳳，劣者猶虎豹。失蔭之後，豈龍虎之議，況吾不能爲汝蔭，政應各自努力耳，或有身經三公，蔑爾無聞，布衣寒素，卿相屈體，或父子貴賤殊，兄弟聲名異。何也，體盡讀數百卷書耳。」〔註78〕將讀書和仕途進退、功名揚滅結合起來，可見重視家學。又如《南史·儒林傳》曰：「（宋、齊）國學時或開置，而勸課未博，建之不能十年，蓋取文具而已。是時鄉里莫或開館，公卿罕通經術，朝廷大儒，獨學而弗肯養眾，後生孤陋，擁經而無所講習，大道之鬱也久矣乎。」〔註79〕學問的獲取落在士族的家學傳承上，相對於寒人而言，博學則更有助益。第三、才學爲恃，仕途見寵。因南朝君主皆非出身高門，但因握有天下大權，對高門多有壓抑之下，造成士族勢力的衰落，於是獲得皇室的賞識亦爲重要。當時尚文風氣興盛，因可藉由才學來獲得官職，顏延之「以才學見遇，當時多相推服」即爲一例，甚至連僧侶亦可通此道，如「時沙門釋慧琳以才學爲文帝所賞，朝廷政事多與之謀，遂士庶歸仰」，〔註80〕亦爲士族充實學問、才華的背景。

詩歌用典蔚爲風氣，如《詩品》所言：「顏延、謝莊，尤爲繁密，于時化之。故大明、泰始中，文章殆同書抄。近任昉、王元長等，詞不貴奇，競須新事，爾來作者，浸以成俗。遂乃句無虛語，語無虛字，拘攣補衲，蠹文已甚。」〔註81〕元嘉之際追求典雅的思潮，本乃爲反撥東晉玄言詩平淡詩風的需要，有文學自身發展的脈絡可循。贈答詩歌在追求用事的雅風之下，掩蓋了原本該訴說情意的內涵，於是到永明詩人手中則有所變革。但值得注意的是，用典之風仍然盛行，一方面轉爲隸事遊戲，如史載：「尚書令王儉嘗集才學之士，總校虛實，類物隸之，謂之隸事，自此始也。儉嘗使賓客隸事多者賞之，事皆窮，唯盧江何憲爲

〔註78〕〔清〕嚴可均輯校，《全上古三代秦漢三國六朝文》（北京：中華書局，1991年），頁2837-2。
〔註79〕〔唐〕李延壽，《南史》，卷71，頁1730。
〔註80〕〔唐〕李延壽，《南史·顏延之傳》，卷34，頁878、880。
〔註81〕〔梁〕鍾嶸著，陳延傑注，《詩品注》，頁7。

勝，乃賞以五花簟、白團扇。坐簟執扇，容氣甚自得。摛後至，儉以所隸示之，曰：『卿能奪之乎？』摛操筆便成，文章既奧，辭亦華美，舉坐擊賞。摛乃命左右抽憲簟，手自掣取扇，登車而去。儉笑曰：『所謂大力者負之而趨。』竟陵王子良校試諸學士，唯摛問無不對。」〔註82〕另外一方面則影響著齊梁文風，如梁代裴子野批評道：「自是閭閻年少，貴游總角，罔不擯落六藝，吟詠情性。學者以博依為急務，謂章句為專魯，淫文破典，斐爾為功。通典作曹。無被於管絃，非止乎禮義。深心主卉木，遠致極風雲，其興浮，其志弱，巧而不要，隱而不深。討其宗途。亦有宋之通典此下有遺字。風也。」〔註83〕可見博雅用典的風尚依然存在，不過回到贈答的系統上看，元嘉之際出現大量鋪排、繁密用事的景況，相較於其後三代顯得突出，且文學審美品味的轉換，也將是影響贈答詩在情意交流、表達手法上的變化。

第二節　情景兼容的自然感發

　　陸機〈文賦〉所提出的緣情觀念，對後世文論與實踐上有深遠的影響，開篇便云：「佇中區以玄覽，頤情志于典墳。」〔註84〕即指出創作的構思過程，不外乎兩途：一本於學，廣泛閱覽典籍，吸取前人經驗，留其精華，去其糟粕；一感於物，觀覽四周環境，內心因觸物而引發情感，於是投篇援筆。上述顏、謝所代表的贈答詩中，繁密用典追求博雅的士族風尚，可承前者之說；休、鮑之贈答則展現不同的審美意趣：

　　　　玕枝兮金英，綠葉兮金莖。不入君王杯，低彩還自榮。

　　　　想君不相豔，酒上視塵生。當令芳意重，無使盛年傾。（湯
　　　　惠休〈贈鮑侍郎詩〉）

〔註82〕〔唐〕李延壽，《南史》，卷49，頁1213。
〔註83〕〔梁〕裴子野，〈雕蟲論〉，見〔清〕嚴可均輯校，《全上古三代秦漢三國六朝文》，頁3262-2。
〔註84〕〔清〕嚴可均輯校，《全上古三代秦漢三國六朝文・晉》，卷97，頁2013-1。

酒出野田稻，菊生高岡草。味貌復何奇，能令君傾倒。

玉椀徒自羞，爲君慨此秋。金蓋覆牙柈，何爲心獨愁。（鮑

照〈答休上人菊詩〉）〔註85〕

贈詩開頭之金英即爲菊花，以「玳」、「金」、「綠」等字描摹其樣貌美

麗，「還自榮」、「不相豔」則顯其高雅，最後以期勉口吻作結，頗有

以菊比人之意味。鮑照在答詩中，先言稻、菊出自野田與高岡，所生

卑賤，味貌亦有何奇特，能使君傾倒。後以菊英泛酒，用玉椀自斟，

在秋日裡爲你慨然暢飲，牙盤、金蓋等精美食器以代酒器，指喝酒一

事，請友人不必再獨自憂愁，彼此間心意相通，充滿著纏綿的韻致。

誠如陳慶元先生所言：「顏延之與王僧達的贈答詩，無非是表達一些

士大夫的生活內容和情趣，諸如道德文章、語默出處、流連光景之類，

而休、鮑贈答，則完全拋開傳統，講些玉杯金碗、芳意秋愁的豔語俗

話。」〔註86〕從形式、語言、構思等方面，兩人贈答之作皆傾於「俗

化」，即指體制較爲短小，文字簡易少用典，並且增加「情」在詩中

分量之趨向。再看鮑照〈贈故人馬子喬詩〉：

躑躅城上羊，攀隅食玄草。俱共日月輝，昏明獨何早。

夕風飄野籜，飛塵被長道。親愛難重陳，懷憂坐空老。

寒灰滅更燃，夕華晨更鮮。春冰雖暫解，冬水復還堅。

佳人捨我去，賞愛長絕緣。歡至不留日，感物輒傷年。

〔註87〕

第一首開頭使用「興」的筆法，敘城上群羊躑躅分散，各自攀隅以

求食玄草，俱蒙日照，共承光輝，但昏明變化，我獨何早，暗示著

己身仕途之坎坷；其後「用比」，採〈九章·惜誦〉：「壹心而不豫

兮，羌不可保也」之意，〔註88〕毫不猶豫服侍國君，卻落得無法自

保的地步，如竹籜飄颻於夕風，飛塵散被於長道之間，於是兩方永

〔註85〕上述兩首詩見《先秦漢魏晉南北朝詩》，頁1245、1287。

〔註86〕陳慶元，〈大明泰始詩論〉，《文學遺產》期1（2003年），頁16。

〔註87〕〈贈故人馬子喬詩〉六首之一、二，見《先秦漢魏晉南北朝詩》，頁1285。

〔註88〕此解參林嵩山，《鮑照詩彙解》（臺北：真義出版社，1991年），頁31。

隔，難再陳辭，只能懷憂至老。贈與故人，表面寫離居之思，其中隱含自我慨歎之意，王船山評爲：「重用比興，以平語出之，非但漢人遺旨，亦三百篇之流風也。」〔註89〕以物景來比興，運用淺易的文字，抒發感懷。第二首前四句亦用比興，以寒灰復燃、夕花再開、春冰至多又重結等自然之景，周而復始的變化來反襯無法與友人相聚的悲哀。歡聚之樂一去不返，觸景則傷情，只能悲嘆時光的流逝。鮑照在詩題上對他人皆標官銜，惟獨馬子喬稱故人，可見情誼之深摯，可能亦是出身寒素之士，境遇相似而能互爲理解、欣賞。在鮑照手中，突顯了贈答詩有情意交流的旨趣，放下繁密的用典鋪排，將物色、景致作爲內心感發的力量，使得贈答詩在審美趣味上有了遞嬗，至永明詩變，則將「元嘉的生新幽奇、厚重工美轉爲平熟秀婉，寫景言情，往往追求一種深婉的詩境」，〔註90〕而這也正是贈答詩類的本色所在。〔註91〕以下分爲三個部分，先談贈答詩中情景兼容的表現手法與內容意蘊，其次論及意象之經營，呈現其審美的特質，最後則從贈答詩去觀看士人在文學雅俗觀上的開展，以及詩中所流露出的士人心態。

一、物色移情的表現

（一）情由景生

自然景物之變化，容易使詩人產生敏銳的感應，激盪內心的情思。據劉勰《文心雕龍・物色》之說法：

> 春秋代序，陰陽慘舒，物色之動，心亦搖焉。……歲有其

〔註89〕見劉〔宋〕鮑照著，錢仲聯集注，《鮑參軍集注》（上海：上海古籍出版社，2005 年），頁 280。

〔註90〕詹福瑞，《中古文學理論範疇》（北京：中華書局，2005 年），頁 174。

〔註91〕胡大雷：「詩人在詩中描摹觀賞到的美麗景物，此中或表現詩人描摹山水的能力，或表現詩人請友人通過詩中的描摹來觀賞自己曾觀賞過的美麗景物；但詩人又敘寫到自己對友人的種種情感，這正是『贈答』類的本色所在。」參《文選詩研究・贈答類》（桂林：廣西師範大學出版社，2000 年），頁 259。

物，物有其容；情以物遷，辭以情發。……是以詩人感物，
聯類不窮。流連萬象之際，沈吟視聽之區；寫氣圖貌，既
隨物以宛轉；屬采附聲，亦與心而徘徊。〔註92〕

認爲四季景物各有形貌與風姿，對詩人產生誘惑作用與感召力量，內
心因而有所反應，因此抒發於文辭，在作品中呈現情感與景物的相互
交會。是作者在面對眼前的景致時，除了有審美心理外，還能藉由物
色興起對自身境遇之觀照。詩人在酬和之作中將感興投贈，傳遞美感
於讀者品賞之餘，也兼有理解個人情志之期待。試看沈約〈新安江至
清淺深見底貽京邑遊好詩〉：

眷言訪舟客，茲川信可珍。洞徹隨清淺，皎鏡無冬春。
千仞寫喬樹，百丈見遊鱗。滄浪有時濁，清濟涸無津。
豈若乘斯去，俯映石磷磷。紛吾隔囂滓，寧假濯衣巾。
願以漯潺水，霑君纓上塵。〔註93〕

此詩作於南齊隆昌元年（494），沈約從京師出爲東陽太守。〔註94〕在
赴任途中見其山水秀麗，風景絕佳，尤對江水之清十分讚嘆，說無論
水勢深淺或四季輪換，新安江仍明澄如鏡。清人吳淇評此句爲：「凡
水淺清易，深清難；冬清易，春清難。一層一層，極得『至』字意。」
〔註95〕分析頗爲細緻。後以千仞、百丈、喬樹、遊鱗相對形容，續寫
水色之澄澈，直視無礙，特別是用「寫」、「見」二字，更加刻畫出江
面的清瑩縹碧，再以滄浪、清濟二水襯托出此江之珍奇，形容清狀已
盡致。由「清意」轉爲觀照自身，觸景興情，抒發外任的感想。已遠
離紛亂人事，來到這清幽之境，無須濯衣巾，反倒願用此漯潺清水，

〔註92〕〔梁〕劉勰著，范文瀾註，《文心雕龍註》，卷10，頁693。
〔註93〕《先秦漢魏晉南北朝詩》，頁1635。
〔註94〕《文選》李善注云：「桐盧縣，新安、東陽二水合於此，仍東流爲浙江。」
《梁書·沈約傳》：「隆昌元年，除吏部郎，出爲寧朔將軍、東陽太守。」
得知此詩是應宦東陽太守時作。分見〔梁〕蕭統編，李善注，《文選》，
卷27，頁1267。〔隋〕姚察等著，《梁書》，卷13，233。
〔註95〕〔清〕吳淇《六朝選詩定論》（濟南：齊魯書社，2001年），卷16，
頁13。

來靄洗仍留於京邑眾友之冠帶，流露調侃與慶幸之意。結合其政治背景，可知永明十一年（493），齊武帝與太子紛紛去世，形勢劇變，蕭鸞把持政權，自對蕭子良等人心存疑忌，沈約爲子良所招集的文學之士，此時出爲東陽太守，正是逃避政治鬥爭的一個機會，於是可理解詩人見其水清，聯想至京城之濁，贈送此詩頗有自我寬慰、解嘲之意，亦有提示潔身自保、獨善其身之念頭。

再看謝朓〈郡內高齋閒望答呂法曹詩〉：

結構何迢遰，曠望極高深。窗中列遠岫，庭際俯喬林。
日出眾鳥散，山暝孤猿吟。已有池上酌，復此風中琴。
非君美無度，孰爲勞寸心。惠而能好我，問以瑤華音。
若遺金門步，見就玉山岑。〔註96〕

首寫高齋的屋宇結構，因居於高，故能極目遠望高山與深壑。信目到窗口，遠處則峰巒重疊，近處則喬木成林，是一片幽靜的景象。「日出」二句由靜而動，朝觀鳥飛，暮聽猿吟，詩人流連於此，心情也就格外地悠閒。「已而」、「復此」則由景入情，由物及人，表現出可斟可琴的欣然自足。不過其中另有他意，從眾鳥盡散，猿之悲鳴，隱喻著作者從早至晚皆孤寂一人的心境，所以詩末表現出期盼與友人相見之意，是由景而寫情之酬答之作。

江淹〈池上酬劉記室詩〉寫於齊高帝建元年間（479～482）。〔註97〕詩人本懷憂愁寫景，卻因眼前一片安閑恬靜之春色，改變了原先的心緒，故將此景此情，酬答友僚：

戚戚憂可結，結憂視春暮。紫荷漸曲池，皋蘭覆徑路。
蔥蒨亘華堂，薆薱雜綺樹。爲此久佇立，容易光陰度。
水館次文羽，山葉下暝露。懷賞入舊襟，悅物覽新賦。

〔註96〕《先秦漢魏晉南北朝詩》，頁1427。
〔註97〕據曹道衡〈江淹作品寫作年代考〉指出：「劉記室即劉悛。《南齊書・劉悛傳》載，『蕭道成纂宋後，劉悛進號冠軍將軍，平西記室參軍』，後『遷太子中庶子，領越騎校尉』，時間在建元時。」見曹道衡，《中古文學史論文集續編》（臺北：文津出版社，1994年），頁237。

惜我無雕文，報章懸復素。〔註98〕

詩人在懷憂的情緒中觀賞春景，美麗荷花掩沒池塘，岸上蘭草覆蓋小徑，是眼下之景；眼前華堂四周，植物翠綠茂盛，其中「亘」即「互」字，有延續之意，表春意之綿延，綠樹叢中則瀰漫著氤氳之氣。生意盎然且幽雅的環境，令詩人不禁久留於此，忘卻時光的流逝，也放下了心中的憂結。在薄暮時分，歸鳥棲宿於池邊的亭閣臺榭，入夜後的露水則沾濕了山葉，一動一靜，對比細膩，於是由景轉情，念及曾一同流連於美好光景，如今又收到對方的來詩相贈，故欣然作詩以答。從「戚戚」、「結憂」到「懷賞」、「悅物」，情隨景移，最後清幽之景與閒適之愉正相諧調，藉由答詩來分享美感經驗，使得對方雖未能親臨，亦能感受並聯想昔日情懷，「作者與讀者、創作與鑑賞之間，透過自然物象所喚起的『美感經驗』的啟引、感發的作用，原可以是一貫相通的」。〔註99〕這也正是贈答詩歌發揮回環互動、審美交流之功用。

（二）我情注物

詩人提筆贈答，即有一傾訴對象，通過文學之修飾，將內心情志蘊含於其中。於是作品中之物色時，也將滲入詩人的情感，他們不僅觀覽自然，也反觀自身，在體驗物象中，帶有個人的情思，是我情注物的表現。接受者在品讀時，也將隨著那些有情之景，而產生同理之心。如江淹〈冬盡難離和丘長史詩〉：

閒居深悵怏，颼寒拂中閨。寶禮自千里，縑書果君題。
山川吐幽氣，雲景抱長懷。茲別亦爲遠，潮瀾鬱東西。
汀皋日慘色，桂闇猿方啼。攬意誰侘傺，屑涕在心乖。
杜蘅念無沫，石蘭終不晞。冀緫歲暮駕，遊衍蒼山蹊。

〔註100〕

先說懷著憂思失意而閒居，以「寒」形容涼風，加深內心的悵然。忽

〔註98〕《先秦漢魏晉南北朝詩》，頁1566。
〔註99〕蔡英俊，《比興物色與情景交融》（臺北：大安出版社，1986年），頁146～147。
〔註100〕《先秦漢魏晉南北朝詩》，頁1565。

收到友人的書信，且視爲珍寶，可見別離後的思念之情。將強烈的感傷融入詩中之景致，使得山川、雲氣也如詩人般鬱結著憂情，在感嘆著與友人分隔兩地。後用「慘色」、「猿啼」無論所見所聞皆爲悲景，添上淒涼之情。詩人涕淚交流，嘆息無法如心所願。最後用杜蘅、石蘭象徵不因時空阻隔而停止思念，並傳達希冀再聚首的殷切盼望。本篇大約作於建元二年（480），丘長史疑即爲丘靈鞠，〔註101〕在此答詩中表現出「景語皆情語」的感慨，情景交融於其中，以濃厚的眞情回覆音信。有意思的是，江、丘二人皆有受「文才盡退」之譏，〔註102〕則雙方的互爲贈答往來，則多了些相憐相惜之感。

另看范雲的〈贈俊公道人詩〉：

秋蓬飄秋甸，寒藻泛寒池。風條振風響，霜葉斷霜枝。
幸及清江滿，無使明月虧。月虧君不來，相期竟悠哉。

〔註103〕

詩人與朋友相約月明之夜，暢敘契闊之情，但已過約期，卻未見來訪的身影，內心惆悵不已，故以詩寄贈，傾訴深切的懷思。開頭便是追述期待之日的情景，因結果非是喜悅的相聚，而是期望落空，故景致也染上了濃重的蒼涼感，枯蓬、秋野、萍藻、寒池，是一片淒清之色，「寒」字則加深秋之涼意，也是詩人思念中孤寂的呈現。前四句在結構上探第一與第四字相重疊，造成句式的回環，即如鍾嶸所言：「清便宛轉，如流風迴雪。」〔註104〕頓使秋氣更濃、寒意

〔註101〕 《南齊書・丘靈鞠傳》：「建元元年，轉中書郎，……明年，出爲鎮南長史、尋陽相，遷尚書左丞。」見〔梁〕蕭子顯，《南齊書》（臺北：鼎文書局，1980年），卷52，頁890。

〔註102〕 《梁書・江淹傳》：「淹少以文章顯，晚節才思微退，時人皆謂之才盡。」《南齊書・丘靈鞠傳》：「靈鞠宋世文名甚盛，入齊頗減。蓬髮弛縱，無形儀，不治家業。王儉謂人曰：『丘公仕宦不進，才亦退矣。』」分見《梁書》，卷14，頁251；《南齊書》，卷52，頁890。

〔註103〕 《先秦漢魏晉南北朝詩》，頁1546。

〔註104〕 〔梁〕鍾嶸著，陳延傑注，《詩品注》，頁29。

更深、風聲更烈、霜色更寒的深沉之感。詩人在月光下的牽思與掛懷，都在觀覽與描繪的物象中，表露無遺，使友人能明瞭與感受到滿懷的憾意。

（三）以景襯情

藉贈答詩傳遞之情意，或因景而生，或將物象擬人，皆是情景一致，產生聊以自慰的感慨，或是美感經驗的分享。但「有時情與景相反，借景反襯，造成一種物我衝突的張力」，〔註105〕即為以樂景寫哀情，襯出心底的愁思：

昔我別楚水，秋月麗秋天。今君客吳坂，春色縹春泉。

幽冀生碧草，沅湘含翠煙。爍爍霞上景，懵懵雲外山。

涉江竟何望，留滯空採蓮。……〔註106〕

這是江淹的〈貽袁常侍詩〉，袁常侍即袁炳，為詩人摯友，事見本集《袁友人傳》、《傷友人賦》。本篇大約是江淹從北部邊境回荊州未久，為袁炳使吳，贈別而作，具體時間可能在泰始七年（471）春天。〔註107〕詩從與友人作別的景象說起，是明麗爽朗的秋景，如今再次送離，是大好的春色，淡青色的泉水，顯得生氣盎然。幽冀、沅湘分指北南兩地，碧草、翠煙、霞景、雲山亦是一片美景，但詩人卻只能感嘆，雖採了蓮花，只是徒然罷了，所思者在遠方，無法與之共賞共享麗景與樂事，反襯出其傷別之愁思。

此類則常見「空」字，來襯托情思，如范雲、何遜兩人的贈答：

桂葉竟穿荷，蒲心爭出波。有鶯鶯蘋芰，綿蠻弄藤蘿。

臨花空相望，對酒不能歌。聞君饒綺思，摛掞足為多。

布鼓誠自鄙，何事絕經過。（范雲〈貽何秀才詩〉）

〔註105〕 黃永武，《中國詩學：設計篇》（臺北：巨流圖書公司，1976年），頁223。

〔註106〕 《先秦漢魏晉南北朝詩》，頁1562。

〔註107〕 參〔梁〕江淹著，俞紹初、張亞新校注，《江淹集校注》（鄭州：中州古籍出版社，199年），頁10。

> 林密户稍陰，草滋堦欲暗。風光蕜上輕，日色花中亂。
> 相思不獨懽，佇立空爲歎。清談莫共理，繁文徒可玩。
> 高唱子自輕，繼音予可憚。(何遜〈酬范記室雲詩〉)〔註108〕

范詩前四句寫春夏之交，使用擬人手法活化了物象，使得桂葉、蒲心更具有蓬勃生氣，鷪鷪雊鳥、綿蠻黃鳥的動態感更爲逼眞，同樣是生機盎然的景致。但詩人只能臨花空望，對酒難歌，表明了心中的志趣，是以求知音。面對前輩以詩相請，何遜十分感動，卻又擔心位卑人微而猶豫不決。答詩大體上與贈詩相應，前四句亦寫景致，只是范詩明亮清快，何詩相對而言則顯得晦暗，或與內心的躊躇有關，不過中間四句仍寫空自嘆息，同懷思念，只是酬和難續，憚於前訪。以景襯底，展開情意的交往。

最後看柳惲〈贈吳均詩〉二首其一：

> 山桃落晚紅，野蕨開初紫。雲日自清明，蘋芷齊霢靡。
> 離念已鬱陶，物華復如此。〔註109〕

以春景開端，寫山桃花的淡紅、野蕨中的紫花，顏色鮮明亮麗，又帶有自然的清新。雲、日在天各自分明，顯得清朗，蘋、芷於地一同隨風搖動，頗爲淡雅。充滿著離情憂思的詩人，面對這一幅細致的風景，反而更添愁緒，一句「物華復如此」便戛然停筆，留下了無限的喟嘆。

二、自然意象之運用

意象，即文學作品中表達詩人情感的外在物象，尤在自然中常能觸景生情，於是作家借物傳意，將客觀意境與主觀情境相諧和，豐富詩的意蘊，也激發起讀者的想像、聯想，領悟當中抽象的情思。在贈答詩裡，可見對自然意象進行取材與鋪寫，使接受者觀覽其詩之時，能引發共同的審美經驗外，亦能體會滲透其中的作者情意。雷淑娟《文

〔註108〕分見《先秦漢魏晉南北朝詩》頁 1545、1682。
〔註109〕《先秦漢魏晉南北朝詩》，頁 1677。

學語言美學修辭》曾指出：「意象是詩歌的元件，意象的拼接、組合、轉換，把零散、孤立、相互間不明確的意象組合成一個有機整體，是詩歌創作的全部過程。」〔註110〕於是，詩人善於經營、塑造意象來描摹自然景物，使得讀者能有宛如親臨其境的美感經驗，並且亦讓詩人聯繫社會人生中的自我，讓接受者在贈答詩歌中去體會對方的處境與情思。所以，本節將以比興、象徵的手法與語言修辭的概念，來分析典型意象與對比意象的營構技巧與文學意蘊。

（一）典型的意象

典型意象，是指該意象具有典型的象喻性或獨特的代表性，歷代詩人遞相沿襲，使得一些意象在古典詩歌中的象喻意義比較接近、固定。在贈答詩中的自然意象，以暮秋、飛鳥、芳蘭、青松較爲常見，並多運用比興手法。所謂比、興，本是從《詩經》的創作經驗中歸結出來的表現手法，劉勰在《文心雕龍·比興》中加以闡釋：

> 故比者，附也；興者，起也。附理者切類以指事，起情者
> 依微以擬議。起情故興體以立，附理故比例以生。〔註111〕

比乃是描寫事物來比附意義，用鮮明的形貌來確切地說明事理，興則是依照含意隱微的事物來寄託意義，並在贊語中總結運用比興兩法的經驗：觸物圓覽與擬容取心，〔註112〕觀察物象並加以描摹，使詩人情感與比喻事物能緊密相連，便能使詩作豐富多姿。再看鍾嶸《詩品》的說明：

> 詩有三義焉：一曰興，二曰比，三曰賦。文已盡而意有餘，
> 興也；因物喻志，比也；直書其事，寓言寫物，賦也。〔註113〕

其中對於「興」的解釋較偏重於詩歌的藝術效果，認爲詩是有感而發，

〔註110〕 雷淑娟，《文學語言美學修辭》（上海：學林出版社，2004年），
頁121。
〔註111〕 〔梁〕劉勰著，范文瀾註，《文心雕龍註》，卷8，頁601。
〔註112〕 〔梁〕劉勰著，范文瀾註，《文心雕龍註》，卷8，頁603。
〔註113〕 〔梁〕鍾嶸著，陳延傑注，《詩品注》，頁4。

或感於事，或感於物，因感而生詩情即是所謂「興」也。即如葉嘉瑩先生所言：「由『物』及『心』，也就是說，由形象過渡到情意。這種表現手法就叫作『興』。」〔註114〕對作者與讀者而言都具有感發的作用。詩人則在贈答詩中選擇典型的自然意象，來比喻心志、象徵情思。

1、暮秋與飛鳥

（1）秋色延暮思

悲秋，常見於墨人騷客之詩文中，從《楚辭·九辯》中流露「悲哉，秋之為氣也，蕭瑟兮草木搖落而變衰」之哀思後，〔註115〕詩人逢秋便易興悲慨之意。暮色同樣能牽引哀愁，《楚辭·離世》則有「日暮黃昏，羌幽悲兮」之句。〔註116〕於是秋日昏暝，常是文人抒發心緒的意象，如鮑照〈秋日示休上人詩〉：

> 枯桑葉易零，疲客心易驚。今茲亦何早，已聞絡緯鳴。
> 廻風滅且起，卷蓬息復征。憯憯簞上寒，悽悽帳裏清。
> 物色延暮思，霜露逼朝榮。臨堂觀秋草，東西望楚城。
> 白楊方蕭瑟，坐歎從此生。〔註117〕

枯桑之葉易凋零，如同奔波之客易被觸動的心情，因已聞促織之鳴叫，故念及今年時節轉換，亦何早也。以下四句描寫秋天的蕭瑟景象，以及冷清之感。從物色的改變，思及夕死朝榮的感傷，於時觀望秋草，百物方將轉衰，由此而生哀嘆。詩中用秋、暮的意象來抒發自己的感懷，從「客」字可推測應為羈旅途中，或思鄉、或思友，或自傷年歲已逝及坎坷仕途，秋暮的悲涼正好可傳達心境的愁苦。

贈答詩中，出現暮、秋之意象，有象徵別離思念的愁緒，如：

> 休沐乃幽棲，別離未幾許。佇立日將暮，相思忽無緒。（何
> 遜〈下直出谿邊望答虞丹徒敬詩〉）

〔註114〕 葉嘉瑩，《葉嘉瑩說漢魏六朝詩》（北京：中華書局，2007年），頁20。
〔註115〕 〔漢〕王逸章句，洪興祖補注，《楚辭補注》，卷8，頁182。
〔註116〕 〔漢〕王逸章句，洪興祖補注，《楚辭補注》，卷16，頁286。
〔註117〕 《先秦漢魏晉南北朝詩》，頁1287。

九華暮已隱，抱鬱徒交加。(何遜〈贈王左丞詩〉)

相思白露亭，永望秋風渚。心知別路長，誰文苑作不。詩紀云。一作不。謂若燕楚。(柳惲〈贈吳均詩〉三首之一)

日暮憂人起，倚戶悵無懼。(吳均〈酬周參軍詩〉)

追惟疇昔時，朝府多歡暇。薄暮塵埃類聚作埃塵。靜，飛蓋遙相文苑作相追。迒。(陸倕〈以詩代書別後寄贈詩〉)〔註118〕

日暮象徵著一天將盡，秋風的淒涼也吹來了年將盡的訊息，思起昔日與友人同歡的情景，此際卻只有昏暝的物象，分離兩地的愁思，詩人只能佇立久望，期待見到能再聚首的音信，但日落黃昏、秋意蕭索，時光不斷地流逝，但相聚卻遙遙無期。另外，有興起歸鄉之思，以及哀嘆仕途失意的象徵：

旅人乏愉樂，薄暮增思深。(鮑照〈日落望江贈荀丞詩〉)

邊城秋霰來，寒鄉春風晚。(柳惲〈贈吳均詩〉三首之三)

無由下征帆，獨與暮潮歸。(何遜〈贈諸遊舊詩〉)

羈旅無儔匹，形影自相親。蕭索高秋暮，砧杵鳴四鄰。(何遜〈贈族人秣陵兄弟詩〉)〔註119〕

日落將息是中國的傳統生活方式，但在外的遊子卻無法如意，面對秋暮不免有思鄉之愁，同時面見衰敗的景象，羈旅在外的孤單，仕途的坎坷，則將自身的情感投射其中，產生孤寂無匹的感情基調。此外，亦代表著美人遲暮的嘆惜：

少壯輕年月，遲暮惜光輝。一塗今未是，萬緒昨如非。(何遜〈贈諸遊舊詩〉)

殷勤盡日華，留連窮景黑。歲暮竟無成，憂來坐默默。(吳均〈贈任黃門詩〉二首之二)〔註120〕

〔註118〕 以上引詩分見《先秦漢魏晉南北朝詩》，頁1685、1702、1674、1733、1776。

〔註119〕 以上引詩分見《先秦漢魏晉南北朝詩》，頁1286、1675、1685、1686。

〔註120〕 以上引詩分見《先秦漢魏晉南北朝詩》，頁1685、1732。

日暮、歲暮的景象，比喻著人的年華老去，走向衰亡。詩人採此意象來傳達年歲雖增，卻碌碌無為致使時光虛擲的無奈。詩人作品中的秋暮，具有時間與空間上的審美效應。從空間角度看，黃昏、秋季的景物多呈冷色低暗調，缺少動態和生機。從時間流程上看，黃昏包括從夕陽西下到暮色蒼茫，然後進入夜色，秋季則是萬物由盛轉衰，向冬季的蟄伏過渡，是感發詩人悲緒傷情的代表意象。秋暮之象與落寞之情，情象同構，形成思離、無依、悲愁、無奈的感傷筆調。

（2）飛鳥離別意

鳥類亦是詩人善於捕捉的意象，尤其牠們具有的特性，讓詩人不禁以鳥比人，抒發感懷，如陶淵明即有「棲棲失群鳥，日暮猶獨飛」之詩句，用禽鳥比翼雙飛、群歡群鳴的特質，訴說己身獨自飛翔的悽惶不安。另如鳥中之雁，是季節性的候鳥，春分北飛，秋分南行的遷徙性，易聯想到漂泊在外的鄉思情懷，又常與自身的孤悽境遇交織一起，所以用「孤雁」自比，既寫離別哀傷，又渲染處境的悲涼，如鮑照〈贈傅都曹別詩〉：

> 輕鴻戲江潭，孤鴈集洲沚。邂逅兩相親，緣念共無已。
> 風雨好東西，一隔頓萬里。追憶栖宿時，聲容滿心耳。
> 落日川渚寒，愁雲繞天起。短翮不能翔，徘徊煙霧裏。
> 〔註121〕

這是一首離別時的贈詩，以輕鴻比傅都曹，有欽羨之情；借孤雁以自指，含自謙之意。兩者的活動以自由自在對比孤獨寂寞，生動自然。其後敘兩人相知之深，但世事如風雨飄搖不定，一旦分離則隔萬里，所以別後只有相思，追憶昔日棲息水洲的相悅時光。此時，詩人再放進「暮」之意象，象徵蕭瑟的淒寒的苦味，連滿天雲霞也染上了愁思。想要振翅高翔卻無法如願，只能空自徘徊，用來比喻自己窘迫侷促的境況，滿腹心事卻無法傾訴的失意。詩中用鳥的意象，「比」之手法貫穿全篇，營造出濃厚的抒情氛圍。再看劉顯〈發新林浦贈同省詩〉：

〔註121〕　《先秦漢魏晉南北朝詩》，頁 1289。

回首望歸途，山川邈離異。落日懸秋浦，歸鳥飛相次。

感物傷我情，惆悵懷親懿。〔註122〕

以落日、飛鳥的意象來表示本該歸返的時刻，如今卻在旅途之中，興起了客居他鄉的思愁，並且採鳥類群居的特性，以「相次」而飛來襯托出己身的孤獨。於是見物而傷情，滿懷惆悵地思念著親友。

　　用征雁以表羈旅辛勞，或用夕鳥以示思歸，或藉飛鳥象徵分處兩地，茲舉例如下：

悲風宵遠，乘雁晨征。（王儉〈贈徐孝嗣詩〉）

落日飛鳥還。憂來不可極。（謝朓〈和宋記室省中〉）

晨征凌迸水，暮宿犯頹風。出洲分去燕，向浦逐歸鴻。（劉孝綽〈答何記室詩〉）

猶如征鳥飛，差池不可及。（何遜〈道中贈桓司馬季珪詩〉）

夕鳥已西度，殘霞亦半消。（何遜〈夕望江橋示蕭諮議楊建康江主簿詩〉）

早雁出雲歸，故燕辭簷別。（何遜〈日夕望江山贈魚司馬詩〉）

別鶴千里飛，孤雌夜未宿。（吳均〈與柳惲相贈答詩〉六首之四）

關候日邊絕，如何附行旅。願作野飛鳥，飄然自輕舉。（柳惲〈贈吳均詩〉三首之一）〔註123〕

藉由鳥的意象從詩中所傳遞出的情感，則多為漂泊流浪的悲苦，以及友朋離思的抒發，這自然與詩人創作當下的生命歷程有關，「這些贈答詩多以遊子、旅人、客的身份，在日暮、落日、夕陽之際，見飛鳥西歸而產生出一種濃烈的思歸情緒，此三種都是引發詩人格外思鄉的情感導火線。」〔註124〕詩人採取這些自然物色的意象，融入酬和之作中，形成抒情的常見模式，也反映出內心的真實寫照。

〔註122〕　《先秦漢魏晉南北朝詩》，頁1851。

〔註123〕　以上引詩分見《先秦漢魏晉南北朝詩》，頁1379、1440、1835、1683、1684、1683、1730、1675。

〔註124〕　薛幼萍，《南朝贈答詩研究》（貴陽：貴州大學碩士論文，2007年），頁21

2、芳蘭與青松

詩中除可藉景抒情外，亦可用來託物言志，賦予自然物色具有理想人格的象徵，藉此意象來贈與或答覆，以嘉美對方或表明自身的抱負，這即是一種「比德於物」的手法。其基本的特點爲：「將自然物象的某些特徵與人的道德觀念、精神品格相比附，使自然物象的自然屬性人格化、道德化，成爲人的精神擬態，成爲人的道德觀念的形象圖解和物化準則。這樣，觀照自然的過程，就成爲觀照主體的道德觀念尋求客體再現與確證的過程。人們就會在觀照自然的過程中獲得精神暗示和道德意會。」〔註 125〕如江淹的贈答詩中有「珠貝性明潤，蘭玉好芳堅」、「企余重蘭貝，清才富金瑜」之句，〔註 126〕用貝、玉之物來比喻友人是具有美好品性的優秀之才，即採傳統儒家「君子比德於玉焉，溫潤而澤仁也」〔註 127〕的意涵，帶有讚美與嘉勉之意。在南朝贈答詩中，另有芳蘭、青松之意象的運用：

（1）德馨如芳蘭

香草、芳蘭是屈原筆下用來塑造君子修行自潔，追求美好的表徵，南朝贈答詩中，亦承傳此意象的使用，像鮑照在〈贈故人馬子喬詩〉六首之五的末句「淹留徒攀桂，延佇空結蘭」，就是援用《楚辭》中的寫法，〔註 128〕無奈地向友人表白內心的苦悶，即便保有純潔赤誠的人格精神，也是徒然自傷，眞實地反映詩人的矛盾與痛苦心情。又如江淹〈感春冰遙和謝中書詩〉二首其一：

江皐桐始華，斂衣望邊亭。平原何寂寂，島暮蘭紫莖。

〔註 125〕 付軍龍，〈比德於眾禽──也論中國古代的「比德」觀〉，《北方論叢》期 4（2007 年），頁 21。

〔註 126〕 〈貽袁常侍詩〉、〈郊外望秋答殷博士詩〉，見《先秦漢魏晉南北朝詩》，頁 1562、1565。

〔註 127〕 〔漢〕鄭玄著，孔穎達疏，《禮記注疏》，《十三經注疏》，頁 1031-1。

〔註 128〕 《先秦漢魏晉南北朝詩》，頁 1285；詩句分別語本《楚辭》〈招隱士〉：「攀援桂枝兮聊淹留」；〈離騷〉：「悔相道之不察兮，延佇乎吾將反。」見〔漢〕王逸章句，洪興祖補注，《楚辭補注》，卷 12，頁 233；卷 1，頁 16。

芬披好草合，流爛新光生。冰雪徒皦潔，此焉空守貞。

〔註129〕

前三聯寫初春冰雪未融之景象。其中薄暮時分小島上的紫色蘭草，香氣散佈蕩漾著光彩，雖是描景但亦含情，有唯吾德馨之感。最後一聯則因見春冰而興感，訴說自己徒有潔白明亮的志節，卻只能空守貞節而無人理解，透露內心的情志。

　　此外，亦用芳蘭來嘉美對方德馨、規箴品行，或用以喻雙方情誼堅貞：

德馨伊何，如蘭之宣。（王融〈贈族叔衛軍儉詩〉）

敬之重之，如蘭如芷。（任昉〈贈王僧孺詩〉）

如佩萱蘭，久知芬馥。（虞羲〈贈何錄事諲之詩〉）

昔賢侔時雨，今守馥蘭蓀。（沈約〈酬謝宣城朓詩〉）

有客告將離，贈言重蘭蕙。（吳均〈酬別江主簿屯騎詩〉）

若人本高絕，芬馥邁蘭荃。（荀濟〈贈陰梁州詩〉）

形反桂宮，情留蘭渚。（蕭統〈示徐州弟詩〉）

已作金蘭契，何言雲雨別。（荀濟〈贈陰梁州詩〉）〔註130〕

此處多見四言正體，當是贈答詩中作為讚美、箴言的雅潤要求。除同族、友僚間不免帶有揄揚溢美、互相標榜外，也用此意象來推崇、肯定對方具備君子品德，值得敬重與學習。同時，在離別之際或懷遠寄贈中，亦含有契若金蘭的情蘊。

（2）松柏有本性

　　青松、蒼柏和芳蘭同樣寄託著高尚人格的表徵，《禮記·禮器》：「其在人也，如竹箭之有筠也，如松柏之有心也，二者居天下之大端矣，故貫四時而不改柯易葉。」〔註131〕因其四季常青，挺立四時之

〔註129〕　《先秦漢魏晉南北朝詩》，頁1567。

〔註130〕　《先秦漢魏晉南北朝詩》，頁1395、1595、1607、1635、1734、2070、1793、2071。

〔註131〕　〔漢〕鄭玄著，孔穎達疏，《禮記注疏》，《十三經注疏》，頁449-1。

外，故能常用以喻人，來品評其爲人卓然不群，如《世說新語》載：

　　庚子嵩目和嶠：「森森如千丈松，雖磊砢有節目，施之大廈，
　　有棟梁之用。」

　　山公曰：「嵇叔夜之爲人也，巖巖若孤松之獨立。」〔註132〕

和嶠少有風格，爲政清簡之名臣，嵇康爲竹林七賢之一，具名士風範，
用松柏之美來狀述其人之神韻與個性。所以，選取松柏的高潔、不屈
之意象，放入贈答詩中，則可用以勉勵對方，如著名的劉楨〈贈從弟
詩〉三首之二：

　　亭亭山上松。瑟瑟谷中風。風聲一何盛。

　　松枝一何勁。冰霜正慘悽。終歲常端正。

　　豈不罹凝寒。松柏有本性。〔註133〕

先敘其生長之地以及處境的艱辛，其次對其自然屬性的嘉美，最後用
轉折設問帶出全詩意旨。通篇皆用比體，除嘉美從弟的品格外，也有
勉勵其挺立自持、保有高尚節操的用意。在南朝贈答之作中，亦有用
松柏意象入詩，

　　霜雪雖厚，松柏丸丸。（王韶之〈贈潘綜吳逵舉孝廉詩〉）

　　崇蘭罷秀，孤松獨貞。（王儉〈贈徐孝嗣詩〉）

　　桃李爾繁華，松柏余本性。（何遜〈暮秋答朱記室詩〉）

　　何以表相思，貞松擅嚴節。（任昉〈贈徐徵君詩〉）〔註134〕

前兩首則是藉松柏意象來鼓勵後生、頌美友人之德行，後二首則是詩
人用以明志、抒懷，無奈的社會現實與士人內心的理想人格相互激
撞，士人決定以松自喻，作爲人品高雅的外在標徵，不以榮華富貴爲
念。全篇用比之贈答作品，則可見吳均〈贈王桂陽詩〉：

　　松生數寸時，遂爲草所沒。未見籠雲心，誰知負霜骨。

　　弱幹可摧殘，纖莖易凌忽。何當數千尺，爲君覆明月。〔註135〕

〔註132〕　上述引文見劉〔宋〕劉義慶等編撰，余嘉錫箋疏，《世說新語箋疏》
　　　　　（上海：上海古籍出版社，1993年），卷8，頁426；卷14、607。

〔註133〕　《先秦漢魏晉南北朝詩》，頁371。

〔註134〕　《先秦漢魏晉南北朝詩》，頁1187、1379、1682、1598。

前四句以初生之松來比喻自己位居下僚、未見器用，而藉松樹之質
性，表明自身志向的高遠，以及堅貞高尚的品格。其後以小松的枝幹
嫩弱，容易被摧毀殘害，來表示己身出自寒門，易遭欺凌和忽視，委
婉地傳達向桂陽太守求援的意圖。最後抒發內心的抱負，有朝將可長
成參天的松樹，以喻一旦出人頭地，將可經世濟民，亦不忘王桂陽的
知遇之恩。託物言志，句句寫松，卻又落實到人的身上，有著懷才不
遇之感，卻又是氣格凜然，如左思〈詠史詩〉中「鬱鬱澗底松」之立
意，藉青松之意象，來表現寒士的雄心和骨氣。

（二）對比的意象

　　古典詩歌，尤其是描寫山水的詩句，常充滿了意象的羅列，這些
意象的塑造不得不歸功於中文的特殊語法條件，例如名詞或名詞詞組
之間，可以無需語法聯繫而各自孤立存在。這些名詞片語就能產生單
純的意象，直接訴諸讀者的感官感受，喚起聯想，進而分享詩人的美
感經驗。〔註 136〕唐代興起的近體詩因有字、句的限制，虛字的位置
多為實字所替代，故梅祖麟、高友工在〈論唐詩的語法、用字與意象〉
一文中，以語言學的角度來探討唐詩的語言藝術，提出中國詩歌有別
於英詩「堆砌手法」的應用，中文因為缺少名詞後的關係子句，並且
修辭習慣不容許過於複雜的堆砌，所以中文的名詞容易孤立。因為名
詞或名詞片語的孤立，使這種「孤立語法」成為表達單純意象的最佳
手段。〔註 137〕該文歸納出一些益於塑造意象的唐詩句法，然而這些

〔註 135〕　《先秦漢魏晉南北朝詩》，頁 1742。

〔註 136〕　見王國瓔，《中國山水詩研究》（北京：中華書局，2007 年），頁
　　　　　240。

〔註 137〕　所謂「堆砌手法」的應用，是指英語中有定冠詞直接指涉，另
　　　　　有關係代名詞、介繫詞片語、分詞片語用以修飾名詞，將名詞
　　　　　的指涉範圍縮小到個體，所以英詩傾向於寫實，其意象充滿高
　　　　　度具體的細節。見〔美〕梅祖麟、高友工著，黃宣範譯，〈論唐
　　　　　詩的語法、用字與意象（上）〉，《中外文學》卷 1 期 10（1973
　　　　　年 3 月），頁 58。本節許多論點多以梅、高二氏〈論唐詩的語法、

句法亦可見於情景兼容的贈答詩歌中，譬如名詞的並列或語序的顛倒。第一種是名詞片語的羅列，其間沒有任何語法聯繫，即梅、高二氏所謂的「散漫性」。例如：

　　龍馬魚腸劍。(何遜〈學古贈丘永嘉征還詩〉)

　　崇蘭白帶飛，青鴐紫纓絡。(吳均〈酬蕭新浦王洗馬詩〉二首之二)

　　朱輪玳瑁牛，紫鞁連錢馬。(吳均〈贈周散騎興嗣詩〉二首之二)

　　〔註138〕

第一例中詞與詞之間沒有任何語法聯繫，龍馬、魚腸劍各呈孤立狀態，直接訴諸讀者的直覺感官，產生單純的意象。此句為該詩的起首，以傳說中的駿馬與寶劍寫起，雖未見人，但已營造出征戰的氣氛。第二例中的崇蘭、白帶、青鴐、紫纓絡等名詞的並列，鮮活地構築出江湄的景致。第三例的朱輪、玳瑁牛、紫鞁、連錢馬是四個簡單意象的並列，卻有著強烈的視覺效果，是顯貴身分的表徵。此外，有些句法正常的詩行仍可產生孤立，如含有時間、處所意念的名詞，若置於句首，而語法上並沒有明顯的記號，也會產生單純的意象，例如：

　　邊城秋霰來，寒鄉春風晚。(柳惲〈贈吳均詩〉三首之三)

　　白日遼川暗，黃塵隴坻驚。(柳惲〈酬郭臨丞詩〉)

　　蘆花霜外白，楓葉水前丹。(江總〈贈賀左丞蕭舍人詩〉)〔註139〕

第一例中邊城與寒鄉是含有處所意念的名詞片語，分別和秋霰、春風羅列，中間不見語法上的記號而顯得孤立，促使意象的產生，分別以空間、時間相互對照，加深詩人內心的愁思。第二例與第三例亦是用

　　用字與意象〉一文為借鏡，共有三小篇，分別參見《中外文學》
　　卷1期10(1973年3月)，頁30～63；卷1期11(1973年4月)，
　　頁100～114；卷1期12(1973年5月)，頁152～169。另外，
　　王國瓔在探討「中國山水詩的形象摹擬」時，則借助梅、高二
　　氏的研究方法來分析意象的產生，亦對筆者有所啟發。參見王
　　國瓔，《中國山水詩研究》，頁240～289。
〔註138〕《先秦漢魏晉南北朝詩》，頁1692、1732、1739。
〔註139〕《先秦漢魏晉南北朝詩》，頁1675、1742、2581。

名詞的孤立來加強意象的塑造，讓詩中的畫面更爲立體。

第二種句法則是詩行的語序被顛倒或破壞，影響詩行的自然流動，也易使名詞片語形成孤立的狀態，有助於意象的產生，即梅、高二氏所謂的「破壞性」。例如：

> 蜻蛉草際飛，遊蜂花上食。（謝朓〈贈王主簿詩〉二首之一）
>
> 風光蕠上輕，日色花中亂。（何遜〈酬范記室雲詩〉）
>
> 青雲葉上團，白露花中泫。（吳均〈詣周承不值因贈此詩〉）〔註140〕

第一例的草際、花上應分別爲動詞飛、食的賓語，現置於動詞之前，各與蜻蛉、遊蜂並列，中間又無其他語法聯繫，意象就此產生，加深讀者的視覺感受。第二例也是倒裝句型，以名詞的孤立突出景致的描寫。第三例亦破壞了詩行的自然節奏，讓讀者能全神貫注於這些意象的相互投射。值得注意的是，這些產生意象的句法多爲對偶型式的使用。一聯對偶提供了互相對應的兩幅同時出現的畫面，也因其自身的完整性，可被視爲一幅長卷中自成獨立的部分，可被單獨欣賞，即使脫離上下文脈絡，仍能保有其美學的價值。〔註141〕另外，對偶詩聯最有效功能是直接地與客觀地記錄詩人對世界的印象，高友工先生在〈律詩的美學〉一文中認爲：

> 在一聯對偶中，詩人的觀察行動總是表現得含而不露，在這種情況下，即便是表現知覺的動詞，如「看見」與「聽到」，也可能被認爲是多餘的。因而一個具體名詞與其最富特徵的品質聯結而成的一個名詞性表述結構就被用來描述一個人對自然的感受，很少有來自介於其間的觀察者的干預。這種感受也是有關某個特定時刻的，因爲對偶一般避免明確提及相關的時間。然而，空間在此是作爲同時的存在暗示出來的，它與處在中心的詩人發生交互作用。〔註142〕

〔註140〕 《先秦漢魏晉南北朝詩》，頁1447、1682、1741。

〔註141〕 〔美〕高友工著，黃寶華譯，〈律詩的美學〉，《中國美典與文學研究論集》（臺北：國立臺灣大學出版中心，2004年），頁223。

〔註142〕 〔美〕高友工著，黃寶華譯，〈律詩的美學〉，《中國美典與文學

對偶修辭不僅能表現出結構的美感，更可以簡練的語言、意象的對照來傳達言外的豐富意蘊。聯繫起南齊永明時期的詩體新變，將音律聲韻與晉宋以來的對偶之風結合起來，增加了詩歌藝術的形式美，為後來律詩的確立奠定基礎。贈答詩歌從元嘉時的典雅矜重轉變體制趨短、文字較易明白的表現風格。在經營、塑造詩中的自然意象時，則易產生對偶詩聯，形成對照的美感效果，在意象與意象的對比關係中來喚起贈答對象感情的聯想，促使其透過想像而領會到詩人作詩的意圖，以及內心所欲傳達的情志。

1、時空意象

　　時空的關係是界定自然與社會事物存在的兩大經緯，就空間意象的對照而言，對比的兩極可在接受者的心中構成張力，在這張力關係中展開無限的遐想，可見詩中在展現自然空間的同時也展現了可供想像的心理空間。〔註143〕贈答詩中以景物的高下對比來引發空間的距離感，例如：

　　　　寒潭見底清，風色極天淨。(何遜〈暮秋答朱記室詩〉)

　　　　天末靜波浪，日際斂煙霞。(何遜〈南還道中送贈劉諮議別詩〉)

　　　　水中千丈月，山上萬重雲。(吳均〈贈鮑春陵別詩〉)〔註144〕

第一例上句寫水潭之深，下句寫連天之景，高下對比拉大了空間的距離，但又因為「清」、「淨」的視覺感受，將兩者融而為一，營造出澄澈又浩闊的秋色與意境。第二例中因詩人是乘於舟中，故上句先遠望水面景色，下句則仰看天邊煙霞，由視角的轉換造成景物高低的對比，經營出較立體的畫面感。第三例是山水對照，尤其用千丈、萬重來形容，更展現了山高水低的起伏地勢，如同一幅完整的山水畫，傳達了詩人上下欣賞景致的整體感。這種山水相對的句法也最能表現層

　　　　研究論集》，頁232。
〔註143〕雷淑娟，《文學語言美學修辭》，頁165。
〔註144〕《先秦漢魏晉南北朝詩》，頁1682、1687、1743。

巒疊嶺、曲江迴溪的大自然。〔註145〕空間意象的對比亦是詩人表達
別離、相思愁緒的方式：

> 君渡北江時，詎今南浦泣。（何遜〈道中贈桓司馬季珪詩〉）

> 佇立日將暮，相思忽無緒。谿北映初星，橋南望行炬。（何
> 遜〈下直出谿邊望答虞丹徒敬詩〉）

> 君留朱門裏，我至廣江濆。（吳均〈發湘州贈親故別詩〉三首之
> 三）〔註146〕

例一中用一南一北來象徵分隔兩地，空間距離的對比無形中也拉長了
等待的時間，加深了詩人內心的寂寞與盼望，於是在例二中，南北空
間的對照突顯出詩人想念故友的專注，隱含著時光已匆匆的流逝。例
三以朱門與江濆相對，君留而我行，營造出別時的環境氛圍。

　　除了空間意象外，亦有時間意象的對比，就是在尺幅之內把過
去、現在、未來和時間有限和無限，以及時光的長短、快慢加以比照，
意象性地表現人們對時光的種種感受。讓人們在對比形成的時間張力
中去體驗人類在時間之流中對自然、歷史、社會及人生的無限感慨。
〔註147〕贈答詩尤以「朝夕」、「旦暮」的時間對比為多，以時光流轉
的哀嘆向贈答對象表示內心的孤寂與想念，希冀獲得回音：

> 晨纜雖同解，晚洲阻共入。（何遜〈道中贈桓司馬季珪詩〉）

> 五載同衣裘，一朝異晚索。（何遜〈寄江州褚諮議詩〉）

> 朝鶯日弄響，暮條行可結。（何遜〈詠春雪寄族人治書思澄詩〉）
> 〔註148〕

前二例分別以晨晚、年日的時間對比，來突顯出別離的不捨，並且憶
及昔日同處的美好時光。例三上句寫朝鶯，下句述暮條，宛如早晨的
鶯啼仍在耳邊，暮色中的柳條仍在目前，傳達了在朝夕視聽中錯綜複

〔註145〕 林文月，〈中國山水詩的特質〉，《山水與古典》（臺北：三民書局，1996年），頁46。
〔註146〕 《先秦漢魏晉南北朝詩》，頁1683～1684、1685、1736。
〔註147〕 雷淑娟，《文學語言美學修辭》，頁166。
〔註148〕 《先秦漢魏晉南北朝詩》，頁1683、1684、1706。

雜的感官享受。時間意象的對比，亦是詩人把不同瞬間的美感經驗作空間的布置，來傳達超出語言表象之外的意境，﹝註149﹞例如：

　　日出眾鳥散，山暝孤猿吟。(謝朓〈郡內高齋閒望答呂法曹詩〉)

　　朝興候崖晚，暮坐趣林曛。(朱异〈還東田宅贈朋離詩〉)﹝註150﹞

詩人觀賞山水並從中擇取自然意象來豐富詩歌的意蘊，用朝夕對比將意象並置，構築出整體的山水畫面，也表現詩人身在其中流連忘返的著迷，藉由贈答詩歌來向對方傾訴所體驗的美感。

　　時空的關係密切，相互依存，並非能斷然割裂，所以詩歌中便有時間、空間共現的對比意象。在創作中將時空並舉，空間對比與時間對比共現的藝術視角，則呈現相互烘托的審美效果，即是抽象的時間變得可觀可感，具體的空間則透過時間的流變顯得更爲深邃。例如何遜〈日夕望江山贈魚司馬詩〉中有此二句：

　　晝悲在異縣，夜夢還洛汭。﹝註151﹞

這是作者晚年居江州時所作，何遜乃東海剡人，隨蕭續赴江州，知魚司馬在城中恣意酣賞，不免想到自身寓居異地的愁苦。詩中的「晝悲」、「夜夢」是時間的對照，「異縣」、「洛汭」是空間的對比，以時光的流轉帶動空間的轉變，突顯出詩人嚮往歸鄉的心境。運用相同手法的詩句還有以下諸例：

　　千里泝波潮，一朝披雲霧。(何遜〈答丘長史詩〉)

　　奔景驟西傾，還途忽東驚。(何遜〈答丘長史詩〉)

　　寸陰坐銷鑠，千里長遼迥。(何遜〈暮秋答朱記室詩〉)

　　一年流淚同，萬里相思各。(吳均〈酬蕭新浦王洗馬詩〉二首之二)

　　萬行朝淚瀉，千里夜愁積。玉臺作極。(王僧孺〈夜愁示諸賓詩〉)

　　去秋客舊吳，今春投故越。淚逐東歸水，心挂西斜月。(王

﹝註149﹞　王國瓔，《中國山水詩研究》，頁 280～281。

﹝註150﹞　《先秦漢魏晉南北朝詩》，頁 1427、1860。

﹝註151﹞　《先秦漢魏晉南北朝詩》，頁 1683。

僧孺〈忽不任愁聊示固遠詩〉〕〔註152〕

最後所舉的王僧孺〈忽不任愁聊示固遠詩〉，秋、春表時間意象，舊吳、故越乃空間意象，兩相烘托下浮現出詩人不斷奔忙的情景，無法與友人會晤的憂思便產生了，後兩句以東、西方位的對照，擴大了內心紛亂的愁緒。時空意象的相互對比也常用來表現出征途的急促，來突顯身心的疲倦之感：

　　夕宿飛狐關，晨登磧礫坂。（柳惲〈贈吳均詩〉三首之三）

　　清晨發隴西，日暮飛狐谷。（吳均〈答柳惲詩〉）〔註153〕

將朝、夕等時間與隴西、狐谷等空間並置，造成瞬間跳接的畫面，詩中雖然沒有提及戎旅的急忙與艱辛，但從意象的對比中已不時地流露。

2、動靜意象

　　除了時空外，意象的動態與靜態相互對照，能令人感受到生命的活力與塑造詩中畫面的鮮明。動與靜是相對而言的，因而也相互依存，動靜對比的意象，形成了以靜補動，以動襯靜的語義張力，收到了靜者愈顯其靜，動者愈顯其動的美感效應。〔註154〕如以下二例：

　　山中氣色滿，墟上生煙露。（何遜〈野夕答孫郎擢詩〉）

　　林葉下仍飛，水花披未落。（何遜〈寄江州褚諮議詩〉）〔註155〕

第一首是作者幽居時所作，上句寫山嵐雲岫，潔淨明麗，是恬謐的靜態景象，下句中煙露的緩緩上升，為這片夕景注入了生命，是動態意象的表現，雙方互為相映，產生和諧的美感。第二首以林葉紛飛之動與荷花玉立之靜，對比鮮明，象徵著四季雖流動不居，但詩人仍掛念著遠方的友人，豐富了詩的內涵。有時，詩人運用「靜態動詞」〔註156〕

〔註152〕　《先秦漢魏晉南北朝詩》，頁 1683、1683、1682、1732、1766、1764。

〔註153〕　《先秦漢魏晉南北朝詩》，頁 1675、1731。

〔註154〕　雷淑娟，《文學語言美學修辭》，頁 170。

〔註155〕　《先秦漢魏晉南北朝詩》，頁 1702、1684。

〔註156〕　〔美〕梅祖麟、高友工認為：「靜態動詞主要在描寫物性。凡中文形容詞用在述語位置而不用繫詞者，可稱之為靜態動詞。」

使得景物格外地傳神、生動，在平靜的畫面中搖曳生姿：

　　風光蕊上輕，日色花中亂。（何遜〈酬范記室雲詩〉）

　　游揚日色淺，騷屑風音勁。（何遜〈暮秋答朱記室詩〉）〔註157〕

第一首中風光、蕊上、日色、花中是名詞、靜態意象的並列，「輕」
與「亂」原爲形容詞，但在此作爲靜態動詞來描摹景致，表現出花蕊
在風中搖曳、日下閃耀的樣態，使人感受到自然生命的動態意象。第
二首用「淺」與「勁」字增強了視覺、聽覺感官的效果，讓聲響彷彿
流入耳畔，日色光影映入眼簾。再看何遜〈夕望江橋示蕭諮議楊建康
江主簿詩〉：

　　風聲動密竹，水影漾長橋。〔註158〕

上下句中各嵌入「動」、「漾」二個動詞，讓原先靜態的意象鮮活起來，
風讓密竹發出簌簌響聲，水中橋影的蕩漾，彷彿也搖晃起安穩的長
橋。在此我們能發現贈答詩中動靜意象的對比，是多採用「聲──色」
的相互對照來經營出美感。色與聲雖爲異類，但兩者並列，一方面突
出對方的特質，一方面融洽交織，使得景物不僅是美麗的空間畫面，
也是悅耳的立體樂章。〔註159〕例如吳均〈答柳惲詩〉：

　　秋月照層嶺，寒風掃高木。〔註160〕

上句寫秋月明朗，是視覺的感受，下句述寒風狂掃，是聽覺、觸覺的
描摹，雖無聲色二字，但效果亦同，再加上層嶺的綿延、高木的參天
所引發的空間距離，構畫出聲色具備的自然全貌。又如：

　　高樹北風響，空庭秋月華。（何遜〈秋夕仰贈從兄寘南詩〉）

　　長颸落江樹，秋月照沙溆。（何遜〈贈江長史別詩〉）

　　杳杳星出雲，啾啾雀隱樹。（何遜〈野夕答孫郎擢詩〉）〔註161〕

　　　見黃宣範譯，〈論唐詩的語法、用字與意象（中）〉，《中外文學》
　　　卷1期11（1973年4月），頁103。

〔註157〕二詩見《先秦漢魏晉南北朝詩》，頁1682。

〔註158〕《先秦漢魏晉南北朝詩》，頁1684。

〔註159〕王國瓔，《中國山水詩研究》，頁278。

〔註160〕《先秦漢魏晉南北朝詩》，頁1731。

前兩例中都可見到聲色並存、光影交暉的樣貌，靜態的綠樹、秋月，動態的聲響流動與光影搖晃，視聽的交織加上空間的對照，營構出整體的自然世界，彷彿親臨其境般的生動。第三例亦是視覺、聽覺的並置，且以一出一隱的動態方向的對比來增加層次感，疊字則加強感官的效果，讓贈答詩中的自然風貌靈活巧動。

由上述兩小節中所引詩歌可發現，從劉宋鮑照起，到南齊的謝朓、齊梁的沈約，至梁代的何遜、吳均、柳惲等人之詩佔了多數，他們的贈答之作多為情景兼容，並且藉由意象的經營來流露內心的情思。從其創作的場合來看，泰半是遠離宮廷、羈旅在外的孤單生活，面對自然物色則容易牽引出思鄉念友的愁緒。贈答詩歌的作意與動機便由此而生，來抒發內心的苦悶，除有自我安慰之意外，也是期待能獲得對方的回音，達成情意交流的目的。

三、雅俗並蓄的審美理想

詩人的創作常是生命內涵的即時體現，流露出對文學審美的態度外，也展現了在特定時空下之文化形態與精神流動的軌跡。贈答詩除了有博雅炫才的風格與功能，亦是展現抒情自我的最佳方式，透過情意的交流，或明志詠懷，如鮑照、江淹、何遜、吳均等，屬於寒素出身或低層士族，仕途失意與內心苦悶，則以景比興，喻情於酬答之中，有聊以自慰的意蘊；或表友情珍重與別意綿長，如謝朓、沈約、范雲、劉孝綽等，雖為高門、豪強之後，但在執手話別、宦遊他鄉之際，則帶有細膩的愁思。他們的贈答之作在風格上趨於自然平易、顯露真情，共通點則是由於遠離京城的人生歷程，即羅宗強先生所謂：「這些人的優秀詩文的一個特點，就是遠離宮廷的生活圈子，表現行旅、離別情懷；表現友情與鄉思。這類詩往往寫得感情細膩真摯，沒有矯飾痕跡，沒有應酬的套語，寫景與抒情，都受著漢魏古詩的明顯影響，而更加

〔註161〕　《先秦漢魏晉南北朝詩》，頁 1686、1687、1702。

趨向於寫實。」〔註162〕自鮑照以來的贈答詩歌，體制趨向簡短，褪去用典之厚重，不似謝靈運「典正可採，酷不入情」，〔註163〕或是顏延之一派的「唯睹事例，頓失清采」，〔註164〕傾向個人情懷的眞實抒發，但因出身低微，創作又多向民歌學習，故有「頗傷清雅之調。故言險俗者，多以附照」之評價。〔註165〕鮑照的贈答詩，內容多寫世俗之情、寒士之怨，少有元嘉高古的風格，但其又注重詩歌的美感，以山水物色移情，或採取自然意象言志，是情景兼容的自然感發，呼應著永明以來士人雅俗兼善的文學主張與審美理想。

南齊虞炎〈鮑照集序〉云：「照所賦述，雖乏精典，而有超麗。」〔註166〕虞炎是奉文惠太子蕭長懋之命而撰，雖批評其典雅不足，但對超麗則表示肯定，能代表以雅正爲宗的詩風，在永明時期已有所鬆動。休、鮑的贈答講的是芳意秋愁的豔語俗話，鮑照以詩相贈故友的眞情表露，都意味著贈答詩的審美意趣已開始轉向，如孫康宜教授所認爲鮑照的詩歌已經成爲外部世界與他個人世界之間的一條紐帶，常將自己的孤獨感轉嫁到感知之物上，使得感情和印象的融合成爲象徵的符號，即是對抒情自我的追求。〔註167〕王鍾陵先生則明白的指出：「齊代是中國詩歌發展進一步的轉折時期。這種轉折正是通過一代文宗沈約對於鮑照詩路的繼承，亦即是通過鮑體影響的大大擴展而實現的。沿此而下，鮑體到中大通三年以後，方才達到『獨行』的地步。」〔註168〕有別於顏、謝的酷不入情、頓失清采的淵雅，鮑照的「俗」

〔註162〕　羅宗強，《魏晉南北朝文學思想史》（北京：中華書局，1996 年），頁 384。

〔註163〕　〔梁〕蕭子顯，《南齊書・文學傳論》，卷 52，頁 908。

〔註164〕　〔梁〕蕭子顯，《南齊書・文學傳論》，卷 52，頁 908。

〔註165〕　〔梁〕鍾嶸著，陳延傑注，《詩品注》，頁 27。

〔註166〕　〔清〕嚴可均輯校，《全上古三代秦漢三國六朝文・齊》，卷 25，頁 2929-2。

〔註167〕　〔美〕孫康宜著，鍾振振譯，《抒情與描寫：六朝詩歌概論》（上海：上海三聯書店，2006 年），頁 90～126。

〔註168〕　王鍾陵，《中國中古詩歌史》（南京：江蘇教育出版社，1988 年），

則影響齊梁的文壇，尤其是永明新變的倡導者沈約，《詩品》評其爲
「憲章鮑明遠也」，〔註169〕即主要是在清怨世情的抒發與流麗靈變的
筆法方面，繼承並發展了鮑詩之「俗」。〔註170〕沈約所提出的「三易
說」〔註171〕則是欲擺脫元嘉典奧滯重，不夠清靈流暢的作風，影響
後來蕭子顯的文學觀念，他對元嘉體批判則在於典事過繁、未見眞情
以及險詞濃彩，而提出了新變的理想：

> 三體之外，請試妄談。若夫委自天機，參之史傳，應思悱
> 來，勿先構聚。言尚易了，文憎過意，吐石含金，滋潤婉
> 切。雜以風謠，輕脣利吻，不雅不俗，獨中胸懷。〔註172〕

認爲詩歌抒寫眞性情，非過分用典而是強調直尋，表現生活的自然英
旨，並強調聲律的婉轉和民歌的輕快流利，是爲「不雅不俗」的文學
審美理想。對尚俗風氣的認可，又要保留雅的地位，達到兼容的美感，
則是齊梁文人的主張，如劉勰提及：「斟酌乎質文之間，而櫽括乎雅
俗之際」，〔註173〕范雲對何遜的評價：「頃觀文人，質則過儒，麗則
傷俗；其能含清濁，中今古，見之何生矣。」〔註174〕可見雅俗兼善
是此際文人圈中的審美觀念，贈答詩之創作亦受其影響，突出狀物抒
情的感發，於是贈答之作非僅是炫耀才學的典事鋪排，可見漂泊的愁
思、寂寞的清音、壯志未酬的哀嘆，或有清朗建氣的筆調，如清人朱
庭珍《筱園詩話》評贈答詩云：

　　　　頁 644。
〔註169〕〔梁〕鍾嶸著，陳延傑注，《詩品注》，頁 30。
〔註170〕王力堅師，《由山水到宮體：南朝的唯美詩風》（臺北：臺灣商
　　　　務印書館，1997 年），頁 112。對於六朝文學雅俗觀的演變，可
　　　　參看〈新變的審美理想〉一章，頁 105～124。
〔註171〕沈隱侯曰：「文章當從三易：易見事，一也；易識字，二也；易
　　　　讀誦，三也。」見〔北齊〕顏之推著，王利器集解，《顏氏家訓
　　　　集解》，卷 4，253。
〔註172〕〔梁〕蕭子顯，《南齊書・文學傳論》，卷 52，頁 908～909。
〔註173〕〔梁〕劉勰著，范文瀾註，《文心雕龍・通變》，卷 6，頁 520。
〔註174〕〔隋〕姚察等著，《梁書・何遜傳》，卷 49，頁 693。

贈答酬和之作，但有深意，有至情，即是眞詩，自應存以
傳世，不得謂之應酬。即投贈名公巨卿，或感其知，或頌
其德，或紀其功，或述其義，但使言由衷發，無溢美逾分
之詞，則我繫稱情而施，彼亦實足當之，有情有文，仍是
眞詩。〔註175〕

沈德潛《說詩晬語》也載：

應酬詩，前人亦不盡廢也。然必所贈之人何人、所往之地
何地，一一按切，而復以己之情性流露於中，自然可詠可
歌。〔註176〕

認爲贈答之作繫於眞情，保有個人情志，即便帶有人際交遊的現實作
用，仍不害其成爲佳作。以物色興情，比體喻志，「情往似贈，興來
如答」，〔註177〕讓自然感發作爲情意交流的重心，並兼顧美感的經
營，是贈答詩在此審美觀照下的文學實踐。

第三節　文辭綺麗的豔情吟詠

　　贈答詩中可見士人內心的眞摯情意，如宦遊他鄉的愁思、話別依
依的離情等自然感發，這多是在離開京邑的創作。宮廷之中的酬和，
如劉宋初期上層士族的博雅品味，以用典繁密爲主，排斥委巷歌謠的
豔俗。其實以雅俗之別來區別士庶的界線，東晉即有之，孝武帝時謝
安之弟謝石，在朝士宴集上，歌唱吳地民歌，而被王恭斥爲有失體統：

道子嘗集朝士，置酒於東府。尚書令謝石因醉爲委巷之歌。
恭正色曰：「居端右之重，集藩王之第，而肆淫聲，欲令群
下何所取則！」石深銜之。〔註178〕

情感大膽豐富的民謠，在士族階層看來是「淫聲」，不能入大雅之堂，

〔註175〕〔清〕朱庭珍，《筱園詩話》（上海：上海古籍出版社，2002年），
　　　　　卷4，頁58。
〔註176〕〔清〕沈德潛，《說詩晬語》，卷下，頁8b～9a。
〔註177〕〔梁〕劉勰著，范文瀾註，《文心雕龍・物色》，卷10，頁695。
〔註178〕〔唐〕房玄齡等著，《晉書・王恭傳》（臺北：鼎文書局，1976
　　　　　年），卷84，頁2184。

是出自於維護門閥高雅文化的意圖。但從另一方面來看，江南吳聲歌曲已受到貴族的喜愛，只是未取得正式地位。但是南朝君主多出身軍伍，採取的政治制度與對待士族的方式有了改變，沒有出現「王與馬，共天下」的局面，反而拔擢寒人以掌實權，在宋孝武帝時「士庶雜選」，也即是「鮑休美文，殊已動俗」〔註179〕的大明、泰始年間，史載：「自宋大明以來，聲伎所尚，多鄭衛淫俗，雅樂正聲，鮮有好者。」〔註180〕連皇帝也親自擬作南方豔歌，〔註181〕使得委巷歌謠已躍升為宮廷之娛樂。即如唐長孺所言：「宮廷中流行吳歌、西曲的原因之一正是和模仿市里工商一樣，由於宮廷中聚集了大批『市里小人』，特別是商人。我們看吳歌、西曲在皇室中流行於宋代，而這個時期恰恰也是寒人掌機要的開始。」〔註182〕在《南齊書‧王儉傳》中更有一生動的描述，可看出雅俗、士庶間的拉鋸：

> 褚淵彈琵琶，王僧虔彈琴，沈文季歌子夜，張敬兒舞，王敬則拍張。儉曰：「臣無所解，唯知誦書。」因跪上前誦相如封禪書。上笑曰：「此盛德之事，吾何以堪之。」〔註183〕

封禪書與子夜歌一起出現在宴集上，代表著宮廷的雅正與民間的俚俗界線已模糊，王儉雖欲保持高門的優雅姿態，卻不得不承認在士族虛位後，新出的文化品味亦隨之改變。所以鄭毓瑜教授則指出：從宋孝武帝到陳後主的南朝宮廷中，這個文學上的「側豔之詞」或「委巷之歌」的發展，其實已經透過作為娛樂體系或挪借為政治話語而成為南朝宮廷文化的主流。〔註184〕吳歌西曲進入上層社會，自然影響士人

〔註179〕 〔梁〕鍾嶸著，陳延傑注，《詩品注》，頁38。
〔註180〕 〔梁〕蕭子顯，《南齊書》，卷46，頁811。
〔註181〕 如《玉臺新詠》錄有〈丁督護歌〉二首，題宋孝武帝劉駿作。見〔陳〕徐陵編，〔清〕吳兆宜注，《玉臺新詠箋注》（北京：中華書局，1985年），卷10，頁474～475。
〔註182〕 唐長孺，〈南朝寒人的興起〉，《魏晉南北朝史論叢續編》（臺北：帛書出版社，1985年），頁118。
〔註183〕 〔梁〕蕭子顯，《南齊書》，卷23，頁435。
〔註184〕 鄭毓瑜，《文本風景──自我與空間的相互定義》（臺北：麥田

在詩歌創作上的審美意趣上，往來贈答則考慮到讀者的文化喜好，以及所處的文學氛圍，再加上詩壇領袖從宋齊的士族到梁代蕭綱、蕭繹的皇族，則其所標舉的詩歌理念與皇室生活，都將使文人間的贈答酬和與士人文化之內涵發生變革，即為南朝士人政治地位的淡化、心態趨於卑弱，而趨於君貴的傾向，是從政士到文士的權力轉化，以及講究文辭之綺麗，詩意之淺俗、追求極度感官的豔情吟詠。

一、摹習豔歌的男女情怨

　　南朝豔歌常指源於建康附近與長江、漢水流域的吳歌與西曲，以浪漫愛情、纖麗柔媚的內容與風格，與北朝民歌之剛強明健形成強烈對比。「豔」字從政教的角度看，是屬於搖蕩心志的新聲樂曲。此外，也指女人的美色和文辭的華麗，前者正好是豔曲的歌詞集中描寫的內容，後者則是它語言上的特徵。〔註185〕既然是情調纏綿的戀歌，形式則多為男女贈答之辭，彼此一唱一和。如〈子夜歌〉四十二首之一、二：

> 落日出前門，瞻矚見子度。冶容多姿鬢，芳香已盈路。
> 芳是香所為，冶容不敢當。天不奪人願，故使儂見郎。

〔註186〕

前四句是男方表示對女方的傾慕。訴說這次的相逢是很偶然的，出門時看見這位女子，因其美貌而引起男方的細細注目。於是著意強調鬢髮的打扮，來表現其嬌媚的丰姿，並誇張地形容其身上的香豔、內在的麗質，以傳達驚人之美的感受，流露出內心的愛慕。後四句是女方的回應，她對男方讚賞自己的姿容表示愧不敢當，也隱含著只有內在的純潔，才會有外表的嫵媚之意蘊。末兩句則是女方的愛情表白，認為是上天的有意安排，才使兩人相遇，進而譜出戀曲，大膽、直接又浪漫。洪順隆先生

　　　　出版社，2005年），頁109。
〔註185〕　參見康正果，《風騷與豔情》（臺北：雲龍出版社，1991年），頁152～154。
〔註186〕　〔宋〕郭茂倩編，《樂府詩集》（北京：中華書局，1979年），卷44，頁641。

曾指出吳歌西曲中多屬贈答體式，〔註187〕文人加以摹習、仿作、潤飾或改造，使得南朝的贈答詩歌呈現男女情怨的豔情風貌，是由雅趨俗的文學審美意趣，可分爲男性代言與女性自作兩方面觀之。

（一）男性代言

謝靈運有〈東陽溪中贈答詩〉二首，是模仿江南民歌的形式，十分別致：

> 可憐誰家婦，緣流洒素足。明月在雲間，迢迢不可得。
> 可憐誰家郎，緣流乘素舸。但問情若爲，月就雲中墮。
>
> 〔註188〕

第一首仍是男性口吻，訴說一名可愛女子在溪邊洗著白皙之足，並以明月暗喻與試探，表現內心的無窮愛慕與渴望。但第二首則代女答對，沿著贈詩的形式與內容而來，說男郎的感情若是眞摯，則明月將會從雲中落下，回應了男方的探問。雖仿其民歌，但情意上較爲含蓄，有種淺淡的逸趣，王夫之評此詩爲：「謔亦自雅」，〔註189〕其一應是大謝的才力所致，使得摹習不流於俗豔；其二，可見元嘉之際士族文人仍維持著崇尚高雅的品味，梅家玲教授認爲：「所謂的『（代爲）贈答往返』，其所贈、所答者，實不盡然是單一的個人，而是涵括了此一人所處身的整個政治社會環境與文化背景。」〔註190〕故爰至齊梁，男性以代言身份贈答，則多傾心於綺麗的追求，描繪女性容貌與情感爲主。試看丘遲〈答徐侍中爲人贈婦詩〉：

> 丈夫吐然諾，受命本遺家。糟糠且棄置，蓬首亂如麻。
> 側聞洛陽客，金蓋翼高車。謁帝時來下，光景不可奢。
> 幽房一洞啓，二八盡芳華。羅裙有長短，翠鬢無低斜。

〔註187〕 參見洪順隆，〈吳聲歌曲裏的男女贈答〉，收於《六朝詩論》（臺北：文津出版社，1978 年），頁 62～69。

〔註188〕 《先秦漢魏晉南北朝詩》，頁 1185。

〔註189〕 〔明〕王夫之，《古詩評選》，《船山遺書全集》，冊 20，頁 11819。

〔註190〕 梅家玲，〈二陸贈答詩中的自我、社會與文學傳統〉，《漢魏六朝文學新論》，頁 195。

　　長眉橫玉臉，皓腕卷輕紗。俱看依井蝶，共取落簷花。

　　何言征戍苦，抱膝空咨嗟。〔註191〕

從詩題上看，應是徐侍中先寫了首〈爲人贈婦詩〉（今已不存）給丘
遲閱覽，而後詩人作了一首答詩回覆。主旨是揭示出棄婦的悲哀，前
四句寫丈夫一諾千金，爲國離家，不見分別的纏綿，妻子如糟糠被棄
置般，只能蓬首如麻，時時盼望著夫君的歸來。五到八句是婦女聽聞
傳來之消息，丈夫已飛黃騰達，金蓋高車，受到帝王喜愛而高官顯爵，
本該是歡喜團圓之際，卻出現了令其擔憂的場景。九至十六句即是男
子喜新忘舊，因富易妻的情形，其中對於二八姝麗的描繪，深刻而細
膩，從羅裙到紗衫的打扮，由鬢、眉、臉至腕的外形，而且「有長短」
表眾美人姿態不一，「無低斜」是刻意炫貌，「橫」字是眉目送情，「卷」
字則賣弄肌膚，以妙女的美貌芳容和棄婦的孤獨悽苦形成強烈的對
比，表達了強烈的諷刺意味。豔歌中亦見女子遭背叛的哀思：

　　坐起歎，汝好願他甘，叢香傾筐入懷抱。（〈讀曲歌〉）

　　我與歡相憐，約誓底言者。常歡負情人，郎今果成詐。（〈懊
　　儂歌〉）〔註192〕

在商業發達的吳地，官吏、商人將婦人當作是追歡娛樂的對象，一旦
他們任滿貨盡便離去，所以對於男子的不信任感，情濃亦怕遭受遺棄
的憂慮，是這些婦女們的內心感受。詩人們摹習並爲之代言，以敘述
其中的不幸，試圖引發人們的深切同情。值得留意的是，詩人對於詳
略繁簡的安排，對於棄婦去妾的愁思未多渲染，反而多是奢華淫樂的
氣氛，固然是相映成趣，但文人的描繪的角度顯然有了改變，且答詩
中文辭逸麗，頗有鍾嶸所謂「丘詩點綴映媚」〔註193〕之特質。

　　再看劉孝綽〈爲人贈美人詩〉：

　　巫山薦枕日，洛浦獻珠時。一遇便如此，寧關先有期。

〔註191〕　《先秦漢魏晉南北朝詩》，頁1603。
〔註192〕　二詩分見〔宋〕郭茂倩編，《樂府詩集》，卷46，頁672、668。
〔註193〕　〔梁〕鍾嶸著，陳延傑注，《詩品注》，頁29。

　　　　幸非使君問，莫作羅敷辭。夜長眠復坐，誰知闇斂眉。
　　　　欲寄同花燭，爲照遙相思。〔註194〕

此作是代人贈詩與佳人，起首便借用典故，「巫山薦枕」出於宋玉〈高
唐賦序〉，「洛浦獻珠」典出曹植〈洛神賦〉，來表示男女邂逅，共盡
魚水之歡。〔註195〕再借漢樂府〈陌上桑〉之本事，但此處反其意而
用之，表明內心的相思，希冀愛情能開花結果。孝綽出自彭城劉氏，
是一文學世家子弟，〔註196〕多用典實自是承劉宋以來的士族博學之
尚，使得此贈詩表現得麗雅有致，情味雋永。然而詩題未言明究竟爲
誰代贈，可推測應爲虛擬之筆，但也因代人之口發聲，「表現爲一種
作者與描寫對象之間的距離感」，〔註197〕不至於在實際生活中被指責
淫蕩，且又獲得了審美的愉悅。又如〈愛姬贈主人詩〉：

　　　　臥久疑粧脫，鏡中私自看。薄黛銷將盡，凝朱半有殘。
　　　　垂釵繞落鬢，微汗染輕紈。同羞不相難，對笑更成歡。
　　　　妾心君自解，掛玉且留冠。〔註198〕

已脫民歌的清新活潑，轉向宮廷女性的豔情意態，寫佳人攬鏡自照，
呈現臥後的殘妝，從眉、臉、髮鬢至絹衣的寓目所見，到胭脂粉味與
香汗淋漓的交雜嗅覺摹寫，呈現極度感官的追求，正是宮體之豔情本
色，「宮體詩不僅僅只是描摹女性姿容的美麗以吸引人觀賞，而且通
過挑逗性的神態動作，甚至女性肌膚肉體的性感化描摹，加強感官刺
激。」〔註199〕回到贈答的脈絡來看，已非典型與對方情意交流的工
具，詩人以模擬愛姬的口吻進行贈詩時，也藉此形塑出女性須取悅男

〔註194〕　《先秦漢魏晉南北朝詩》，頁1837。
〔註195〕　分見〔清〕嚴可均輯校，《全上古三代秦漢三國六朝文》，頁73-1、
　　　　　1123-1。
〔註196〕　請參見馬寶記，〈南朝彭城劉氏家族文學研究（上）〉、〈南朝彭
　　　　　城劉氏家族文學研究（下）〉，《許昌師專學報》卷18期4（1999
　　　　　年），頁35～38；卷19期3（2000年），頁52～55。
〔註197〕　王力堅師，《由山水到宮體：南朝的唯美詩風》，頁187。
〔註198〕　《先秦漢魏晉南北朝詩》，頁1836。
〔註199〕　胡大雷，《宮體詩研究》（北京：商務印書館，2004年），頁156。

性的傳統印象。同時因詩人出入於蕭統與蕭綱兩個文人集團之間，所呈現出的文學審美風格即因讀者圈的不同而有所區別。

亦有運用民間神話中的男女形象，來代言贈答：

> 紅妝與明鏡，二物本相親。用持施點畫，不照離居人。
> 往秋雖一照，一照復還塵。塵生不復拂，蓬首對河津。
> 冬夜寒如此，寧遠道陽春。初商忽雲至，暫得奉衣巾。
> 施衿已成故，每聚忽如新。（沈約〈織女贈牽牛詩〉）〔註200〕

這是沈約的一首擬代的寄贈作品，詩人摹擬織女的口吻來寫出對牛郎的思念，並期待著每年一次的相聚。就文字運用上而言，已不見用事繁博、艱澀難懂，反而顯露出民歌中思婦哀怨的特質。之後，王筠則寫了一首詩來酬和，〈代牽牛答織女詩〉亦是充滿著無限情思，傳達相聚時短，離居時長的感慨，呼應著寄贈之詩，期盼著每年的秋夕才能解其相思。受到了民歌的影響，以代言體來寫男女情思，但值得注意的是，雙方透過設身處地、同情同感的角度出發，以模擬扮演角色的方式進行贈答，亦完成了一次往返互動的情思交流。只是從詩人背景與詩意觀之，應無託喻之志，而僅為士族文人間吟詠豔情的遊戲之作。

但南朝贈答詩中，亦可見摹習民間風謠的男女情怨之辭，來象徵自身的命運，寄寓一己的憂憤，如顏延之〈為織女贈牽牛詩〉，看似寫豔情，但從顏氏本身的文學觀，以及屢次在朝為官，又一再被貶黜外放來看，應有借男女喻君臣之意。尤其結尾提及「非怨杼軸勞，但念芳菲歇」，〔註201〕並不因貧窮而感到憂心，反而是害怕年歲已大而無法一抒心中抱負。出身寒微的吳均有〈去妾贈前夫詩〉，亦是以擬代的口吻來作贈詩，詩表面上看是傳統的閨怨題材，書寫豔情的內容，但若結合詩人的身世，則看出他自身的哀怨：「願君憶疇昔，片言時見饒」，〔註202〕棄婦希望前夫能回心轉意，如同詩人期盼帝王、權貴的恩寵，這兩者之

〔註200〕　〈織女贈牽牛詩〉，《先秦漢魏晉南北朝詩》，頁 1645。
〔註201〕　《先秦漢魏晉南北朝詩》，頁 1236。
〔註202〕　《先秦漢魏晉南北朝詩》，頁 1748。

間有其相通之處。此類豔情的贈答之作，則是借以言志的典型表現。

（二）女性自作

女詩人的贈答之作，雖部分也有看似模擬思婦口吻以代爲寄感的作品，但因爲女性身份，反而更能產生同理之心，並且不自覺地投射自身情意，具有深刻的表現，如鮑照之妹鮑令暉的〈古意贈今人詩〉：

> 寒鄉無異服，衣氈代文練。日月望君歸，年年不解綖。
> 荆揚春早和，幽冀猶霜霰。北寒妾已知，南心君不見。
> 誰爲道辛苦，寄情雙飛燕。形迫杼煎絲，顏落風催電。
> 容華一朝盡，惟餘心不變。〔註203〕

前四句寫對方處在寒荒之地，卻只能以粗毛短衣禦寒，令人不禁擔憂，於是盼望夫君早歸，但卻總無落實之時。五到十句，以分居兩地、時序轉換爲對照，刻畫出柔腸百轉的鬱思，「寒」字語帶雙關，除寫北方之寒，也點出夫君音信渺茫的寒心，只能托燕傳情，訴說內心幽怨。最後抒發所寄之情，雖長期的勞累使得昔日的容顏姿色已轉眼即逝，但初衷不變的情意將會永存。詩中大量的敘事屬民歌特質，而所敘又皆盈滿著情思，兩者相融，深細入微。鍾惺《名媛詩歸》評爲：「聰明聲口，必細心慧心，搖擺出之，非其人則語意不能繾綣如此。」〔註204〕足見具備女性的細膩巧思，但懷念征遠之人，表現對愛情的忠貞，則似乎未脫歷來此題材的情感基調。另外兩首的贈詩亦是思婦口吻，〈題書後寄行人詩〉以季節、物色的改變，寫等待夫君的悠悠閨怨；〈寄行人詩〉是首五言小詩：

> 桂吐兩三枝，蘭開四五葉。是時君不歸，春風徒笑妾。〔註205〕

形式上頗似民歌語言的明快生動，以桂、蘭開花吐葉表示新春到來，也

〔註203〕　《先秦漢魏晉南北朝詩》，頁1315。
〔註204〕　〔明〕鍾惺，《名媛詩歸》，《四庫全書存目叢書》（臺南：莊嚴文化，1997年），冊339，頁67。
〔註205〕　《先秦漢魏晉南北朝詩》，頁1315。

襯出婦人內心的煩亂，以「笑」字的擬人轉化手法含蓄地表達出失落的傷感。雖然能見新奇的構思和精巧的語彙，較有天然成句，但誠如梅家玲教授所言：令暉不曾因其女性身份，而於情意內涵上有更多的拓展，別後的相思、忠貞的情愛，幽居獨處、華落色衰的哀怨，依然是貫串全詩的不變基調。〔註206〕女性主體意識未能顯發，或許能從其詩有一說為吳邁遠所作來推斷，〔註207〕未能清楚辨明作家的女性身分。

　　以「選錄豔歌」為宗旨的《玉臺新詠》，吳兆宜注本卷八之按語曰：「此卷是臣仿宮體於下，婦人同調。」〔註208〕一來可知宮體詩的風靡，二來是婦人亦提筆書寫，但多是文辭綺麗的豔情書寫，詩的內容與情意無法呈現出女性自作之個性，甚至混淆作者的身分與性別，如梁武帝宮廷內人王金珠所作的詩歌，卻在《玉臺新詠》中被歸入蕭衍名下。〔註209〕不過孝綽妹劉令嫻的幾首贈答詩歌則區別出兩性的聲音，如〈答唐娘七夕所穿鍼詩〉：

　　　　倡人助漢女，靚粧臨月華。連針學並蒂，縈縷作開花。
　　　　嬬閨絕綺羅，攬贈自傷嗟。雖言未相識，聞道出良家。
　　　　曾停霍君騎，經過柳惠車。無由一共語，暫看日升霞。

　　〔註210〕

南朝以七夕穿針為題的詩，有四首出於男性之手，即蕭綱、劉孝威、劉遵與柳惲。其內涵多表現了男性對傳統女性的印象，是精於針黹紡績、渴望幸福的閨情綺思，但令嫻此詩卻有不同的意蘊。從「嬬閨絕綺羅」可知應作於其夫徐悱逝世的某年七夕，詩中敘述兩人雖

〔註206〕　梅家玲，〈漢晉詩歌中「思婦文本」的形成及其相關問題〉，《漢魏六朝文學新論》，頁97。

〔註207〕　如《先秦漢魏晉南北朝詩・宋詩》卷十有吳邁遠〈秋風曲〉與鮑令暉〈古意贈今人詩〉同。

〔註208〕　〔陳〕徐陵著，〔清〕吳兆宜注，《玉臺新詠箋注》，卷8，頁385。

〔註209〕　如《樂府詩集》卷四十四至四十五所錄王金珠之〈春歌〉、〈夏歌〉、〈冬歌〉、〈子夜變歌〉、〈上聲歌〉、〈歡聞歌〉等作品，在《玉臺新詠》卷十中作梁武帝詩。

〔註210〕　《先秦漢魏晉南北朝詩》，頁2131。

未曾相識，但倡女將七夕穿好之針贈給令嫻，表示祝福之意，但詩人卻持物而神傷，想到唐娘仍對幸福抱有期望，可是自己卻已謝絕綺羅，以「這一枚小小的針線連接了兩位女性在不同人生境況中悲歡各異的真實感受，但卻反映了同一個事實：對自身命運的祝禱是七夕乞巧的精神底蘊。」〔註211〕男性作家以想像、猜度婦女，進而代言模仿訴說情怨，然而女性則在觀覽己身境遇之際，表現了一定的自我意識。又如〈摘同心梔子贈謝娘因附此詩〉：「兩葉雖為贈，交情永未因。同心何處恨，梔子最關人。」〔註212〕以贈物而引發對雙方情誼的珍視，楊玉成先生即指出：「這兩首女性之間的贈答詩，突破男性贈答的傳統，藉由沉默和隔離表達被壓抑的女性處境，無法實現的姊妹情誼……預設的讀者就是女性，明顯超越了男性嚴格的士庶界限。」〔註213〕吳歌西曲中不少發自女性的聲音，質樸、率性又任情地歌詠男女間的愛戀悲怨，而劉令嫻的贈答詩則返歸女性間的友誼觀照，呈現不同的審美視角。

二、描摹豔麗的抒情特點

贈答詩中含有豔情，則與宮體詩的興起有密切的關聯，倡其體的蕭綱在〈答張纘謝示集書〉中提出了創作的主張：「是以沈吟短翰，補綴庸音，寓目寫心，因事而作。」〔註214〕則是以眼前所見事物來表達內心的情感，這便牽涉到取景、題材範疇的變化，陳昌明先生曾以「遊賞」物象的觀點，貫串遊仙、山水、詠物的發展方向，大體演變的方式是從抽象走向具體、題材由大範圍集中到小領域，且因集體

〔註211〕 陳冰，〈論六朝七夕詩的主題層面〉，《淮陰師範學院學報》卷21期1（1999年），頁58。

〔註212〕 《先秦漢魏晉南北朝詩》，頁2132。

〔註213〕 楊玉成，〈士庶、性別、地域──論南北朝的文學閱讀〉，收錄於李豐楙、劉苑如主編，《空間、地域與文化──中國文化空間的書寫與闡釋（下冊）》（臺北：中央研究院中國文哲所，2002年），頁53。

〔註214〕 〔清〕嚴可均輯校，《全上古三代秦漢三國六朝文》，頁3010-2。

文學的遊戲性質，文辭趨於豔麗。〔註215〕那麼宮體既是集中表現女性的姿態，又不斷擴張其豔情，使得文人在創作贈答詩的對象、目的與審美意趣都出現了改變，雖在詩題上表明所贈之人，但卻大多無身份特徵，宮闈麗人或歌女倡婦，描摹的方式並無差別。寫作酬和則是用來吟詠豔情，與文友相互欣賞其中的女性美感，極力地去描摹豔麗之姿，將當中的抒情視作為遣興娛樂的玩笑情調。

（一）游翫戲謔的娛樂

　　元嘉末年的鮑照、湯惠休已出現豔情的成分，但多表現在擬古、樂府創作上。至齊，謝朓、沈約等人的五言詩則有吟詠女性的描摹。先看謝朓〈贈王主簿詩〉二首：

> 日落窗中坐，紅粧好顏色。舞衣襲未縫，流黃覆不織。
> 蜻蛉草際飛，遊蜂花上食。一遇長相思，願寄連翩翼。
>
> 清吹要碧玉，調弦命綠珠。輕歌急綺帶，含笑解羅襦。
> 餘曲詎幾許，高駕且踟躕。徘徊韶景暮，惟有洛城隅。

〔註216〕

王主簿應是王季哲，謝朓有一詩即題為〈和王主簿季哲怨情〉，加上觀此二詩辭麗纖巧，詩人與王主簿間則常藉由贈答酬和詩來寫豔情綺語，鮮見雙方個人情志的抒發，而是類似描摹一幅圖般，以畫面來展示美色。第一首，遊賞眼光是從窗外瞥見，先寫一女子的容貌，再到其衣著、動作，「襲未縫」、「覆不織」呈現出靜態之姿。之後將從女子的視角敘述，望見窗外的蜻蛉、遊蜂的翩翩，但卻沒有賞玩之意，反而心中興起掛念，願託飛鳥以寄相思。第二首的前四句則明顯地勾勒出與倡女的歡宴，從歌聲樂曲到女子含笑的姿態，以及羅襦衿解的狎昵，展示了耳目之娛的誘惑感。「徘徊韶景暮」則說明了是越遊的歷程，而且仍依戀不捨離去，贈此詩給友人，不帶有炫才的目的，也

〔註215〕　參見陳昌明，〈遊於物——論六朝詠物詩之「觀象」特質〉，《中外文學》卷15期5（1986年10月），頁139～160。
〔註216〕　《先秦漢魏晉南北朝詩》，頁1447。

非言志的感發，只是藉豔詞「盡游翫之美，致足樂邪」。〔註217〕再看
沈約〈早行逢故人車中爲贈詩〉

　　　殘朱猶曖曖，餘粉尚霏霏。昨宵何處宿，今晨拂露歸。〔註218〕
在這首五言短詩中，瀰漫著香豔的氛圍和揶揄故友的戲謔。但更多時
候是爲佳麗所作的贈詩，帶有挑逗的意味，如王樞〈至烏林村見採桑
者因有贈詩〉：

　　　遙見提筐下，翩妍實端妙。將去復迴身，欲語先爲笑。
　　　閨中初別離，不許覓新知。空結茱萸帶，敢報木蘭枝。
　　　〔註219〕

此詩開頭便用「遙見」二字拉開與採桑者的距離，詩人是帶著遊賞的
眼光來進行描摹，採桑女的曼茂姿態，以及含笑的曖昧情愫，引發作
者聯想，但非一般的思婦哀愁，而是用狎玩的口吻來調情。西曲歌中
有一首〈採桑度〉，其中「冶游採桑女，盡有芳春色。姿容應春媚，
粉黛不加飾」，〔註220〕充滿自然質樸的活力，與之相較之下，王樞之
贈詩明顯地帶有娛樂戲謔的抒情效果。「遊戲雖是藝術的起源，可是，
當遊戲超過創作的起源作用，而在詩中公然出現時，它便成爲創作的
主要方法之一──戲謔的典型。」〔註221〕於是，以「戲」而相贈之
作便躍上詩壇，如蕭綱〈戲贈麗人詩〉：

　　　麗妲與妖嬙，共拂可憐粧。同安鬟裏撥，異作額間黃。
　　　羅襦宜細簡，畫屧重高牆。含羞未上砌，微笑出長廊。
　　　取花爭間鑷，攀枝念蕊香。但歌聊一曲，鳴絃未肯張。
　　　自矜心所愛，三十侍中郎。〔註222〕

〔註217〕　〔梁〕蕭綱，〈答湘東王書〉，見〔清〕嚴可均輯校，《全上古三
　　　　　代秦漢三國六朝文》，頁3011-2。
〔註218〕　《先秦漢魏晉南北朝詩》，頁1659。
〔註219〕　《先秦漢魏晉南北朝詩》，頁2118。
〔註220〕　〔宋〕郭茂倩編，《樂府詩集》，卷48，頁709。
〔註221〕　洪順隆，《由隱逸到宮體》（臺北：文史哲出版社，1984年），頁
　　　　　128。
〔註222〕　《先秦漢魏晉南北朝詩》，頁1939。

先寫兩位麗人精心裝扮，從髮飾、服飾到鞋子的美麗；其後寫少女的神態動作，是含羞帶笑，以及注重妝容與賞花的姿態；再寫其心理，對於情郎的俊秀與顯貴顯得沾沾自喜。雖然詩題掛上贈字，依內容來看詩人並非有意將此詩送給佳人，而是藉由相贈詩的這個動作來引發創作的興趣，即是為了遣興娛情，他所關注的是描摹豔麗之姿容與情思，無關乎自身與女子間的情意交流。沈約孫女沈滿願有一首〈戲蕭娘詩〉，是婦人相贈之作，題名上之「戲」字，以及其中的「託意風流子，佳情詎可私」，〔註223〕也同樣地展現了他們的贈答之作中之抒情特點乃是趨向遊戲的心態。

　　將男女的戀情作為互相戲謔取笑來吟詠，是該時文人所認為的風雅情調，也是他們在贈答詩中所呈現的抒情效果。劉孝威的〈都縣遇見人織率爾寄婦詩〉，從詩題上看，率爾即不加思索地寫了這首詩要來送給婦人，創作的意圖則是在詩中製造香豔的藝術美感。而且以大量的篇幅來描繪女子穿著的色彩、花樣，連織機也用上了綺麗的辭藻，如「機頂挂流蘇，機旁垂結珠。青絲引伏兔，黃金繞鹿盧」。詩人在詠完婦人後，轉向對妻子的思念，並摻入了「情欲」的床笫之樂，「愈憶凝脂暖，彌想橫陳歡」；最後則親昵的說著：「新粧莫點黛，余還自畫眉。」〔註224〕詩末點出妻子，一來是恐人們誤解成狎邪之作，二來將夫妻之間的情感也描繪成調情的玩笑，這便是描摹豔麗的審美趣味。

（二）夫婦贈答的纏綿

　　夫妻間互為贈答之作，最早可見於東漢秦嘉與徐淑的〈贈婦詩〉詩紀作留郡贈婦詩。三首、〈答秦嘉詩〉，因遽然分離不獲面別，故作詩贈答往返。秦嘉的贈詩第一首是寫將赴京之際遣車迎婦，但徐淑因病不能返回面別，使其輾轉難眠的憂思；第二首寫想與徐淑面敘款曲，但因路途遙遠、交通阻隔而未能成行的悲愁；第三首是啟程赴京

〔註223〕　《先秦漢魏晉南北朝詩》，頁 2134。
〔註224〕　以上詩句見《先秦漢魏晉南北朝詩》，頁 1878。

時以禮物贈送徐淑，遙寄款誠。秦嘉把夫婦情愛放到彼此的人生經歷中加以審視，流露出無可奈何之情，以及當時文人普遍存在的一種珍愛生命，惜時行樂的生命體認。徐淑的答詩則用淒怨宛轉的楚騷體傳達不能隨行的遺憾，以及佇立等候的眷戀相思。夫妻之情本為閨房帷幔之間的私家之語，不登大雅之堂，但兩人的贈答詩歌文情雅意，以直抒胸臆的自然真性感人至深。〔註225〕南朝以降，亦有描寫夫婦、戀人間的恩愛情深，如王湜〈贈情人詩〉：「雨驟行人斷，雲聚獨悲深。儻更逢歸雁，一一傳情心。」〔註226〕以景喻情，表達內心的思念，頗人真摯；王淑英妻劉氏的〈贈夫詩〉：「粧鉛點黛拂輕紅，鳴環動珮出房櫳。看梅復看柳，淚滿春衫中。」〔註227〕則針對容貌與姿態進行描摹，麗辭綺語，略帶有豔情的特質。

可與秦嘉、徐淑夫婦詩歌相對照的，即是徐悱、劉令嫻的贈答之作。徐悱出身於文學世族，其父徐勉博通經史，且能獎掖後進，為士林所敬重。徐悱聰明能文、才氣橫溢，與劉孝綽的小妹劉令嫻結為伉儷，彭城劉氏亦以文采顯世，兩人門當戶對，且以才相期又各名符其實，夫妻恩愛深摯。先看徐悱的兩首贈詩：

> 相思上北閣，徙倚望東家。忽有當軒樹，兼含映日花。
> 方鮮類紅粉，比素若鉛華。更使增心憶，彌令想狹邪。
> 無如一路阻，脈脈似雲霞。嚴城不可越，言折代疏麻。
>
> 日暮想清陽，躡履出椒房。網蟲生錦薦，遊塵掩玉床。
> 不見可憐影，空餘蘼帳香。彼美情多樂，挾瑟坐高堂。
> 豈忘離憂者，向隅心獨傷。聊因一書札，以代九迴腸。

〔註228〕

〔註225〕 相關論述請參見吳小平，〈論秦嘉、徐淑的五言贈答詩〉，《蘇州大學學報》期2（1999年），頁48～53。
〔註226〕 《先秦漢魏晉南北朝詩》，頁2123。
〔註227〕 《先秦漢魏晉南北朝詩》，頁2130。
〔註228〕 〈對房前桃樹詠佳期贈內詩〉、〈贈內詩〉，見《先秦漢魏晉南北朝詩》，頁1771～1772。

二詩皆是因宦遊在外心相繫念，故寄贈詩歌以表思情。第一首以詠「灼灼其華」的桃樹花葉之美，來思及妻子淡妝豔抹總相宜的容貌，也因此更使得心中不斷地回憶起兩人的纏綿。可惜路途阻隔，只能如天之雲霞在遠方含情脈脈地想念著妻子，於是藉詩訴說心意。第二首則將視角轉入夫妻閨闈，「椒房」、「錦薦」、「玉床」、「帳香」烘托出居室的華美，但佳人卻不在身旁，徒增感嘆。又想起昔日琴瑟和鳴的歡樂景象，更添憂愁，所以用詩相贈來寄託柔腸離思。劉令嫻亦隨其唱和，有〈答外詩〉二首：

> 花庭麗景斜，蘭牖輕風度。落日更新粧，開簾對春樹。
> 鳴鸝葉中舞，戲蝶花間騖。調琴本要歡，心愁不成趣。
> 良會誠非遠，佳期今不遇。欲知幽怨多，春閨深且暮。
>
> 東家挺奇麗，南國擅容輝。夜月方神女，朝霞喻洛妃。
> 還看鏡中色，比豔似知非。搞詞徒妙好，連類頓乖違。
> 智夫雖已麗，傾城未敢希。〔註229〕

第一首先描繪春天明媚風光，接著寫女子梳洗打扮，臨鏡晚妝，藉由開簾的動作，聯繫起室外與室內的景致，相當靈動。其後以黃鸝、粉蝶來點綴春景，動靜結合，有聲有色。然而卻由此勾起她的心事，樂景反襯出深婉之幽怨，前次美好的相聚仍記憶猶新，今次卻相期不遇，於是以暮色喻愁，傳達細膩的情意。第二首前四具用典，分別為宋玉〈登徒子好色賦〉、曹植〈雜詩〉、宋玉〈神女賦〉以及曹植〈洛神賦〉，造成眾美萃集，堆香砌玉的氣勢，但回頭望見鏡中自己的面容，卻相差懸殊，此處非給人醜陋的印象，而是夫妻間的愛情話語。最後針對丈夫的贈詩加以回應，謙虛的說著自己的才華是多麼不相稱，容貌亦非先前所詠桃花般的絕色，在「比豔」中寄寓著對徐悱的深摯感情。

　　兩人的愛情贈答詩，相較於秦嘉夫婦之作，顯然有幾處不同：其一，運用典實較多，這除與「詩以用事為博」的風尚有關，也是因兩人皆屬文學士族之子弟，自然受其家風的陶冶，也可看出贈答詩中的

〔註229〕《先秦漢魏晉南北朝詩》，頁 2131。

淵雅特質；其二，以姿容爲描摹的核心，用閨闈麗辭來傳達纏綿的情思，這便是受到吟詠豔情的文風影響，以激發感官爲寫作的題材；最後，因時代環境的不同，秦嘉夫婦身在東漢末年的亂世，自然在酬和之中摻入人生苦短的感慨，但是徐悱夫妻卻處於「朝野歡娛，池臺鐘鼓。里爲冠蓋，門成鄒魯」〔註230〕的繁榮昇平之世，於是贈答詩中的抒情特點，便是少了些哀切悽愴，而多了分浮豔與綺麗。

三、淺俗浮豔的聲色追求

　　贈答之作本有一特定的傾訴對象，以詩來交流情意，或頌美、規箴、明志、抒懷，各藉相互酬和進行溝通與反響。但因讀者、時風的改變，以及作者所處之境遇的相異，詩歌便展現出特有的風貌。南朝贈答詩在豔情熾盛後，出現了不同以往的意蘊。首先，是贈答個性的淡化，無論是麗人或友僚，詩人所要呈現的是對於豔情聲色的描摹，展示詩中客體的情怨哀思，所謂「浮豔的文風與香豔的內容有著天然的聯繫，追求文辭的豔麗必然導致情調上的哀豔」，〔註231〕以一種遣興娛情的態度來寫作，他們共同所追求的是極度感官的審美效果。可說是君倡宮體且蔚爲風潮，士人競相仿照下，贈答往返的文辭俗豔，亦是時尚作風。

　　在雅、俗的關係上，已從兩者並蓄趨於「春坊」可盡學之的俗化。這與皇族自曹氏父子後再次站上文壇領袖，所提出的文學主張與觀念，以及士族地位下降，須趨附皇族的世俗享樂品味有關。自南齊以後，士族漸失去了左右政局的能力，如《南史》載：「武帝常云：『學士輩不堪經國，唯大讀書耳。經國，一劉係宗足矣。沈約、王融數百人，於事何用。』」〔註232〕士族們並非不知己身地位的變化，世家大族們轉而向文學創作、學術探究爲主，並以一種明哲保身的心態和皇

〔註230〕　〔北周〕庾信，〈哀江南賦〉，〔清〕嚴可均輯校，《全上古三代秦漢三國六朝文》，頁 3922-2。
〔註231〕　康正果，《風騷與豔情》，頁 174。
〔註232〕　〔唐〕李延壽，《南史》，卷 77，頁 1927。

族保持和善的關係，以維持身份上優越的地位，如出身江東吳興大族的沈約，是力勸蕭衍代齊稱帝的功臣，他曾言：「今與古異，不可以淳風期萬物。士大夫攀龍附鳳者，皆望有尺寸之功，以保其福祿。」〔註233〕可代表當時士族文人的思想，膏粱子弟們在君主打壓與消極心靈下，過往的修養質素也日益貧弱，顏之推則有具體的描述：

> 梁朝全盛之時，貴遊子弟，多無學術，至於諺云：「上車不
> 落則著作，體中何如則祕書。」無不薰衣剃面，傅粉施朱，
> 駕長簷車，跟高齒屐，坐棋子方褥，憑斑絲隱囊，列器玩
> 於左右，從容出入，望若神仙。明經求第，則顧人答策；
> 三九公讌，則假手賦詩。當爾之時，亦快士也。〔註234〕

欠缺深厚的學術底蘊，卻要表現出名士之風流，只能從外在的裝扮和器物著手，流連於聲色歌舞之中，市井中盛行的吳歌西曲，輕柔綺靡正符合其嗜好，文人摹習風謠中的男女贈答，便滲入綺麗的情思。南朝時期，文人們講究所謂的「情性」或「性情」，即為「個體的情感以無滯無礙的狀態馳騁於抒情文學領域」。〔註235〕詩歌表現以心中情感為主，不受傳統經道禮義的束縛，蕭綱提出了「立身之道與文章異，立身先須謹重，文章且須放蕩」〔註236〕的文學主張，便獲得了響應，蕭繹在《金樓子・立言》中云：「吟詠風謠，流連哀思，……至如文者，惟須綺縠紛披，宮徵靡曼，脣吻遒會，情靈搖蕩」，〔註237〕即把

〔註233〕　〔隋〕姚察等著，《梁書》，卷13，頁234。

〔註234〕　〔北齊〕顏之推著，王利器集解，《顏氏家訓集解・勉學》，卷3，頁145。

〔註235〕　王力堅師在〈論南朝「緣情說」〉認為南朝諸家對陸機的「緣情說」各有表述，可歸納為三類：傳統緣情說、情志事義說、性情性靈說。蕭綱等宮體詩人則屬於第三類，強調的主張是無拘束的情感抒發，張揚文學的審美價值，也刺激了唯美文風的發展。參見王力堅，《中古文學的文化思考》（新加坡：新社出版，2003年），頁98～113。

〔註236〕　〈誡當陽公大心書〉，〔清〕嚴可均輯校，《全上古三代秦漢三國六朝文》，頁3010-1。

〔註237〕　〔梁〕蕭繹，《金樓子》（臺北：臺灣商務印書館，1975年），卷

雅道歸於立身，而俗豔則成爲了文學審美中的主流。

於是，追求感官的綺麗描摹和戲謔游翫的娛樂心態，便在贈答詩中呈現出淺俗浮豔的面貌，如陳叔寶〈戲贈沈后詩〉曰：「留人不留人，不留人也去。此處不留人，自有留人處。」以及沈后〈答後主詩〉云：「誰言不相憶，見罷倒成羞。情知不肯住，教遣若爲留。」〔註238〕陳後主很少來看望與寵幸沈后，沈后雖黯然卻也無可奈何，此番竟不作任何的挽留動作，任其離去，於是後主寫詩來打趣嘲諷，沈后則在回詩中隱含著埋怨之意，贈答詩即從豔情的吟詠而轉至閨闈內的打情罵俏。《陳書》載：「後主每引賓客對貴妃等遊宴，則使諸貴人及女學士與狎客共賦新詩，互相贈答，採其尤豔麗者以爲曲詞，被以新聲，選宮女有容色者以千百數，令習而哥之，分部迭進，持以相樂。」〔註239〕是以，贈答詩歌在文學審美觀照下則有一發展脈絡：若說士人間以用典繁密來露才揚己，以情景交融來感發情意，那麼梁陳之際，則是用辭意的豔麗來展現出耳目之娛的審美效果與文學品味。

4，頁 32b。

〔註238〕　《先秦漢魏晉南北朝詩》，頁 2521〜2522。

〔註239〕　〔隋〕姚察等著，《陳書‧張貴妃傳》（臺北：鼎文書局，1980年），卷 7，頁 132。

第三章　贈答詩與士人的仕隱心聲

　　中國古代士人受到儒家傳統文化的影響，有著以天下爲己任的使命感，爲了實現自身之抱負，「學而優則仕」，[註1] 熱衷參與政治，這是一種理想的入世精神。但不可否認的，文人迷戀仕途亦帶有強烈的功利性，因缺乏獨立的經濟地位，爲保住官位須依附皇權，故有爭寵獻媚的舉措。然而士人踏入官場並非都能平步青雲，常有懷才不遇、遭受誣陷饞構的命運，於是道家所追求的逍遙自適，以及佛、道超脫塵世的思想，便成爲士人失意時的心靈慰藉。南朝士人在政治上，多持著與時浮沉、委曲求全的態度，可先從選官制度與社會組織來探求其背景成因。

　　曹魏時期實行九品官人之法，由中央在地方設置中正官，負責品評當地人士，分成九等，作爲選官的依據，其制度確立的初衷，是爲了「論人才優劣，非爲世族高卑」，[註2] 具有積極的政治意義。但由於州、郡、縣的中正「皆取著姓士族爲之」，[註3] 使得名門大族掌握了國家的選舉權，之後演變成維護自身利益的工具，門閥制度逐漸形

〔註 1〕　〔魏〕何晏集解，邢昺疏，〈子張〉，《論語注疏》，《十三經注疏》，頁 172-2。
〔註 2〕　〔梁〕沈約，《宋書・恩倖傳》，卷 94，頁 2301。
〔註 3〕　〔宋〕歐陽修等著，《新唐書》（臺北：鼎文書局，1981 年），卷 199，頁 5677。

成，並大盛於兩晉之際，進入劉宋後則逐漸衰落，如田餘慶先生所指出：「它來自皇權政治，又逐步回歸於皇權政治」、「嚴格意義的門閥政治只存在於江左的東晉時期。」〔註4〕南朝之世，君主多出於軍伍，有鑒於晉室皇權不振的歷史教訓，於是採取削弱士族政治勢力的措施，如重用寒人掌實權、禁斷豪強對山川湖澤的獨占、重鎮之地委以親信，以及打破中正制壟斷仕進的局面，通過察舉和學校入仕逐漸成爲南朝選官的一種重要方式，〔註5〕這透露了士權衰微與皇權的復歸，君主對士族的拉攏優待或是抑制打擊，皆繫於唯我所用的心態，使得士族雖有「平流進取，坐至公卿」〔註6〕的現象，但是否眞能在政治上一展長才，被加以重用仍是未知之數，如「學士輩不堪經國，唯大讀書耳」〔註7〕的譏評。而且不唯高門，包括寒素出身的士人，同樣地面對政治宦途的浮沉，亦有著失志不用、只求明哲保身的態度。

從社會組織上的變動來看，永嘉之亂，士族紛紛南渡後，大家族的形式則逐漸消亡，如《宋書‧周朗傳》：「今士大夫以下，父母在而兄弟異計，十家而七矣。庶人父子殊產，亦八家而五矣。凡甚者，乃危亡不相知，飢寒不相卹，又嫉謗讒害，其間不可稱數。」〔註8〕可說明劉宋時期，南方分家已然成風，再看《南齊書‧王僧虔傳》：「甲族向來多不居憲臺，王氏以分枝居烏衣者，位官微減，僧虔爲此官，乃曰：『此是烏衣諸郎坐處，我亦可試爲耳。』」〔註9〕可知高門瑯琊王氏至南朝已非聚族而居、同宗共財，而變爲獨立的個體家庭，各有升沉與貧富的差異。陳郡謝氏也是各自分枝，如謝思、謝混兄弟，前者家素貧儉，後者資財豐泰，也是大宗族制度解散所產生的變化。不

〔註4〕 田餘慶，《東晉門閥政治》（北京：北京大學出版社，1989年），頁1～2。

〔註5〕 可參見閻步克，《察舉制度變遷史稿》（瀋陽：遼寧大學出版社，1997年），第十章。

〔註6〕 〔梁〕蕭子顯，《南齊書》，卷23，頁438。

〔註7〕 〔唐〕李延壽，《南史》，卷77，頁1927。

〔註8〕 〔梁〕沈約，《宋書》，卷82，頁2097。

〔註9〕 〔梁〕蕭子顯，《南齊書》，卷33，頁592。

惟僑姓士族，南方土著亦是如此，如吳郡張氏中的張融、張永、張緒，三家的經濟窮富、宦途升浮便各不相同，〔註10〕所以雖是出自名門之後，但端看所處之家庭的發展，若無累世宗族庇蔭，那士人亦只能自謀生計。〔註11〕所以，無論是士族子弟或寒素出身，若能受到權貴的賞識與提拔，則對仕途有所助益，並解決其生計之苦。

本章將探究南朝贈答詩所反映出士人的政治態度與生活，分為三部分：首先，以政治實用的角度切入，分析贈答詩具有援引、干謁的政治功能，士人藉此以步入官場或攀附權貴的心態；其次，從贈答詩中歸納整理士人在宦途浮沉中對於仕、隱的抉擇，以及出處糾葛中的慨嘆；最後，藉由詩歌中所流露之隱逸思想，聯繫士人的志向與行為，尋求詩人在廟堂與山林之間的政治位置，以及背後所賦予的價值判斷。

第一節 希求賞識的仕進心願

一、酬答明志

魏晉以來「人的覺醒」與「文的自覺」之思潮勃興，社會觀念轉向重視個人才能的表現，時人的肯定與鑑賞，亦是提升自我價值的重要途徑，並且成為國家用人的依據，如陳吏部尚書姚察所言：「觀夫二漢求賢，率先經術；近世取人，多由文史。」〔註12〕其中南朝皇族王公多愛好文學，於是士庶文人多有以文學而見賞，尤其對於出身寒素而言，可提高社會地位與名聲，亦能改變生活的狀況，如鮑照步入仕途的記載：

> 照始嘗謁義慶未見知，欲貢詩言志，人止之曰：「卿位尚卑，不可輕忤大王。」照勃然曰：「千載上有英才異士沉沒而不聞者，安可數哉。大丈夫豈可遂蘊智能，使蘭艾不辨，終

〔註10〕 參見〔梁〕蕭子顯，《南齊書》〈張融傳〉，卷 41，721～730；〈張緒傳〉，卷 33，頁 600～602。

〔註11〕 關於南朝的社會組織與經濟之論述，參考自萬繩楠，《魏晉南北朝文化史》（上海：東方出版中心，2007 年），第四章，頁 107～132。

〔註12〕 〔隋〕姚察等著，《梁書》，卷 14，頁 258。

日碌碌，與燕雀相隨乎。」於是奏詩，義慶奇之。賜帛二
十匹，尋擢爲國侍郎，甚見知賞。〔註13〕

寒素士人不故作超脫姿態，直率地表露對功名的渴望，以及大方地展
現自身的才華，以獻詩的方式來作爲進身之階，使得此類贈答詩富含
希冀賞識之功利性、個人才氣展露之文學性，以及抒發抱負之言志性
等豐富意蘊。試看鮑照〈日落望江贈荀丞詩〉：

旅人乏愉樂，薄暮增思深。日落嶺雲歸，延頸望江陰。
亂流灇大壑，長霧匝高林。林際無窮極，雲邊不可尋。
惟見獨飛鳥，千里一揚音。推其感物情，則知遊子心。
君居帝京內，高會日揮金。豈念慕群客，咨嗟戀景沈。
〔註14〕

此篇創作的時間與背景，據錢仲聯先生的考證是大明三年（459）鮑
照因獲罪去職流浪江北時，遙寄尚書左丞荀萬秋的贈詩。〔註15〕前四
句寫旅居他鄉的寂寞愁苦，在日暮時分引領南望，思念起友人。五到
八句寫遙望江南的所見所感，敘寫景物氣勢宏大，並以此暗指作者所
遭遇的社會現實，「亂流」、「長霧」訴說官場的混亂與黑暗，無一線
光明。九至十二句則從客觀之象轉爲自造之景，以特寫鏡頭描繪一飛
鳥的獨鳴，千里揚音則傳達出詩人寂寞的悲哀。最後四句，帶有些指
謫的口吻指出友人不念舊交，並向其傳達了內心的孤獨。詩人「慕群
戀景」已在當中點明，即含有復官的期望與請託之情，但寫來貌卑而
實亢，有希冀援助之心而無求友之述，無庸俗諂媚之狀。值得留意的
是，詩中以鮮明的意象加以對比，刻畫出寒門子弟孤苦無依，豪門士
族窮奢極欲的畫面，亦是當時社會的現況。

　　受到門閥制度的壓抑，寒士有才不得施、有智不得用的失意心情，
常藉由詩歌來發洩憤懣，甚至指責對方居貴而忘我賤，如西晉郭泰機的
〈答傅咸詩〉假託寒女爲詞，直諷傅咸未能加以引薦助人，有著激切的

〔註13〕〔唐〕李延壽，《南史》，卷13，頁360。
〔註14〕《先秦漢魏晉南北朝詩》，頁1286。
〔註15〕見〔劉宋〕鮑照著，錢仲聯集注，《鮑參軍集注》，頁287、442。

怨情。其中「人不取諸身，世事焉所希」，﹝註16﹞則是認爲人不能反身自求，則世上相助之事豈有可冀望的，換言之，自身價值若不能實現，躋身社會又有何冀盼。所謂的人生價值對於多數士人而言，便是入仕爲官，但從兩晉至南朝，門閥士族權力雖漸爲旁落，卻仍佔據高位，寒素的仕進之路依舊難行。南朝寒門子弟若要謀求職位，一般有三條途徑：其一是儒術，如東陽信安人鄭灼，出自名儒皇侃門下，梁武帝時爲中書通事舍人；其二是軍功，齊明帝時，晉陵南沙人王敬則出身寒微，以軍功出仕；其三是文學，如南蘭陵人丘巨源，因長於文學，齊高帝時仕至武昌太守。﹝註17﹞於是善於詩歌創作的士人，便藉由多方贈詩，以求位高者的青睞，如寒門出身的吳均，觀其仕途生涯，與史書記載的年紀輕輕就因奏詩而得到臨川王的賞識被擢爲國侍郎的鮑照不同，其在三十五歲以前都在爲進入仕途而四處奔波，﹝註18﹞如建武四年（497）在桂陽奔走謀職，作〈贈周興嗣詩四首〉、〈詣周承不值因贈此詩〉、〈周承未還重贈詩〉、〈遙贈周承詩〉、〈贈王桂陽詩〉、〈贈王桂陽別詩〉；建武五年（498）到天監元年（502）於建康，作〈入蘭臺贈王治書僧孺詩〉、〈贈朱從事詩〉、〈贈任黃門詩二首〉等，﹝註19﹞所作贈詩皆含有希求提攜援引之意，至天監二年（503），柳惲爲吳興太守，召其爲主簿，因吳均此時已三十四、五歲，別無出路，於是應邀任職。從密集投贈詩歌來看，可知求取功名之急切，故除了多方相贈外，也有同一對象一贈再贈的情況。同時，因所求之人是位高名貴之顯要，所以在贈詩以明己意時，則不免會有恭維讚美之辭，如〈贈任黃門詩〉二首之一：

　　相如體英彥，左右生容暉。已紆漢帝組，復解梁王衣。

〔註16〕《先秦漢魏晉南北朝詩》，頁610。
〔註17〕施永慶，〈吳均行年著述考略〉，《山東師大學報》（社會科學版）期5（1999年），頁81。另可參沈宗霖，《芝蘭玉樹生階庭：南朝家學現象之研究》（花蓮：國立東華大學碩士論文，2006年），附錄三〈南朝士人仕宦方式一覽表〉，頁332～336。
〔註18〕劉海風，〈才秀人微與體廣身賤──鮑照與吳均詩文創作比較談〉，《哈爾濱學院學報》卷27期5（2006年5月），頁58～59。
〔註19〕施永慶，〈吳均行年著述考略〉，頁78～79。

　　經過雲母扇，出入千門扉。連洲茂芳杜，長山鬱翠微。

　　欲言終未敢，徒然獨依依。〔註20〕

起首四句皆用典，大力稱頌任昉受到王侯的禮遇，欽羨其身配官綬，與權貴交遊。據《梁書》所載：「昉好交結，獎進士友，得其延譽者，率多升擢，故衣冠貴遊，莫不爭與交好，坐上賓客，恒有數十。時人慕之，號曰任君，言如漢之三君也。」〔註21〕其中的「三君」，指的是東漢之世所宗仰的竇武、劉淑、陳蕃，為官清廉，仁愛恤民，且握有政治權力，〔註22〕任昉與梁武帝有深厚情誼，自然有此比附。之後讚其能出入宮闈金殿，平步青雲，極受君主信賴。說明自己雖有如香草般的德才，但對方位高權重，不敢輕易啓口請託，只能獨自對於入仕之途依戀不捨，隱約透露著祈求提攜的心願。

　　頌美對方尊貴，強調自身位卑，以對比的方式來懇請對方的援助，亦是常見手法，如吳均〈贈王桂陽別詩〉三首之一：

　　昔聞楊伯起，拖金振清風。高華積海外，名實滿山東。

　　自有五都相，非無四世公。臨窗驚白日，倚匣曳輕虹。

　　願持鷦鷯羽，歲暮依梧桐。〔註23〕

王桂陽，蓋指桂陽太守王嶸，前六句是極力稱揚對方的地位顯赫，詩中的「楊伯起」，是東漢楊震，為政清廉，本傳載「自震至彪，四世太尉，德業相繼，與袁氏俱為東京名族云」，〔註24〕祖孫四代皆為宰相，故詩人以此典實來讚頌對方德才兼備、名滿天下以及家族繁盛，藉以對照己身的渺小，詩末吳均即用張華〈鷦鷯賦〉之旨意為喻，以此種「色淺體陋，不為人用」、「巢林不過一枝，每食不過數粒」〔註25〕的小鳥，來表達自己的卑微，也期盼如《晉書‧張華傳》

〔註20〕《先秦漢魏晉南北朝詩》，頁1731。

〔註21〕〔隋〕姚察等著，《梁書》，卷14，頁254。

〔註22〕見〔劉宋〕范曄，《後漢書》，卷67，頁2187。

〔註23〕《先秦漢魏晉南北朝詩》，頁1734。

〔註24〕〔劉宋〕范曄，《後漢書》（臺北：鼎文書局，1980年），卷54，頁1790。

〔註25〕〔清〕嚴可均輯校，《全上古三代秦漢三國六朝文》，頁1790-1。

所載「初未知名，著〈鵩鳥賦〉以自寄。……陳留阮籍見之嘆曰：『王佐之才也！』由是聲名始著。」〔註26〕並且以「梧桐」象徵希望依附之心，寫詩相贈期能受到王桂陽的延譽而進身仕途。此外，詩中也常用「無聲的寂寞」來襯托內心愁苦萬千，從側面傳達希冀貴人的聞問，如「思君欲何言，中心亂如霧」、「淚下非一端，愁來誰有數」、「可怨異公子，終自不敢言」、「沈憂無人語，默念空憑軒」等，〔註27〕或融合景致與典實，從中表達自己的滿懷壯志，卻無人引薦，抑鬱且徒然的惆悵心情：

> 巨石亂天崖，雜樹鬱參差。伯魚留蜀郡，長房還葛陂。
>
> 練練波中月，亭亭雲上枝。高岑蔽人者，無處得相知。
>
> 〔註28〕

詩的首尾相互呼應，以巨石、雜樹所造成紛亂無序的山景，來比喻自己置身於此社會中不被得知、任用的無奈。「伯魚」是指東漢清官第五倫，其人剛烈耿直，能識別長才，任蜀郡太守時，把家境豐足之官吏全部遣送回家，改選孤弱貧寒有節操之人擔任屬吏。〔註29〕透露出詩人期望受到清賢之官的拔擢、見賞，但卻遲遲無人相知，於是用費長房求道未成而辭歸返鄉之事為喻，〔註30〕說明入仕求官的心願無法如意，只有歸鄉一途，流露出了無知音的感嘆。

　　但贈詩以求舉薦之事，並非皆能順利無礙，尤其門第卑賤，或家道已衰之人，更會在詩中流露出希人拔擢又擔憂被拒絕的心情，如何遜〈落日前墟望贈范廣州雲詩〉：

〔註26〕〔唐〕房玄齡等著，《晉書》，卷36，頁1069。

〔註27〕上述引詩見《先秦漢魏晉南北朝詩》，頁1740。

〔註28〕〔梁〕吳均，〈遙贈周承詩〉，《先秦漢魏晉南北朝詩》，頁1741。

〔註29〕見〔劉宋〕范曄，《後漢書》，卷41，頁1395～1402。

〔註30〕《後漢書》載：「長房辭歸，翁與一竹杖，曰：『騎此任所之，則自至矣。既至，可以杖投葛陂中也。』……陂在今豫州新蔡縣西北。長房乘杖，須臾來歸，自謂去家適經旬日，而已十餘年矣。即以杖投陂，顧視則龍也。」見〔劉宋〕范曄，《後漢書》，卷82下，頁2743～2745。後以「擲杖成龍」為典，借指還鄉。

緣溝綠草蔓，扶楥雜華舒。輕煙澹柳色，重霞映日餘。

遙遙長路遠，寂寂行人疎。我心懷碩德，思欲命輕車。

高門盛遊侶，誰肯進畋漁。〔註31〕

起首描寫蔓草向外滋長、攀緣之綠意，並在其後用春暮美景與行人稀疏爲對比，點出賦閒在家的寂寞。於是想立即備駕前往拜會德高望重的范雲，但其門上的往來皆是高朋貴賓，自認如耕種與打漁人的位卑，恐不會加以引薦，表達出心中的矛盾。其實何遜應非是寒人，其曾祖承天官至御史中丞，祖翼，爲官員外郎，父詢，是太尉中兵參軍，但其宗族至何遜一支已無貴戚可倚靠，家業又貧微，所以希望能藉由詩歌來受人舉薦、賞愛。政治是變動混亂的，儘管來自高門的子弟，也會因事受到罷黜或免官，若想再返回仕途，以贈詩來干祿不失爲一條佳徑，如江東大族吳郡陸氏的陸韓卿，受父株連罷官之後而作〈奉答內兄希叔詩〉，〔註32〕希叔乃陸厥的妻兄顧胐，時擔任邵陵王國常侍，聲名顯要昭彰，故向其表示欲求援引。全篇共分爲五章，其中用事頻繁，典雅矜重，亦有士族間酬答詩歌的含蓄美感：

嘉惠承帝子，躡履奉王孫。屬叨金馬署，又點銅龍門。

出入平津邸，一見孟嘗尊。歸來緊桑柘，朝夕異涼溫。

首章寫昔日舉秀才、任官職等情事，以及歸後對人情世態之感嘆。其中「叨」、「點」二字有充數、玷汙之意，是謙遜卑下之辭；「平津」、「孟嘗」則用漢朝公孫弘與戰國齊之貴族田文的典故，〔註33〕表現詩人出入公卿王邸的意氣飛揚，相較於罷職後的生活，有著天壤落差，帶有羨慕功名之情。

徂落固云是，寂蔑終如斯。杜門清三逕，坐檻臨曲池。

鳧鵠嘯儔侶，荷芰始參差。雖無田田葉，及爾泛漣漪。

第二章先以仕途失意的寂寥感嘆起首，後敘隱居的生活與四周景致，

〔註31〕《先秦漢魏晉南北朝詩》，頁 1682。

〔註32〕見《先秦漢魏晉南北朝詩》，頁 1466～1467。

〔註33〕事見〔漢〕班固，《漢書》，卷 58，頁 2620～2621；〔漢〕司馬遷，《史記》，卷 75，頁 2351。

表層看來閑靜清雅，但這並非陸厥心之所向，「鳧鵠嘯儔侶」一句說明了正尋求能給予幫助的伴侶，於是帶出末句的「及爾泛漣漪」，提及曾與希叔乘小船賞景的舊交，也透露著詩人內心的波動，或對仕途的羈絆，或期待內兄肯拔擢的契機。

　　春華與秋實，庶子及家臣。王門所以貴，自古多俊民。

　　離宮收杞梓，華屋富徐陳。平旦上林苑，日入伊水濱。

第三章以側寫邵陵王任用賢才，來讚美希叔的俊才，並舉歷來英彥之典實，如劉楨、邢顒、徐幹、陳琳來加以比擬，最後以梁孝王與王子喬晨夕侍遊，〔註34〕來表達欽羨希叔在官場上的春風得意，受到重用與寵愛。

　　書記既翩翩，賦歌能妙絕。相如戀溫麗，子雲慇筆札。

　　駿足思長陂，柴車畏危轍。愧茲山陽讌，空此河陽別。

既求提攜幫助，不免有恭維之辭，詩人以阮瑀、劉楨、司馬相如、揚雄之各類優美文采，較之希叔，卻仍尚遜一籌；用駿馬、柴車以喻內兄與自己，說明希叔能馳騁長才，對比自身的劣質怯懦；從「山陽讌」、「河陽別」可知兩人曾一同遊處，期間顧眄有贈詩，陸厥則以此詩奉答，表達感傷的惜別之情。「河陽別」則出自曹植送別應氏兄弟之詩，句末有「願爲比翼鳥，施翮起高翔」，〔註35〕原是在人生短促的大背景中之別離哀惋，此處則有不甘寂寞之意，願隨希叔遨遊仕途的渴望。

　　平原十日飲，中散千里遊。渤海方淫滯，宜城誰獻酬。屏

　　居南山下，臨此歲方秋。惜哉時不與，日暮無輕舟。

藉由秦昭王邀趙勝飲宴，願爲布衣之交，以及嵇康的呂安千里交遊之典故，〔註36〕來延續前述想跟從內兄躋身官場，得到王侯的喜愛；再用魏文帝與吳質、徐幹遊於渤海的典實，〔註37〕以喻邵陵王與希叔，

〔註34〕參見李善注文，《文選》，卷26，頁1214。

〔註35〕《先秦漢魏晉南北朝詩》，頁455。

〔註36〕事見〔漢〕司馬遷，《史記》，卷79，頁2415～2416；〔唐〕房玄齡等著，《晉書》，卷49，頁1372。

〔註37〕〔晉〕陳壽著，〔劉宋〕裴松之注，〈吳質傳〉，《三國志·魏書》（臺北：鼎文書局，1980年），卷21，頁607。

想像賓主間的勸酒歡樂，反顧自身卻無人聞問的寂寥。最後則以日暮尚無輕舟可渡，比喻人的一生漸老，尚無機緣可遇一般，委婉地傾訴內心希望顧朌的引薦提攜。

綜上所述，士人表達希望求仕之意的贈答詩歌，富有三種特質：第一、功利性：對欲請託之人加以頌美，從地位、才識、品德到家族聲勢等，並且拉近彼此的關係，訴說思念之情，流露出對功名富貴的渴望，積極求仕的願望；第二、文學性：藉由詩歌的體裁，含蓄地表達內心的渴望，也由此展現自身創作的才華，故多用典實，並且須符合詩境與貼切詩人背景，如吳均即常用東漢名士之例，雖清貧卻有志，陸厥則多舉建安七子之例，以符內兄事奉邵陵王的景況。此外，寄託援引之意常在末句，而且是用「比語」的方式呈現，如「鴛鷺若上天，寄聲謝明月」，[註38] 將較爲世俗的心願運用文學手法來包裝，以讓受贈者感到若加以提攜，是獨具慧眼又賢明文雅；第三、抒情性：由於對方位高權重，故有相形見絀之感，常在詩中流露自慚形穢的慨嘆，也藉此對比出雙方的位階上的差異，期待能受到提拔，但內心急切求仕無法如願或受到壓抑時，再以詩相贈希求幫助時，不免有著擔憂的心情，怕再次落空的失望，於是有時則以含蓄、委曲的方式，僅向對方傳達內心糾結的苦悶，流露自身的不遇之感，期待有人能相知相惜；當然，並非人人都像范雲見何遜詩而結爲忘年之交，賞識其才，故在給故友的贈答詩中，亦提醒勿忘昔日舊情，顯達之際應顧念友誼，給予拔擢的願（怨）語之宣洩。

二、頌美求榮

門閥制度的衰落，使得部分士族出身的子弟也須尋求政治靠山，來開闢仕進之路，如謝氏一族常用聯姻顯貴來維持政治上的優越地位，即使是門第不顯的新興權貴亦是婚家的選擇，像謝超宗常有不得志之嘆，爲子娶車騎將軍張敬兒之女，張氏是依靠軍功升遷的武人，與之攀

〔註38〕〔梁〕吳均，〈贈柳祕書詩〉，《先秦漢魏晉南北朝詩》，頁 1741。

親顯然有政治上的考量；又，梁武帝原先欲把女兒嫁謝朓之子謝謨，但後來瞧不起謝的門單戶衰，便毀約而改嫁行伍出身的張弘策之子。〔註39〕所以除了締結婚姻的手段外，在崇文風氣盛行的南朝，士人們亦能採取文學的方式來保全福祿，或通達顯榮，如藉詩歌交流應酬，採取「以卑頌尊」的內容來取悅上位者，而希望蒙其拔擢。宴會的場合是可把握的契機，在眾人面前一展自身的才華，也讓對方因頌美而感到光彩，因能被請託而顯示其地位的非凡，如謝朓〈答王世子詩〉：

> 飛雪天山來，飄聚繩櫺外。蒼雲暗九重，北風吹萬籟。
> 有酒招親朋，思與清顏會。熊席惟爾安，羔裘豈吾帶。
> 公子不垂堂，誰肯憐蕭艾。〔註40〕

王世子，蓋爲豫章王蕭嶷的養子蕭子響（另一說是長子蕭子廉）。〔註41〕永明初，謝朓在擔任豫章王太尉行參軍，此詩應爲參加酒宴時酬答世子之作。前四句描寫冬季大雪紛飛的景色，畫面華淨；其後轉向人事，「熊席」是熊皮製成的座席，「羔裘」是古時諸侯、卿、大夫的朝服，用此二物來稱美王世子地位的高貴，謂己之卑微。詩末則用自謙之辭，以賤草喻己不肖，傳達希求世子的垂顧、賞識之願。不過士人們嚮往功名，並非是有強烈的社會責任，追求人生不朽的價值，而多半持著苟安心態，以享受當下的名利富貴爲主，這從南朝的整體文風缺乏剛健、大度的精神特質可見端倪。此外，重文輕武的士族觀念亦影響甚鉅，戎旅軍功多屬寒人，即趙甌北所謂「江左世族無功臣」，〔註42〕士族高門鄙薄武事，甚至以門第世代武功爲恥，《南齊書・張岱傳》載：「若以家貧賜祿，此所不論；語功推事，臣門之恥」，〔註43〕寒士欲躋身士族之流，

〔註39〕上述史事分見〔梁〕蕭子顯，《南齊書》，卷36，頁636；〔唐〕李延壽，《南史》，卷19，頁535。
〔註40〕《先秦漢魏晉南北朝詩》，頁1425～1426。
〔註41〕分見郝立權，《謝宣城詩注》（臺北：藝文印書館，1976年），頁43；曹融南，《謝宣城集校注》（上海：上海古籍出版社，2001年），頁300。
〔註42〕〔清〕趙翼，《二十二史箚記》，卷12，頁175；另可參蘇紹興，〈論「江左世族無功臣」〉《兩晉南朝的士族》，頁19～32。
〔註43〕〔梁〕蕭子顯，《南齊書》，卷32，頁581。

亦不談武業，《南齊書・張欣泰傳》云：「父興世，宋左衞將軍。欣泰少有志節，不以武業自居，好隸書，讀子史。年十餘，詣吏部尚書褚淵，淵問之曰：『張郎弓馬多少。』欣泰答曰：『性怯畏馬，無力牽弓。』」〔註44〕清人李慈銘在《越縵堂讀書記》中也有相關論述：「南朝輕武人，晉桓溫之貴重，而謝奕猶呼爲老兵，王述亦呼爲兵。沈慶之、文季父子，一家忠孝，爲宋齊間之冠，而褚淵以門第裁之，嘗於齊武帝前，言文季有將略，文季諱稱將門，因此發怒。宗慤幼時，言欲乘風破萬里浪，而其叔少文以爲滅我門戶也。」〔註45〕故形成了南朝士人「文才有之，武幹不及」的現象。若寒門出身的鮑照藉由「貢詩言志」以求個人的仕進之梯，那麼竟陵王蕭子良率諸文士獻上的〈永明樂〉則是爲了敷頌功德，以保自身的榮華，如「聯翩貴遊子，侈靡千金客。華轂起飛塵，珠履竟長陌」的紙醉金迷；「民和禮樂富，世清歌頌徽。鴻名軼卷領，稱首邁垂衣」的潤色鴻業；或「幸哉明盛世，壯矣帝王居」、「生逢永明樂，死日生之年」之阿諛奉承，〔註46〕同爲以四言的「獻詩」，卻不見如《國語・周語上》記載召公諫厲王時所說：「天子聽政，使公卿至於列士獻詩……而後王斟酌焉。是以事行而不悖」〔註47〕的「美刺」內容與功用，而僅有典雅縟麗的語言，卻缺乏眞實的性情。個人間的贈答詩亦是如此，承繼著西晉文人的觀念，以雍容典雅之四言爲最適合於「頌美」的詩體，〔註48〕流露出纓情好爵、攀附權貴的思想。

　　如沈約〈贈沈錄事江水曹二大使詩〉，〔註49〕當時因受到皇室政變的影響，被外放爲東陽太守，建武元年（494），齊明帝的寵臣

〔註44〕〔梁〕蕭子顯，《南齊書》，卷 51，頁 881。

〔註45〕〔清〕李慈銘，《越縵堂讀書記》（北京：中華書局，2006 年），上冊，頁 263。

〔註46〕上述詩句分見《先秦漢魏晉南北朝詩》，頁 1624、1419、1393。

〔註47〕〔春秋〕左丘明，《國語》（上海：上海古籍出版社，1978 年），頁 3～4。

〔註48〕見〔韓〕崔宇錫，《魏晉四言詩研究》（成都：巴蜀書社，2006 年），頁 149～150。

〔註49〕以下所引詩句見《先秦漢魏晉南北朝詩》，頁 1628。

沈文季與江祏奉命巡視至東陽，沈約便乘機巴結，藉由贈詩來極力頌美，表達希用求薦，能早日回朝之意。首先拉攏彼此的關係，強調同爲沈氏之宗族：「伊我洪族，源濬流長。奕奕清濟，代有蘭芳」，敘其爲彬彬俊才，品德芳馨；其後將沈、江諛爲「二秀」，稱讚他們乃當今君主的股肱之臣，能受詔命巡查天下：「于彼原隰，徽命是將。受言帝庭，觀風上牧。逸翰雙舉，爲腓爲服」；以穿著、座車的華麗來顯其地位尊貴：「炱炱貂冕，轔轔華轂」，並從中奉承剛即位的蕭鸞：「帝格文祖，握瑞持衡。慶踊高邑，兆屬大橫」，以帝王登基之兆，表示其由小宗轉入大統，沈約爲了取悅，完全忽略其屠殺宗室的事實。詩的後半部分則沈約先以卑頌尊，並設宴款待兩位來使，目的即是希望能在皇帝面前多加美言：「微微下國，川紆路阻。藹藹王人，匪遑寧處。巡儀既暢，私宴亦敘。置酒式歌，披衿寫語」；詩末仍是待客的禮數，關心歸途的風塵樸樸，並送上祝福，能續有鴻圖大展的事業：「戒途在日，復路廻舟。霜結暮草，風卷寒流。情勞東眷，望泫西浮。崇君遠業，敬爾芳猷」，屈意討好以求富貴、賞愛之意，昭然若揭。與其在稍早前赴任途中所寫下的〈新安江至清淺深見底貽京邑遊好詩〉相互參照，詩中顯出的清幽之境，以及欲離塵世的想法，可說是爲一時的避禍自保或排遣其哀怨，「若使值見信之主，逢時來之運，豈其放情江海，取逸丘樊，蓋不得已而然故也」，〔註 50〕這段史論雖是就劉宋隱逸之士而興發，卻也未嘗不是沈約本人無心此道的自白，〔註 51〕其實不惟沈氏如此，多數文人在入仕之後，欲保持仕途中的通達顯榮，亦以詩贈答來稱頌，謀求利祿與未來前程。

　　此外，南朝士族的觀念中，以家族之利益爲優先考量，「故主位雖改，臣任如初，自是世祿之盛，習爲舊準。羽儀所隆，人所羨慕，

君臣之節，徒致虛名。……則知殉國之感無因，保家之念宜切。市朝亟革，寵貴方來，陵闕雖殊，顧眄如一。」〔註 52〕可知，世族顧慮身家之念極重，尤其體現在王朝更替之際，頻頻擔任主謀勸進、傳璽奉紱的角色，屢屢「將一家物與一家」，〔註 53〕儘管違反君臣之義，背上助逆的罪名，但考量政治前途，仍表態支持與協助，王儉便是與時推遷的典型人物，在齊王朝建立之後，能位居三公，權傾朝野，其姪王融便有〈贈族叔衛軍儉詩〉之作，以四言正體寫成，共分十五章，內容皆是頌美之辭，有同宗相互標榜以抬高家族聲勢之意，但如《南齊書》所載：「融贈詩及書，儉甚奇憚之，笑謂人曰：『穰侯印詎便可解？』尋遷丹陽丞，中書郎。」〔註 54〕可知其贈詩也具有希求得其庇蔭、提攜之目的。試錄其中的五章，以見其大概：

台曜澄華，鉉岳栽峻。經天為象，麗地作鎮。
龍潛九泉，鳳栖百仞。濟弁高騰，乘箕遠振。（其一章）

漸美中和，資心百姓。柔裕為容，齊莊以敬。
仁則物安，義惟已正。沖泉如泉，鏡淨如鏡。（其五章）

不器其德，有斐斯文。質超瑚璉，才逸卿雲。
搖筆泉瀉，動詠霙紛。渢乎不極，卓兮靡群。（其六章）

德馨伊何，如蘭之宣。貞筠柚箭，潤璧懷山。
有榮有茂，不瘁不騫。介茲景福，君子萬年。（其十三章）

六樂畢該，五禮備貫。七訓是敷，三英有粲。
文整國容，武決廟算。唯旦唯公，唯公唯旦。（其十五章）

〔註 55〕

首章，稱頌王儉地位崇高尊貴，並且有經天緯地之才，能擘畫經營國家大業，從劉宋至蕭齊輔政期間，禮儀詔策多出自其手筆，更深受齊武帝之重用，故飛黃騰達，能福蔭王氏一族；五章，描述王儉以仁義

〔註 52〕〔梁〕蕭子顯，《南齊書》，卷 23，頁 438。
〔註 53〕〔唐〕李延壽，《南史》，卷 28，頁 756。
〔註 54〕〔梁〕蕭子顯，《南齊書》，卷 47，頁 818。
〔註 55〕引詩見《先秦漢魏晉南北朝詩》，頁 1394～1395。

爲本的德化政績，有儒家君子「望之儼然，即之也溫」之風範；六章，讚揚其學識高超，文思敏捷，才華更是冠絕超群；十三章，以蘭香、竹筠、柚木、美玉爲喻，敍其具有高尚品德、堅貞意志與完美人格；末章，則再次強調族叔乃國之棟梁，並呼應史書所載，王儉「少便有宰臣之志，賦詩云：『稷契匡虞夏，伊呂翼商周。』及生子，字曰玄成，取仍世作相之義。」〔註56〕以推崇王儉如周公能制禮作樂，建立典章制度，決策國事的政治典範之語作結。時王儉挾學術與政治之高位，能左右風氣，影響朝廷之人事，王融此番贈詩，則是欲達到政治上受賞擢之目的，同時，雙方亦能互通聲氣、延名求譽，如史書載：「（任）昉立於士大夫間，多所汲引，有善己者則厚其聲名」〔註57〕之現象，贈詩者以嘉美標榜其地位，受贈者則以自身的政治優勢來獎掖延引，各得所需，追求與保持仕途上的利祿榮華。

　　以詩贈答酬和，除考慮對象的身分地位，也須顧及喜好與平時作爲，在詩中表現出「聲氣相投」之貌，讚美之餘亦能以詩表才，使對方能願意拔擢而共享榮華。如沈約〈贈劉南郡季連詩〉，〔註58〕建武年間，劉季連在出任平西蕭遙欣長史、南郡太守，齊明帝對遙欣寄予厚望，命其鎮守江陵，季連身爲遙欣之幕僚長，地位聲名自然不凡。時沈約仍外放於東陽，故以詩相贈，當是盼能盡早返京，以求榮陞。此詩共分爲六章，先頌美劉季連家族之昌盛：「鴻漢景德，盛楚連徽。灼灼中疊，入奧知微。殊源別派，復屬清輝。伊我蘭執，升堂啓扉」；其後敍其仕宦經歷，與己相近，故願有金蘭之交誼：「宴遊忽永，心期靡悔。代歷四朝，年踰十載。朋居繾綣，余違爾誨。豈獨秋蘭，結言爲珮」；但畢竟兩人的處境不同，詩人被疏離，而季連乃受重用，故有「山邦務寡，陝輔任隆。才否雖異，勞逸不同」之句，因詩人任閒職，似居隱山中，只能「結枝以贈，寄之飛鴻」，再次傳達願與季連交好之意；

〔註56〕〔唐〕李延壽，《南史》，卷22，頁596。
〔註57〕〔隋〕姚察等著，《梁書》，卷14，頁254。
〔註58〕以下所引詩句見《先秦漢魏晉南北朝詩》，頁1629。

末章則稱揚季連所任職事之重要性，可獲永久聲名：「峨峨令藩，騰芳
戚右。緝茲江漢，實寄僚首。在德易充，爲名難朽。願言可獲，歲暮
攜手」，期盼能得到回音，攜手同遊宦場，明顯地以頌美來求顯達之心。

在重視門第之世，若頌美的對象乃爲望族，則可敘其家族源出、
先祖偉業，再讚其子弟效法先人的賢德，有更勝於藍的功績，如虞羲
〈敬贈蕭諮議詩〉，〔註 59〕蕭諮議，即爲後來登位的梁武帝。這首長
篇的四言贈詩，共分爲十章，篇末寫道「吾人下走，國士見知。同遊
宛洛，並泛漣漪。輕蘿易動，遂別芳枝。蹈之不足，託此差池」，自
謙爲供役使之鄙人，竟能受到國之俊才的知賞，表達由衷的感謝之
餘，也寄望著蕭氏未來更顯達之時，能蒙其拔擢之意，故詩中充滿著
頌美之語。首章，則敘其蕭氏先祖，「投殷于宋，佐漢而酅」，據《梁
書》及後人考證可知，蕭氏本爲殷人後裔之一支，〔註 60〕此處乃指商
紂之庶兄微子，以及西漢相國蕭何；「象賢弈葉，袞服逶迤」，則頌美
子孫累代相承，人才輩出且多居高位；其後更稱揚其家族爲國家之砥
柱，能加官晉爵握有大權，享受榮華富貴，還兼有高尚德行，故享譽
天下，家族昌盛不絕：「自茲以降，朝端國右。鳴玉在腰，納言加首。
有鍾有石，無凋無朽。令問令望，如瓊如玖」，可謂溢美粉飾之辭；
其後轉向對個人的稱許：「相門出相，德門有德。弱冠登朝，淑問玄
塞。弱冠伊何，有典有則。淑問伊何，自南自北」，蕭衍二十歲起家，
出自名門，讚其美名令譽；「五芝秀草，八桂嘉樹。五馬騑塗，八龍
遊霧。彼令兄弟，方之有裕。並列大夫，登高而賦」，則以芝蘭玉樹
喻其爲優秀子弟，能有文采風流；「受言載筆，遂典群流。天祿不校，
白獸未雠。申轅風雅，鄒郊春秋。彝文不斁，職此之由」，再就其職
掌而發，稱許蕭衍的學識不凡。詩人縱向寫其家族榮譽，橫向則讚其

〔註 59〕以下所引詩句見《先秦漢魏晉南北朝詩》，頁 1606。

〔註 60〕分見〔隋〕姚察等著，《梁書·武帝本紀》，卷 1，頁 1；杜志強，《蘭
　　　　陵蕭氏家族及其文學研究》（成都：巴蜀書社，2008 年），第一章〈蘭
　　　　陵蕭氏家族發展考述〉，頁 10～45。

文才、人格、事功，可讓受贈者感到誠意十足。其實在此時期蕭衍是以參軍、祭酒輾轉於諸王幕府，爲文士幕僚的身分，但青年時，便以其博學兼有幹練之才而受到當時名流的一致推崇，同爲竟陵八友之一的王融「識鑒過人，尤敬異高祖（蕭衍）。每謂所親曰：『宰制天下，必在此人。』」〔註61〕可見已頗有名氣，尤其在南齊皇權爭奪之中，以敏銳的觀察力投靠了蕭鸞，是奠定未來開創新王朝的重要關鍵，若參照史書中虞義對此政治事變的觀察：「太學生虞義、丘國賓竊相謂曰：『竟陵才弱，王中書無斷，敗在眼中矣。』」〔註62〕或許可加以推斷詩人以贈相贈，頌美功德，即是看準了蕭氏能握重權，提早攀附以求未來之顯達。

　　因此，以贈答詩作來頌美，多採四言之正體，以顯其莊重典雅，並多長篇累牘，充斥著稱揚之辭，從宗族源流、先祖功業、身分職位、文采學識、品行操守、朝廷事功等，都可加以頌美以入詩歌之中。向朝廷獻詩有粉飾太平、敷頌功德的用意，對個人酬答，則是有求其賞擢、陞官、復職等目的，此與南朝士人尤其高門子弟對政治的態度有關，積極入世，尋求援助，並非爲了創立功業、經世濟民，而是多爲了前途利祿，即如史載：「士大夫攀龍附鳳者，皆望有尺寸之功，以保其福祿」，〔註63〕多思自全之計，保族固寵，以求歷代的尊榮，沈約本傳中云：「自負高才，昧於榮利，乘時藉勢，頗累清談。及居端揆，稍弘止足，每進一官，輒殷勤請退，而終不能去，論者方之山濤。用事十餘年，未嘗有所薦達，政之得失，唯唯而已。」〔註64〕亦可爲該時士人的縮影，以山濤爲比，則代表了攀附權貴，以求仕途的平步青雲，在利祿所趨之下，士人們酬答唱和除一較長短之外，也乘機敬贈諛辭，充分發揮了贈答詩歌在政治上的功利特質。

〔註61〕〔隋〕姚察等著，《梁書》，卷1，頁2。
〔註62〕〔唐〕李延壽，《南史》，卷21，頁578。
〔註63〕〔隋〕姚察等著，《梁書》，卷13，頁234。
〔註64〕〔隋〕姚察等著，《梁書》，卷13，頁242。

第二節　宦途浮沉的出處嗟嘆

　　中國傳統士人與朝廷政治的關係向來是密不可分的，早在孟子即指出：「士之仕也，猶農夫之耕也。」〔註65〕充分反映出仕是古代知識分子最爲迫切的問題。從原始士階層的訓練來看，《禮記・王制》云：「樂正崇四術，立四教，順先王，詩書禮樂以造士。」〔註66〕士所接受的教育是爲了使其成爲統治階層之成員而作的準備，〔註67〕將參與政治當作是人生目標，一方面爲了生活，一方面也只有踏入仕途才有機會一展自身的才能與抱負。六朝時期雖多以術業家傳來培養優秀子弟，但其目的除維繫門風的優勢文化外，亦是能參政的一種憑恃，以求在宦途中獲得極高的政治權勢，進而庇護家族的興榮，如東晉的王、謝二家，因握有政治實權而成爲一流高門。但是進入南朝，士族的政治實力由興盛走向衰弱，其一是因爲各代君主起用寒人擔任位微權重的官職，由宗室近戚出任地方之重鎮，不斷的削弱士族的力量，使其成爲政治中的擺設；第二是政治才幹的每況愈下，因坐享富貴、養尊處優，多任閒職，缺乏理政治國的能力，如《顏氏家訓》所載：「銓衡選舉，非復曩者之親；當路秉權，不見昔時之黨。求諸身而無所得，施之世而無所用。」〔註68〕雖仍有其政治作用，但已經喪失了決定性的政治力量，無法再與皇權有並駕齊驅的可能。錢賓四先生在《國史大綱》中論及南朝門第之衰落時認爲：「門第雖爲當時世運之支撐點，然門第自身，實無力量，經不起風浪，故胡人蜂起，則引身而避；權臣篡竊，則改面而事，既不能戮力恢復中原，又不能維持小朝廷偏安的綱紀。」〔註69〕於是政局的變動、君主的重用與否自然影響著士族

〔註65〕〔漢〕趙岐注，孫奭疏，《孟子注疏》，《十三經注疏》，頁109-2。
〔註66〕〔漢〕鄭玄著，孔穎達疏，《禮記注疏》，《十三經注疏》，頁256-2。
〔註67〕吳璧雍，〈人與社會——文人生命的二重奏：仕與隱〉，見蔡英俊主編，《中國文化新論（文學篇）》（臺北：聯經出版社，1982年），頁167。
〔註68〕〔北齊〕顏之推著，王利器集解，〈勉學〉，《顏氏家訓集解》，卷3，頁145。
〔註69〕錢穆，《國史大綱》（北京：商務印書館，1994年），頁273。

在仕途中的起落。此外，寒人政治、社會地位的提高，並非代表著出身卑賤的寒士在官場中能平步青雲，毫無阻礙。陳長琦《兩晉南朝政治史稿》指出：「一些被視爲清官、高官的職位，爲世族高門理直氣壯的獨霸，寒人一般不能染指，世族高門若被任命爲他們視之爲濁官或歷來他們所不齒的官位，那就會感到是受了極大的委屈；相反，若是寒人擔任了他們所認爲的清官，就會被認爲是侵占了他們利益，引起驚世駭俗般的指責和批評。」〔註70〕可見寒素士人在宦途中仍受到一定的壓抑，若有王公貴族的禮遇或任用，並非眞正重視其才學，而多是面臨權力角逐的需要。因爲在君主眼中這些知識分子並不具政治才幹，其用處只是爲朝廷裝點一些文化氣氛而已。〔註71〕因此無論士族或寒素在仕宦生涯中的昂揚與挫折，出處進退的衝突，便能藉由贈答詩歌來訴說自己的政治意識，或批判、或感傷、或欲積極用世，或思倦怠歸隱，透過情意的交流，來抒發內心的感慨，也能在贈答酬和之中，相互敦勉與慰藉，以度浮沉之宦海。

一、進退行藏之糾葛

　　士人在官場生涯中常徘徊於「出」、「處」的矛盾選擇，尤其在仕途顚躓時，更易引發進退取捨的複雜情緒，這種行藏兩難的心路歷程便常在作品中流露出來。高門子弟除了本身的抱負理想之外，又兼有對家族的責任，若要完全超然物外，退隱山林，誠爲難事，故不免受到仕、隱兩極強烈的拉扯，南朝詩人謝靈運便是其中的典型。論者多從大謝的山水詩歌去聯繫政途上的失意、出處的糾葛，如曹道衡、沈玉成認爲謝的山水之作是仕途迍邅的產物，〔註72〕葛曉音指出謝靈運的寄情山水一方面是以「鑿山浚湖，驚動縣邑」的橫行霸道，炫耀王謝大族尙未衰退

〔註70〕陳長琦，《兩晉南朝政治史稿》（開封：河南大學出版社，1992年），頁223。

〔註71〕羅宗強，《魏晉南北朝文學思想史》，頁161。

〔註72〕曹道衡、沈玉成編著，《南北朝文學史》（北京：人民文學出版社，1991年），頁47。

的威勢，表示對劉宋政權的蔑視；另一方面也是避免致禍的護身之法和克制權欲的精神安慰。〔註73〕或林文月表示靈運遨遊山水故爲性分所好，實則欲藉山水以釋懷娛情；〔註74〕王國瓔提出謝靈運欲通過山水之美而與老莊之道認同，然以功名心切，因此詩中往往流露出鬱鬱不得志之意，〔註75〕就像白居易〈讀謝靈運詩〉所點明的：「壯志鬱不用，須有所洩處。洩爲山水詩，逸韻諧奇趣。」〔註76〕政治抱負難以實現的詩人將目光轉向自然，將才華傾瀉於山水。諸多的山水刻劃之筆、行旅宦遊之嘆，多在出任永嘉太守即永初三年（422）之後，但是謝靈運的贈答詩則集中於早期在江陵、建康等地爲官時，時間是東晉義熙八年（412）至南朝宋永初三年（422）。內容與對象雖有不同，但是卻常出現相同的主題：出處的思索、行藏的煎熬。因贈答詩的創作有一定的對象目標，便能藉由文字的對話來宣洩內心的鬱悶，尤其靈運多寫給同族之弟兄，家族背景、身分地位與成長歷程較爲接近，更能明白詩中所蘊藏的情志。可先著眼於他的政治態度與傾向，始入仕途不久便隨豫州刺史劉毅，任記室參軍，卻也因此捲入險惡的政治風暴中。當時東晉王室的力量已十分衰微，軍政大權落於將領劉裕手中，本與劉毅共同討伐、擊潰桓玄，但之後雙方決裂，相互爭權奪勢日趨激烈，靈運處在政治的漩渦，感到時局的艱危，透露出仕隱無成的痛苦。如寫給從兄宣遠的〈答中書詩〉，共有八章，前二章頌美中書才德與回憶過往相處之歡，第三章起展現自身的政治處境與想法：

> 聚散無期，乖化易端。之子名揚，鄙夫忝官。
> 素質成漆，巾褐懼蘭。遷流推薄，云胡不歎。
> 中子備列，子讚時庸。偕直東署，密勿遊從。
> 彼美顯價，煌煌逸蹤。振迹鼎朝，翰飛雲龍。

〔註73〕葛曉音，《八代詩史》（北京：中華書局，2007 年），頁 158。

〔註74〕林文月，〈鮑照與謝靈運的山水詩〉，《山水與古典》，頁 123。

〔註75〕王國瓔，《中國山水詩研究》，頁 127。

〔註76〕〔清〕清聖祖御定，《全唐詩》（臺北：文史哲出版社，1971 年），卷430，頁 4742。

嗟茲飄轉，隨流如萍。台岳崇觀，僚士惟明。
璨璨下陪，從公于征。遡江踐漢，自徐徂荊。
契闊北京，劬勞西郢。守官末局，年月已永。
孰是疲劣，逢此多□。厚顏既積，在志莫省。
悽悽離人，惋乖悼己。企佇好音，傾渴行李。
矧乃良朋，貽我瓊玘。久要既篤，平生盈耳。
申復情言，欣歎互起。何用託誠，寄之吾子。
在昔先師，任誠師天。刻意豈高，江海非閑。
守道順性，樂茲丘園。偕友之唱，敬悅在篇。
霜露荏苒，日月如捐。相望式遄，言歸言旋。〔註77〕

此詩作於義熙八年（412），時靈運在荊州刺史劉毅軍中任職，九月隨行抵江陵，十月劉毅便被劉裕部將王鎮惡打敗，自縊而死。〔註78〕詩中反映出政治的現狀，以及對於出仕的反省。第三章稱美中書聲名顯揚，謙稱自己忝居官位，以「素質成溙，巾褐懼蘭」之喻，表達今違志做官，無有芳潔之行，並說仕宦生涯是四處漂泊，轉徙無定，充滿自責、不滿之語氣。第四章回憶往昔一同任琅邪王參軍的時光，並讚揚中書能大顯身手、奮發有爲，如今獲朝廷之高位。第五章則大嘆自己仍像浮萍般不斷流遷，其他僚友已平步青雲，反襯己身職位之卑微、命運的蹇滯，透露出對於仕途的不如意。第六章中北京、西郢乃分指建康、江陵，反映出時局的多難與久滯官職的咎責，內心卻仍無法放下仕途，走向歸隱。第七章讚美、珍視中書贈與的詩篇。第八章的「刻意」二句用《莊子》典故，認爲只有恬淡寂寞、虛靜無爲，才是眞道，〔註79〕故下句說要順乎眞道，嚮往鄉野林園，表達了企盼歸

〔註77〕《先秦漢魏晉南北朝詩》，頁1154～1155。

〔註78〕見顧紹柏，《謝靈運集校注》，頁2。之後所引靈運各詩，如有繫年，皆據此書。

〔註79〕《莊子・刻意》：「若夫不刻意而高，無仁義而修，無功名而治，無江海而閒，不道引而壽，無不忘也，無不有也，澹然無極而眾美從之。此天地之道，聖人之德也。」見〔清〕郭慶藩，《莊子集釋》，〈外篇〉卷6上，頁535。

隱的想法。從這首詩中，可見靈運內心不遇、孤獨之感，出仕的不順遂牽引出退隱的念頭，但詩人最後選擇改依劉裕，繼續在宦海中浮沉。

　　政治局勢的動盪影響著士人在仕隱間的選擇，處在官場中希望能有番作爲，但又憂懼讒言，免官獲罪，故打算辭官退隱，兩者的糾葛、爲難便在詩中呈現。如謝靈運〈贈安成詩〉，對象是時任安成太守的謝瞻。靈運在義熙九年（413）「入爲祕書丞，坐事免」，〔註80〕至十一年重獲起用爲諮議參軍，這首贈詩便是作於此年。共分七章，前五章大力讚揚謝瞻的才智出眾、聲名遠播，並回顧過去的深厚友誼，表達思念之情。最後二章則見詩人雖欲歸隱卻仍掛念仕途的矛盾：

> 昔在先道，垂誥亨鮮。亦曰于豹，調和韋弦。
> 清靜有默，平正無偏。欽隆令績，慰沃願言。
> 駑不逮駿，猶不間薰。三省朽質，再沾慶雲。
> 仰慚蓼蕭，俯悀惟塵。將拭舊褐，竭來虛汾。
> 疇咨亮款，敬告在文。〔註81〕

第六章寫希望謝瞻能謹慎治郡，取得良好政績。當中多用典實來訴說心中對於政事的看法，如「垂誥亨鮮」用《老子》「治大國若烹小鮮」之意，表示處事要審慎留心；〔註82〕「于豹」乃指董安于、西門豹，「韋弦」是牛皮帶和弓弦，出自《韓非子》：「西門豹之性急，故佩韋以自緩；董安于之心緩，故佩弦以自急。」〔註83〕認爲治郡要不急不緩，適度穩妥。實行道家的無爲而治，並且行事大公無私，才是善政。第七章則說明準備掛冠而去，遠離塵世。前四句表示自己的拙劣，有愧於謝氏家族，並自謙不如謝瞻等從兄弟之俊秀，能再次任職乃是幸運。其下「仰慚蓼蕭，俯悀惟塵」用《詩經》典故，〔註84〕表示「上

〔註80〕〔梁〕沈約，《宋書》，卷67，頁1743。
〔註81〕《先秦漢魏晉南北朝詩》，頁1156。
〔註82〕朱謙之，《老子校釋》（北京：中華書局，1984年），頁244。
〔註83〕陳奇猷校注，《韓非子集釋》（北京：中華書局，1958年），卷8，頁479。
〔註84〕蓼蕭，《詩·小雅》之篇名，序以爲是歌頌周天子「澤及四海」之詩；「惟塵」典出《詩·小雅·無將大車》「惟塵冥冥」之句，鄭玄箋云：「冥冥

愧皇恩，下則害怕小人譖害」之意，〔註85〕於是「將拭舊褐，揭來虛汾」打算辭官，傳達嚮往隱居之感。一方面諄諄不倦地談論政務，一方面卻又心念山林，形成出處的衝突，這與官場的黑暗、時代的紛亂有密切的關聯，從謝瞻的答詩中可嗅出當時政局的肅殺之氣：

> 跬行安步武，鍛翮周數仞。豈不識高遠，違方往有咎。
> 歲寒霜雪嚴，過半路愈峻。量己畏友朋，勇退不敢進。
> 行矣勵令猷，寫誠酬來訊。〔註86〕

〈於安城答靈運詩〉共有五章，此為末章，闡發憂懼政局險惡，希望退隱高位，遠禍保身的思想，以回應靈運的贈詩。其中「歲寒霜雪嚴，過半路愈峻」象徵著面對漫長仕途，吉凶難卜，不免有所憂懼，且面臨即將改朝換代的緊張情勢，高門出身的士族稍有動作便會引來注目，自然造成進退行藏間的失衡。兩人的互作贈答形成了情感上的共鳴。

　　自身仕途蹭蹬，但見同為名門之子弟卻能平步青雲、一顯身手，稱羨之餘，也會對任職之處境流露不滿情緒，進而有辭官隱退之意。尤其謝靈運並不甘於做個文士，投閑置散，認為自己才能宜「參權要」，〔註87〕但卻遲遲無法得志，不禁對仕進之途提出質疑，期望能堅定歸隱之志，以擺脫出處抉擇的痛苦折騰。如〈贈從弟弘元詩〉：

> 視聽易狃，沖用難本。違真一差，順性誰卷。
> 顏子悔傷，蘧生化善。心愧雖厚，行迷未遠。
> 平生結誠，久要周轉。警掉候風，側望雙反。〔註88〕

義熙十一年十月，謝弘元從鎮江陵，靈運作此詩相贈。共有六章，主要寫對弘元能在仕途上一展身手感到欣慰，卻又因兩人之分離而興思念之情。此處乃詩之末章，「沖用」指的是道家所提倡之道，〔註89〕

者，蔽人目明，令無所見也。猶進舉小人，蔽傷己之功德也。」分見〔漢〕毛公傳，孔穎達疏，《毛詩正義》，《十三經注疏》，頁348-1、445-1。
〔註85〕見顧紹柏，《謝靈運集校注》，頁19。
〔註86〕《先秦漢魏晉南北朝詩》，頁1132～1133。
〔註87〕〔梁〕沈約，《宋書》，卷67，頁1753。
〔註88〕《先秦漢魏晉南北朝詩》，頁1154。
〔註89〕如《老子》第四章：「道沖，而用之久不盈」；第四十五章：「大盈若

無形但又無處不在，故難以把握，只有順從本性方能守道。靈運一向認爲自己的本性是適合歸隱的，但早先追隨劉毅，後改依劉裕，任祕書丞、中書侍郎等職，卻終不得志，所以有「違真一差」的感嘆。其後用顏子、蘧伯玉之典，〔註90〕表示應總結教訓，善於改過，雖違志作官，深感慚愧，但迷途不遠，仍可馬上改正，意謂想趕緊隱逸山林，但詩人卻沒有實際的行動，致使有進退維谷的激憤之語：

> 昔聞蘭金，載美典經。曾是朋從，契合性情。
> 我違志概，顯藏無成。疇鑒予心，託之吾生。〔註91〕

這是〈贈從弟弘元時爲中軍功曹住京詩〉的第二章，於義熙十二年所作。一方面追述兩人深厚的友誼，一方面則吐露著心境上的憂悶。「我違志概，顯藏無成」一句清楚地傳達了徘徊於仕、隱之間，深爲其苦的嗟嘆，身爲同宗之弘元想必明瞭詩人內心的掙扎，故靈運藉由贈答詩歌的往返回復來排解滿腹牢騷。出處的糾葛一來是有時代之因素，所謂「天下有道則見，無道則隱」，〔註92〕是先秦以來以「道」自任的士人所持的仕進態度與政治原則，但身處亂世的知識分子，尤其身居要望的高門子弟，並沒有「欲仕則仕，欲隱則隱」的自由，須審時度勢接受詔命，若一味擺出清命高傲之姿，除自身性命無法保全，甚至會連累整個家族。再來是詩人性格之因素，靈運生性好強，才情過人，欲有一番作爲，故隱居之志常有動搖，如其所言：「感深操不固，質弱易扳纏」〔註93〕的無奈。從他的贈答詩中可得知其早期出仕到第一次歸隱始寧間，對於仕

沖，其用不窮。」分見朱謙之，《老子校釋》，頁 18、182。
〔註90〕《論語・雍也》：「有顏回者好學，不遷怒，不貳過，不幸短命死矣。」顧紹柏先生認爲「顏子悔傷」或許即指此。參見顧紹柏，《謝靈運集校注》，頁 26。蘧伯玉之典，《莊子・則陽》：「蘧伯玉行年六十而六十化，未嘗不始於是之而卒詘之以非也，未知今之所謂是之非五十九非也。」唐成玄英疏：「〔伯玉〕盛德高明，照達空理，故能與日俱新，隨年變化。」見〔清〕郭慶藩，《莊子集釋》，頁 905。
〔註91〕《先秦漢魏晉南北朝詩》，頁 1155。
〔註92〕〔魏〕何晏集解，邢昺疏，《論語注疏》，《十三經注疏》，頁 72-1。
〔註93〕〈還舊園作見顏范二中書詩〉，《先秦漢魏晉南北朝詩》，頁 1174。

隱無成的不滿與自責，以及進退行藏的掙扎與煎熬。

　　不惟高門士族有仕隱之矛盾，出身貧寒的士人在宦途中更難有得志之時，稍不留意得罪君王，便將遭到疏遠的命運。如何遜文才超群，極受當時名流所推重，但史載：「梁天監中，兼尚書水部郎，南平王引爲賓客，掌記室事，後薦之武帝，與吳均俱進倖。後稍失意，帝曰：『吳均不均，何遜不遜。未若吾有朱异，信則異矣。』自是疏隔，希復得見。」〔註94〕雖出身於世代居官的家族，但何遜終其一生多爲藩屬僚佐，仕途極不順遂，故在贈答詩中吐露在仕宦與歸隱間的矛盾心理，如〈入西塞示南府同僚詩〉：

> 露清曉風冷，天曙江晃爽。薄雲巖際出，初月波中上。
> 黯黯連嶂陰，騷騷急沫響。迴檣急礙浪，群飛爭戲廣。
> 伊余本羈客，重暌復心賞。望鄉雖一路，懷歸成二想。
> 在昔愛名山，自知懽獨往。情游乃落魄，得性隨怡養。
> 年事以蹉跎，生平任浩蕩。方還讓夷路，誰知羨魚網。
> 〔註95〕

西塞，指西塞山，在今湖北省武昌縣東。南府，尚書省之別稱，位於內廷之南，故稱南府或南省。據《梁書》本傳載，何遜曾爲安西安成王蕭秀參軍事，兼尚書水部郎，〔註96〕蕭秀於天監十三年（514）出爲安西將軍、郢州刺史。〔註97〕郢州治所，即在今湖北武昌，何遜隨府郢州，得入西塞，遂作詩以贈南府同僚。前八句寫西塞附近奇麗的山水風光，從薄明時分之微涼，到天色與波光的互映，以及雲月的動態感，再加上狀似屏障的群山、急流的聲響，層層開闊，能想見西塞形勢之險峻與長江一瀉千里的氣勢。此時出現一片木筏在洶湧江浪中顛簸，無數禽鳥在江面上遊戲飛翔，不禁令詩人聯想起險惡的官場，

〔註94〕〔唐〕李延壽，《南史》，卷33，頁871。
〔註95〕《先秦漢魏晉南北朝詩》，頁1684。
〔註96〕〔隋〕姚察等著，《梁書·何遜傳》，卷49，頁693。
〔註97〕〔隋〕姚察等著，《梁書·蕭秀傳》，卷22，頁343～344。關於何遜生平，據曹道衡、沈玉成，《南北朝文學史》中之考證論述，頁188。

羨慕著隱逸的自由。於是轉入抒懷，因常羈旅在外，居無定所，只有作客他鄉的寂寥，思鄉卻難以得歸的消沉意緒。詩人認爲混跡官場是違背初衷，與其自縛於仕途，不如適性遂志以歸隱。贈詩的對象因爲吏職相當，應能體會身處官場的無奈，出處行藏間的掙扎，故在詩末向同僚們探問，是否知其衷曲，宣洩內心的悲愁，期盼喚來知音。

在爾虞我詐的政治環境中，知音終究難尋，一旦認清仕進與隱退在生命中的衝突，不如就率性而爲，將創作視爲心靈抒發的窗口。在詩歌中創造一種自問自答的情境，假設一傾訴的對象，藉由對話的方式來表露人生的態度與情性。如鮑照的〈答客詩〉：

> 幽居屬有念，含悲未連詞。會客從外來，問君何所思。
> 澄神自惆悵，嘿慮久迴疑。謂賓少安席，方爲子陳之。
> 我以筆門士，負學謝前基。愛賞好偏越，放縱少矜持。
> 專求遂性樂，不計緝名期。歡至獨斟酒，憂來輒賦詩。
> 聲交稍希歇，此意更堅滋。浮生急馳電，物道險絃絲。
> 深憂寡情謬，進伏兩暌時。願賜卜身要，得免後賢嗤。

〔註98〕

主客問答的體式，最早出現在辭賦的傳統中，如東方朔〈答客難〉，藉問答的形式詼諧地表達官位低微之原因，另有揚雄〈解嘲〉、班固〈答賓戲〉等，鮑照此詩便是應此傳統而來，以回答「問君何所思」爲由，表現自我性情與政治態度。

首先點明出於寒門，本爲蓬蓽之士，所賴的就是自身的文才與學識。其後說明自己放縱、隨性，喜愛之物偏面越規，但仍追求自適，不計較聲名富貴。樂則飲酒，憂來賦詩便是人生的意趣，儘管交游漸少，仍以此自處。由當下的境遇想到生命的短暫、脆弱與世道的險巇，甚於絃絲，並爲自己的脾性感到擔憂，因爲在紛亂的政治環境中，置身官場或躲藏隱居都違背時俗的要求。這是寒人面對仕隱抉擇的內心寫照，一方面無任何的門第資望能使其淡退自處，推讓爲高，另一方

〔註98〕《先秦漢魏晉南北朝詩》，頁1286。

面又畏懼官場的險惡和憎厭仕途的齷齪，〔註99〕致使一生都陷於仕途的泥淖中，誠如王文進先生所言：「鮑照的生命代表著寒士階層在仕途上進退皆苦的處境。退則無家業足以怡然自養，進則宦海蒼茫，一生只能在卑職低位中折騰消磨。」〔註100〕所以詩末他尋求客人指點立身之道的要訣，期能走出進退兩難的境地，不過詩便戛然而止，不見客人的回答，因為詩人心中的意向已定，沮喪時有詩酒相伴，在仕宦生涯中去開拓自我的理想。

二、建功立業之懸念

南朝君主雖任用寒人掌機要，但選拔官員時，仍優待高門世族，對庶族寒門則有「限年之制」，即不滿三十歲不得當官，所謂「甲族以二十登仕，後門以三十試吏」。〔註101〕名門子弟，起家即作祕書郎、著作佐郎等清閒之職，居官數旬即可昇遷，但寒門若要躋身高位，只能憑藉著軍功或恩倖二途。〔註102〕如鮑照因「以才學知名」，故任為中書舍人，《南史》中將鮑照與巢尚之等人並稱為「恩倖」。〔註103〕另一寒門出身的詩人吳均，除多方投書、贈詩，希冀憑文學而入仕外，亦期盼能給予建立軍功的機會，如〈贈柳真陽詩〉：

> 王孫清且貴，築室芙蓉池。羅生君子樹，雜種女貞枝。
> 南窗帖雲母，北戶映琉璃。銜書轆轤鳳，坐水玉盤螭。
> 朝衣茱萸錦，夜覆葡萄卮。聯翩騁赤兔，窈窕駕青驪。
> 龍泉甚鳴利，如何獨不知。〔註104〕

題名真陽或許是貞陽之誤，柳真陽似指柳惔。因為柳惔之父柳世隆，

〔註99〕 葛曉音，〈略論鮑照的不平之鳴〉，《漢唐文學的嬗變》（北京：北京大學出版社，1990年），頁333。
〔註100〕 王文進，《仕隱與中國文學——六朝篇》（臺北：臺灣書店，1999年），頁158。
〔註101〕 〔隋〕姚察等著，《梁書》，卷1，頁23。
〔註102〕 王鍾陵，《中國中古詩歌史》，頁599。
〔註103〕 〔唐〕李延壽，《南史》，卷77，頁1914。
〔註104〕 《先秦漢魏晉南北朝詩》，頁1731。

於宋昇平二年封貞陽縣侯，齊建元元年進爵爲公，﹝註105﹞詩中所言之王孫應指襲其爵者的柳惔。吳均以詩相贈，似有要求從軍立業之願，據《梁書·武帝本紀》載：「（天監四年）冬十月丙午，北伐，以中軍將軍、揚州刺史臨川王宏都督北討諸軍事，尚書右僕射柳惔爲副。」﹝註106﹞又詩末有云「龍泉甚鳴利，如何獨不知」，當中的龍泉乃是寶劍名，晉王嘉《拾遺記·顓頊》云：「有曳影之劍，騰空而舒，若四方有兵，此劍則飛起指其方，則剋伐；未用之時，常於匣里如龍虎之吟。」﹝註107﹞寓含著建功邊陲之意。詩中具體描寫了王孫所居處的顯貴環境，其實亦是詩人心之所向：屋室外有荷花池、松樹、女貞的自然綠意，窗飾以雲母、琉璃構成，加上雕刻精緻的轆轤鳳、玉盤螭，顯得一片富麗堂皇，並且過著錦衣玉食、乘駕駿馬的優渥生活。此詩在描繪自然之美時，少見飄逸灑脫之自適；形容富貴時，也非高貴典雅之雍容，而是帶有一種歆羨之情，詩人期盼透過軍功而騰達。

　　南朝士族多鄙薄武事，以文儒爲貴，不事戎旅；寒士則馳騁沙場，以軍功爲進身之階，如王伊同《五朝門第》所言：「蓋豪門後裔，生而富貴，仕宦超擢，殆有定規。寒士則唯持才能，處囊自顯，之以江左功業之士，多出寒門。」﹝註108﹞儒雅文士雖無勒銘封侯之行動，但卻能懷有慷慨的雄調壯節，尤其身處偏安之政局，若能回師中原，便可解神州之思，故對建功立業懷有著文學之想像，以答贈出征友人之作來表達內心的激動與寄望。如裴子野〈答張貞成皋詩〉：

　　匈奴時未滅，連年被甲兵。明君思將帥，方聽鼓鼙聲。
　　吾生恣逸翮，撫劍起徂征。非徒慕辛季，聊欲逞良平。
　　出車既方軌，絕幕且橫行。豈伊長纓繫，行見黃河清。

﹝註105﹞〔唐〕李延壽，《南史》，卷38，頁984。
﹝註106﹞〔隋〕姚察等著，《梁書》，卷2，頁42。
﹝註107﹞〔晉〕王嘉，《拾遺記》，《景印文淵閣四庫全書》（臺北：臺灣商務印書館，1983年），冊348，頁314。
﹝註108﹞王伊同，《五朝門第》（成都：金陵大學中國文化研究所，1943年），頁86。

　　雖令懦夫勇，念別猶有情。感子盈編贈，握玩以為榮。

　　跂子振旅凱，含毫備勒銘。〔註109〕

詩歌起首以漢胡戰役為時空架構，營造率軍遠征的壯闊氛圍，其後寫友人的神態雄姿。第七句的「辛」指戰國趙人劇辛，曾與樂毅、鄒衍先後入燕國，參與伐齊、趙之戰；〔註110〕「季」指柳下季，《戰國策》曾載：「昔者秦攻齊，令曰：『有敢去柳下季壟五十步而樵采者，死不赦。』令曰：『有能得齊王頭者，封萬戶侯，賜金千鎰。』由是觀之，生王之頭，曾不若死士之壟也。」〔註111〕可知其賢名、品德之高。第八句的「良」、「平」乃是輔助劉邦建立漢朝帝業之功臣張良、陳平，詩中用「非徒」、「聊欲」表現友人之志不僅在效慕良將賢士，更要為君王建立不朽之功業，口氣甚是壯大，也投射出詩人胸襟之豪邁。九、十句懸想友人英勇擊退敵軍，馳騁縱橫於大漠之中，第十一、二句便是用西漢終軍的典實：「願受長纓，必羈南越王而致之闕下。」〔註112〕是對友人出征壯舉的讚嘆，亦包含了詩人自身的宏願。詩末更以東漢將軍竇憲與執金吾耿秉，出塞千里，大破北單于於稽落山下，後登燕然山，由班固揮筆作銘，刻石勒功之典故，〔註113〕來遙祝友人，依舊是雄邁壯懷之語氣。詩中多舉漢代之人事，戰爭的刻劃亦以距離江南萬里之遙的大漠出塞為主，即如王文進先生所指出：「對於偏安江南的士人而言，挾恃著歷史的羽翼，奔馳昔日奮威沙漠的回憶，的確是一件難以忘懷的美夢。」〔註114〕夢想與現實總是隔著一段距離，士人以贈詩寄託著建功之念，卻在多次征魏之戰，潰敗收場中，徒留慷慨之氣概。

〔註109〕　《先秦漢魏晉南北朝詩》，頁 1790。

〔註110〕　〔漢〕司馬遷著，裴駰集解，《史記》，卷 34，頁 1558。

〔註111〕　〔漢〕劉向集錄，《戰國策》，卷 11，頁 408。

〔註112〕　〔漢〕班固著，顏師古注，《漢書》，卷 64 下，頁 2821。

〔註113〕　見〔劉宋〕范曄，《後漢書》，卷 23，頁 814～817。

〔註114〕　王文進，〈南朝文人的「歷史想像」與「山水關懷」〉，《南朝邊塞詩新論》（臺北：里仁書局，2000 年），頁 247。

　　邊境戰爭是從軍立功的良機，平定內亂亦是武將展露身手的機會，詩人對於戰功稱揚、嚮往之餘，也看見了戎事的殘酷，故在詩中表現自身的政治關懷，如朱超〈贈王僧辯詩〉：

　　　　故人總連率，方舟下漢池。玉節交橫映，金鐃前後吹。
　　　　聚圖匡漢業，傾產救韓危。昔時明月夜，蔭羽切高枝。
　　　　沖天勢已遠，控地力先疲。各言獻捷後，幾處泣生離。
　　〔註115〕

王僧辯乃梁之名將，曾受蕭繹之命與陳霸先一同大敗侯景。從詩中的「匡漢業」、「救韓危」來看，可見所描寫的應是平定侯景之役。前半段描述出征時軍樂四起，聲勢浩大，後半則寫戰事紛亂已定，但政事之治理卻委頓不堪，所以雖傳捷報，但卻無喜悅之情。對照史實所記，王僧辯攻克台城之時，竟放任部屬大肆搶掠，故有「僉以王師之酷，甚於侯景」之譏。〔註116〕此詩應有勸誡故友之意，詩人在企望建功立業之餘，亦有對民生之關懷。因此，詩人在作品中所流露出的建功抱負，則帶有「俠」的氣質。雖然俠的行徑有遭人指謫之處，後人對其形象懷有著正義的迷思，〔註117〕但無可否認的在詩歌的詠嘆中，已形成文學的表徵，如曹植〈白馬篇〉就借「幽并游俠兒」之口吻，抒發內心建功立業的渴望。游俠旨在勇凌強胡、揚聲邊睡，亦是詩人「建永世之業，流金石之功」的理想體現，〔註118〕於是帶劍縱橫的俠客與邊塞立功的少年英雄形象疊合，由復仇犯禁、代友刃仇，轉化為建功邊塞、報效君恩，有著英武之氣與義酬知遇的熱情。如吳均〈贈周興嗣詩〉四首之四的結句「安得湛盧劍，以報相知恩」，〔註119〕即是俠

客口吻，豪情壯志激盪字裡行間。但詩人終究非俠士，而是渴望能在
仕途中有所揚名，所以現實的殘酷使其放下了浪漫的遙想，回到當下
憂嘆仕宦生涯的不如己意。故蕭子雲有贈詩加以安慰：

> 欲知健少年，本來最輕點。綠沈弓項縱，紫艾刀橫拔。誰
> 持命要寵，寧知敵可殺。有功終不言，明君自應察。〔註120〕

以輕點來點出游俠的特徵，並刻畫拉弓拔刀之英姿，以及殺敵建功的
抱負，相信友人有朝一日會得到君主的賞識。吳均在詩中也曾吐露建
功邊陲，希望以此舉獲得帝王青睞，如〈贈別新林詩〉提及：

> 僕本幽并兒，抱劍事邊陲。風亂青絲絡，霧染黃金羈。
> 天子既無賞，公卿竟不知。去去歸去來，還傾鸚鵡杯。
> 氣爲故交絕，心爲新知開。但令寸心是，何須銅雀臺。

〔註121〕

新林，即新林浦，在建康附近，故別新林代指別京都。開頭即自稱爲
游俠，立志揚聲邊陲，爲國赴命，表現他對立功的渴望與嚮往。但是
君主無賞，公卿不知的疏遠，使他不禁無奈喟嘆。於是興起了歸隱之
念，但詩人並非眞正放下仕進之心，因爲結句的「但令寸心是，何須
銅雀臺」正是寒素士人期盼建功立業的標誌。

三、感士不遇之悲慨

　　所謂的「士不遇」是指古代士人於政治仕途上的坎坷失意，如求
不得官，說不得用，官不得升，官不得久。〔註122〕兩漢的士人多藉
由辭賦創作來表現不遇的憤慨，如賈誼〈弔屈原賦〉、嚴忌〈哀時命〉、
董仲舒〈士不遇賦〉、司馬遷〈悲士不遇賦〉等，是後來文人詩中抒
發不遇情感的借鑒材料。南朝士人若非出自一流高門，可坐至公卿，
則因仕途之不順遂，多擔任藩屬僚佐等職，須連年離鄉在外，處於顛
沛奔波的勞頓中，故在與僚友往還相贈的詩歌中呈現羈旅艱苦，以及

〔註120〕　〈贈吳均詩〉，《先秦漢魏晉南北朝詩》，頁 1886。
〔註121〕　《先秦漢魏晉南北朝詩》，頁 1735。
〔註122〕　劉周堂，〈論文士不遇〉，《中國文學研究》期 1（1997 年），頁 7。

作客異鄉的悲愁，是未見擢升的不遇之感。在朝為官如身處大海，時而風平浪靜，時而濁浪滔天，除帝王個人好惡外，亦有來自御史臺彈劾參奏的可能，所以有免官、貶遷等仕宦遭遇，士人難以掌握自己的出處進退，故失意者能在贈答詩中宣洩牢騷，友朋則借答贈詩歌來給予慰藉，期盼能在仕途不遇中逢遇知己。

（一）羈旅懷鄉

漂泊的宦旅生涯，使懷才不遇之激憤化為無奈的感嘆，贈詩給同是宦遊人的朋友，則較能體會箇中之艱辛，吐露厭倦名利場中的奔波，以及因公事使役而人漸趨憔悴的傷感。如何遜〈贈諸遊舊詩〉：

> 弱操不能植，薄伎竟無依。淺智終已矣，令名安可希。
> 擾擾從役倦，屑屑身事微。少壯輕年月，遲暮惜光輝。
> 一塗今未是，萬緒昨如非。新知雖已樂，舊愛盡暌違。
> 望鄉空引領，極目淚沾衣。旅客長憔悴，春物自芳菲。
> 岸花臨水發，江燕遶檣飛。無由下征帆，獨與暮潮歸。
> 〔註123〕

詩的開頭自謙操守軟弱、才智短淺，故在混濁的宦海中浮沉多年，卻無法進取，獲得美好聲名。官府之事紛雜忙亂，勞碌一生仍是位卑身微，不免有所感慨。於是悔悟自己的出仕，化用陶淵明〈歸去來辭〉中「實迷途其未遠，覺今是而昨非」，〔註124〕之意，暗示期望改變生活，由此延伸出別離之思，可見羈旅中的孤獨寂寞。之後以自然之景不受人事干擾與紛亂的世間形成對比，芳菲反襯出作客異鄉的憔悴。結句中仍表現出徘徊於仕隱之間的無奈。不過，戎旅的生活更讓士人有身倦心疲的感受，除居處異地的陌生孤寂，行軍的匆促與武裝的戒備愈為艱辛。透過與友人的贈答酬和來抒發苦辛，並在詩歌的交流中一解友誼之相思，如柳惲、吳均之間的贈答之作。先看〈贈吳均詩〉三首：

> 寒雲晦滄洲，奔潮溢南浦。相思白露亭，永望秋風渚。

〔註123〕 《先秦漢魏晉南北朝詩》，頁 1685。
〔註124〕 〔清〕嚴可均輯校，《全上古三代秦漢三國六朝文》，頁 2097-1。

心知別路長，誰謂若燕楚。關候日遼絕，如何附行旅。
願作野飛鳥，飄然自輕舉。

遠遊濟伊洛，秣馬度清漳。邯鄲饒美女，豔色含春芳。
鼓瑟未成曲，踟躕復踟翔。我本遊客子，情愛在淮陽。
新知誰不樂，念舊苦人腸。

夕宿飛狐關，晨登磧礫坂。形爲戎馬倦，思逐征旗遠。
邊城秋霰來，寒鄉春風晚。始信隴雪輕，漸覺寒雲卷。
徭役命所當，念子加餐飯。〔註125〕

天監二年（503），柳惲任吳興太守，將鬱鬱不得志的吳均引爲主簿，並常與之唱和作答。天監四年，梁朝率師北伐，吳均有建功之志，故請求從軍遠行。從詩中內容來看，確實是表達軍旅友人的關心。第一首以相隔兩地之遠，來加強別離思念之深，寒雲、白露、秋風更點染了寂寞蕭瑟的氣氛。第二首則設想對方行軍的景況，不斷地在奔波忙碌，詩人雖身在城中，物質享樂無缺，但思舊的情緒依然令人斷腸。第三首仍以遙想的方式下筆，以晨、夕時間意象的對比表示行進的快速，飛狐關、磧礫坂則指前線一帶。行軍至此想必故人的身形已爲戎馬的長途跋涉而勞倦，也自然地牽引出思鄉的愁緒，但詩人告訴故友徭役本如此艱辛，勉勵他在軍旅中應多保重，雖是平常話語，卻讀來情眞意切。吳均則有〈答柳惲詩〉與之回應：

清晨發隴西，日暮飛狐谷。秋月照層嶺，寒風掃高木。
霧露夜侵衣，關山曉催軸。君去欲何之，參差間原陸。
一見終無緣，懷悲空滿目。〔註126〕

前六句皆描寫從軍生活的艱難，日夜行旅的匆忙，邊境氣候條件又十分惡劣，故讓詩人在接獲來贈之詩時，不禁滿懷憂傷，儘管能借詩歌傾訴心情，但終究不敵見面互話的慰藉。倦於羈旅除延伸出別離之情，亦有鄉園之思，如何遜〈日夕出富陽浦口和朗公詩〉：

客心愁日暮，徙倚空望歸。山煙涵樹色，江水映霞暉。

〔註125〕《先秦漢魏晉南北朝詩》，頁1674～1685。
〔註126〕《先秦漢魏晉南北朝詩》，頁1731。

　　　　獨鶴凌空逝，雙鳧出浪飛。故鄉千餘里，茲夕寒無衣。
　　〔註127〕

此時的詩人在會稽郡，任廬陵王記室的吏職，〔註128〕遠離家鄉的何遜
面對蒼茫的暮色，不禁為自身的孤獨感到悲愁，也興起了遊子懷鄉的
情感。起首的「客」字是其詩中常用的自謂，表達了居無定所的悲哀，
以及不知何時得歸的感慨。在秋氣漸深的時分，故鄉的遙遠與無禦寒
之衣，更讓詩人有著消沉悲涼的意緒。羈旅的倦游除因身心的勞累、
離鄉的思念外，最主要的仍是士人在仕途中位卑境窮的緣故，尤其見
友人仕宦順利，更有自慚形穢的感傷，如何遜〈答丘長史詩〉：

　　　　宿昔敦遠遊，名分乃異路。千里沂波潮，一朝披雲霧。
　　　　從容捨密勿，繾綣論襟趣。披文極詆訶，析理窮章句。
　　　　明鍾信有待，巨海誰能喻。奔景驟西傾，還途忽東騖。
　　　　黃花發岸草，赤葉翻高樹。漁舟乍回歸，沙禽時獨赴。
　　　　宴年時未幾，離歌俄成賦。伊我念幽關，夫君思贊務。
　　　　短翮方息飛，長轡日先驅。曝鰓□□走，逸翮康時務。
　　　　握手異沈浮，佳期安可屢。〔註129〕

丘長史乃指丘遲，寫了〈贈何郎詩〉給何遜表達思念，故遜以此詩答覆。
開頭便點出了兩人因官職不同而分道，憶及昔日相聚賞文、高談闊論的
歡愉景況，並且讚美丘遲的學識浩瀚與品德高尚。可惜時光易逝，歡宴
之年為時不久，便將分離。自「伊我念幽關」起便與友人的仕宦之途相
互對比，詩人因不遇而懷想隱居，丘遲卻能發揮所長，贊助王家公務；
詩人以比喻手法述說自己在微官中蹉跎，丘遲則天天在仕途上有所進
展；「曝鰓」是古代傳說，大魚集於龍門之下，能上者為龍，不上者僅
得曝鰓龍門，〔註130〕比喻處境困頓，但詩人仍在挫折中奔走仕途，丘

〔註127〕　《先秦漢魏晉南北朝詩》，頁1703。
〔註128〕　見蔣立甫，〈何遜年譜簡編〉，劉暢、劉國珺注，《何遜集注陰鏗
　　　　　集注》（天津：天津古籍出版社，1988年），頁188。
〔註129〕　《先秦漢魏晉南北朝詩》，頁1683。
〔註130〕　見〔唐〕歐陽詢主編，汪紹楹校，《藝文類聚》（上海：上海古
　　　　　籍出版社，1999年），卷96，頁1663。

遲則飛黃騰達，官高順利，政務康泰。所以詩末歸結兩人在宦途中一升一浮，流露出宦游在外，位卑不遇的感傷。在〈寄江州褚諮議詩〉中，雖傷褚官不高，但何遜更表明倦游官場，已無進取之心，「終是填溝壑」而已，〔註131〕可見仕途的失意與困窘。

　　所謂「坎壈兮貧士失職而志不平，廓落兮羈旅而無友生」，〔註132〕窮困際遇、旅寓在外的孤獨，容易使人自傷自憫，於是找尋歷史中同樣遭逢不遇的文士，已為心靈之安慰，並將目光投向山林，希冀不再飽受宦途的折磨，如吳均的兩首贈詩：

> 子雲好飲酒，家在成都縣。製賦已百篇，彈琴復千轉。
> 敬通不富豪，相如本貧賤。共作失職人，包山一相見。（〈贈
> 周散騎興嗣詩〉二首之一）
>
> 相送出江潯，淚下沾衣襟。何用敘離別，臨歧贈好音。
> 敬通才如此，君山學復深。明哲遂無賞，文華空見沈。
> 古來非一日，無事更勞心。（〈發湘州贈親故別詩〉三首之一）
> 〔註133〕

詩人多舉不得志的文士來比喻自身的處境，如第一首以司馬相如出身貧賤，來自比是寒門素族的身分；子雲，乃指漢代揚雄，史載其「惟寂寞，自投閣」，〔註134〕過著窮居著書的生活；敬通，是漢代馮衍，曾遭免官，後上書自辯，終不見用，潦倒而死。著有〈顯志賦〉來自傷不遇，其云：「久棲遲于小官，不得舒其所懷。抑心折節，意悽情悲。」〔註135〕第二首中亦取馮敬通入詩，可見吳均將此視為仕途之寫照。另外，君山是漢朝桓譚，有文才，並且擅長經學與音樂，但曾因勸諫皇帝不應以讖緯來決斷政事，而被降為六安郡丞，〔註136〕故詩人將其作為自身懷才不

〔註131〕　《先秦漢魏晉南北朝詩》，頁1684。
〔註132〕　〔漢〕王逸章句，洪興祖補注，《楚辭補注》，頁183。
〔註133〕　以上二首分見《先秦漢魏晉南北朝詩》，頁1739、1735。
〔註134〕　〔漢〕班固著，顏師古注，《漢書》，卷87下，頁3584。
〔註135〕　〔清〕嚴可均輯校，《全上古三代秦漢三國六朝文》，頁578-1。
〔註136〕　事見〔劉宋〕范曄，《後漢書》，卷28上，頁955～961。

遇的投射對象。只是前一首才因多年羈旅在外，卻求職無門的乏倦，吐露欲歸隱之意向，但後一首又訴說空有才學、無人見賞的悲怨，心中煩擾著宦途的浮沉，是當時寒士們徘徊於出處間的無奈與哀傷。

（二）貶謫失意

中國古代士人以出仕爲理想目標，可是一旦踏上浮沉的宦途，失意不遇、貶謫免官乃是普遍的現象，所謂「減秩居官，前代通則。貶職左遷，往朝繼軌」。〔註137〕文學家除了直抒胸臆訴說自身的不幸，對遭讒被貶表示憤慨之情外，亦需要知心朋友的同情、理解與安慰，故可見被貶士人與朋友的酬唱贈答來排遣胸中的鬱悶。在贈答詩中能見抒發被貶的不平與哀怨，以及由仕途不遇延伸爲苦無知音的感嘆，並寄託戀君思闕之情。如劉孝綽〈酬陸長史倕詩〉：〔註138〕

> 王粲始一別，猶且歎風雲。況余屢之遠，與子亟離群。
> 如何持此念，復爲今日分。分悲宛如昨，弦望殊揮霍。
> 行舟雖不見，行程猶可度。度君路應遠，期寄新詩返。
> 相望且相思，勞朝復勞晚。薄暮闇人進，果得承芳信。
> 殷勤覽妙書，留連披雅韻。洌洲財賦總，慈山行旅鎮。
> 已切臨眈情，遽動思歸引。歸歟不可即，前途方未極。

據史書所載：「孝綽爲廷尉，攜妾入廷尉，其母猶停私宅。洽尋爲御史中丞，遣令史劾奏之，云『攜少妹於華省，棄老母於下宅。』武帝爲隱其惡，改妹字爲妹。孝綽坐免官。」〔註139〕此詩當作於免官之後，向好友陸倕傾訴內心的情意。以王粲〈贈蔡子篤〉中「風流雲散，一別如雨」的離情起意，〔註140〕訴說兩人分別之後難再重逢的感慨。其次，描述殷切盼望接到對方音訊的心情，以及承信、覽信後的寬慰，並引起思歸的心緒。接下來，進入整首答詩的重心，即是敘述被免職

〔註137〕 〔梁〕沈約，〈立左降詔〉，見〔清〕嚴可均輯校，《全上古三代秦漢三國六朝文》，頁3104-1。
〔註138〕 以下引詩見《先秦漢魏晉南北朝詩》，頁1833。
〔註139〕 〔唐〕李延壽，《南史‧劉孝綽傳》，卷39，頁1011。
〔註140〕 《先秦漢魏晉南北朝詩》，頁357。

後的隱居生活，帶出內心的憂悶與思返朝廷的願望。

> 覽諷欲謨誚，研尋還慨息。來喻勗雕金，比質非所任。
> 虛薄無時用，徘徊守故林。屏居青門外，結宇霸城陰。
> 竹庭已南映，池牖復東臨。喬柯貫簷上，垂條拂戶陰。
> 條開風暫入，葉合影還沈。帷屏溥早露，階霤擾昏禽。
> 衡門謝車馬，賓席簡衣簪。雖愧陽陵曲，寧無流水琴。
> 蕭條聊屬和，寂寞少知音。平生竟何托，懷抱共君深。
> 一朝四美廢，方見百憂侵。曰余濫官守，因之汘廬久。
> 水接淺原陰，山帶荊門右。從容少職事，疲病疏僚友。

「覽諷欲謨誚，研尋還慨息」則是詩人想要忘卻對於他的一切責備、譏刺，但仍不免深深嘆息。據史書本傳所載，孝綽自幼便有盛名，受到前輩的喜愛，甚至連武帝也觀覽其文，篇篇嗟賞。由於他倚才使氣，隨意而行，故常對人不敬，因此召來免職的禍害。如「領軍臧盾、太府卿沈僧晏等並被時遇，孝綽尤輕之。每於朝集會同，處公卿間無所與語，反呼騶卒訪道途間事，由此多忤於物，前後五免。」〔註141〕劉孝綽既以文才見賞，故友人的來信勸勉其繼續寫作，但詩人卻自謙才力薄弱不能被重用，只有徘徊故林，過著隱居生活。雖言「衡門謝車馬，賓席簡衣簪」，生活過得寧靜簡樸，少見簪纓縉紳的往來，但詩人並非甘心做個忘卻俗務的隱士，因其云「屏居青門外，結宇霸城陰」，「青門」乃指漢代長安城東南的霸城門，因城門為青色，故俗稱之，後泛稱京城城門。雖指隱居之地，但仍可見其心中還是期待返回仕途的機會。對於那些詆毀的人，作者以「陽陵曲」為比，即為「陽阿」，是一古曲名，典出於宋玉〈對楚王問〉：「其為〈陽阿〉、〈薤露〉，國中屬而和者數百人。」〔註142〕認為自己曲高和寡，才遭到罷黜，有「寂寞少知音」的無奈。感傷一生的抱負將無所寄託，忽然遭逢免官，「四美」將不復存在，四

〔註141〕見〔唐〕李延壽，《南史‧劉孝綽傳》，卷39，頁1012。
〔註142〕〔清〕嚴可均輯校，《全上古三代秦漢三國六朝文》，頁78-2。

種美好之事,乃指治、安、顯、榮,語出漢代賈誼《新書·脩政語上》:「故人主有欲治安之心,而無治安之故者,雖欲治顯榮也,弗得矣。故治安不可以虛成也,顯榮不可以虛得也。故明君、敬士、察吏、愛民,以參其極,非此者,則四美不附矣。」〔註143〕詩人將內心的幽憤向友人傾訴,既然出仕遭逢困境,便有退藏之念,期望在處隱生活中撫慰心靈。

> 賈生傳南國,平子相東阿。優游匡贊罷,縱橫辭賦多。
> 方才幸同貫,無令絕詠歌。幽谷雖云阻,煩君計吏過。

詩末又回到對陸倕之思念,只是詩人再以賈誼、張衡自比,認為己懷有匡正輔佐之心,博學善屬文,應可再返回仕朝。張溥在《劉秘書集題辭》中言:「有公輔之姿,而抱箕斗之怨。……孝綽以詩失黃門,以詩得黃門,風開風落,應遇皆然,知無恤於人之多言矣。」〔註144〕可謂深中肯綮。結句則表示雖然居處在幽深的山谷,但仍然期望對方能來拜訪,傳達對其之想念,亦和首段之情思,遙相對應。在免官不遇之時,藉由詩歌的往返相贈,排解內心的憂悶。

處於貶謫逆境者,若能接獲友人的贈詩,想必能有所慰藉,產生官場雖無知遇但人生卻有知己的想法,消除不得志的鬱結。如蕭梁將軍陰子春,史載其「身服垢汙,腳數年一洗,言每洗則失財敗事,云在梁州,以洗足致梁州敗」。〔註145〕因大戰失敗而遭貶遷,故荀濟作〈贈陰梁州詩〉贈之。荀濟之仕途亦是不順,因不得志,常懷悒怏,〔註146〕所以在贈詩中有相憐相濡之感。首先,安慰友人遭逢貶謫乃是有著剛直性情,不願趨炎附勢:

〔註143〕 〔漢〕賈誼,《新書》(臺北:臺灣中華書局,1981年),卷9,頁189。

〔註144〕 〔明〕張溥輯,殷孟倫注,《漢魏六朝百三家集題辭注》(北京:人民文學出版社),1963年,頁246。

〔註145〕 〔唐〕李延壽,《南史·陰子春傳》,卷64,頁1555。

〔註146〕 見〔唐〕李延壽,《北史·荀濟傳》(臺北:鼎文書局,1980年),卷83,頁2786;《先秦漢魏晉南北朝詩》,頁2070。

　　副尉西域返，伏波南海還。坎壈多攜難，鬱怏少騰遷。

　　孰云功未立，寧是契不全。直爲逢迎寡，良由聽受偏。

　　若人本高絕，芬馥邁蘭荃。〔註147〕

表達了對征旅艱辛付出卻未見升遷的同情，並相信友人若貞高絕俗，
終會相遇明君和知音。因鋒芒外露，難免引起嫉妒，故此番征戰不利
並非領導無方，勉勵友人重拾信心，將能再起：

　　驅車趨折坂，匡坐酌貪泉。洗幘豈虛唱，席皮良信然。

　　群醉嫉孤醒，眾媸恐獨妍。龍旗翻委鬱，鷁軸更迴邅。

　　鶗勢終橫海，鵬力會沖天。

之後回憶起兩人昔日交遊的美好時光，並說明所持之抱負，以及別離
後的思念，讓友人不感孤寂，有著友情的慰藉：

　　結綬惟貢公，推名實鮑子。徒然懷伏劍，終無報國士。

　　高懷不可忘，劍意何能已。已作金蘭契，何言雲雨別。

　　咄嗟改容鬢，俄頃彌年歲。

其中的「貢公」乃指漢代貢禹，屢次上書言朝事得失，主張選賢能，
誅奸臣，罷倡樂，修節儉。〔註148〕鮑子是管仲口中「知我者」的鮑
叔牙。〔註149〕以自身懷才不遇的處境仍不忘高遠的懷抱來敦勉友
人，並表示兩人能相互瞭解，情誼深切，可以互訴衷曲。於是之後荀
濟傾訴自己問津無人的仕宦生涯，有同病相憐之嘆：

　　僕本不平人，悲愁眉亦顰。年來空自老，歲去不知春。

　　未能全體命，於中欲問津。五噫如適越，十上似遊秦。

　　肌膚積霜露，脅力倦風塵。烏裘日日故，白髮朝朝新。

詩中的「五噫」是指東漢梁鴻的五噫歌。漢章帝時，梁鴻過京都洛陽，
見宮殿巍峨富麗，感嘆耗費了巨大民力，而作此歌諷世，帝聞知不悅，
下詔搜捕，其南逃至吳。〔註150〕「十上」指多次上書言事，《戰國策》

〔註147〕　含以下引詩皆見《先秦漢魏晉南北朝詩》，頁2070～2071。

〔註148〕　〔漢〕班固著，顏師古注，《漢書》，卷72，頁3069～3080。

〔註149〕　〔漢〕司馬遷著，裴駰集解，《史記》，卷62，頁2132。

〔註150〕　〔劉宋〕范曄，《後漢書》，卷83，頁2765～2766。

載：「蘇秦始將連橫說秦惠王 ……說秦王書十上而說不行。黑貂之裘弊，黃金百斤盡，資用乏絕，去秦而歸。」〔註151〕用此二典乃是符合荀濟之生平經歷，因為荀濟多次上書譏佛法，言營費太甚，梁武將誅之，遂奔魏。〔註152〕詩人與其故友皆處在仕途躓踣之時，故有濡沫涸轍之用意。

> 人生感意氣，相知無富貴。懷趙實廉頗，思燕唯樂毅。
> 大選咆咻士，廣募嫖姚尉。映月比刀環，瞻星看劍氣。
> 郢路一迢遠，長楸幾戲欷。渤澥水尚寬，崦嵫日猶未。
> 丈夫志四海，兒女多辭費。待余濟濁河，從君宿清渭。

詩末仍再次勉勵陰子春有廉頗、樂毅等名將之才，故應懷有壯志豪情，在漫漫仕途中實現建功立業的抱負與理想，放下被貶謫的寂寥哀怨，因為詩人將前來相伴，安慰失意的友人。

　　貶謫士人多有埋怨牢騷乃人之常情，若本身富有才華又得君主賞愛，那麼一時的不得志只是平順宦途中的一段插曲，尤其出於高門的身分，則更有機會受到拔擢，看在長期處於卑官境窮的士人眼中，他們被謫遷所發出的怨言實無法與自己不遇、受挫的仕宦生涯相比。此外，失意士人的相互答贈，能有「同是天涯淪落人」的共鳴，彼此取暖以達安慰。但若二人心境不同，以樂己憫人之語相贈，則非相濡相憐之意，而是有另一風貌的展現。如何遜的〈南還道中送贈劉諮議別詩〉，劉諮議指的是劉孝綽，士族子弟，其文才為名流所重，更是梁武帝的文學侍臣。此時孝綽因事免，得遠赴郢州任安成王蕭秀的諮議參軍，但何遜自外放江州任建安王蕭偉記室，已近五年，此番返京心情自然愉悅。所以雖為別離贈詩，但無哀慨傷懷之語。但當詩人正沉浸在歸鄉的美好展望之際，友人卻正滿懷去京遠宦的謫遷愁思，故提筆給予安慰：

> 夫君日高興，為樂坐驕奢。室墮傾城佩，門交接憶車。

〔註151〕〔漢〕劉向集錄，《戰國策》，卷3，頁78～85。
〔註152〕〔唐〕李延壽，《北史·荀濟傳》，卷83，頁2786。

　　　　入塞長雲雨，出國暫泥沙。握手分歧路，臨川何怨嗟。
〔註153〕

雖是免官家居，但室中時有傾國傾城的美人，門外有達官顯宦的車
轍相接，並不勞苦反而十分享樂。以龍爲喻，指劉孝綽入仕顯達，
且常受蕭衍的恩澤，如今遷出京外，只是暫處泥沙之中，無須在臨
川握別之際，怏怏咨嗟。詩人將寬慰之情以戲謔、調侃的方式相贈，
可見其相知之深，也表現了對友人心境的眞誠理解。劉孝綽有其答
詩，因正逢失意不遇，故多言仕宦生涯的身不由己、艱辛不易，〈答
何記室詩〉云：

　　　　遊子倦飄蓬，瞻途杳未窮。晨征凌逆水，暮宿犯頹風。
　　　　出洲分去燕，向浦逐歸鴻。蘭芽隱陳葉，荻苗抽故叢。
　　　　忽憶園間柳，猶傷江際楓。吾生棄武騎，高視獨辭雄。
　　　　既殫孝王產，兼傾卓氏僮。罷籍睢陽圃，陪謁建章宮。
　　　　紛余似鑿枘，方圓殊未工。黑貂久自弊，黃金屢已空。
　　　　去辭追楚穆，還耕偶漢馮。巧拙良爲異，出處嗟莫同。
　　　　若厭蘭臺右，見訪灞陵東。〔註154〕

前六句傳達仕途漂泊不定，前途杳渺未知，以及羈旅的艱辛，寄託歸
思之情。「蘭芽」，常比喻子弟挺秀，表示生機難扼，只是憶及故鄉的
親友，仍不免傷感。「棄武騎」典出於《史記·司馬相如傳》：「（相如）
事孝景帝，爲武騎常侍，非其好也。會景帝不好辭賦，是時梁孝王來
朝，從游說之士齊人鄒陽、淮陰枚乘、吳莊忌夫子之徒，相如見而說
之，因病免，客游梁。梁孝王令與諸生同舍，相如得與諸生游士居數
歲，乃著子虛之賦。」〔註155〕孝綽以辭藻爲後進所宗，享有盛名，
故能仗氣負才傲視群雄。「孝王產」指的是漢梁孝王劉武，史載其「府
庫金錢且百巨萬，珠玉寶器多於京師」。〔註156〕「卓氏僮」，據《史

〔註153〕　《先秦漢魏晉南北朝詩》，頁 1687。
〔註154〕　《先秦漢魏晉南北朝詩》，頁 1835。
〔註155〕　〔漢〕司馬遷著，裴駰集解，《史記》，卷 117，頁 2999。
〔註156〕　〔漢〕司馬遷著，裴駰集解，《史記》，卷 58，頁 2083。

記‧貨殖列傳》載，卓氏祖先趙國人，秦破趙後被遷到蜀，居於臨邛，
冶鐵致富，有家僮千人。﹝註157﹞可見孝綽出身於富裕的士族家庭，
亦是其心中的理想生活。「睢陽囿」乃是梁孝王在睢陽所建的園林，
在此廣納賓客、名士，象徵孝綽侍宴於梁武帝。其後以「方鑿圓枘」
比喻不相投合，「裘敝金盡」語本《戰國策》，形容貧困失意的樣子。
﹝註158﹞以此說明自己被讒，故免官去職，於是懷古傷今，找尋相同
遭遇的前人，來達到某種程度的慰藉。﹝註159﹞如「楚穆」指的是漢
人穆生，史載，楚元王交敬禮穆生，常為設醴，後交孫戊嗣位，忘設
醴，穆生知其意怠，遂去；﹝註160﹞「漢馮」是馮敬通，有〈顯志賦〉
抒發不得志的感慨。最後的蘭臺、灞陵乃分指出仕與退隱，雖言隱入
灞陵山中，但從詩中流露出對己身才華的自信，以及被貶的不平之
鳴，仍可知其對仕宦的執著與熱衷追求，也因此得以在贈答詩中看見
士人於浮沉宦海的出處嗟嘆。

第三節　心存山林的隱逸情懷

　　南朝士人藉由彼此的贈答流露對政治的看法與反應。以詩干謁，
希求援引、拔擢，作為仕途的進身之階；或在利祿所趨之下，敬贈諛辭，
表現汲汲於富貴的政治態度。但在踏入宦途後，詭譎多變的政治局勢，
使得士人多遭顛躓，原先建功立業之心遂成懸念，並在出處進退之兩難
中飽受煎熬，而大嘆失意不遇，期望擺脫俗世的牽絆，甚至超拔於宦海
之濁浪，於是企慕棲遯之情便由此緣生。如吳璧雍先生所言：「因為仕
宦既是中國知識分子衷心嚮往的目標，隱逸的變格就不受鼓勵，但是政
治結構的不合理，『遇』的偶然性契機的難待，挫傷了文人敏銳的心靈，

﹝註157﹞　〔漢〕司馬遷著，裴駰集解，《史記》，卷129，頁3277。
﹝註158﹞　〔漢〕劉向集錄，《戰國策》，卷3，頁78～85。
﹝註159﹞　見徐書奇，〈古代貶謫文學探析〉，《文學研究》期9（2005年），
　　　　　頁22。
﹝註160﹞　〔漢〕班固著，顏師古注，《漢書》，卷36，頁1923。

使他們由煥發恣揚的獻身走向自我閉鎖的深憂，成了徬徨歧路的惑者。
每位士人幾乎自覺的忖思到存身之道，隱的暫時性行動於是乎產生。」
〔註161〕士人便在「入仕──出處──隱逸」之間相互徘徊、擺盪下，
找尋政治上的處順之方。在南朝贈答詩中亦可見酬唱隱逸之趣的篇什，
但卻抱持著不同的政治心態而發，在探賾此一問題之前，宜先瞭解隱逸
的精神意蘊，知其流變，以及釐清所謂「朝隱」的本義。

一、隱逸文化之意涵

（一）權宜與適性

　　隱逸文化的哲學基礎，主要奠基於先秦儒、道二家的闡釋，影響
士人在政治道路中的進取與退避，其中的對立與互補便構築了豐富隱
逸的內涵，爲後世棲遯之風盛行提供一可循的思想理路。馮友蘭先生
曾對「入世與出世」詳細論道：「儒家強調人的社會責任，但是道家強
調人的內部自然自發的東西。《莊子》中說，儒家游方之內，道家游方
之外。方，指社會。兩者演習著一種力的平衡。這使得中國人對於入
世和出世具有良好的平衡感。」〔註162〕若從整體上來把握中國哲學的
精神，是能見其二者有其趨同融通之處，但儒、道二家以不同的生命
基調、理想志趣來看待隱逸的問題時，便呈現迥異的價值判斷。

　　孔子心中的理想人格乃是「博施於民而能濟眾」，〔註163〕注重對
社會的貢獻與追求經世濟民的理想，若處於混亂世局，在政途中屢遭
挫折，又不願屈己奉人，放棄抱負，便採取歸隱的方式來維護「道」
的價值。所謂「天下有道則見，無道則隱」、「邦有道，則仕；邦無道，
則可卷而懷之」或「道不行，乘桴浮于海」等，〔註164〕俟時而動的隱

〔註161〕吳璧雍，〈人與社會──文人生命的二重奏：仕與隱〉，《中國文
　　　　　化新論（文學篇）》，頁189。
〔註162〕馮友蘭，《中國哲學簡史》（北京：北京大學出版社，1985年），
　　　　　頁44。
〔註163〕〔魏〕何晏集解，邢昺疏，《論語注疏》，《十三經注疏》，頁55-2。
〔註164〕分見〔魏〕何晏集解，邢昺疏，《論語注疏》，《十三經注疏》，

逸行爲實乃迫不得已，非其初衷也非是最終目的。孟子亦以「道」爲出處抉擇的判準，「天下有道，以道殉身；天下無道，以身殉道。未聞以道殉乎人者也」。〔註165〕若受外部環境之限制，無法一展抱負，孟子亦有自我之要求與出處之方，其言：「古之人，得志，澤加於民；不得志，脩身見於世。窮則獨善其身，達則兼善天下。」〔註166〕故儒家的隱身林泉，主要是針對仕的挫折而發，潛居斂藏是借以待機以遂其志的暫時權宜。

道家的歸隱是以追求身心之自由，不爲世俗功名利祿所羈絆，一種怡然自得的人生境地。《莊子‧天地》云：「天下有道，則與物而皆昌；天下無道，則脩德就閒。」〔註167〕雖然有外在環境作爲政治進取之條件，但隱逸目的仍在保存眞我之本性，故成玄英釋「脩德就閒」乃疏曰：「時逢擾亂，則混俗韜光，脩德隱跡，全我生道，嘉遁閒居，逍遙遁世。所謂隱顯自在，用捨隨時。」〔註168〕是從人的心性本體著眼，要求順應自然，所求無待於外，如《莊子‧繕性》云：「不爲軒冕肆志，不爲窮約趨俗，其樂彼與此同，故無憂而已矣。」〔註169〕適性得志是隱逸的眞正意蘊。

李連霞、王加鑫先生扼要地指出儒、道隱逸精神的區分：「儒家隱逸講求的是權變，終極目的是安邦濟國」、「道家隱逸直抵人的心靈深處，從心性本體著眼，要求順性而爲」。〔註170〕二家所提出的價值觀念，是隱逸思想文化的基本型態，隨著時局的變動以及玄學思潮的勃興，隱逸活動與表現有了新的轉向。

頁 72-1、138-1、42-1。

〔註165〕 〔漢〕趙岐注，孫奭疏，《孟子注疏》，《十三經注疏》，頁 243-1。

〔註166〕 〔漢〕趙岐注，孫奭疏，《孟子注疏》，《十三經注疏》，頁 231-1。

〔註167〕 〔清〕郭慶藩，《莊子集釋》，頁 421。

〔註168〕 〔清〕郭慶藩，《莊子集釋》，頁 421。

〔註169〕 〔清〕郭慶藩，《莊子集釋》，頁 558。

〔註170〕 見李連霞、王加鑫，〈解讀隱逸〉，《河北理工大學學報》（社會科學版）卷 7 期 4（2007 年 11 月），頁 74～77。

（二）自覺與變調

　　隱逸風氣的盛行，可溯自東漢末年，王瑤先生的〈論希企隱逸之風〉一文從兵禍戰亂、政治迫害與玄學的影響來分析隱逸之士的動機，並討論由此衍生出的「朝隱」之思想，其關鍵在於「得意」，即是心態上領會隱逸的意境，故不一定要棲遯山澤，可身居廟堂，在朝爲官。但出處的行爲是一觀即知的，得意與否卻不然，因此「朝隱」也就常常是人們引爲出仕解嘲的護符。〔註171〕王文進先生的《仕隱與中國文學──六朝篇》深受王瑤的影響，認爲朝隱是「隱逸的變調」。〔註172〕黃偉倫先生則根據王瑤對於「自足性分之隱」的觀點，並結合余英時先生在〈漢晉之際士之新自覺與新思潮〉一文中之論述，認爲六朝隱逸活動從附屬意義的他目的性，轉向有獨立價值的自目的性，提出「隱逸的自覺」，是隱逸文化發展流變的內在理據。〔註173〕

　　南朝士人透過贈答酬唱，來表露對隱逸的企慕與嚮往，但是否身居官職，憧憬隱棲，便可稱爲「朝隱」？孔稚珪在〈北山移文〉中言「雖假容於江皋，乃纓情於好爵」，〔註174〕嘲諷故作清高實乃趨名嗜利的假隱士，但卻對身存魏闕心在江海的蕭鈞大加嘆服，《南史》載：「會稽孔珪家起園，列植桐柳，多構山泉，殆窮眞趣，鈞往遊之。珪曰：『殿下處朱門，遊紫闥，詎得與山人交邪？』答曰：『身處朱門，而情遊江海，形入紫闥，而意在青雲。』珪大美之。」〔註175〕蕭鈞雖身在朝廷，但因「居身清率，言未嘗及時事」，讓清高絕俗的張融也十分看重，稱其「風情素韻，彌足可懷」，〔註176〕可見朝隱之人並非貪慕榮利、標榜清

〔註171〕　見王瑤，《中古文學史論》（北京：北京大學出版社，1986年），頁176～195。

〔註172〕　王文進，《仕隱與中國文學──六朝篇》，頁30。

〔註173〕　見黃偉倫，〈六朝隱逸文化的新轉向──一個「隱逸自覺論」的提出〉，《成大中文學報》期19（2007年12月），頁1～26。

〔註174〕　〔清〕嚴可均輯校，《全上古三代秦漢三國六朝文》，頁2900-1。

〔註175〕　〔唐〕李延壽，《南史》，卷41，頁1038。

〔註176〕　〔唐〕李延壽，《南史》，卷41，頁1038～1039。

高，而是意存世外的精神高邈。另外南齊王僧祐不尙繁華，不交公卿，被齊高帝稱爲「朝隱」，僧祐有詩贈與當時權高位重的王儉：「汝家在市門，我家在南郭。汝家饒賓侶，我家多鳥雀。」時人嘉其氣節。〔註177〕又《南史》載：「瓚之爲五兵尙書，未嘗詣一朝貴。江湛謂何偃曰：『王瓚之今便是朝隱。』」〔註178〕可知朝隱乃是仕於朝但不結交權宦的處世方式。誠如洪順隆先生所認爲朝隱之人，並不是歌頌棲隱迎合時俗，也非特別表現對隱逸的憧憬；〔註179〕胡秋銀先生則明確指出朝隱的實際意涵在於精神境界與行爲方式不同於汲汲名利的士大夫。〔註180〕辨明朝隱之意涵後，仍需要留意的是所援引之人物皆非眞正的隱士，林育信從六朝隱逸史傳中歸納出：「朝隱並不是眞正六朝的隱逸主流，它是變體不是正格。朝隱思想的主體是帝王、世族、士人，不是隱士。朝隱是這群雅層人士『希企』眞正隱士而產生的思想型態。」〔註181〕因此文士雖無棲遯山林之行動，但在彼此酬和贈答詩中，卻相互傳達了隱逸的情懷，其「希企」歸隱背後則蘊含著各異之心態。

二、酬唱隱逸之心態

（一）高蹈塵外

在與人相互贈答的詩歌中，流露對隱逸的嚮往，或描繪隱居之幽靜，或頌美隱逸的高尚品格等，各自有不同的創作心態與精神意蘊。在崇尙棲遯的南朝社會中，爲官士子亦與隱士逸民有所往來，從其彼此酬唱之詩來看，傳達了高蹈遠舉的眞實形象，以及對絕譽棄名之敬

〔註177〕〔唐〕李延壽，《南史》，卷21，頁580。

〔註178〕〔唐〕李延壽，《南史》，卷24，頁652。

〔註179〕洪順隆，〈謝脁作品所表現的「危懼感」〉，《六朝詩論》（臺北：文津出版社，1978年），頁207。

〔註180〕胡秋銀，〈南朝士人隱逸觀〉，《安徽大學學報》（哲學社會科學版）卷28期1（2004年1月），頁140～141。

〔註181〕林育信，《製作隱士：六朝隱逸史傳之歷史敘事研究》（新竹：清華大學中文所博士論文，2007年），頁2～3。

意。先看無名漁父的〈答孫緬歌〉：

> 竹竿籊籊，河水浟浟。相忘爲樂，貪餌吞鉤。
> 非夷非惠，聊以忘憂。〔註182〕

這首四言詩歌載於《南史‧隱逸傳》。據載，劉宋潯陽太守孫緬，在黃昏之際出游至水邊，見一漁父垂綸長嘯，故問其賣魚否，漁父卻答：「其釣非釣，寧賣魚者邪？」孫緬勸其出仕以博取重利榮勢，漁父又言：「僕山海狂人，不達世務，未辨賤貧，無論榮貴」，於是作此歌相贈，悠然離去。〔註183〕首兩句勾勒隱士的形象，表面寫竹竿，但隱含垂釣之意，身居水流潺湲之處，有恬靜悠閒的隱逸之趣。「相忘」乃出於《莊子‧大宗師》：「泉涸，魚相與處於陸，相呴以濕，相濡以沫，不如相忘於江湖。」〔註184〕表示安時處順，心境平和，不汲汲於名利，若游魚貪食魚餌，必有吞鉤之禍，是對孫緬勸其仕進以求榮名的答覆。「非夷非惠」分指伯夷、柳下惠。《孟子‧告子下》云：「居下位，不以賢事不肖者，伯夷也。……不惡汙君，不辭小官者，柳下惠也。」《孟子‧公孫丑上》又言：「伯夷隘，柳下惠不恭。隘與不恭，君子不由也。」〔註185〕前者潔身自好，但器量狹小；後者處濁自安，但不夠恭肅。漁父則借用其語來傳達勿執著於進退出處，凡事不要刻意爲之，和光同塵，才能忘憂而樂，足見漁父心中自然平和之境界，也是《楚辭》、《莊子》中漁父形象的充實，表現出隱逸者所秉持著高蹈精神。再看周弘讓〈留贈山中隱士詩〉：

> 行行訪名岳，處處必留連。遂至一巖裏，灌木上參天。
> 忽見茅茨屋，曖曖有人煙。一士開門出，一士呼我前。
> 相看不道姓，焉知隱與仙。〔註186〕

〔註182〕《先秦漢魏晉南北朝詩》，頁1327。

〔註183〕見〔唐〕李延壽，《南史》，卷75，頁1872～1873。

〔註184〕〔清〕郭慶藩，《莊子集釋》，頁242。

〔註185〕分見〔漢〕趙岐注，孫奭疏，《孟子注疏》，《十三經注疏》，頁213-2、68-1。

〔註186〕《先秦漢魏晉南北朝詩》，頁2465。

此詩作於周弘讓隱居茅山之時。運用敘事的手法來描繪此次游山的經歷，並點出了對於隱士的觀感。首二句點明作者常造訪山岳，依戀不捨離去，表面是指山光水色，實乃蘊含其中的隱士逸人。之後交代隱士居處的環境，古木參天，一派清幽。五、六句則借鑑陶潛詩句「曖曖遠人村，依依墟里煙」，〔註187〕透露出屋中人物的信息。七、八句寫隱士相迎、呼我晤言，也帶出了作者自己的身分，隱士不拘俗禮，流露真性。詩末表明所見乃不求聞達的真隱士，非心存魏闕的假山人，此時反謂不知為隱為仙，在平鋪直敘中逗出妙趣，也是隱逸的實境。

　　不慕榮利而心念山林的隱士，在被宦途羈絆的士人眼裡是極為稱羨的，若與其相互來往，更對其秉持的高蹈精神充滿敬意，如任昉〈贈徐徵君詩〉：

> 促生悲永路，早交傷晚別。自我隔容徽，於焉徂歲月。
> 情非山河阻，意似江湖悅。東皋有儒素，杳與榮名絕。
> 曾是違賞心，曷用箴余缺。眇焉追平生，塵書廢不閱。
> 信此伊能已，懷抱豈暫輟。何以表相思，貞松擅嚴節。
> 〔註188〕

詩的開頭便交代了任昉在早年曾與徐徵君有過交往，所以抒發對昔日友情的懷念，以及別後的感傷情緒。之後便描繪出徐徵君為一隱者形象，喜悅棲隱，富有才識高德，以及蔑棄榮名的出塵，寄託著對田園山林的傾慕。由此詩人反觀自己的生活，平生為仕宦所累，以致「塵書廢不閱」，內心充滿著失落與惆悵，故在表達思念之意外，也對隱者貞松之形象有著欽敬與景慕，是其處世態度的嚮往。

（二）迎合時俗

　　高蹈塵外的隱者行跡，是依戀宦途的士人無法親自實踐的，但在以隱逸為高的風尚中，身居官職的士人亦迎合時俗，歌頌、憧憬棲隱，

〔註187〕〈歸園田居詩〉五首之一，《先秦漢魏晉南北朝詩》，頁 991。
〔註188〕《先秦漢魏晉南北朝詩》，頁 1598。

沖淡宦場俗氣，抬高自己聲價，洪順隆先生認爲這也是高級社會集團
的一種裝飾。〔註189〕如作爲宮廷詩人的庾肩吾，曾寫詩相贈梁陳間
的隱士周弘讓，其中勾勒出高逸的形象，〈贈周處士詩〉云：

> 九丹開石室，三徑沒荒林。仙人翻可見，隱士更難尋。
> 籬下黃花菊，丘中白雪琴。方欣松葉酒，自和遊山吟。
> 〔註190〕

開篇點染了隱士所居的山林之景，以仙人煉丹之虛筆營造縹緲的氛圍，
「三徑」乃用漢代蔣詡之典。據東漢趙岐《三輔決錄》所載：「蔣詡，
字元卿，舍中三徑，唯羊仲、裘仲從之遊，二仲皆雅廉逃名之士。」〔註
191〕表示隱者居於荒林深處，幽遠難辨。三、四句則用不合情理的說法
來加強隱居的幽僻印象。之後用籬菊、琴音爲隱士的出現作準備，亦象
徵隱逸的雅趣。接著浮出了灑脫不拘的隱者身影，他正帶著飲完松葉酒
的欣然之態，撫琴高吟，彷彿一幅高雅絕妙的寫意圖。詩人得意仕途並
非實際嚮往山林，而是附庸風雅之意。這類詩人時露隱逸之思，夾雜了
仕途功名的世俗觀念，是佯裝潛退的矯飾之辭，如范雲〈贈沈左衛詩〉：

> 伊昔霑嘉惠，出入承明宮。遊息萬年下，經過九龍中。
> 越鳥憎北樹，胡馬畏南風。願言反漁蓑，津梁肯見通。
> 〔註192〕

前四句追憶過往的得意盛況，其後化用古詩「胡馬依北風，越鳥巢南
枝」之句，表達希望能返回家鄉，願沈約能爲之引薦。但時俗以處者
爲優，出者爲劣，所謂「志深軒冕，而汎詠皋壤，心纏幾務，而虛
述人外。眞宰弗存，翩其反矣」，〔註193〕詩人不免要用退隱情懷來加
以修飾名利之心。再看范雲〈答何秀才詩〉：

〔註189〕 洪順隆，〈謝朓作品所表現的「危懼感」〉，《六朝詩論》，頁206。
〔註190〕 《先秦漢魏晉南北朝詩》，頁1994。
〔註191〕 見〔宋〕李昉等奉敕編，《太平御覽》（臺北：臺灣商務印書館，
　　　　　1975年），卷409，頁2017-2。
〔註192〕 《先秦漢魏晉南北朝詩》，頁1548。
〔註193〕 〔梁〕劉勰著，范文瀾註，《文心雕龍・情采》，卷7，頁538。

少年射策罷，擢第雲臺中。已輕淄水臺，復笑廣州翁。
麟閣佇讐校，虎觀遲才通。方見雕篆合，誰與畋漁同。
待爾金閨北，予藝青門東。〔註194〕

何遜以弱冠之齡參加朝廷的秀才策試，一舉高中。後范雲讀其對策，十分讚賞，故以詩簡相寄，表示願相交的傾慕之情。當時范雲已是譽滿天下的文壇前輩，使得何遜既感動卻又躊躇，於是寫了〈落日前墟望贈范廣州雲詩〉一首回贈，表達心中的猶豫，范雲接到此詩，便提筆作此答詩，熱切盼望何秀才的到來。詩的開頭便對何遜非凡才氣、擢居高第加以誇讚推重。三、四句則表現了謙謙長者對後進的真誠提掖。五、六句則用典，想起揚雄在漢宮麒麟殿校覽群書，漢章帝時的白虎觀論議五經同異的群儒之會，〔註195〕蘊含著詩人對何遜的深切寄望。七、八句則告訴何遜不必擔心而徘徊不前，人們正爲其精妙的文章而同聲讚嘆，怎會將你與耕夫漁父相提並論。詩末二句中，「金閨」是漢代金馬門的別稱，東方朔、公孫弘等都曾「待詔金馬門」，〔註196〕相信何秀才定當受到君主的恩寵而平步青雲；「青門」乃指秦東陵侯召平在漢初爲布衣，曾種瓜長安東門外，〔註197〕此時范雲正罷職在家，故有一種賦閒歸隱的自嘲之意。

又如沈約年輕即入宦途，終其一生均仕於朝廷，共歷宋、齊、梁三代，並非是可忘祿之人。當時朝士身居廟堂而心念山林，希慕簡曠，有著不以俗務自縈的清雅之風，所指的歸隱在於「意」，而非「行骸」，如同梁元帝在〈全德至論〉中所說的：「物我俱忘，無貶廟廊之器。動寂同遣，何累經綸之才。雖坐三槐不妨家有三徑，接王侯不妨門垂五柳。……或出或處，並以全身爲貴。優之遊之，咸以忘懷自逸，若

〔註194〕　《先秦漢魏晉南北朝詩》，頁 1545～1546。
〔註195〕　分見〔漢〕班固著，顏師古注，《漢書》，卷 87 下，頁 3584；〔劉宋〕范曄，《後漢書》，卷 3，頁 138。
〔註196〕　分見〔漢〕班固著，顏師古注，《漢書》，卷 65，頁 2843；卷 58，頁 2617。
〔註197〕　〔漢〕司馬遷著，裴駰集解，《史記·蕭相國世家》，卷 53，頁 2017。

此眾君子可謂得之矣。」〔註198〕故在詩中流露亦官亦隱的情趣，試看〈酬謝宣城脁詩〉：

> 王喬飛鳧舄，東方金馬門。從宦非宦侶，避世不避諠。
> 揆予發皇鑒，短翮屢飛翻。晨趨朝建禮，晚沐臥郊園。
> 賓至下塵榻，憂來命綠樽。昔賢侔時雨，今守馥蘭蓀。
> 神交疲夢寐，路遠隔思存。牽拙謬東氾，浮惰及西崑。
> 顧循良菲薄，何以儷璵璠。將隨渤澥去，刷羽汎清源。
>
> 〔註199〕

謝脁在宣城太守任上時，寫了首〈在郡臥病呈沈尚書詩〉贈與沈約，表達了似官似隱的宦海生涯，以及對友人的懷念，故有此答詩。其中「從宦非宦侶，避世不避諠」頗有雖在廟堂之上，然其心無異於山林之中的情懷，乃是有避世的想法，而無避世之實。所以之後便寫自己如何受到君主的賞識，以及早理朝政、晚沐郊園等以仕為隱的生活樣貌。後半則是對謝脁的讚美與鼓勵，結句「將隨渤澥去，刷羽汎清源」有遠離俗塵，憧憬隱逸之意，但因其官僚仕途多半順利無礙，雖有掛冠之志，也僅是迎合時流所做的懷想。仕於朝廷受到賞識，能獲榮祿權勢，但若能歌頌棲隱，流露隱遯之情，則可擡高聲價，博得雅名。如朱异的〈還東田宅贈朋離詩〉：

> 應生背芒說，石子河陽文。雖有遨遊美，終非沮溺群。
> 曰余今卜築，兼以隔囂紛。池入東陂水，窗引北巖雲。
> 槿籬集田鷺，茅簷帶野芬。原隰何邐迤，山澤共氛氳。
> 蒼蒼松樹合，耿耿樵路分。朝興候崖晚，暮坐趣林曛。
> 憑高眺虹蜺，臨下瞰耕耘。豈直娛衰暮，兼得慰殷勤。
> 懷勞猶未弭，獨有望夫君。〔註200〕

這首詩則體現了士人的隱逸觀，非欲成為「長沮、桀溺」等避世隱士，而是在自己的家池園林中，享受遨遊恬靜之美。詩人構築出清

〔註198〕　〔清〕嚴可均輯校，《全上古三代秦漢三國六朝文》，頁 3049-2。
〔註199〕　《先秦漢魏晉南北朝詩》，頁 1634。
〔註200〕　《先秦漢魏晉南北朝詩》，頁 1860。

幽的田家之境，來隔離塵囂，有池水巖雲的自然之景，槿籬田鷺，茅簷花香等村野之氣，遠處則有曲折連綿的水澤，以及山嵐煙雲的瀰漫。詩人身居此處如同隱者，心境平和，生活悠閒自在，令人嚮往。但如果對照朱异生平，將會發現此乃出於「曲營世譽」的心態。據《南史》所載：「起宅東陂，窮乎美麗，晚日來下，酣飲其中。每迫曛黃，慮臺門將闔，乃引其鹵簿自宅至城，使捉城門停留管籥。既而聲勢所驅，薰灼內外，產與羊侃相埒。好飲食，極滋味聲色之娛，子鵝魚鱐不輟於口，雖朝謁，從車中必齎飴餌。而輕傲朝賢，不避貴戚。」又云：「异及諸子自潮溝列宅至青溪，其中有臺池翫好，每暇日與賓客遊焉。四方餽遺，財貨充積，性吝嗇，未嘗有散施。」〔註 201〕可知其生活窮奢，所居之處也非清幽，而是與權貴賓客共同飲酒作樂，充斥著金銀財物，盡是俗塵之味，但卻與友朋酬唱棲隱之情，真乃為迎合時流之矯飾。

（三）避禍求安

　　政治官場的外在險惡，極易使士人興起歸隱之思，但若加上個人內心的怯懦，則棲隱之姿便出自於避禍求安的表現，最為典型者是謝朓。洪順隆先生曾指出其隱逸的思想乃是「危懼感」的化身，是遭受讒言或處在惡劣的宦途中所產生的倦怠。〔註 202〕詩人在與親朋友僚的相互贈答詩中，則流露出對奸佞的擔憂與保身求全的性格，如〈暫使下都夜發新林至京邑贈西府同僚詩〉：

> 大江流日夜，客心悲未央。徒念關山近，終知返路長。
> 秋河曙耿耿，寒渚夜蒼蒼。引領見京室，宮雉正相望。
> 金波麗鳷鵲，玉繩低建章。驅車鼎門外，思見昭丘陽。
> 馳暉不可接，何況隔兩鄉。風雲有鳥路，江漢限無梁。
> 常恐鷹隼擊，時菊委嚴霜。寄言蔚羅者，寥廓已高翔。

〔註 201〕　〔唐〕李延壽，《南史》，卷 62，頁 1516～1518。
〔註 202〕　見洪順隆，〈謝朓作品所表現的「危懼感」〉，《六朝詩論》，頁 194
　　　　　～216。

〔註 203〕

謝朓深受南齊隨王蕭子隆的賞愛，追從子隆入荊州擔任幕僚。因被長史王秀之所嫉恨，密奏武帝，故朓被召回建康。一路上百感交集，所以以此詩寄贈留在荊州的諸友，抒發了既盼望回京又憂讒畏譏的矛盾心情。開頭的「大江流日夜，客心悲未央」則是情與境諧，強烈傳達出無盡的惆悵。其後寫秋月夜行，清冷暗淡的色調，寂靜空曠的氣氛，乃是詩人悲思之情的意象化。望見京城卻思念荊州，內心飽含著對故友的顧戀與難以重逢的悲慨。最後四句故作豪言壯語，將出脫網羅、遠離讒佞的寬慰之感，這正可看出其心中所具有的危懼意識。

　　謝朓還都不久，政權的篡奪不斷，身處於其中的詩人，自然又興歸返自然的渴望，才得以在險惡的波濤中保全自身。如〈酬王晉安德元詩〉：

　　稍稍枝早勁，塗塗露晚晞。南中榮橘柚，寧知鴻鴈飛。
　　拂霧朝青閣，日旰坐彤闈。悵望一途阻，參差百慮依。
　　春草秋更綠，公子未西歸。誰能久京洛，緇塵染素衣。

〔註 204〕

詩人處在京師，雖任新安王中軍記室，兼尚書殿中郎，但卻無所作為，冷落孤寂，故在答詩中將京都的庸碌與外郡的自由相互對照，表達欲掙脫塵俗之意。詩的開頭先說京城氛圍如秋氣肅殺，另外則言南方橘柚發榮，雁飛不至；說自己目前的生活百無聊賴，惆悵不已，對方所居之地則春草秋綠，可樂而忘返。將不同時空並置，表達對隱逸自然的嚮往之情。於是，詩人則在常在創作中，營造出隱逸的清幽環境，置身其中則可暫忘內心對仕途的危惴不安，如〈在郡臥病呈沈尚書詩〉：

　　淮揚股肱守，高臥猶在茲。況復南山曲，何異幽棲時。
　　連陰盛農節，籠笠聚東菑。高閣常晝掩，荒堦少諍辭。
　　珍簟清夏室，輕扇動涼飔。嘉魴聊可薦，綠蟻方獨持。
　　夏李沈朱實，秋藕折輕絲。良辰竟何許，夙昔夢佳期。

〔註 203〕　《先秦漢魏晉南北朝詩》，頁 1426。
〔註 204〕　《先秦漢魏晉南北朝詩》，頁 1426～1427。

坐嘯徒可積，爲邦歲已期。弦歌終莫取，撫機令自嗤。
〔註205〕

這是謝朓出任宣城太守時寫給沈約的贈詩。開頭即以西漢淮揚太守汲黯自喻，表示行無爲之治。〔註206〕其次則寫郡內百姓安居樂業，群聚田疇，忙於耕耘，人寧事息，絕少諍訟的景況，亦是詩人嚮往自然的理想境界。之後轉寫郡府內悠閒安適的生活。屋室一片清涼，鮮魚綠酒散溢芳香，亦可品嘗朱李、荷藕，雖非達官貴族的瓊漿玉液，生活奢侈，但身在其中的自由與快樂，則是謝朓所冀求的。無論是在荊州、建康或宣城，謝朓所發的隱逸之情，則是怕被捲入是非的政治漩渦中，故消極地採取遠離禍害的方式，誠如王文進先生所言：「謝朓只是儘量用柔順的性格應變求全。」〔註207〕故詩人便依違於政事與隱居之間，如〈冬緒羈懷示蕭諮議虞田曹劉江二常侍詩〉：

去國懷丘園，入遠滯城闕。寒燈耿宵夢，清鏡悲曉髮。
風草不留霜，冰池共如月。寂寞此閒帷，琴尊任所對。
客念坐嬋媛，年華稍庵薆。夙慕雲澤遊，共奉荊臺績。
一聽春鶯喧，再視秋虹沒。疲驂良易返，恩波不可越。
誰慕臨淄鼎，常希茂陵渴。依隱幸自從，求心果蕪昧。
方軫歸與願，故山芝未歇。〔註208〕

蕭諮議是蕭衍，虞田曹指虞玩之，劉、江二人分別爲劉善明、江祀。這是謝朓到荊州第二年，懷念故園的詩作。開頭兩句指的是離鄉來到邊關，遠望京都而不得歸。其後因爲孤寂、淒涼的環境，使得內心感到悲傷不安。藉由外在自然的清寒，以及低垂的帷幕、無人動用的琴、樽，來反襯詩人內心的寂寞。追述昔日曾希望來此幫助隨王建立功

〔註205〕 《先秦漢魏晉南北朝詩》，頁1427。
〔註206〕 見〔漢〕司馬遷著，裴駰集解，《史記·汲黯傳》，卷120，頁3105～3111。
〔註207〕 王文進，《仕隱與中國文學——六朝篇》，頁153。
〔註208〕 《先秦漢魏晉南北朝詩》，頁1433。

業，但時光蹉跎，謙稱自己無能，應該返回京都，卻因受到隨王的看
重，而不能離去。「臨淄鼎」用漢代主父偃之典，借指富貴；「茂陵渴」
則用司馬相如之典，代表閑居。〔註209〕此處則說自己不慕榮利，希
求歸隱之意。所以希望能像東方朔般亦仕亦隱，但內心仍雜亂不清。
最後則盼望能如商山四皓，採芝於深山之中。〔註210〕故謝朓在贈答
詩中所表現的棲隱，是在遠避禍害，卻又安於榮祿，思京戀闕，亦感
念舊恩，相互衝突矛盾之下所組成的隱逸感懷。

（四）進退舒卷

　　仕宦生涯的浮沉奔波，是士人焦慮不安的根源，面對官場的折
騰，期望能掙脫苦悶，暫放心靈於世塵之外。所謂「舒卷隨取，進退
自然，遁逸無悶，幽居永貞，亦何榮乎」，〔註211〕以心境的無爲寧靜
來消解政海的險惡愁苦，於是和遊仙的想像、企求有微妙的疊合，如
鮑照〈和王丞詩〉：

> 限生歸有窮，長意無已年。秋心日迥絕，春思坐連綿。
> 衡協曠古願，斟酌高代賢。遯跡俱浮海，採藥共還山。
> 夜聽橫石波，朝望宿巖煙。明澗予沿越，飛蘿予縈牽。
> 性好必齊遂，跡幽非妄傳。滅志身世表，藏名琴酒間。
>
> 〔註212〕

王丞是指王僧綽，兩人曾同任職在劉義慶幕下。此詩主要邀故友一
起歸隱山中，但僧綽乃出於名門，自然不可能隱遯，鮑照也沒有選
擇作隱士，只是藉此舒解仕途壓抑、沮喪的情緒。開頭二句，表達

〔註209〕　分見〔漢〕司馬遷著，裴駰集解，《史記》，卷112，頁2961；
　　　　　卷117，頁3053。
〔註210〕　據《古今樂錄》載，四皓隱居，高祖聘之，不出，仰天歎而作
　　　　　歌：「皓天嗟嗟，深谷逶迤。樹木莫莫，高山崔嵬。巖居穴處，
　　　　　以爲幄茵。曄曄紫芝，可以療饑。唐虞往矣，吾當安歸。」見
　　　　　〔宋〕郭茂倩編，《樂府詩集》，卷58，頁851。
〔註211〕　〔梁〕江淹，〈無爲論〉，見〔清〕嚴可均輯校，《全上古三代秦
　　　　　漢三國六朝文》，頁3175-1。
〔註212〕　《先秦漢魏晉南北朝詩》，頁1286。

了對生命有限的自覺，心中的意願常多，不禁感慨萬分，於是帶出了願學古代賢人浮海歸隱，因此邀請王僧綽一起入山採藥，修煉羽化。選擇採藥的行為，是因為既是超拔流俗的儀式之一，兼又採藥地點當然非平日易至之處。一方面其景域幽邃美麗；一方面由於多了一分玄心仙趣，因此得以擴充更遼闊的想像力。〔註213〕從此詩中進入了隱士的意象世界，棲隱山林，夜聽波濤，露宿巖石，是無憂無慮的生活狀態，也是其理想的夢境。認為只要心志專一，就能達成心願，所以決定要否定塵世，將名聲藏於琴酒之間。但詩人並非真能隱滅世俗之情，置身事外，因為若仕途平順，又何必求仙棲隱，只是遭遇困頓時的排憂解愁。

在仕宦旅途中常有府役的奔忙、羈旅的寂寞或不遇的悲愁等，詩人便將目光投向自然，希望能觸景解懷，情隨物遷的遠離塵囂，向友人吐露淡泊之語。如王僧孺〈秋日愁居答孔主簿詩〉：

> 首秋雲物善，晝暑旦猶清。日華隨水汎，樹影逐風輕。
> 依簾野馬合，當戶昔耶生。物我一無際，人鳥不相驚。
> 儻過北山北，聊訪法高卿。〔註214〕

首二句寫秋景之美好，晨旦之清涼，三、四句描繪日光照耀池水的景象，用「汎」字使得旭光有著流動之感；以擬人手法寫受了微風吹拂的樹影，顯得輕盈活潑，也全是居家所見之景。五、六句將視線移到窗前、階上，「野馬」是指村野藪澤中蒸騰的水氣，狀如奔馬；「昔耶」即烏韭，是生長在牆垣上的苔類。表現居處之地的幽靜，以及人煙的稀少，與前四句所構築的景致營造出一種「結廬在人境，而無車馬喧」〔註215〕的悠閒境界。於是引發詩人對於高蹈出世的隱逸情懷，物我之間已消泯了界線，兩者相融一同進入無識無欲的清幽世界。滿足於

〔註213〕 王文進，《仕隱與中國文學——六朝篇》，頁86。
〔註214〕 《先秦漢魏晉南北朝詩》，頁1763。
〔註215〕 〔晉〕陶淵明，〈飲酒詩〉二十首之六，見《先秦漢魏晉南北朝詩》，頁997。

棲隱的自由寧靜，便再也不願返回險惡的官場之中，故將自己比作隱者法高卿。法高卿，是東漢的法眞，鄙視仕途，郡太守請他出任法曹，但其答曰：「若欲吏之，眞將在北山之北，南山之南矣。」〔註216〕十分的超脫，詩人用此典來告訴友人，若有機會經過此處，請來拜訪我這隱居北山的逸民，寫得風趣、清逸。但既然清幽淡泊，爲何詩題有一「愁」字，推想應是免官居家，心中有其怨愁，故詩中無擺脫官場的喜悅，反而予人清寂之感。酬答友人，以淡泊之語來表明免官無怨，除可避牢騷之嫌外，詩人亦藉描繪隱逸之景來撫慰、轉換受挫的心境。再看何遜〈答高博士詩〉：

> 北窗涼夏首，幽居多卉木。飛蝶弄晚花，清池映疏竹。
> 爲宴得快性，安閒聊鼓腹。將子厭囂塵，就予開耳目。
>
> 〔註217〕

高博士乃指高爽，有〈寓居公廨懷何秀才詩〉一首贈與何遜，表達相念之情，故有此答詩。起首二句先描述自己的所居幽清，在初夏時節，臥首北窗，有清涼之意，這裡暗用陶潛典故：「常言五六月中，北窗下臥，遇涼風暫至，自謂是羲皇上人。」〔註218〕是頗富詩意的景致。再寫庭園暮景，其中「弄」字將蝶舞的狀態描摹得有趣生動，竹影與波光的交映，十分安謐明淨。詩人將所居之境寫得如此美好，是爲了相邀友人來訪，他說想要安樂就盡情歡娛，有了安閒時日，不妨鼓腹而游，表達悠閒之態。高爽此時結束臨川王參軍之職，又未擔任晉陵令，正處於依人爲客的失意之境，其人博學多才但性情孤傲，所以詩人不以憐憫之情答之，反而以曠達之語來表達對友人處境的關懷與理解。最後提出相邀之意，既然厭煩客寓生活的喧囂俗塵，便來這裡的清幽之地，此處不染塵俗之色，正適合高雅之士，傳達了與故友摒棄囂塵，共賞幽居風光的稱心快意。在不得意之時，官場羈游被世爲俗

〔註216〕　〔劉宋〕范曄，《後漢書》，卷83，頁2774。
〔註217〕　《先秦漢魏晉南北朝詩》，頁1701。
〔註218〕　〔清〕嚴可均輯校，《全上古三代秦漢三國六朝文》，頁2097-1。

世的紛擾喧鬧，故轉向隱逸之境，來尋求心神俱爽。又如費昶〈贈徐郎詩〉之第六章：

> 殷勤膠漆，留連琴酒。居徒壁立，嫗亦麤醜。
> 紡績江南，躬耕谷口。庭中三徑，門前五柳。
> 子若彈冠，余當結綬。〔註219〕

開頭便表明二人的友情深篤，常共同飲酒彈琴，此乃雅事亦表清高。之後描述隱逸的生活，非錦衣玉食、美人環繞，而是紡織、耕農的樸實樂趣。「三徑」乃用蔣詡之典，據載因王莽居攝，蔣詡不肯委身事賊，於是以病免官歸鄉里，足不出戶，以沉默表達反對，嵇康作〈聖賢高士傳〉則有云：「舍中三徑，終身不出。」〔註220〕後以三徑象徵隱逸者的家園。「五柳」則是陶潛〈五柳先生傳〉中不慕榮利的隱士精神與生活樣貌。但詩末的「彈冠」、「結綬」皆為出仕之意，典出《漢書·王吉傳》云：「吉與貢禹為友，世稱『王陽在位，貢公彈冠』，言其取舍同也。」〔註221〕流露出二人情誼的堅定，也表達了進退舒卷的自由。

（五）野無遺賢

儒家之隱逸是在「邦無道」的政治前提下之處世態度，亦具有不合作、反抗的意義。統治者出於鞏固王朝的考慮，有時會採取攏絡政策，即徵召隱士入朝為官。若在承平之世，儒隱則失去原有意義，士人以仕出為其政治態度，去實現經世濟民之抱負。秉持道隱精神者，雖脫離了政治權力的系統，棲遯山林，但因其才識與德行，君主仍會徵聘隱士以表尊崇，來增加民眾的順服，並且傳達朝廷重視人才，希望野無遺賢的善政，或喜與隱士交往以為政治昇平的點綴。如梁武帝曾數次下詔徵聘隱士何點、何胤、陶弘景等，有書信的往來，同時也存有一首〈贈逸民詩〉，表達求賢若渴的願望，詩之前五章云：

〔註219〕　《先秦漢魏晉南北朝詩》，頁2084。
〔註220〕　〔清〕嚴可均輯校，《全上古三代秦漢三國六朝文》，頁1348-2。
〔註221〕　〔漢〕班固著，顏師古注，《漢書》，卷72，頁3066。

任重悠悠，生涯浩浩。善難拔茅，惡易蔓草。
逆思藥石，慈求非道。珠豈朝珍，璧寧國寶。
想賢若焚，憂人如擣。我聞在昔，有古天子。
虞華駢聖，周昌多士。緝熙朝野，體邦經始。
惟河出圖，唯岳降神。是代皆有，何代無人。
懷寶迷邦，高尚隱淪。價待哲后，見須明君。
伊予不聰，故闕斯聞。目因見生，才爲時育。
何爲山阿，何爲空谷。聲殊雛雉，響異呦鹿。
豈須託夢，寧俟延卜。想象屠釣，踟躕板築。
仁者博愛，大士兼撫。慈均春陽，澤若時雨。
心忘分別，情無去取。等皆長養，同加嫗煦。
譬流趨海，如子歸父。〔註222〕

第一章則述說自己身居皇位，治理國事之任重道遠，瞭解賢人難以相繼引進，而佞臣卻如莽榛蔓草，故期望能招聘隱士，結語化用《詩·小弁》「我心憂傷，怒焉如擣」，〔註223〕表示求才心情之迫切。第二章用《論語·泰伯》：「舜有臣五人而天下治，武王曰：『予有亂臣十人。』」之典，〔註224〕來稱讚逸民爲治國之能臣，也隱含以明君自喻之意。第三章中的「河圖」象徵聖王治世的祥瑞徵兆，「懷寶迷邦」語本《論語·陽貨》，〔註225〕表示隱匿才德，不願出仕，並用待價而沽之意，隱居是爲等待明君，才能爲世所用，詩人自謙不聰，未能及時拔擢任用，仍是盼求賢士。第四章說明如今乃太平之世，正可入世發揮長才，毋須待於山阿空谷，頗有《楚辭·招隱士》「王孫兮歸來！山中兮不可以久留」的意味；〔註226〕「響異呦鹿」應用《詩·鹿鳴》之意旨，謂群臣爲嘉賓，以禮待臣之厚也。〔註227〕第五章頌揚其德

〔註222〕 《先秦漢魏晉南北朝詩》，頁1526～1527。
〔註223〕 〔漢〕毛公傳，孔穎達疏，《毛詩正義》，《十三經注疏》，頁421-1。
〔註224〕 〔魏〕何晏集解，邢昺疏，《論語注疏》，《十三經注疏》，頁73-1。
〔註225〕 〔魏〕何晏集解，邢昺疏，《論語注疏》，《十三經注疏》，頁154-1。
〔註226〕 〔漢〕王逸章句，洪興祖補注，《楚辭補注》，卷12，頁233。
〔註227〕 見〔漢〕毛公傳，孔穎達疏，《毛詩正義》，《十三經注疏》，頁

行高尚，若能接受徵聘，必會善加對待，頻頻呼喚隱士的歸來。此詩則具備了詔書之功能，若隱士棄隱復出，無疑是政治清明的象徵；若不受徵聘，也可證明君主對其之尊重與寬容，同樣能彰顯聖明。

另外，也有士人受上位者之命歸勸隱士出仕，隱士則可用答贈之詩來回應自己的態度與志向。如任昉〈答劉居士詩〉：

君子之道，亦有其四。高行絕俗，盛德出類。
才同文錦，學非書肆。望之可階，即之難至。
輟精天理，躔象少微。人與俗異，道與人違。
庭飛熠燿，室滿伊威。行無轍跡，理絕心機。〔註 228〕

劉居士，指的是南齊劉虯。《南史》記載其對廬陵王、竟陵王的徵召皆不就，答曰：「虯四節臥疾病，三時營灌植，暢餘陰於山澤，託暮情於魚鳥，寧非唐、虞重恩，周、邵宏施。」〔註 229〕蕭子良延納劉虯不至，遂令庾杲之致書招之，任昉乃代作〈爲庾杲之與劉居士虯書〉，劉居士應有贈詩，今已不存。任昉作此詩應答。主要讚頌劉虯是具有行、德、才、學的君子，潔身自好的節操使人可望不可及，並且能不被名利所累，棲隱山林，違異世俗，表達了詩人的嘆服之情。再看〈答何徵君詩〉：

散誕羈鞿外，拘束名教裏。得性千乘同，山林無朝市。
勿以耕蠶貴，空笑易農士。宿昔仰高山，超然絕塵軌。
傾壺已等藥，命管亦齊喜。無爲嘆獨遊，若終方同止。
〔註 230〕

何徵君，是隱士何胤。據史載梁武帝數次下詔徵聘，但都固辭不受。任昉有〈爲昭明太子答何胤書〉，文中有「知便遠追疏董，超然高蹈，雖朝旨殷勤，而輕棹已遠。供餞莫申，瞻言增慨」之語，〔註 231〕可

315～317。
〔註 228〕《先秦漢魏晉南北朝詩》，頁 1595～1596。
〔註 229〕〔唐〕李延壽，《南史》，卷 50，頁 1249。
〔註 230〕《先秦漢魏晉南北朝詩》，頁 1597。
〔註 231〕〔清〕嚴可均輯校，《全上古三代秦漢三國六朝文》，頁 3201-1。

知朝廷延攬何胤未成，故使任昉作書遺之，胤雖未出仕，但應有詩相贈表明心意，所以任昉乃以此答詩相應。詩中多以山林之隱和朝市之仕相互對照，一方面展示了何徵君隱居生活的「散誕」，另一方面又表現了自己出仕生活的自樂，故耕蠶、傾壺的隱士與易農士的居官之人，雖選擇不同的生活方式，但因「得性」，所以殊途同歸，將勸其出仕之意委婉表達出來。酬唱隱逸的贈答詩除具有實用的政治功能，同時也反映出多數士人居官而崇隱，以「性分所至」來調和出處之政治心態，已然蔚為風潮。

第四章　贈答詩與士人的思想風貌

　　魏晉時期掙脫了兩漢儒學獨尊的文化模式，崇尚自然的玄學逐漸興起，佛教、道教也相繼傳播、發展，爰至南朝，呈現出多元思想的社會風貌，士人生活於其中自然受到影響。由於南朝之世，士族階層始終巍然存在，是文化傳承的重要關鍵，其家族內部所重視的門風術業亦是南朝士人思想的特色。此外，文學表現生活，是人類思想文化的載體，從作品中便能窺見當時文人的思想內涵。贈答詩歌是與人交流互動的媒介，不同的交遊對象，在創作內容上便有所差異，流露出南朝士人的多元思想與宗教信仰。因此本章共分爲三部分，依序爲：儒玄並修的實踐、道教仙思的傾慕、佛理教義的虔信，以呈現贈答詩中士人的思想風貌。

第一節　儒玄並修的實踐

一、宗親倫理的奉行

　　魏晉以來，儒學衰微，玄風、佛道興起，影響士人之思想與生活，所謂「晉世以玄言方道，宋氏以文章閒業，服膺典藝，斯風不純，二代以來，爲教衰矣。」〔註1〕爰至南朝，文學大盛，士人多好雕蟲，如

─────────────

〔註1〕　〔梁〕蕭子顯，《南齊書》，卷39，頁686。

趙翼所言：「南朝經學，本不如此，兼以上之人不以此爲重，故習業益少。統計數朝惟蕭齊之初及梁武四十餘年間，儒學稍盛。」〔註2〕六朝學術思想之大勢雖是如此，但在士族門中，仍以儒學爲依歸，即陳寅恪先生所云：「自漢氏學校制度廢弛，博士傳授之風氣止息以後，學術中心移於家族。」〔註3〕這也是門第能累世興旺的因素，欲見重於世，名德學行乃是必備條件，而儒學亦賴世族得以維繫不斷。誠如錢穆先生在《國史大綱》中指出：「南方門第對於當時傳統文化之保存與縣延，亦有其貢獻。一個大門第，決非全賴於外在之權勢與財力，而能保泰持盈達於數百年之久；更非清虛與奢汰，所能使閨門雍睦，子弟循謹，維持此門戶於不衰。當時極重家教門風，孝弟婦德，皆從兩漢儒學傳來。」〔註4〕士族乃是士與宗族的結合，可遠溯於西漢，有依政治勢力、經濟力量之途徑發展，但未能綿延不絕，惟有憑藉經學術業，才能歷數百年而不墜。故毛漢光先生認爲兩晉南朝之高門若欲長久維持家聲，都從學業與品德下功夫，成爲當時士族的特性。〔註5〕錢穆先生〈略論魏晉南北朝學術文化與當時門第之關係〉一文亦言：「門第中人，上自賢父兄，下至佳子弟，不外兩大要目：一則希望其能具孝友之內行，一則希望其能有經籍文史學業之修養。此兩種希望，並合成爲當時共同之家教。其前一項之表現，則成爲家風，後一項表現，則成爲家學。」〔註6〕揭示了六朝士族文化的特質以及共同之理想，寒素子弟、皇室貴冑也多效慕趨從，可博得名望，亦能有助於政權和社會的穩固。

　　以詩贈答本是一種人際互動的行爲，透過書寫的交流來傳遞自我的思想，據此獲得別人的認同，並在往還中形構出社會的文化風貌。

〔註2〕〔清〕趙翼，《二十二史箚記》，卷15，頁213。
〔註3〕陳寅恪，《隋唐制度淵源略論稿》（上海：商務印書館，1946年），卷2，〈禮儀〉，頁14。
〔註4〕錢穆，《國史大綱》，頁309～310。
〔註5〕毛漢光，《兩晉南北朝士族政治之研究》，頁63。
〔註6〕錢穆，《中國學術思想史論叢（三）》（臺北：蘭臺出版社，2000年），頁246。

美國社會學家米德〔Mead, George Herbert〕觀察指出：互動是傳送與接收姿態的過程，而以人類的互動來說，就是傳遞具有共通意義的文化象徵。我們使用這些姿態來進行角色取代的過程，知道別人的期待以及他們可能的行動。〔註7〕藉由贈答詩歌的互動，透顯出士人在儒雅家風薰陶下的倫理思想，以及帝王所推動的文化政策；此外，晉世獨振的玄學，尚存流風餘韻，影響著士人的處世哲學。

（一）孝友敦篤

以詩歌酬贈，可緣於彼此的相知相賞，在觀念上的相近相契，藉由贈詩來頌揚其行爲表現時，也隱含了對其思想的認同。如景平元年（423），王韶之出任吳興太守。郡內的兩個青年潘綜、吳逵因孝行被舉孝廉，故作詩相贈來讚揚、勉勵。李慈銘有云：「王謝子弟，浮華矜躁，服用奢淫，而能仍世貴顯者，蓋其門風孝友，有過他氏，馬糞烏衣，自相師友，家庭之際，雍睦可親。」〔註8〕王韶之以詩相贈除了是對後進德行的嘉勉外，也可看出他對「孝」的重視，因爲這乃是琅邪王氏的悠久傳統。其先祖西晉王祥於死前留下一篇〈訓子孫遺令〉，其中曰：

> 夫言行可覆，信之至也；推美引過，德之至也；揚名顯親，孝之至也；兄弟怡怡，宗族欣欣，悌之至也；臨財莫過於讓。此五者，立身之本。〔註9〕

他用信、德、孝、悌、讓來訓誡子孫，五者皆是儒家行事立身的道德原則。其中的核心在孝悌，便是藉此獲取聲名權位，保持家族昌盛。王氏子弟亦未辜負他的期許，才能在南朝仍始終活躍於政治舞台，冠冕不絕。故韶之的〈贈潘綜吳逵舉孝廉詩〉亦能見其對孝道的崇仰思想。其詩云：

> 東寶惟金，南木有喬。發煇曾崖，竦幹重霄。

〔註7〕　參見〔美〕特納〔Jonathan H. Turner〕著，張君玫譯，《社會學：概念與應用》（臺北：巨流圖書公司，1996年），頁89。

〔註8〕　〔清〕李慈銘，《越縵堂讀書記》，上冊，頁262。

〔註9〕　見〔清〕嚴可均輯校，《全上古三代秦漢三國六朝文》，頁1558-2。

美哉茲土，世載英髦。育翩幽林，養音九皋。
唐后明敭，漢宗蒲輪。我皇降鑒，思樂懷人。
群臣競薦，舊章惟新。余亦奚貢，曰義與仁。
仁義伊在，惟吳惟潘。心積純孝，事著艱難。
投死如歸，淑問若蘭。吳實履仁，心力偕單。
固此苦節，易彼歲寒。霜雪雖厚，松柏丸丸。
人亦有言，無善不彰。二子徵猷，彌久彌芳。
拔叢出類，景行朝陽。誰謂道邈，弘之則光。
咨爾庶士，無然怠荒。江革奉摯，慶祿是荷。
姜詩入貢，漢朝咨嗟。勗哉行人，敬爾休嘉。
俾是下國，炤煇京華。伊余朽駘，竊服懼盜。
無能禮樂，豈暇聲教。順彼康夷，懿德是好。
聊綴所懷，以贈二孝。

全詩共分六章：首章讚揚吳興地靈人傑，「九皋」語出《詩・鶴鳴》：
「鶴鳴于九皋，聲聞于野」，[註 10] 用以稱美賢人。第二章開頭則用
典，寫皇帝思念禮樂，懷想賢人，「唐后明敭」語本《尚書・堯典》：
「明明，揚側陋」，指發掘重用出身微賤而德才兼備的人；「漢宗蒲輪」
出自《漢書・武帝紀》：「遣使者安車蒲輪，束帛加璧，徵魯申公」，
表示皇帝迎聘賢者的優禮。[註11] 於是群臣競相舉薦，詩人則薦舉仁
義之士潘綜、吳逵。第三章描述二人的孝行事蹟，潘綜和父親因孫恩
之亂，共走避賊，後賊逼近其父子，潘綜向賊磕首叩頭，乞賜父之生
命，並用身體保護父親抵擋賊兵之刀，頭臉四處創傷而暈昏，故稱其
心積純孝；吳逵，吳興烏程人，由於長年饑荒，瘟疫流行，父母兄嫂
及近親共死了十三人，吳逵當時身患重病，家境貧苦，無力料理喪事。
之後親屬都死盡，只有吳逵夫婦得以獲全，雖家徒四壁但奮力工作，
一年中建成七座墳墓，重新安葬十三具靈柩。鄰里嘉之，故詩人稱其

〔註 10〕〔漢〕毛公傳，孔穎達疏，《毛詩正義》，《十三經注疏》，頁 376-2。
〔註11〕分見〔漢〕孔安國傳，孔穎達疏，《尚書正義》，《十三經注疏》，頁
　　　28-2；〔漢〕班固著，顏師古注，《漢書》，卷 6，頁 157。

踐履仁義，〔註12〕並以松柏爲喻，象徵二人的堅貞。第四章認爲有善行則能博得美名，庶民士子都應弘揚孝道，勿荒廢怠惰。第五章舉東漢江革，背負母親逃難各地，雖在顛沛流離之中，但仍克盡孝道，是難中之難，故鄉里稱之「江巨孝」；漢代姜詩與妻事母至孝，所以有湧泉躍鯉的事蹟流傳。〔註13〕詩人借以上二典類比，並勉勵潘、吳在進京後能使眾人敬重其德美行嘉。末章，詩人自謙愚腐，禮樂聲教乃無作爲，只有愛好美德，故寫下此詩來相贈兩位大孝。詩中所見，除對德行的推崇，對孝道的最終要求，如《孝經》所揭示的「立身行道，揚名於後世，以顯父母」，〔註14〕所謂的道，乃是先王之道，必須遵守祖宗法度，這與士族所重視的家風傳承亦可相互契合，體現出士人崇儒重教的思想。

　　言孝則必及悌，即兄弟間的篤愛和睦。因爲有共同生長的背景，能深切瞭解彼此，故在別離之時，牽引出發自肺腑的傷懷，如蕭統〈示雲麾弟詩〉：

> 白雲飛兮江上阻，北流分兮山風舉。
> 山萬仞兮多高峰，流九派兮饒江渚。
> 山岧嶤兮乃逼天，雲微濛兮後興雨。
> 實覽歷兮此名地，故遨遊兮茲勝所。
> 爾登陟兮一長望，理化顧兮忽憶子。
> 想玉顏兮在目中，徒踟躕兮增延佇。〔註15〕

蕭綱於天監十四年（515）出任雲麾將軍、江州刺史，兄弟二人分隔兩地，故有思念之情。此詩採用騷體寫法，在南朝詩中頗爲別致，遣詞造語亦有幾分氣勢。作者先以景語入詩，遙想弟弟赴任之地，山勢高峻，並且有水急雲高的江天之險，再從對面落筆，寫蕭綱對自己的想念，最後則回到詩人本身，表達對手足之情的顧念。兄友弟恭是人

〔註12〕分見〔唐〕李延壽，《南史》，卷73，頁1804、1803。
〔註13〕分見〔劉宋〕范曄，《後漢書》，卷39，頁1302；卷84，頁2783。
〔註14〕〔唐〕李隆基注，邢昺疏，《孝經注疏》，《十三經注疏》，頁11-1。
〔註15〕《先秦漢魏晉南北朝詩》，頁1801～1802。

倫關係的一環，是儒家思想薰陶下的觀念，由於蕭統兄弟又有皇室身分，故重視孝悌不僅是自身德行的培養，更是一種政治原則與道德規範，如蕭統的〈示徐州弟詩〉前六章：

> 載披經籍，言括典墳。鬱哉元氣，煥矣天文。
> 二儀肇建，清濁初分。粵生品物，乃有人倫。
> 人倫惟何，五常爲性。因以泥黑，猶麻違正。
> 違仁則勃，弘道斯盛。友于兄弟，是亦爲政。
> 伊予與爾，共氣分軀。顧昔髫髮，追惟綺襦。
> 綢繆紫掖，興寢每俱。朝遊青瑣，夕步彤廬。
> 惟皇建國，疏爵樹親。既固盤石，亦濟蒸人。
> 亦有行邁，去此洛濱。自茲厥後，分拆已頻。
> 濟河之隔，載離寒暑。甫旋皇邑，遽臨荊楚。
> 分手澄江，中心多緒。形反桂宮，情留蘭渚。
> 有命自天，亦徂夢苑。欣此同席，歡焉忘飯。
> 九派仍臨，三江未反。滔滔不歸，悠悠斯遠。〔註16〕

詩題中的「徐州弟」指蕭綱。前二章可看出身爲兄長的諄諄教誨，皆爲儒學的思想，披覽經籍典墳，則知天地創始，化育萬物，社會秩序便是由人與人之間尊卑長幼的關係所建立。其後則說明人倫意涵，即《書經・泰誓下》中云：「今商王受，狎侮五常」，孔穎達疏：「五常即五典，父義、母慈、兄友、弟恭、子孝五者。」〔註17〕勉勵其弟實踐並弘揚孝道，並化用孔子所言：「書云：『孝乎惟孝，友于兄弟，施於有政。』是亦爲政，奚其爲爲政？」〔註18〕本指治家孝友和做官，同樣有淑世的功能，但站在統治者的立場，提倡孝悌可演變爲充滿政治內容的道德範疇，因爲是對父母君長的忠順，維護現實秩序的穩定。第三章追述自幼在宮中兩人的感情便十分融洽，因蕭統、蕭綱同爲丁貴嬪所生，故兄弟之情最爲親近。第四章交代別離之緣故，南朝君主

〔註16〕《先秦漢魏晉南北朝詩》，頁1793。
〔註17〕見〔漢〕孔安國傳，孔穎達疏，《尚書正義》，《十三經注疏》，頁156-1。
〔註18〕〔魏〕何晏集解，邢昺疏，〈爲政〉，《論語注疏》，《十三經注疏》，頁19-1。

自劉裕起，為避免步上東晉國命兵柄操於大姓的後塵，遂命皇子或宗室諸王出鎮要地，以掌實權，如宋人洪邁所云：「凡衝要方鎮，樹置懿親，當寇之區，任用寒賤，世族名門，雖亦出為岳牧，然多在閒散之江、湖、廣等州，出任要衝者極少。」〔註19〕蕭綱於普通元年（520）出任南徐州刺史，故二人無法同昔日般朝夕相處，於是分手道別之際，令詩人心緒紛雜，眷念不捨。所以想像在夢中相聚，彼此暢談甚樂，「欣此同席，歡焉忘飯」，可見兄弟情意之殷切。詩之後六章云：

> 長嬴屆節，令弟旋茲。載覯玉質，我心則夷。逍遙玉戶，
> 攜手丹墀。方符昔語，信矣怡怡。宴居畫室，靖眺銅池。
> 三墳既覽，四始兼摛。嘉肴玉俎，旨酒金巵。陰陰色晚，
> 白日西移。西移已夕，華燭云景。屑屑風生，昭昭月影。
> 高宇既清，虛堂復靜。義府載陳，玄言斯逞。緒言遄降，
> 伊爾有行。有行安適，義乃維城。載脂朱轂，亦抗翠旌。
> 慇如朝飢，獨鍾予情。遠於將之，爰適上苑。靄靄雲浮，
> 曖曖景晚。予歎未期，爾悲將遠。日夕解袂，鳴笳言反。
> 言反甲館，雨面莫收。予若西岳，爾譬東流。興言思此，
> 心焉如浮。玉顏雖阻，金相嗣丘。〔註20〕

第七到九章言蕭綱返都，詩人欣喜愉悅，詳細描述兩人相處的時光，從晝日到黃昏，宴飲遊樂，閱覽典籍，執筆為詩，鋪陳翰藻；至夜暮低垂，兄弟共相談論玄理，可知手足情誼之深厚。第十章則寫因詔令已降，故蕭綱又將啟程，詩人化用《詩·汝墳》「未見君子，惄如調飢」之句，〔註21〕表達內心的憂傷。末二章則感嘆時光的飛逝，相見無期，聽聞笳笛之鳴，不由得淚流滿面，悲從中來，可知其友弟之敦篤。

　　門第中人循守儒家禮法，重視兄弟的和睦親密，如謝安性好音樂，自弟萬喪，十年不復聽，〔註22〕風流謝家亦能見友弟之真摯。因

〔註19〕見蘇紹興，《兩晉南朝的士族》，頁23所引。
〔註20〕《先秦漢魏晉南北朝詩》，頁1793～1794。
〔註21〕〔漢〕毛公傳，孔穎達疏，《毛詩正義》，《十三經注疏》，頁43-2。
〔註22〕見〔唐〕房玄齡等著，《晉書》，卷79，頁2075。

為是手足間的相互酬贈，故能直抒胸臆，不必刻意矯飾，有時以詩歌代替家書，在詩中娓娓詳述處境經歷與內心情意。如謝惠連〈西陵遇風獻康樂詩〉：

> 我行指孟春，春仲尚未發。趣途遠有期，念離情無歇。
> 成裝候良辰，漾舟陶嘉月。瞻塗意少悰，還顧情多闕。
> 哲兄感仳別，相送越坰林。飲餞野亭館，分袂澄湖陰。
> 悽悽留子言，眷眷浮客心。廻塘隱艫栧，遠望絕形音。
> 靡靡即長路，戚戚抱遙悲。悲遙但自弭，路長當語誰。
> 行行道轉遠，去去情彌遲。昨發浦陽汭，今宿浙江湄。
> 屯雲蔽曾嶺，驚風湧飛流。零雨潤墳澤，落雪灑林丘。
> 浮氛晦崖巘，積素惑原疇。曲汜薄停旅，通川絕行舟。
> 臨津不得濟，佇楫阻風波。蕭條洲渚際，氣色少諧和。
> 西瞻興游歎，東睇起悽歌。積憤成疢痗，無萱將如何。

〔註23〕

元嘉七年（430），謝惠連離開會稽始寧，北上彭城，出任司徒彭城王義康法曹參軍，〔註24〕途中遇風浪之險而興起無限感慨，故寫詩贈給從兄謝靈運，表達手足眷念。首章寫乘船出行的日期不斷遷延，因為不忍離別親友，此趟旅途雖逢春季嘉月，但意卻少樂，有聚少離多的缺憾。二章寫靈運前來餞行，從「相送」、「飲餞」到「分袂」共換了「坰林」、「野亭」、「澄湖」等地點，表現兄弟二人依戀不捨的情景，臨別之際，對話悲淒，顧戀不已，即使乘船啟程後仍不斷地遠望，直到隔斷聲影。三章描述漫長的路途更增添無盡的憂思，卻無人可傾訴，猶是對靈運的想念益濃。四章極力刻畫遇風的境象，在西陵渡口狂風大作，驚濤駭浪，雨勢不絕，白雪散落，天空陰雲晦暗，田野積雪皚皚，故船旅被迫停行。末章則歸至受風所阻的情況，停船多時不能渡，在空寂水島間景象亦是慘淡，所以萌生遠遊的嘆息，以傷別作結。全詩層遞鋪陳，對康樂之離思一氣貫通，可想見手足間的親密非

〔註23〕《先秦漢魏晉南北朝詩》，頁1193。
〔註24〕見〔梁〕沈約，《宋書》，卷53，頁1525。

凡。王令樾先生評此詩如讀一遊子報告行旅的家書，使人體情咀嚼，恍若身臨其境，此爲贈答詩中別開生面，親切新異的詩。〔註25〕所贈對象乃是同宗兄長，相互敬慕也同聲相應，所流露出的盡是友悌眞情。

（二）顯親揚名

　　從詩中得見孝友之敦篤，乃多爲同宗族人的相互贈答，是儒家倫理中「親親」思想的展現。高門子弟在彼此的酬贈詩歌中，多有對本身家族的自豪之語，充盈著對祖德的詠慕，背後則隱含著期許自己能繼承先人的功業，光耀門楣，並由此引發對同宗兄弟的讚美，在相互勉勵下，強調同心同德的重要，皆爲儒家思想之影響與呈現。先看謝靈運〈贈安成詩〉前三章：

　　　　時文前代，徽猷係從。於邁吾子，誕俊華宗。
　　　　明發迪吉，因心體聰。微言是賞，斯文以崇。
　　　　用舍誰階，賓名相傳。祕丘發軫，千里知賢。
　　　　撫翼宰朝，翰飛戚蕃。佐道以業，淑問聿宣。
　　　　相彼景響，有比形聲。始云同宗，終焉友生。
　　　　棠棣隆親，頍弁鑒情。緬邈歲月，繾綣平生。〔註26〕

安成，是安成太守謝宣遠，爲靈運從兄。第一章中稱自己的家族爲「華宗」，是出於名門的驕傲，也是對祖德的宣揚。錢穆先生指出：「在當時人意念之中，一家門第之所以可貴，正在此一家門第中人物之可貴」，〔註27〕對同宗親人的揄揚，亦有延續光榮傳統的意味，故開頭便讚美謝瞻的文采與美德，是謝氏大族的傑出子弟。第二章的前四句寫謝瞻的聲名遠播，後四句則稱揚治理安成郡的優秀能力。第三章描述兄弟二人的關係非常親密，「棠棣」乃《詩・小雅》篇名，表示手足間相互友愛，鄭玄箋：「周公弔二叔之不咸，而使兄弟之恩疏，召公爲作此詩，而歌之以親之」；「頍弁」亦爲《詩・小雅》篇名，〈毛詩序〉云：

〔註25〕王令樾，《文選詩部探析》，頁294。
〔註26〕《先秦漢魏晉南北朝詩》，頁1155～1156。
〔註27〕錢穆，《中國學術思想史論叢（三）》，頁242。

「諸公刺幽王也，暴戾無親，不能宴樂同姓，親睦九族，孤危將亡，故作是詩也。」〔註28〕除比喻兄弟真情可鑒，彼此情誼深厚外，也有維護家族團結的用意。再看謝瞻〈於安城答靈運詩〉前二章：

> 條繁林彌蔚，波清源愈濬。華宗誕吾秀，之子紹前胤。
> 綢繆結風徽，烟熅吐芳訊。鴻漸隨事變，雲臺與年峻。
> 華萼相光飾，嚶鳴悅同響。親親子敦余，賢賢吾爾賞。
> 比景後鮮輝，方年一日長。萋葉愛榮條，洄流好河廣。
>
> 〔註29〕

第一章開頭先以枝繁葉茂、源深波湧來比喻後嗣賢能則宗族盛美，其後寫榮耀的宗族出俊才，指靈運能承繼先人的緒業，是對大謝贈詩中「誕俊華宗」的回應。稱揚其擁有美好的風範品德，能與之共吐芬芳的談論，未來則像鴻雁漸進，能升遷官秩，亦如入雲的臺閣，與年增長爵位更高。第二章的「花萼」典出《詩・棠棣》：「常棣之華，鄂不韡韡。凡今之人，莫如兄弟」，比喻手足親深；「嚶鳴」語本《詩・伐木》：「嚶其鳴矣，求其友聲」，表示友朋同氣相求，〔註30〕用此象徵兩人的互相贈答，共為文章。之後寫兩人出於同宗，可彼此敦勉提攜，「親親」意謂親其所當親，語出《禮記・中庸》：「仁者，人也。親親為大」；「賢賢」是看重賢德，語出《論語・學而》：「賢賢易色」。〔註31〕接著用對襯、比喻的手法自嘆不如，並且稱頌靈運德才優異，為顯赫的謝氏宗族增輝，抒發無限的景仰，亦蘊涵著祖德親恩，情見乎辭。

在同宗往來的贈答酬唱中，宣揚世德，雖帶有矜誇門第之意，也

〔註28〕分見〔漢〕毛公傳，孔穎達疏，《毛詩正義》，《十三經注疏》，頁 320-1、482-2。

〔註29〕《先秦漢魏晉南北朝詩》，頁 1132。其中「吾」字遼本作「五」，今從《文選》。

〔註30〕分見〔漢〕毛公傳，孔穎達疏，《毛詩正義》，《十三經注疏》，頁 321-1、327-1。

〔註31〕分見〔漢〕鄭玄著，孔穎達疏，《禮記注疏》，《十三經注疏》，頁 887-2；〔魏〕何晏集解，邢昺疏，《論語注疏》，《十三經注疏》，頁 7-2。

未嘗不是一種情志的寄託。在詠慕親情，讚美族人的同時，亦期望自己可以一展鴻圖，光宗耀祖。如謝靈運〈贈從弟弘元詩〉前二章：

> 悠彼明泉，馥矣芳荑。揚暉神皋，澂清靈谿。
> 灼灼吾秀，徽美是諧。譽必德昭，志由業栖。
> 憩鳳于林，養龍在泉。捨潛就躍，假雲翔天。
> 餱以味變，台以明宣。言辭戚朝，聿來鼎藩。〔註32〕

時弘元為驃騎記室參軍，從鎮江陵。開頭二句用明泉、芳荑來比喻弘元的德才兼備，神皋、靈谿則指江陵一帶，表示能於此一顯身手。其後寫弘元才氣盛高，品德諧和；「譽必德昭，志由業栖」則流露靈運內心的抱負與理想，欲施展才華，建立無愧於先賢的業績，是儒家的積極入世的人生理想。第二章開頭以龍鳳在泉林，比喻俊才待時而動，雖指弘元，但亦投射自我的心聲；之後用龍躍鳳翔來比弘元的升任，隱含對自我的期許，能在政治上被委以重任，得知思想上以進取為基調，以儒家兼濟天下的追求為目標。再看謝靈運〈贈從弟弘元時為中軍功曹住京詩〉前二章：

> 於穆冠族，肇自有姜。峻極誕靈，伊源降祥。
> 貽厥不已，歷代流光。邁矣夫子，允迪清芳。
> 昔聞蘭金，載美典經。曾是朋從，契合性情。
> 我違志概，顯藏無成。疇鑒予心，託之吾生。〔註33〕

起首二句便稱揚家族的顯赫，可遠溯至古代姜姓。「貽厥」是歇後用法，為子孫之意，《尚書·五子之歌》：「明明我祖，萬邦之君。有典有德，貽厥子孫」是其源，〔註34〕亦可看出靈運心中頗有振興家族的意圖和責任。程章燦先生便曾指出：「宣揚先世的功德，追尋歷史的榮耀，增強現實的自信，這也是鞏固家族聲譽和地位的一個有效手段。」〔註35〕第二章的開頭則分別用《易·繫辭上》：「二人同心，其

〔註32〕《先秦漢魏晉南北朝詩》，頁1154。
〔註33〕《先秦漢魏晉南北朝詩》，頁1155。
〔註34〕〔漢〕孔安國傳，孔穎達疏，《尚書正義》，《十三經注疏》，頁101-1。
〔註35〕程章燦，《世族與六朝文學》（哈爾濱：黑龍江教育出版社，1998年），

利斷金。同心之言，其臭如蘭」以及《易・咸》：「憧憧往來，朋從爾思」之典，[註36]前者強調同宗者同心的重要，後者是彼此同類相從，志趣投合。雖然有對自身無所作爲的喟嘆，但正可說明詩人有立功揚名的渴望。

不惟陳郡謝氏如此，琅邪王氏亦有儒業傳承的家風，宗人間的贈答也是有先讚揚家族的盛美，再對門第中人之德行才學給予稱賞，流露揚名顯親的思想，如王揖〈在齊答弟寂詩〉前三章：

> 氛氳代記，菴藹宗圖。凝禎道祕，勲慶靈樞。
> 方流孕玉，圓波產珠。飛薰共荂，挺秀連跗。
> 窮高有響，幽山有芳。衡風沁味，爰顯爰揚。
> 三河竦映，六輔思光。相時變蔚，俟日賓王。
> 行川學海，旦慕同深。丘陵羨岳，終然異岑。
> 將子無怠，思茂高音。如彼竹箭，猶羽猶金。[註37]

王寂，王僧虔之子，史載初爲祕書郎，王融敗後，賓客多歸之。[註38]詩中「靈樞」一詞即指王寂時任中央樞要，名彰聲顯，故王揖答詩開頭便大加讚美，言王氏宗族世代繁衍，昌盛興旺，孕育出卓立不群，秀美出眾的佳子弟。第二章則寫王寂位居要津，能使家族顯揚，亦爲輔佐朝廷的能士。積極進取，有美好聲名是當時門弟中人的理想，但世代簪纓並非盡是依憑祖蔭，故當勤讀好學，修養德行。第三章便勉勵其弟當精進學問，才有更卓越之才能。王寂之父僧虔，曾有〈誡子書〉云：「曼倩有云：『談何容易。』見諸玄，志爲之逸，腸爲之抽，專一書，轉誦數十家注，自少至老，手不釋卷，尚未敢輕言。汝開老子卷頭五尺許，未知輔嗣何所道，平叔何所說，馬、鄭何所異，指例何所明，而便盛於塵尾，自呼談士，此最險事。設令袁令命汝言易，

頁13。
[註36] 分見〔魏〕王弼、韓康伯注，《周易正義》，《十三經注疏》，頁151-2、83-1。
[註37] 《先秦漢魏晉南北朝詩》，頁1541。
[註38] 〔梁〕蕭子顯，《南齊書》，卷33，頁598。

謝中書挑汝言莊，張吳興叩汝言老，端可復言未嘗看邪？」〔註39〕其中的袁粲、謝莊、張劭皆劉宋時的達官顯要，可知南朝之世，清談三玄之理仍是士人所愛好，是風流之標誌。但是家書的後半寫道：「王家門中，優者則龍鳳，劣者猶虎豹，失蔭之後，豈龍虎之議？況吾不能爲汝蔭，政應各自努力耳。」〔註40〕可見仍是希望子弟們能發揚王氏門戶，顯露的仍是儒家的傳統思想，所謂「衣冠禮樂盡在是矣」、「其餘文雅儒素，各稟家風，箕裘不墜，亦云美矣」等，〔註41〕故宗人相互酬贈，標榜家族之盛，俊才迭起，並且彼此鼓勵嘉勉，期望世家能冠冕相承，輝煌不絕。

二、經術文教的闡揚

南朝帝王庶族出身，雖握有重權，但在文化上則受到世家大族之影響，以學問自重，望求文雅之名。但上有所好，下必甚焉，隨著士庶在政治地位上的升降，文士階層自然會受到君主文化品味與文化政策之薰染與要求，而有所變化。建安曹氏父子以文壇領袖，開創了文學彬彬之盛的局面，今孟德、子桓的贈答詩不傳，但子建則留下多篇贈與諸子的詩歌，屬於主上對賓臣的往來酬贈，從中除規勉諸子應效命朝廷外，也隱括了自己的心境與情志。若從此處著眼，南朝皇族貴胄的贈給文士之詩，除了稱頌、求賢等實用目的外，也反映了上位者對於士人思想、表現上的期待與形塑。如前章所引的蕭衍〈贈逸民詩〉，是首以招隱爲主的贈詩，但其中則多流露儒家的哲思，像「虞華駢聖」、「周昌多士」、「懷寶迷邦」、「價待哲后」等句，皆出於《論語》，這與儒學在南朝逐漸復興之趨勢有關。先看蕭統〈詒明山賓詩〉：

平仲古稱奇，夷齊昔擅美。令則挺伊賢，東秦固多士。

築室非道傍，置宅歸仁里。庚桑方有係，原生今易擬。

〔註39〕〔清〕嚴可均輯校，《全上古三代秦漢三國六朝文》，頁 2837-1。

〔註40〕〔清〕嚴可均輯校，《全上古三代秦漢三國六朝文》，頁 2837-2。

〔註41〕〔唐〕李延壽，《南史》，卷 22，頁 612。

必來三徑人，將招五經士。〔註42〕

普通四年（523），明山賓爲有司所究，宅沒入官，昭明聞築室不就，賜金貽詩以助之。〔註43〕全詩典正工整，起首的「平仲」是戰國名相晏嬰，「夷齊」《梁書》作「夷吾」，乃是助齊桓公成就霸業的管仲，品德出眾像這樣的賢人，東秦本來就人才輩出，用來稱讚明山賓爲輔國佐政的賢才。「東秦」典自戰國時秦昭王曾稱西帝，齊湣王曾稱東帝，兩國皆以其富強而東西並立，後因稱齊國爲「東秦」，〔註44〕此處乃代指梁朝，亦有自詡之意。接著說置宅歸於仁者所居，並將其比作庚桑、原生。「庚桑」是庚桑楚，出自於《莊子·雜篇》中，獨得老聃眞傳；「原生」是原憲，乃孔子弟子，以蓬戶褐衣蔬食爲樂，〔註45〕可見在思想上有玄儒並存兼治的情況。最後用「蔣舍三徑」來稱揚明山賓有隱士的高美雅廉，必會受到朝廷招聘與重用。史書載梁代建立，以山賓掌治吉禮，又初置五經博士，山賓首膺其選，〔註46〕這可看出南朝君主在思想文化政策上的傾向，以及儒玄學風的消長。

自劉宋起皇室便以儒家倫理原則與治世規範，作爲維護政權的基本國策，經由史籍的考查，在位掌權者多提倡儒學教育，如元嘉年間儒學一度高漲，「高祖受命，議創國學，宮車早晏，道未及行。迄于元嘉，甫獲克就，雅風盛烈，未及曩時，而濟濟焉，頗有前王之遺典。」〔註47〕到了南齊永明則出現「家尋孔教，人誦儒書，執卷欣欣，此焉彌盛」的景況。〔註48〕梁代武帝於天監四年（505）下詔求碩學，「置五經博士各一人，廣開館宇，招內後進」；天監七年又詔曰：「建國君民，立教爲首，砥身礪行，由乎經術」，故唐代魏徵評論蕭衍執政

〔註42〕《先秦漢魏晉南北朝詩》，頁1794。
〔註43〕見〔隋〕姚察等著，《梁書》，卷27，頁406。
〔註44〕〔漢〕司馬遷著，裴駰集解，《史記》，卷44，頁1853。
〔註45〕分見〔清〕郭慶藩，《莊子集釋》，卷8上，頁769～815；〔漢〕司馬遷著，裴駰集解，《史記》，卷67，頁2207～2208。
〔註46〕〔隋〕姚察等著，《梁書》，卷27，頁405。
〔註47〕〔梁〕沈約，《宋書》，卷55，頁1553。
〔註48〕〔梁〕蕭子顯，《南齊書》，卷39，頁687。

爲：「大脩文教，盛飾禮容，鼓扇玄風，闡揚儒業，介胄仁義，折衝樽俎，聲振寰宇，澤流遐裔，干戈載戢，凡數十年。濟濟焉，洋洋焉，魏、晉已來，未有若斯之盛」，對其弘揚名教給予肯定。〔註49〕玄學雖仍是社會思潮的重要一端，但皇室的儒玄並蓄是出自於政治的考量，秦躍宇先生則指出利用玄學謙退不爭旨趣調和統治集團內部秩序，是初期鞏固政權需要的一種手段而已。〔註50〕至於陳代出現優容玄學的政策，是爲了戰亂之後恢復凋敝民生之需，也有崇儒重教等構想，但多無所作爲，其國祚甚短，亦少有文化建樹。清代皮錫瑞論南朝之學曾云：「案南朝以文學自矜，而不重經術，崔、嚴、何、伏之徒，前後並見升寵，四方學者，靡然向風，斯蓋崇儒之效。」〔註51〕可見儒業未盡衰絕除了門第的家學傳承外，上位者的喜好經術，重用儒生的文化政策亦發揮影響。梁元帝蕭繹曾寫詩相贈到溉兄弟，其云：

> 魏世重雙丁，晉朝稱二陸。何如今兩到，復似凌寒竹。〔註52〕

「雙丁」指丁儀、丁廙；「二陸」是陸機、陸雲，皆有眞摯的手足情誼，並且兼有文采。因到氏兄弟特相友愛，受到時人的敬重，故蕭繹有詩相贈，也反映出上好儒雅風範的思想。所謂上德若風，下應猶草，玄學在士人精神上已逐漸衰落，儒學的倫理仁義之特點則愈加突出。如高門子弟王融，在贈給族叔王儉的詩中，則強調其輔政善民的才德，其詩云：

> 極睇金策，具覽瑤圖。宏蹤漭邈，邃理睢盱。
>
> 聖機共軫，睿想同謨。玄契寤語，幽契占符。（二章）
>
> 軒迹方融，稽牧克輔。天步初階，哲人翼主。
>
> 望古連規，追循疊矩。齊摯等契，淩何邁禹。（三章）

〔註49〕見〔隋〕姚察等著，《梁書》，卷48，頁661～662；卷6，頁143。

〔註50〕見秦躍宇，《六朝士大夫玄儒兼治研究》（揚州：廣陵書社，2008年），頁361。

〔註51〕〔清〕皮錫瑞著，周予同注釋，《經學歷史》（北京：中華書局，2008年），頁125。

〔註52〕〈贈到溉到洽詩〉，《先秦漢魏晉南北朝詩》，頁2055。

漸美中和，資心百姓。柔裕爲容，齊莊以敬。

仁則物安，義惟已正。沖泉如泉，鏡淨如鏡。（五章）

君道知人，臣術勝務。納揆飛聲，登庸緝譽。

名敫沈隱，賁發幽素。九流載清，八政允樹。（七章）

帝曰欽哉，朕嘉乃良。滔滔江蠡，實紀炎方。

建茲赤社，俾侯南昌。受策以出，出入勤王。（八章）

施之爲政，實尹上京。期月而可，三年有成。

人莫愛力，物不廈情。雋張愧稱，王趙慚名。（九章）〔註53〕

詩中讚揚王儉乃開國功臣，能建立相應的典章制度與儀式，則是儒學核心「禮」的爲政方針。當時皇帝蕭道成即位之初曾讚嘆：「儒者之言，可寶萬世」，〔註54〕儉長於禮學，自然如魚得水，受到朝廷重用，榮耀當世莫比，王融的贈詩便顯揚其地位的顯赫。王儉雖位居高位，但勤懇愛民，生活樸素，帶動儒學的發展，本傳即言當時「衣冠翕然，並尙經學，儒教於此大興」，〔註55〕這種重儒向學的士風，自然是由於上位者的提倡與崇尙而興，故在彼此的贈答之中，藉著同宗的讚頌褒揚，流露博取功名，平治天下的想法。即便是衰落的世家子弟，在與族人的酬贈中，亦強調自身家族的儒雅傳統，如何遜〈仰贈從兄興寧寘南詩〉前半段云：

家世傳儒雅，貞白仰餘徽。宗派已孤狹，財產又貧微。

棲息同蝸舍，出入共荊扉。松筆時臨沼，蒲簡得垂帷。

幸逢四海泰，日月耀增輝。相顧無羽翮，何由總奮飛。

〔註56〕

開頭以儒雅家風的傳承說起，正直清廉乃是祖先遺留下的美德善行。可惜到何遜一支時已無貴戚可倚靠，生活貧困窘迫，故常感到自己缺乏翰飛戾天的能力與勇氣。不過能注意到詩人即使貧居，亦不忘以松

〔註53〕〈贈族叔衛軍儉詩〉，《先秦漢魏晉南北朝詩》，頁 1394。

〔註54〕〔唐〕李延壽，《南史》，卷 50，頁 1236。

〔註55〕〔唐〕李延壽，《南史》，卷 22，頁 595。

〔註56〕《先秦漢魏晉南北朝詩》，頁 1686。

枝爲筆，勤於書法；「蒲簡」是漢代路溫舒草上抄書之典，「垂帷」乃指漢代董仲舒因名望之高，弟子之多，故「下帷講誦」，〔註57〕可知士人所側重的思想原則，與帝王的文化政策相符，即是以儒家爲主的傳統價值。

三、儒學玄理的交融

　　玄學探討的重點在六朝時期有一發展變化的過程，從何晏、王弼爲代表的正始玄學，討論有無的問題，到竹林玄學則主張越名教而任自然，西晉後期則有名教即自然的標舉。東晉南朝的玄學發展，主要在探索宇宙的本性與人的本性，以及兩者之間的相互關係，有純學術化的趨勢。但它不僅是一種理論，而且轉化爲一些知識份子官員的自覺實踐，許多士族表現清談與政務兩不誤的態度，如王導與謝安主張「政務寬簡、鎮以和靖」的政治方針，便是玄儒兼治的延續。〔註58〕南朝士人則相承魏晉以來的玄學思想，如王儉雖爲一代儒宗，但曾作解散髻，斜插幘簪，別有瀟灑自如的風度，並嘗以謝安自比，展現名士風流。〔註59〕謝靈運曾贈詩給臨海太守王琇：

　　　　邦君難地嶮，旅客易山行〔註60〕

靈運曾從始寧南山伐木開路，直到臨海，隨從者有數百人。太守王琇極爲驚慌，以爲山賊，後知是靈運才放心。可見當時大謝肆意任性的作爲驚動世俗。後詩人邀請王琇一同遊歷，但琇不肯，故有此贈詩。詩意是說：太守把山高地險當作艱難，我倒覺得山行很容易呢，雖是篇殘詩，但字裡行間充滿著恣性放達的語氣，乃是受老莊玄學、名士家風的影響。李延壽在《南史》中云：「謝氏自晉以降，雅道相傳」，〔註61〕即是以任情誕性爲高雅，以塵務經心爲卑俗，誠如蕭華榮先生

〔註57〕分見〔漢〕班固著，顏師古注，《漢書》，卷51，頁2367；卷56，頁2495。
〔註58〕見秦躍宇，《六朝士大夫玄儒兼治研究》，頁298～316。
〔註59〕見〔梁〕蕭子顯，《南齊書》，卷23，頁436。
〔註60〕〔梁〕沈約，《宋書》，卷67，頁1775。
〔註61〕〔唐〕李延壽，《南史》，卷19，頁546。

所指出：「謝氏文化傳統的殊相是名士家風，這種家風的精神底蘊是老莊心態，這種心態的結構是重情輕禮。」〔註62〕不過，其家族內部仍是有堅實的儒學傳統，培育子弟成為芝蘭玉樹，以增宗族聲價，可說以玄為表，以儒為裡。

靈運在與兄弟謝瞻、弘微的贈答詩中，多流露出欲步先輩功業的雄壯志向，但因不被朝廷委以重任而多有失意，故詩人在政途顛躓之時，便轉向玄思自然，如〈答謝諮議詩〉：

> 玉衡迅駕，四節如飛。急景西馳，奔浪赴沂。
> 英華始戢，落葉已稀。惆悵衡皋，心焉有違。
> 告離甫爾，荏冉廻周。懷風感遷，思我良儔。
> 豈其無人，莫與好仇。孰日晏安，神往形留。
> 感昔戎行，遠暨西垠。僶俛于役，不敢告勤。
> 爾亦同事，契闊江濱。庶同支離，攘臂解紛。
> 鳴鵠在陰，自幽必顯。既日有聲，因風易演。
> 逶迤雲閣，司帝之典。蔚彼遺籍，如瑩如洗。
> 齊仲善交，在久彌敬。自我之遘，一遇而定。
> 於穆謝生，以和繕性。有言屬耳，有文在詠。
> 寡弱多幸，逢茲道泰。荷榮西荒，晏然解帶。
> 翦削前識，任此天籟。人既遇矣，何懼何害。
> 搔首北眷，清對未從。瞻雲累歎，思□御風。
> 良願易違，嘉樂難逢。微我無衣，溫涼誰同。
> 古人善身，實畏斯名。緣督何貴。卷耀藏馨。
> 九言之贈。實由未冥。片音或重。璵璠可輕。〔註63〕

此詩大約作於永初三年（422），謝諮議即是謝弘微，因赴荊州任諮議參軍，有詩或書信致靈運，故靈運答以此詩。〔註64〕前二章寫時光飛逝，加深對弘微的思念，第三章追憶昔日在荊州任職的情況，盡心盡力，毫

〔註62〕蕭華榮，《華麗家族：六朝陳郡謝氏家傳》（北京：三聯書店，2008年），頁26。
〔註63〕《先秦漢魏晉南北朝詩》，頁1156～1157。
〔註64〕見顧紹柏校注，《謝靈運集校注》，頁46。

無怨言，「支離」指支離疏，為《莊子・人間世》中一形體不全之人，書中對此人的描述：「上徵武士，則支離攘臂而遊於其間；上有大役，則支離以有常疾不受功；上與病者粟，則受三鍾與十束薪。夫支離其形者，猶足以養其身，終其天年，又況支離其德者乎。」〔註65〕表示其人雖身體殘缺、醜惡異常，但卻能自得其樂、獨享天福。不過就上下行文來看，此處用「支離」僅取「攘臂」之意，捋袖出臂，準備有所為的一種動作，代表奮起以解除紛亂。〔註66〕第四章的「鳴鵠」乃化用「鶴鳴于九皋，聲聞于野」之語，〔註67〕比喻才德深厚，雖處於卑賤中，仍不掩其光芒，聲名延廣傳播，最終受到朝廷重用。三、四章能看出靈運積極用世的儒家思想，保持著對現實政治的關切，並期盼能發揮所長。但永初元年劉裕代晉而立，靈運先被降爵，又因曾追隨過劉毅，受到君主的猜忌，「朝廷唯以文義處之，不以應實相許」，〔註68〕但是詩人出身名門，背負振興家族的責任，加上本身才高氣傲，自認宜參權要，卻不見重用，所以常懷憤懣。尤其當時大臣們各自擇主而事，靈運結交廬陵王劉義真，受到權臣徐羨之等人的嫉恨，在這樣的政治氛圍中，使得詩人產生急流勇退的念頭，顯示出離儒入道的思想動向。

　　第五章的「齊仲」是晏嬰，《論語・公冶長》中有：「晏平仲善與人交，久而敬之」〔註69〕，以喻兩人的莫逆交誼，之後讚嘆謝弘微之美好，在於調養恬靜，修養性情，用的就是《莊子・繕性》的觀念，其云：「古之治道者，以恬養知；知生而无以知為也，謂之以知養恬。知與恬交相養，而和理出其性。」〔註70〕心智和恬靜交相調治，則為中和之道，出乎天性的自然之理便表露而出，屬道家的哲思，謝弘微本身即是談玄的高手，本傳載：「瞻等才辭辯富，弘微每以約言服之，

〔註65〕〔清〕郭慶藩，《莊子集釋》，〈內篇〉卷2中，頁180。
〔註66〕此說參考顧紹柏校注，《謝靈運集校注》，頁49。
〔註67〕〔漢〕毛公傳，孔穎達疏，《毛詩正義》，《十三經注疏》，頁376-2。
〔註68〕〔梁〕沈約，《宋書》，卷67，頁1753。
〔註69〕〔魏〕何晏集解，邢昺疏，《論語注疏》，《十三經注疏》，頁44-1。
〔註70〕〔清〕郭慶藩，《莊子集釋》，〈外篇〉卷6上，頁548。

混特所敬貴，號曰微子。謂瞻等曰：『汝諸人雖才義豐辯，未必皆愜眾心，至於領會機賞，言約理要，故當與我共推微子。』」〔註71〕不過相對於靈運的空疏違禮，弘微則嚴謹端審，「舉止必循禮度」，為儒家的處世原則；平生唯求素淡官職，生怕權勢太重，便是「止足」之道，乃從《老子》「知足不辱，知止不殆」中而來，〔註72〕為道家的應世態度，可見玄儒兼容的體現。靈運為謝氏子弟，自然想重振風流，但不得其志，便興起隱遁之心，後來遨遊山澤，大展自然疏狂的形跡。故第六章寫平安卸任荊州之職，現將斬斷前見，即是除去儒家典籍中的觀點，而採取聽其自然，清靜無為的表現。第七章則述期盼能與弘微見面的眷念之情。末章的「善身」、「緣督」、「卷耀藏馨」皆是老莊所謂順守中道，保身全生、隱才遁世之意，後又以「九言」相贈，即《左傳‧定公四年》「無始亂，無怙富，無恃寵，無違同，無敖禮，無驕能，無復怒，無謀非德，無犯非禮」之典，〔註73〕用來共勉，展現出南朝士人兼涉儒道，調和玄儒的思想。

在兼涉儒玄思想觀念下的士人，亦有以處下不爭為立身處世之原則，則是考慮到政局混亂，鬥爭殘酷，轉而投入「無為」來保全自身與家族。如謝瞻〈於安城答靈運詩〉的末章：

> 跰行安步武，鍛翮周數仞。豈不識高遠，違方往有吝。
> 歲寒霜雪嚴，過半路愈峻。量己畏友朋，勇退不敢進。
> 行矣勵令猷，寫誠酬來訊。〔註74〕

當時處於晉宋交替之際，政爭異常激烈，故此處著重描寫詩人的心境，小步、低飛，畏懼高位，想急流勇退，以避禍保身，有著主動謙退的道家意識。尤其之後他見其弟謝晦孜孜於功名利祿，權傾朝野，不但沒有慶賀，反而向劉裕請求削爵貶官，其云：「臣本素士，父、祖位不過二

〔註71〕見〔梁〕沈約，《宋書》，卷58，頁1591。
〔註72〕分見〔梁〕沈約，《宋書》，卷58，頁1592；朱謙之，《老子校釋》，頁180。
〔註73〕〔晉〕杜預注，孔穎達疏，《春秋左傳正義》，《十三經注疏》，頁950。
〔註74〕《先秦漢魏晉南北朝詩》，頁1132～1133。

千石。弟年始三十，志用凡近，榮冠臺府，位任顯密，福過災生，其應無遠。特乞降黜，以保衰門。」〔註75〕也是老子的「止足」之道的展現。不過謝瞻任官仍是盡心盡力，臨終之時，除了告誡謝晦，也勉勵其要報國爲家，即屬儒家之精神，亦是玄儒的兼收並蓄。儘管南朝諸帝有意倡導儒學，但對於玄學亦不能持著絕對排斥的態度，如沈約所指出：「暨于晉氏，浮僞成俗，人懷獨善，仕貴遺務。降及宋祖，思反前失，雖革薄捐華，抑揚名教，而關聰之路未啓，采言之制不弘。」〔註76〕說明了兩晉玄風的盛行傳播，已深入士人的內心，所以即使是皇室，亦有玄學與儒學兼治的傾向，如梁武帝「少而篤學，洞達儒玄」，其子蕭綱亦是「博綜儒書，善言玄理」，〔註77〕上節所引的蕭統〈示徐州弟詩〉，贈詩中有「三墳既覽，四始兼摛」、「義府載陳，玄言斯逞」之句，亦可看出兄弟二人留意經史、談玄清辯的生活風貌。再看蕭繹〈示吏民詩〉：

　　闕里尚撝謙，厲鄉裁知足。咨余再分陝，少思宜寡欲。
　　霞出浦流紅，苔生岸泉綠。方知江漢士，變爲鄒魯俗。
〔註78〕

太清元年（547），蕭繹再牧荊州，相贈給官吏與庶民的詩歌，以說明治理的方針。開頭的「闕里」即是孔子故居，位於山東曲阜，夫子在此授徒，故有謙德之風；「厲鄉」據載是老子生地，是楚苦縣厲鄉曲仁里人也，〔註79〕於是有知足不辱的智慧。「分陝」則指蕭繹出任此地，所採取的是少思寡欲的道家哲學，然而最終的目標則是希望荊州能如同鄒魯，有孔孟遺風，文教鼎盛，體現了兼治玄儒的思想。

　　士人在家風的薰陶下，重視人倫，並以頌美來揚名顯親；對於出處進退上則採取任情自然的姿態，將兩者相容進入士人的生活實踐。如何遜〈贈族人秣陵兄弟詩〉：

〔註75〕〔梁〕沈約，《宋書》，卷56，頁1558。
〔註76〕〔梁〕沈約，《宋書》，卷82，頁2106。
〔註77〕分見〔隋〕姚察等著，《梁書》，卷3，頁96；卷4，頁109。
〔註78〕《先秦漢魏晉南北朝詩》，頁2040。
〔註79〕〔漢〕司馬遷著，裴駰集解，《史記》，卷63，頁2139。

吾宗昔多士，文雅高縉紳。小子無學術，丁寧困負薪。
傍枝實紛亂，領袖寄親姻。名價齊兩許，閨門比三陳。
風力咸通邁，藝業並紛綸。元方振高羽，洛令初解巾。
自爾典名郡，所在號清淳。齊兒敢為俗，蜀物豈隨身。
祿俸不妻子，謳吟乃吏民。孰云穢明德，惟在中聖人。
若能遺酌我，稱首當屬仁。仲將本特達，坎壈猶賤貧。
方成天下士，豈伊席上珍。外情或簡易，內鑒甚人倫。
時然臨下邑，摘伏信如神。顧余晚脫略，懷抱日湮淪。
游宦疲年事，來往厭江濱。十載猶先職，一官乃任真。
土牛竟不進，芻狗空重陳。羈旅無儔匹，形影自相親。
蕭索高秋暮，砧杵鳴四鄰。霏霏入窗雨，漠漠暗床塵。
所思不可見，邈若胡與秦。願子加餐飯，良會在何辰。

〔註80〕

秣陵兄弟，指何思澄、何子朗，與何遜俱擅文名，有「東海三何」之
稱。〔註81〕這首贈詩可分為兩部分，其一是讚揚秣陵兄弟的政績，其
二是自傷仕途的坎坷，於是有順其本性，希求隱遁之意，從中亦得見
儒玄的交織糾纏。詩的起首便是對宗族的戶列簪纓加以褒揚，並說明
有宗文崇儒的傳統。詩人自嘆無為官的本領，生活常陷於貧困，與何
思澄、子朗的仕途順達形成鮮明的對比。第七句至二十二句先稱頌何
思澄，多用典實，如「兩許」指東漢許劭、許虔，素有名節，為時所
重；「三陳」是東漢陳寔、陳紀、陳諶父子三人，家門雍睦，並著高名。
〔註82〕「元方」是陳紀，有才德；「洛令」代指思澄任秣陵令一事；「齊
兒」指齊地百姓，典自《漢書·朱博傳》，用以形容其號令嚴明；「蜀
物」，是用《南史·王僧孺傳》中「昔人為蜀部長史，終身無蜀物，
吾欲遺子孫者，不在越裝」之典，表示思澄的為官清廉。〔註83〕何遜

〔註80〕《先秦漢魏晉南北朝詩》，頁 1685～1686。
〔註81〕〔隋〕姚察等著，《梁書》，卷 50，頁 714。
〔註82〕分見〔劉宋〕范曄，《後漢書》，卷 68，頁 2234～2236；卷 62，頁
　　　　2065～2069。
〔註83〕分見〔漢〕班固著，顏師古注，《漢書》，卷 83，頁 3400；〔梁〕沈

對思澄的大爲讚美，除了是門第中人相互誇譽外，也隱含著對於仕途進退窮達的關心，故「若能遺酌我，稱首當屬仁」便有期望提攜拔擢之意。第二十三句至三十句則換說何子朗，「仲將」是三國魏人韋誕，用以代指子朗的秀出如珪璋，「席上珍」是指儒家的才德之士，〔註84〕稱讚他的品行高尚，之後稱其出任國山令，能查出暗藏的奸盜，表示治理有方。第三十一句起轉向自訴心聲，宦海的無成與思澄、子朗的顯達形成鮮明的對照，故有「脫略」、「任真」、「土牛竟不進」、「芻狗空重陳」等言辭的慰藉，輕慢不拘、依任本性即是道家的豁達思想。因此，這種玄儒交融的模式一方面體現於孝悌倫理、顯揚宗親，一方面則是表現在止足之道、退隱之思，相互調節補充，融入了士人在政治與生活上的實踐。

第二節　道教仙思的傾慕

宗教信仰是社會意識形態之一，同時也是人類歷史上一種古老又普遍的文化現象，對社會和人生等各方面都發揮著重大影響。宗教在歷史的演進中，不斷地以各種形態滲入社會文化和現實生活中，主宰著人們的思維和意識，更深入眾多信徒的心靈，成爲指導他們生活與行爲的準則。〔註85〕文學則透過文字來反映生活，尤其贈答詩歌更能顯現士人與方外之士交遊的景況，從中便會呈現思想信仰之風貌。道、佛二教在南朝趨於成熟，是流傳甚廣的興盛局面，南朝士人與佛、道多有淵源關係，故在生活行徑與詩文著作中，多少摻雜了宗教色彩，若是與僧道中人相酬唱的詩歌，便愈發明顯。此節則先專門探究贈答詩與士人道教信仰上的思想聯繫。

約，《宋書》，卷33，頁470。
〔註84〕分見〔晉〕陳壽著，〔劉宋〕裴松之注，《三國志・魏書》，卷21注引《文章敘錄》，頁620；〔漢〕鄭玄著，孔穎達疏，《禮記注疏》，《十三經注疏》，頁974-1。
〔註85〕詳參呂大吉，《宗教學通論》（臺北：博遠出版公司，1993年），頁1-4。

一、神仙洞府的嚮往

南朝士人與道士之間的詩歌贈答，能發現士人對於神仙思想的醉心與嚮往。修道者以養生度世爲務，認爲通過方術修煉便可長生不死，故遠離人寰，尋訪仙藥。入山求仙本就充滿著神祕色彩，易引起士人對於縹緲仙境的嚮往，也符合他們以隱逸爲高的心態，追求身心的自由與超脫。南朝著名道士陶弘景上表辭官，出發歸隱當日，「公卿祖之於征虜亭，供帳甚盛，車馬填咽，咸云宋、齊已來，未有斯事。朝野榮之」。〔註86〕投奔山林後反而聲譽鵲起，上位者既想借助其道法來邀獲神靈的福祐，又想借重其清譽來爭取士大夫的認同，於是下詔徵聘，陶弘景作〈詔問山中何所有賦詩以答〉來回覆：

> 山中何所有，嶺上多白雲。只可自怡悅，不堪持寄君。〔註87〕

此詩所答的詔主，《太平廣記》卷二○二引《談藪》認爲是齊高祖，〔註88〕但南齊諸帝並無「高祖」之稱，逯欽立在《先秦漢魏晉南北朝詩》中釋爲齊高帝蕭道成，但據鍾國發的查考，蕭道成在位時陶弘景僅是不入流品的小小侍從，不可能有詩文酬答之緣，故認爲「高祖」當爲「高宗」（齊明帝蕭鸞廟號）之訛。〔註89〕鍾氏之言可參，且史載蕭鸞「潛信道術」，〔註90〕《三洞珠囊》卷二《勑追召道士品》引《道學傳》卷九云：「齊建武二年（495），陶受勑東祈名山，因尋經典也」，〔註91〕可知對陶弘景相當殷勤，故問「山中何所有」，語氣中兼有不解和敦勸之意，陶答以「多白雲」則是避實就虛，亦具有言外之意，象徵逍遙自在的生活，雲字也含有仙境的意象，藉

〔註86〕〔隋〕姚察等著，《梁書·陶弘景傳》，卷51，頁742。

〔註87〕《先秦漢魏晉南北朝詩》，頁1814。

〔註88〕〔宋〕李昉等編，《太平廣記》（北京：中華書局，1961年），卷202，頁1525。

〔註89〕參見鍾國發，《陶弘景評傳》（南京：南京大學出版社，2004年），頁422。

〔註90〕〔梁〕蕭子顯，《南齊書》，卷6，頁92。

〔註91〕見〔元〕長春眞人編纂，《正統道藏·太平部》（臺北：新文豐出版社，1985年），頁642-1。

此來傲視帝王塵世的權勢富貴。末二句則謙中帶諷，不卑不亢地堅持自己的立場，不願出山。

　　由於與黑暗政局保持距離，社會聲望便越來越高，愈是不肯露面，在人們心目中的神祕感就越強，而且方外山林的生活，安祥適意，再加上道教神仙的色彩，使得士人在與之酬答的詩歌中，流露出對仙道境地的刻畫與嚮往，如范雲〈答句曲陶先生詩〉：

　　　　終朝吐祥霧，薄晚孕奇煙。洞潤生芝草，重崖出醴泉。
　　　　中有懷眞士，被褐守沖玄。石戶栖十秘，金壇謁九仙。
　　　　乘鸞方履漢，響鶴上騰天。〔註92〕

句曲，乃是句曲山，詩的前四句便是描寫山中的景色，終日瀰漫祥霧奇煙，並生長靈芝仙草，地出甘甜泉水，儼然是人間仙境。據現存道書記載：西漢咸陽人茅盈十八歲時離家修道，采取山術而餌服之，相繼隱居恆山、西城山，受聖師符籙，拜見西王母，於是得道，返家等待仙職。其弟固、衷二人當時在官俱貴，爲了感化二人放下對仕途的迷戀，遂當眾表演仙法，之後隱居至江南的句曲山。茅固、茅衷聞盈玄跡眇邁，白日神仙，乘飛步虛，越波凌津，始乃信仙化可學，神靈可致，所以辭去高官厚祿，開始修煉，並在五年後尋兄到句曲山，在茅盈的幫助下快速得道，三人也取得了仙職，號稱三茅君，民間因此改稱句曲山爲茅山。〔註93〕早期傳說的神仙樂土多在東海蓬萊、西方崑崙等山，是虛擬而不得之的，故求仙者漸漸地將目光轉向人間已知的山岳。仙山是從凡人到神仙的過渡空間，是結合人性的親近感與神性的距離感，但現實世界中的山岳很難滿足這樣的要求，須從凡俗的空間裡找到非現實的神聖空間，於是「洞天」作爲一種逼眞的神聖空間在方士們的幻想中出現了。〔註94〕陶弘景擇居的茅山，本就仙名外顯，已非人跡罕至，似乎有失清幽，但此山另有奧祕，據陶弘景所編的《眞誥・稽神樞第一》中提到：

〔註92〕《先秦漢魏晉南北朝詩》，頁1545。
〔註93〕〈太元眞人東嶽上卿司命眞君傳〉，《雲笈七籤》，卷104，見〔元〕長春眞人編纂，《正統道藏・太玄部》，頁331～336。
〔註94〕鍾國發，《陶弘景評傳》，頁98～99。

「大天之內，有地中之洞天三十六所，其第八是句曲山之洞，週迴一百五十里，名曰金壇華陽之天。洞墟四郭上下皆石也……虛空之內，皆有石階，曲出以承門口，令得往來上下也。人卒行出入者，都不覺是洞天之中，故自謂是外之道路也。日月之光，既自不異草木水澤，又與外無別，飛鳥交橫，風雲蓊鬱，亦不知所以疑之矣。」〔註95〕這裡的仙境乃為一巨大的地穴，內有日月映照，亦有晝夜之分，連自然之景都與人世相同，可謂是洞中別有天地。

此外，句曲茅山不但是仙真洞天，也是人間福地，《真誥‧稽神樞第一》云：「句曲山，其間有金陵之地，地方三十七八頃，是金陵之地肺也。土良而井水甜美，居其地，必得度世見太平。」〔註96〕所以范雲答詩中對於神山仙境的刻畫，不僅是一般遊仙詩的憑空想像，更多是來自於江南山川的靈秀，以及洞天福地的神仙色彩。誠如李豐楙先生所指出：「江南地區的開發是六朝的主要經濟活動，而當地的景觀也確能造成審美觀的轉變，並促發宗教的神秘，洞庭湖、太湖地區均屬地質學上沉積的內陸海的上升，因而易於蝕成特多溶洞的地形，其中有鐘乳石、金屬礦石及神芝等物，尤其這種地形所造成的日月之光，交融為特殊的地洞奇觀。」〔註97〕其後頌美居於其中的陶弘景，是有操守才能之士，過著淡泊沉靜、堅臥煙霞的生活，這即是葛洪在《抱朴子‧論仙》中所言的學仙之法，要「恬愉澹泊，滌除嗜欲」、「靜寂無為，忘其形骸」。〔註98〕於是專注修道，尋秘謁仙，可以預知將來必能得道，乘鶴而去。鶴是鸞鳳之屬，為傳說中的一種神鳥，乘鶴昇天多是成仙的標誌，足見詩末仍是流露著仙思道語。此種擺脫世俗的瀟灑風度，亦正是南朝士人所嚮往的理想與閒散情趣。

再看沈約〈華陽先生登樓不復下贈呈詩〉：

〔註95〕見〔元〕長春真人編纂，《正統道藏‧太玄部》，頁101～102。
〔註96〕見〔元〕長春真人編纂，《正統道藏‧太玄部》，頁100-1。
〔註97〕李豐楙，〈六朝道教洞天說與遊歷仙境小說〉，《誤入與謫降：六朝隋唐道教文學論集》（臺北：臺灣學生書局，1996年），頁109。
〔註98〕王明，《抱朴子內篇校釋》（臺北：里仁書局，1981年），頁16。

側聞上士說，尺木乃騰霄。雲駢不展地，仙居多麗樵。
臥待三芝秀，坐對百神朝。銜書必青鳥，佳客信龍鑣。
非止靈桃實，方見大椿凋。〔註99〕

華陽先生即是陶弘景，他以華陽隱居自稱，《梁書》載：「永元初，更築三層樓，弘景處其上，弟子居其中，賓客至其下，與物遂絕，唯一家僮得侍其旁。特愛松風，每聞其響，欣然為樂。有時獨遊泉石，望見者以為仙人。」〔註100〕乃詩題所本，可見當時陶弘景的超塵脫俗。沈約的這首贈詩寫於齊朝末年，但在外任東陽太守時，已與陶氏交遊，曾致信讚賞其高超志節，書云：「先生糠秕俗流，超然獨遠，烈電羽帶，摁彎雲霞。」〔註101〕沈約回到建康之後，他們仍多次詩文酬唱，從中可窺兩人之交誼。齊末東昏侯昏庸荒淫，肆意殺害徐孝嗣、江祏等大臣，任用茹法珍等奸小，士大夫人人自危，沈約亦感政治局勢的紛亂，故身在廟堂，心慕江湖，有避禍保身之念，沈約寫詩給陶弘景，流露出對於遨遊仙境的渴望，藉由道教仙思來滿足其遠離塵囂的需要。

詩的開頭所敘的「上士」，便是用神仙三品說中的觀念，《抱朴子‧論仙》載：「按仙經云，上士舉形昇虛，謂之天仙。中士遊於名山，謂之地仙。下士先死後蛻，謂之尸解仙。」〔註102〕除頌美陶弘景脫離塵擾、養生駐齡的修道境界外，也是詩人內心的願望。「尺木」是古人謂龍升天時所憑依的短小樹木，便以此踏入對於仙境的幻想與漫遊。詩人乘著傳說中仙人的車駕，所見的多是華麗的高樓，並且有瑞草三芝，食用可長生，甚至得道成仙，《抱朴子‧仙藥》有載：「參成芝，赤色有光，扣之枝葉，如金石之音，折而續之，即復如故。木渠芝，寄生大木上，如蓮花，九莖一叢，其味甘而辛。建木芝實生於都廣，其皮

〔註99〕《先秦漢魏晉南北朝詩》，頁1638。
〔註100〕〔隋〕姚察等著，《梁書‧陶弘景傳》，卷51，頁743。
〔註101〕〈與陶弘景書〉，見〔清〕嚴可均輯校，《全上古三代秦漢三國六朝文》，頁3115-2。
〔註102〕王明，《抱朴子內篇校釋》，頁18。

如纓蛇，其實如鸞鳥。此三芝得服之，白日昇天也。」〔註103〕亦符合
上士天仙的形象。之後用神仙故事的典故，「青鳥」爲西王母的使者，
「靈桃」是西王母獻給漢武帝的禮物，〔註104〕可知此詩描繪的仙境該
爲崑崙神山。詩末提及見到「大椿」，是用《莊子・逍遙遊》：「上古有
大椿者，以八千歲爲春，以八千歲爲秋」之事，〔註105〕與仙桃相襯爲
長壽不老的象徵。

　　沈約贈詩中對於仙境的刻畫，流露追慕神仙的渴求，只是詩人並
非眞的願意高蹈出塵，遠遁人世，所以葛洪便提出中將成仙之術與做
官之道相結合，來解決這個難題，迎合當時士人的心態。《抱朴子・釋
滯》中云：「長才者兼而修之，何難之有？內寶養生之道，外則和光於
世，治身而身長修，治國而國太平。以六經訓俗士，以方術授知音，
欲少留則且止而佐時，欲昇騰則凌霄而輕舉者，上士也。」〔註106〕認
爲當官佐時與昇騰成仙兼修的重要，才是「上士」，故沈約「側聞上士
說」應不單指遨遊仙境的自由，而是仙官二者結合的嚮往，也接近南
朝士子亦官亦隱的政治態度與處世哲學。儘管沈約與道士陶弘景有著
密切的往來，也曾經設想過追隨其出家修道的可能，但因放不下世俗
牽掛，而未能遂願，如〈還園宅奉酬華陽先生詩〉：

> 早欲尋名山，期待婚嫁畢。二事雖云已，此外復非一。
> 忽聞龍圖至，仍覩榮光溢。副朝首八元，開壤賦千室。
> 冠纓曾弗露，風雨未嘗櫛。鳴玉響洞門，金蟬映朝日。
> 慚無小人報，徒叨令尹秩。豈忘平生懷，靡鹽不遑恤。
> 〔註107〕

〔註103〕　王明，《抱朴子內篇校釋》，頁181。
〔註104〕　分見上海古籍出版社編，〈漢武帝內傳〉、〈漢武故事〉，《漢魏六
　　　　　朝筆記小說大觀》（上海：上海古籍出版社，1999年），頁142、
　　　　　173。
〔註105〕　〔清〕郭慶藩，《莊子集釋》，〈內篇〉卷1上，頁11。
〔註106〕　王明，《抱朴子內篇校釋》，頁135。
〔註107〕　《先秦漢魏晉南北朝詩》，頁1638。

詩中有「徒叨令尹秩」之句，可見寫於丹陽尹時，又詩題的「園宅」
應指沈約於天監六年（507）退居東田郊居，〔註108〕是詩人晚年的作
品。詩的起首用東漢高士向長隱居不仕，子女婚嫁既畢，遂漫遊五嶽
名山，後不知所終之事，〔註109〕借以說明內心原先有出世歸隱，入
山修煉的打算，但卻有許多始料未及的因素而未能實踐。主要是天降
祥瑞，聖王治世，自己深受恩寵，「八元」乃是傳說中的八位才子，
據《左傳・文公十八年》載：「高辛氏有才子八人：伯奮、仲堪、叔
獻、季仲、伯虎、仲熊、叔豹、季貍，忠肅共懿，宣慈惠和，天下之
民，謂之『八元』。」〔註110〕高辛氏為五帝之一的帝嚳，用此典來說
明當今皇上的治國有方，知人善任。沈約因助蕭衍代齊，所以在仕梁
初期備受禮遇，地位顯赫，朝野以為榮。詩中謙稱自己欣逢盛世，愧
居高位，雖然懷有歸隱之志，但卻未能真正放下塵世俗務，正如詩末
運用《詩・北山》「王事靡盬」之典，〔註111〕認為君主交付的任務未
完，怎能顧得上逍遙山林、去留任意的懷想呢。沈約入梁以來確實忙
於政務，須草擬詔書、參議五禮、制定新律、造郊廟歌辭，又任昭明
太子之師，仕途可謂相當得意。

　　沈約認為自己功高望重，希望能進位三公，但梁武帝未加允諾，
因此漸有鬱鬱不得志之感，在其所作〈郊居賦〉便抒發遁世之志：
「平生之耿介，實有心於獨往。思幽人而軫念，望東皋而長想。本忘
情於徇物，徒羈紲於天壤。」〔註112〕依違於作官與退隱之間，此次
還園宅寫詩酬答陶弘景，表示雖未能真正入山修煉，仍被世俗所羈
絆，但是不得已而為之的感慨，所謂「懸車之請，事由恩奪」，〔註113〕

〔註108〕　見〔唐〕李延壽，《南史・沈約傳》，卷57，頁1412。

〔註109〕　〔劉宋〕范曄，《後漢書》，卷83，頁2758～2759。

〔註110〕　〔晉〕杜預注，孔穎達疏，《春秋左傳正義》，《十三經注疏》，
　　　　　頁353。

〔註111〕　〔漢〕毛公傳，孔穎達疏，《毛詩正義》，《十三經注疏》，頁444-1。

〔註112〕　〔清〕嚴可均輯校，《全上古三代秦漢三國六朝文》，頁3098-1。

〔註113〕　〔隋〕姚察等著，《梁書・沈約傳》，卷13，頁235。

只能繼續爲朝廷效命，但心中對於歸隱與事道的嚮往仍是相當依戀，如〈郊居賦〉中有云：「始餐霞而吐霧，終陵虛而倒景。駕雌蜺之連卷，泛天江之悠永。指咸池而一息，望瑤臺而高騁。匪爽言以自媮，冀神方之可請。」〔註114〕長年與道士的交遊與詩歌贈答，除了展現交誼之深厚外，也可見詩人奉道信仰的傾向，對於追求功名利祿的士人而言，羽化登仙，遨遊雲天並非最大的渴求，能出入紅塵，逍遙於名山洞府的地仙，才是理想生活的嚮往。如此除了一慰仕途的失意，又無高處不勝寒的寂寥；能享人間的樂趣，又不爲俗世所累，於是有鍊丹服食，長生不死之探求。

二、長生延壽的追尋

道教的成仙理論中，服食丹藥始終是長生不死的關鍵，如葛洪《抱朴子‧極言》中云：「先將服草木以救虧缺，後服金丹以定無窮，長生之理，盡於此矣。」〔註115〕對於服用分量的運用，則可決定止於人間或飛昇於天，《抱朴子‧對俗》言：「仙人或昇天，或住地，要於俱長生，去留各從其所好耳。又服還丹金液之法，若且欲留在世間者，但服半劑而錄其半。若後求昇天，便盡服之。不死之事已定，無復奄忽之慮。正復且遊地上，或入名山。」〔註116〕這是將尋求個體自由與金丹服食巧妙結合之後的神奇說法，也是所謂的地仙之樂，造就了當時士人心目中理想的神仙生活：遊戲人間，逍遙自在，或棲名山、或昇太清。〔註117〕

身爲一名道士，棄凡絕俗，入山求仙，則有內外修煉之法，靜慮養神、少思寡欲屬內；服食草藥、鍊製金丹屬外，尤其黃金丹藥更被道士視爲成仙的理想妙方，如葛洪所言：「余考覽養性之書，鳩集久

〔註114〕 〔清〕嚴可均輯校，《全上古三代秦漢三國六朝文》，頁 3099-1。
〔註115〕 王明，《抱朴子內篇校釋》，頁 224。
〔註116〕 王明，《抱朴子內篇校釋》，頁 46。
〔註117〕 詳見李豐楙，〈神仙三品說的原始及其演變〉，《誤入與謫降：六朝隋唐道教文學論集》，頁 33～92。

視之方，曾所披涉篇卷，以千計矣，莫不皆以還丹金液爲大要者焉。
然則此二事，蓋仙道之極也。服此而不仙，則古來無仙矣。」〔註118〕
士人與道士的詩歌往來，多會流露出對於長生延壽的渴求，於是便期
待能有丸丹相贈，以達不死之境，如沈約〈酬華陽陶先生詩〉：

　　　　三清未可覲，一氣且空存。所願迴光景，拯難拔危魂。

　　　　若蒙丸陶隱居傳作九。金薤記同。丹贈，豈懼六龍奔。

這首詩含有明顯的道教思想，「三清」是指玉清、上清、太清三仙境。
三清一詞就現今所見，應以《正統道藏・洞玄部》所收錄的《洞玄靈
寶自然九天生神章經》爲最早，經中明言：「得神仙骨肉，同飛上登
三清，是與三朶合德，九朶齊並也。」〔註119〕據黃海德先生〈試論
道教「三清」信仰的宗教內涵及其歷史演變〉一文指出：《九天生神
章經》至遲應在劉宋之前便已成書，對於三清仙境的信仰，大概形成
於東晉末年或南朝劉宋之時。道教信徒長期將三清仙境視作「常樂淨
土」或「常樂境界」，爲道教修行者的最高信仰。居於此仙境中的神
仙爲天寶、靈寶、神寶君，後來則以元始天尊、靈寶天尊、道德天尊
爲主，此說從南北朝後期開始，經歷了隋唐五代的孕育與演變歷程，
迄至宋代才爲道教各派所認同而最後定型。〔註120〕其中整合神靈系
統，編纂神仙譜系的重要人物便是陶弘景，其在〈眞靈位業圖〉將當
時道經所載的近七百名神靈，用七個等級進行編排，其中便有三清之
名。沈約使用此一術語入詩，可見其涉足道教教義。

　　詩的內容則透露服藥長壽的渴望，希望華陽先生能贈與金丹仙
藥，便能不再懼怕時光的流逝，可以長生不死。陶弘景鍊丹，可見《南
史》：「弘景既得神符祕訣，以爲神丹可成，而苦無藥物。帝給黃金、
朱砂、曾青、雄黃等。後合飛丹，色如霜雪，服之體輕。及帝服飛丹

〔註118〕　王明，《抱朴子內篇校釋》，〈金丹〉，頁61。
〔註119〕　見〔元〕長春眞人編纂，《正統道藏・洞玄部・本文類》，頁4-2。
〔註120〕　見黃海德，〈試論道教「三清」信仰的宗教內涵及其歷史演變〉，
　　　　　《世界宗教研究》期2（2004年），頁72～79。

有驗，益敬重之。」〔註 121〕這段簡要的記載則透露了梁武帝服食神
丹後，未能白日飛昇，肉身成仙，僅能視為養生的藥品，但據陶弘景
《真誥》卷二十〈真誥敘錄〉記載：東晉義熙十三年（417），陳雷與
東陽太守任城魏欣之等，共合丹，丹成，三人前後服，服皆有神異，
託跡暫死，化遁而去。另據《真誥》卷十九〈真誥敘錄〉亦載：南朝
宋人孔熙先、孔休先不信誦讀大洞真經就能成仙，以為「仙道必須丹
藥鍊形，乃可超舉」。〔註 122〕再加上《抱朴子》在〈仙藥篇〉詳盡地
寫下服之可以成仙的神藥；〈金丹〉、〈黃白〉篇記錄了晉以前二十餘
種的鍊丹術，並親身從事實驗，所以到了南朝，服丹成仙的觀念廣被
接受，沈約此處的酬答詩歌，則是傳達出希冀突破生命的局限，永享
金石之壽的探求。

　　尋求不死之方除透過道士鍊製的靈丹，六朝士人亦多服食藥散以
求養生延年，魯迅先生在〈魏晉風度及文章與藥及酒之關係〉一文裡
指出了服散的風氣，被時人認為是名士風流的展現。〔註 123〕王瑤先
生在〈文人與藥〉中進一步追索了現象背後的社會成因與實際狀況。
〔註 124〕在南朝贈答詩中，仍可以發現士人對於服食藥散的神奇憧
憬，如沈約〈奉華陽王外兵詩〉：

　　　餐玉駐年齡，吞霞反容質。眇識青丘樹，迴見扶桑日。
　　　爛熳蜃雲舒，嶔崟山海出。〔註 125〕

據賈嵩《華陽陶隱居傳》卷中所載，天監七年（508），陶弘景因替梁
武帝鍊製神丹未成，乃改名王整官，稱外兵，從茅山出走以尋求理想
的鍊丹場地。〔註 126〕沈約寫詩相贈陶弘景，對此次秘密尋訪表示欣

〔註 121〕　〔唐〕李延壽，《南史‧陶弘景傳》，卷 76，頁 1899。
〔註 122〕　分見〔元〕長春真人編纂，《正統道藏‧太玄部》，頁 179-2、176-2。
〔註 123〕　見魯迅，〈魏晉風度及文章與藥及酒之關係〉，《而已集》（臺北：
　　　　　　風雲時代出版公司，1989 年），頁 123～154。
〔註 124〕　見王瑤，《中古文學史論》，頁 129～155。
〔註 125〕　《先秦漢魏晉南北朝詩》，頁 1638。
〔註 126〕　見〔元〕長春真人編纂，《正統道藏‧洞真部‧記傳類》，頁 28-1。

賞，並且想像描繪服藥之後，能遨遊仙境的情懷。「餐玉」指的是服食玉屑，古代傳說仙家以此延壽，前二句描寫服藥之後將不會衰老，甚至能改變姿容，更爲青春特秀，就如同王瑤先生所說：服藥是爲了長壽，這個目的是否可以達到，這要到將來才能得到證明；但服藥後是有現時效力的，那就是他的面色比較紅潤了，精神刺激得比較健旺了，這都可以視爲長壽的一種象徵。〔註127〕於是便能理解沈約描述服藥能改容質、駐流年的心態。之後聯想起陶弘景遊賞仙境的景況，「青丘」在《十州記》中有載：「長洲，一名青丘，在南海辰巳之地。……有仙草、靈藥、甘液、玉英」，〔註128〕是神話傳說的地點；「扶桑」也是神話中太陽升起之處，能見此仙境自然是得道之人，能終身不老。詩末再用色彩鮮麗的蜃氣來渲染仙界的神祕美感，以增添理想樂園的傾慕。

因以服散爲風流，欣羨永生不老，故士人之間以鍊丹法、服散鎗相贈，並附上酬唱詩歌，一來是風雅之事，二來則藉此表現對友人的關懷與祝福，如江淹〈贈鍊丹法和殷長史詩〉：

　　琴高遊會稽，靈變竟不還。不還有長意，長意希童顏。
　　身識本爛熳，光曜不可攀。方驗參同契，金竈鍊神丹。
　　頓捨心知愛，永卻平生歡。玉牒裁可卷，珠藥不盈簞。
　　譬如明月色，流采映歲寒。一待黃冶就，青芬遲孤鸞。

〔註129〕

殷長史爲殷孚，江淹另寫有〈知己賦〉便是在歌詠其人，足見雙方的深厚情誼。從詩人相贈之事看來，可知鍊丹法在當時士人間流傳很廣，想必江淹也身體力行，鍊丹服食。全詩以神丹仙藥的傳說爲背景，表現出企求長生的情懷。詩的第一部分先舉「琴高」的傳說爲例，說明長生成仙的好處，驗證了鍊丹之術的靈驗。據《列仙傳》的記載：

〔註127〕 見王瑤，《中古文學史論》，頁143～144。
〔註128〕 見〔元〕長春眞人編纂，《正統道藏・洞玄部・記傳類》，頁458-1。
〔註129〕 《先秦漢魏晉南北朝詩》，頁1564。

琴高，戰國趙人，善於彈琴，曾任宋康王的舍人。他修行涓子、彭祖的神仙之術，在冀州、涿郡一帶地方漫遊兩百餘年，後避世潛入涿水中，獲得龍子。曾騎著赤色鯉魚出水，於神祠中坐定，受萬人觀瞻，復又潛入水中而去。〔註130〕詩中提及會稽，是因此處爲道教聖地，有陽明洞天，或稱會稽山洞，是三十六洞天之一；再則，會稽鍊丹之風盛行，東漢著名鍊丹家魏伯陽，便是會稽上虞人，傳說中葛洪之祖葛玄則在會稽鍊丹成仙。〔註131〕講求「靈變」是神仙思想的理論，建立在服食金液還丹上，如魏伯陽《參同契》云：「巨勝尙延年，還丹可入口。金性不敗朽，故爲萬物寶。術士服食之，壽命得長久。土遊於四季，守界定規矩。金砂入五內，霧散若風雨。熏蒸達四肢，顏色悅澤好。髮白皆變黑，齒落生舊所。老翁復丁壯，耆嫗成姹女。」〔註132〕葛洪也有類似的見解，《抱朴子·金丹》：「金丹之爲物，燒之愈久，變化愈妙。黃金入火，百鍊不消，埋之，畢天不朽。服此二物，鍊人身體，故能令人不老不死。此蓋假求於外物以自堅固。」〔註133〕服食金丹，便是利用其變化不朽的屬性，將人的精神與肉體永遠結合在一起而長生不老，甚至達到返老還童的神奇功效。〔註134〕於是後面便說希能永駐青春，容光煥發，鍊丹服藥，永生不死。第二部分則

〔註130〕 見〔元〕長春眞人編纂，《正統道藏·洞眞部·記傳類》，頁 257-2。

〔註131〕 分見《洞天福地嶽瀆名山記》，〔元〕長春眞人編纂，《正統道藏·洞玄部·記傳類》，頁 469-2；《歷世眞仙體道通鑑》，卷 13、23，《正統道藏·洞眞部·記傳類》，頁 428～429、504～515。

〔註132〕 見〔元〕長春眞人編纂，《正統道藏·太玄部·周易參同契註》，頁 213-2。

〔註133〕 王明，《抱朴子內篇校釋》，頁 62。

〔註134〕 有關「金丹變化說」可以詳參李豐楙，《探求不死》（臺北：久大文化公司，1987 年），頁 91～91。其書採用人類學家之說，認爲魏伯陽、葛洪的想法乃是巫術性思考方式，同類推求其神秘作用。另可參顏進雄，《六朝服食風氣與詩歌》（臺北：文津出版社，1993 年），頁 88～95。此書便是在《探求不死》的基礎上，將葛洪修煉金丹的理論依據分爲「物類變化說」與「屬性傳達說」二類，進行分析論述。

講人本具仙質，須割捨世情，才易頓悟仙理，修煉有成。第三部分希望好友可以用自己贈送的「玉牒」、「珠藥」等鍊丹之書製作金丹，轉變爲如「青芬」一樣乘鸞飛天的仙人。全篇多用道教術語入詩，顯露詩人對於神仙思想的傾慕，並以修煉成仙的永生理想與好友互勉。

再看王筠〈以服散鎗贈殷鈞別詩〉：

> 玉鉉布交文，金丹煥仙骨。九沸翻成緩，七轉良爲切。
>
> 執以代疏麻，長貽故人別。

此詩的作者在《藝文類聚》卷三十七題名「吳筠」，《詩紀》卷八十二題名「吳均」，《太平御覽》卷七百五十七則題爲「王筠」所作。但查考王筠、殷鈞、吳均的生平與交遊，發現王、殷二人都曾任職於東宮，爲昭明太子的屬官。〔註135〕另外，以鍊丹器具相贈，可見詩人亦有親身嘗試鍊製，但鍊丹所需黃金、丹砂等物，所支出的費用相當可觀，王筠、殷鈞皆是出於名門的子弟，財力上應無大礙，但吳均出於寒門恐無力負擔。再者，琅邪王氏是五斗米道的世家，殷鈞乃殷仲堪的五世孫，也是信奉道教的家族，〔註136〕自然能在鍊丹一事上有所交集。由以上的文獻記載與說明，可知此詩作者當是王筠。別離之際，詩人以服散鎗相贈殷鈞。所謂的「鎗」，與鼎、盤、樽、杯等同歸於《藝文類聚》的雜器物部，〔註137〕當是盛物所用。又，顏進雄先生引庾信詩中「盛丹須竹節，量藥用刀圭」之句，推測服散鎗或許即與刀圭同爲量藥的器具，可備爲一說。〔註138〕詩的前四句在說明鍊丹的準備與操作，「玉鉉」乃玉製的舉鼎之具，上面

〔註135〕 分見〔隋〕姚察等著，《梁書·殷鈞傳》，卷27，頁407；《梁書·殷鈞傳》，卷33，頁485。

〔註136〕 《晉書·王羲之傳》云：「王氏世事張氏五斗米道，凝之彌篤」；《晉書·殷仲堪傳》言：「仲堪少奉天師道，又精心事神，不吝財賄」。分見〔唐〕房玄齡等著，《晉書》，卷80，頁2103；卷84，頁2199。

〔註137〕 見〔唐〕歐陽詢主編，汪紹楹校，《藝文類聚》，卷73，頁1254。

〔註138〕 顏進雄，《六朝服食風氣與詩歌》，頁216。另庾信〈至老子廟應詔詩〉，可見《先秦漢魏晉南北朝詩》，頁2362。

交錯著花紋，可用來鍊製神丹，若金丹可成，服食便能成仙。採用的方式主要是帶有冶金性質的無水加熱法，可分成煅（長時間高溫加熱）、煉（乾燥物質加熱）、炙（局部烘烤）、熔（熔化）、抽（蒸餾）、飛（昇華）、伏（加熱使藥物變性）等程序，[註139] 所以詩中的「九沸」、「七轉」等句便是指鍊丹的過程。最後希望以服散鎗來代替傳說中的神廠贈別好友。全詩藉由對神丹的鍊製之術，表現對於永生成仙的傾心，也隱含著祝福的情意。

第三節　佛理教義的虔信

佛教源於古印度，在兩漢之際傳入中國，魏晉以後，佛經翻譯漸多，佛教逐漸地融入中國固有的思想文化中，無論在生活上或文學創作都產生一定的影響。西晉時佛教般若學說依附玄學，故能在上層士大夫知識階層受到重視，而得以流行。一些著名佛教學者和僧人隨著晉王室南渡，開拓了東晉佛教的新局面。其中慧遠是將佛教推向獨立發展之途的重要人物，他曾受儒家經典薰陶，又精通莊、老，所以能全面的將佛教與中國傳統文化相結合，加上與士族的交遊頻繁而密切，使得佛教能擺脫依附的角色，形成與儒、道鼎足而三的態勢。[註140] 南朝時期佛教亦是風靡，士人亦多傾心，如晉宋謝靈運精研佛理，在創作中常流露出佛家的出世意識，又如南齊蕭子良與竟陵八友在西邸「招致名僧，講語佛法」，「濟濟乎，實曠代之盛事」。[註141] 到了梁代更是六朝佛教的全盛時期，由於皇帝皈依佛門，虔信誠篤，全面性地倡導佛教，對當時

[註139] 有關鍊丹術的操作，請詳見李豐楙，《探求不死》，頁 138～146。

[註140] 參考自任繼愈主編，《中國佛教史》（北京：中國社會科學出版社，1985 年），第二卷，頁 21～22、700～701；王延蕙，《六朝詩歌中之佛教風貌研究》（臺北：萬卷樓圖書公司，2003 年），頁 23～29。

[註141] 分見〔梁〕蕭子顯，《南齊書》，卷 40，頁 698；〔梁〕沈約，〈爲齊竟陵王發講疏〉，見〔清〕嚴可均輯校，《全上古三代秦漢三國六朝文》，頁 3137-2。

士人的信佛之風，有著深廣的影響。梁武帝便曾親自寫詩賜贈臣子，告
誡其應奉佛受戒，如〈覺意詩賜江革〉：

　　唯當勤精進，自強行勝脩，豈可作底突。如彼必死囚。

　〔註142〕

據《梁書・江革傳》載，當時武帝推崇佛教，朝廷諸賢多請求受戒。
武帝不知江革誠信佛教因果之說，所以賜江革五百字的〈覺意詩〉。
〔註143〕全詩今已不復見，但從史書上所記錄的詩句，亦可察見南朝
時期帝王提倡佛教，士人效之的情形。詩意是勸江革勤勉精進，修行
佛法，不可唐突行事，否則必如死囚無救。除贈詩外，又親寫敕書，
言世間果報不可不信，江革因此乞受菩薩戒。蕭衍本身亦親受佛戒，
在《續高僧傳》卷六〈慧約傳〉有詳細的描述，其中云：「十八年己
亥四月八日，天子發弘誓心受菩薩戒。乃幸等覺殿，降彫玉輦。屈萬
乘之尊，申在三之敬。」〔註144〕並且從廣博的佛教經藏中編撰成一
部《在家出家受菩薩戒法》，記載有關受戒的理論依據、儀式規範、
戒條、戒場布置等項目，說明推行菩薩戒的用意，是希望臣民能經由
戒律的持守，脫離生死煩惱，啓發菩提智慧，使眾生的佛性種子相續，
佛法的法輪常運轉於世間。蕭衍企圖以身作則，以期達到風行草偃的
德化效果與吏治清明。〔註145〕

　　武帝的推展佛教的行動，對於士子之思想信仰當有深廣的影
響，如《續高僧傳》卷五〈法雲傳〉則載：「帝抄諸方等經，撰受菩
薩法，構等覺道場。請草堂寺慧約法師，以爲智者。躬受大戒，以
自莊嚴。自茲厥後，王侯朝士，法俗傾都，或有年臘過於智者，皆

〔註142〕　《先秦漢魏晉南北朝詩》，頁 1538。
〔註143〕　〔隋〕姚察等著，《梁書・江革傳》，卷 60，頁 1475。
〔註144〕　〔唐〕釋道宣，《續高僧傳・慧約傳》，卷 6，見大藏經刊行委員
　　　　　　會編，《大正新脩大藏經》（臺北：新文豐出版社，1983 年），卷
　　　　　　50，頁 469-2。
〔註145〕　參考自顏尚文，《梁武帝》（臺北：東大圖書公司，1999 年），第
　　　　　　五章第三節，頁 208～225。

望風奄附，啓受戒法。」﹝註146﹞鼓動王公貴戚乃至平民百姓都要歸
佛受戒，幾乎把佛教抬高到國教的地位，江革等士人雖虔信佛教，
但不願趨時附眾，自動受菩薩戒，蕭衍以帝王之尊贈詩、手敕，加
以敦勸於是乞受，可見南朝士人群體與佛教之關係，由個人化走向
國家化的發展。﹝註147﹞另外，詩中的「必死因」則具有因果報應說
的佛教色彩。東晉慧遠曾作〈三報論〉與〈明報應論〉，將印度佛教
的業報輪迴與中國的行善福至、爲惡禍來的傳統思想相結合，闡發
了因果報應理論，曾云：「佛教本其所由，而訓必有漸。知久習不可
頓廢。故先示之以罪福；罪福不可都忘。故使權其輕重。輕重權於
罪福，則驗善惡以宅心；善惡滯於私戀。則推我以通物。二理兼弘，
情無所繫，故能尊賢容眾，恕己施安，遠尋影響之報，以釋往復之
迷。迷情既釋，然後大方之言可曉，保生之累可絕。」﹝註148﹞佛陀
示以罪福報應，令人們檢視內心善惡，以釋除思戀迷情，通達萬物，
探求因果報應的法則，根除生靈往復的迷惑，然後曉以大道，故可
超脫輪迴流轉之苦。慧遠的說明透露了佛教的普渡眾生、慈悲爲懷，
是以具有恫嚇作用的因果報應爲前提，誘導人們信奉佛教。

　　蕭衍的贈詩當中即是持此觀點來勸告江革信教崇佛，只是這種以
「神」不滅來承受果報的主體之觀點，自晉宋以來便受到質疑，展開
激烈的論辯，如何承天撰〈達性論〉、〈答宗居士書〉等，大力地批駁
因果報應、神不滅論的思想，到了齊梁范縝的〈神滅論〉一出，引起
巨大反響，以致朝野譁然，武帝深信「因果有必定之期，報應無遷延
之業」，﹝註149﹞在慧遠的基礎上提出「眞神佛性論」，認爲人的精神

﹝註146﹞　〔唐〕釋道宣，《續高僧傳・法雲傳》，卷5，見大藏經刊行會編，
　　　　　《大正新脩大藏經》，卷50，頁464-3。
﹝註147﹞　詳見高文強，〈南朝士人群體與佛教關係演化之特徵〉，《武漢大學
　　　　　學報（人文科學版）》卷59期6（2006年11月），頁747～751。
﹝註148﹞　〈明報應論〉，見〔清〕嚴可均輯校，《全上古三代秦漢三國六
　　　　　朝文》，頁2397-2。
﹝註149﹞　〔後魏〕荀濟，〈論佛教表〉，見〔清〕嚴可均輯校，《全上古三

本體是成佛的內在依據，宣傳神是輪迴果報的主體，是永恆不滅的，〔註150〕因而發動朝貴、僧侶、文人學士等撰文圍攻范縝，最後被武帝指責其妄作異端、違經背親，而流放嶺南。這場形神之爭，就如同劉見成先生所言：「魏晉南北朝時期儒佛相互詰難的時代大課題——形盡神不滅的論辯，事實上是混雜不清的，因其中存歧義之處。神滅論者所說的『神』是指人的精神活動，而神不滅論者所謂的『神』卻是指人形體死後承載輪迴的精神主體。」〔註151〕除是信仰問題，亦牽涉政權的鞏固，雖然此一論爭到此落幕，未能完全釐清其複雜性，但已成為南朝士人佛教思想文化的一環。

　　士人與僧侶的往來，自兩晉以來便十分頻繁，世說新語中即記錄了王羲之、謝安、殷浩、許詢、孫綽等人與名僧交遊的情況，至南朝此風不衰，士族文人與沙門中人來往，亦是以清談辯難的方式進行文化深交，湯用彤先生即指出南朝名士之所以樂與僧人交遊，社會之所以弘講佛法，蓋均在玄理清言，與支、許、安、汰之世無以異也。〔註152〕另外，不同於北方僧侶的遊蕩山林專事苦行，或躲進石窟潛心向佛，南下過江的僧人，則在吳越、荊楚一帶秀麗、旖旎的自然環境中，將山水作為體悟佛道的寄託。〔註153〕因此，在詩人與僧侶的贈答詩歌中，則將自然審美與玄思佛理相揉合，呈現具有宗教色彩的交誼。如蕭子雲〈贈海法師遊甑山詩〉：

　　　　真心好丘壑，偏悅幽棲人。忽聞甑山旅，萬里自相親。
　　　　沈寥晚霖霽，重疊晴雲新。秋至蟬鳴柳，風高露起塵。

　　　　代秦漢三國六朝文》，頁 3769-2。
〔註150〕關於梁武帝的「真神佛性論」，可參見方立天，《魏晉南北朝佛教》（北京：中國人民大學出版社，2006 年），323～330。
〔註151〕劉見成，〈形神與生死——魏晉南北朝時期的形神之爭〉，《中國文化月刊》期 208（1997 年 7 月），頁 46。
〔註152〕詳見湯用彤，《漢魏兩晉南北朝佛教史》（三重：佛光文化，2001 年），下冊，頁 13～19。
〔註153〕見普慧，《南朝佛教與文學》（北京：中華書局，2002 年），頁 44。

動余憶山思，惆悵惜荷巾。〔註154〕

法師一詞，是對高僧的尊稱。從詩中所言，作者應曾與海法師結伴登覽山水，今聞法師雲遊甌山，於是觸發了美好的回憶，故寫詩相贈以表思念之情。詩的起首便訴說性本愛自然的虛靜，頗有謝靈運「貞觀丘壑美」的莊老玄思。〔註155〕山林的清幽正有助於佛僧靜心修持，在《高僧傳》中便有僧人親近山水的紀錄，如支道林「收迹剡山，畢命林澤」；于法蘭「性好山泉，多處巖壑」；于道邃「性好山澤，在東多遊履名山」；釋淨度「常獨處山澤，坐禪誦誦」；帛道猷「性率素，好丘壑」等，〔註156〕因佛教要義在遠離塵囂、解脫煩惱，故僧侶多擇山林以為活動的場所，詩人便藉此傳達喜愛海法師幽居的超脫凡塵，興起了想一同遨遊山澤的念頭。詩歌描摹昔日登臨山水的情景：秋雨開霽，一片清朗，晴空白雲，層層相疊，山中幽靜，故能悅聽蟬鳴，將「空」和「靜」的思想與自然景物巧妙結合。末三句說風高起塵，「塵」字在佛教中被視為與出世的涅槃境界相對立的概念，道宣《淨心誡觀法·誡觀十八界假緣生法》曰：「云何名塵，坌污淨心，觸身成垢，故名塵。」〔註157〕塵物使人產生煩惱，人的塵世之情難以了卻，故為其所束縛，不能解脫。詩人用此來表示內心的懷思與惆悵，難以忘懷雙方的交誼。

士人與僧侶的贈答詩篇滲入的佛教思想，可以看出他們對於佛理的涉獵，同時從交遊名僧的文化修養，可看出士人對於佛教的容受情形，先看陳代何處士的〈敬酬解法師所贈詩〉：

〔註154〕 《先秦漢魏晉南北朝詩》，頁 1885。

〔註155〕 〈述祖德詩〉二首之二，《先秦漢魏晉南北朝詩》，頁 1157。

〔註156〕 〔梁〕慧皎，《高僧傳·支道林傳》，卷 4；《高僧傳·于法蘭傳》，卷 4；《高僧傳·于道邃傳》，卷 4；《高僧傳·釋淨度傳》，卷 11；《高僧傳·釋道壹傳》，卷 5，分見大藏經刊行會編，《大正新脩大藏經》，卷 50，頁 349-2、349-3、350-2、398-3、357-2。

〔註157〕 見〔唐〕釋道宣，《淨心誡觀法》（臺北：新文豐出版公司，1983年），頁 28a。

　　道林俗之表，慧遠廬之阿。買山即高世，乘杯且渡河。

　　法雨時時落，香雲片片多。若爲將羽化，來濟在塵羅。

〔註158〕

全詩多用佛語，以頌美聲名來酬答解法師的贈詩。前二句則舉支道林、慧遠爲例來比喻解法師受到時人的敬重。支遁，字道林，是東晉時的名僧，也具有名士風采，能用詩文兼詠佛學與山水，並以佛理闡發莊老的思想，博得清談家的傾慕；慧遠是東晉末年的高僧，晚年偕弟子卜居廬山，在東林寺弘揚佛法，其山林生活與淨土信仰，讓名人逸士十分嚮往，謝靈運就曾撰文云：「法師嗣沫流於江左，聞風而說，四海同歸。爾乃懷仁山林，隱居求志，於是眾僧雲集，勤修淨行，同法餐風，棲遲道門」，〔註159〕足見其聲譽卓著。尤其隱居廬山三十餘年，跡不入俗，影不出山，忠於自己的信仰，不爲權勢所動，充分體現了爲僧之道，自然受到士人的敬重。「買山」是出自於《世說新語‧排調》所載：「支道林因人就深公買印山，深公答曰：『未聞巢、由買山而隱。』」〔註160〕後以買山喻賢士歸隱，亦形容人的才德之高；「乘杯」爲《高僧傳》〈神異下‧杯度〉中之典：「杯度者，不知姓名，常乘木杯度水，因而爲目。」〔註161〕以此二典稱揚解法師的佛法無邊，所以能救贖往生，如法雨時落，潤澤萬物，並得見美好祥雲，如至圓滿清淨的彌勒佛境。「羽化」一詞是道教飛昇成仙之意，如佛家的圓寂，詩人認爲法師有菩薩心腸，來世必將再來濟度眾生，則含有佛教輪迴的色彩。綜觀來看，士人心目中的高僧形象爲具有淵博學識，兼善談玄理，且人品高尚，舉支遁、慧遠爲例，亦能見名僧對士人思想影響甚遠。此詩雖摻有道教仙思，但從詩中用語可知士人對於佛教有一定的掌握，且言及慈悲度化一切眾生，正是大乘佛法的精神。

〔註158〕　《先秦漢魏晉南北朝詩》，頁2600。

〔註159〕　〈廬山慧遠法師誄〉，見〔清〕嚴可均輯校，《全上古三代秦漢三國六朝文》，頁2619-1。

〔註160〕　〔劉宋〕劉義慶等編撰，余嘉錫箋疏，《世說新語箋疏》，頁802。

〔註161〕　見大藏經刊行會編，《大正新脩大藏經》，卷50，頁392-2。

　　由於漢代儒學一統局面的解體，六朝的思想趨向多元發展，玄、儒、佛、道等思潮相互碰撞並廣爲流傳，士人們的信仰遂有兼容並蓄的宗教色彩，如琅邪王氏以儒業傳家，世奉天師道，亦能談玄說佛，到了梁武帝時期，便實行三教並用的政策，表露對於宗教思想的態度，如〈贈逸民詩〉十二章其五：

> 仁者博愛，大士兼撫。慈均春陽，澤若時雨。
> 心忘分別，情無去取。等皆長養，同加嫗煦。
> 譬流趨海，如子歸父。〔註162〕

詩中的「大士」爲佛教對菩薩的通稱，亦特指觀世音菩薩，蕭衍將儒家仁者的博愛和佛教大士的慈悲等同齊觀，認爲二者不必加以分別和去取，是融合佛、儒思想於一堂的詩章。〔註163〕由於是皇室身分，提倡宗教的信仰不免有部分出於政治的考量，但對一般士子而言，道教的登仙與佛教的解脫，是他們在仕途失意之際，尋求慰藉的心靈寄託，如劉孝綽〈酬陸長史俺詩〉，前半段便云：〔註164〕

> 命駕獨尋幽，淹留宿廬阜。廬阜擅高名，崢崢凌太清。
> 舒雲類紫府，標霞同赤城。北上輪難進，東封馬易驚。
> 未若茲山險，車騎息逢迎。山橫路似絕，徑側樹如傾。
> 蒙籠乍一啓，磝碻無暫平。倚巖忽迴望，援蘿遂上征。
> 乍觀秦帝石，復憩周王城。交峯隱玉雷，對澗距金楹。
> 風傳鳳臺琯，雲渡洛賓笙。紫書時不至，丹爐且未成。
> 無因追羽翮，及爾宴蓬瀛。蓬瀛不可託，悵然反城郭。

詩人因事貶官，藉由與友人的贈答詩來宣洩煩憂與不平，並透露欲隱居的想法。但這非出於衷情，於是藉「遊仙」之思來暫放塵務之擾與排解內心的苦悶。作者動身尋覽幽勝，逗留於廬山。廬山除爲佛教名山，亦是道教的修煉場，劉宋的道士陸修靜，入廬山隱居修道，搜理道籍，長達七年之久，並在此地構築道觀，命名爲太虛觀，後因其謚

〔註162〕　《先秦漢魏晉南北朝詩》，頁1526～1527。
〔註163〕　王延蕙，《六朝詩歌中之佛教風貌研究》，頁257。
〔註164〕　以下引詩皆見《先秦漢魏晉南北朝詩》，頁1833。

號改稱簡寂觀。〔註165〕其山岩岩之貌似乎可直抵仙境，舒雲彩霞就像「紫府」、「赤城」，象徵仙人居住之所。〔註166〕於是開始幻想遨遊仙境的歷程，經過險阻的山路之後，「援蘿遂上征」，能優游凌空，觀覽秦帝石，又於周王城稍作休憩。「玉霤」是屋簷下接水槽的美稱，「金楹」則為金色華麗的屋柱，代表所見與居處竟是美好境地。之後便傳來了仙人吹笙鳳鳴的樂曲，「鳳臺琯」典出漢劉向《列仙傳・蕭史》：「蕭史者，秦穆公時人也。善吹簫，能致孔雀白鶴於庭。穆公有女，字弄玉，好之。公遂以女妻焉。日教弄玉作鳳鳴，居數年，吹似鳳聲，鳳凰來止其屋，公為作鳳臺，夫婦止其上，不下數年，一旦皆隨鳳凰飛去。」；「洛賓笙」出自《列仙傳・王子喬》：「王子喬者，周靈王太子晉也。好吹笙作鳳凰鳴，遊伊洛之間。」〔註167〕詩人期待有長生不死的金丹妙藥，能飛昇登仙，但現實中卻難以求得，無法到達蓬瀛仙境。「紫書」是道經，「丹爐」為鍊丹之具，「蓬瀛」指蓬萊和瀛洲，相傳為仙人所居之神山，詩人明瞭仙山的縹緲難尋，於是悵然而歸返人世。回程路上經過了馬鳴院、鹿園閣等佛寺，於是將內心寄託轉向於佛境：

> 時過馬鳴院，偶憩鹿園閣。既異人世勞，聊比化城樂。
> 影塔圖花樹，經臺總香藥。月殿曜朱旛，風輪和寶鐸。
> 園椒即重嶺，階基仍巨壑。朝猨響甍棟，夜水聲帷薄。
> 餘景騖登臨，方宵盡談謔。談謔有名僧，慧義似傳燈。
> 遠師教逾闡，生公道復弘。小乘非汲引，法善招報能。

〔註165〕 見〔元〕長春真人編纂，《正統道藏・洞真部・歷世真仙體道通鑑》，卷24，頁642-1。

〔註166〕 葛洪《抱朴子・袪惑》：「先過紫府，金床玉几，晃晃昱昱，真貴處也。」見王明，《抱朴子內篇校釋》，頁321；晉孫綽〈遊天台山賦〉有「赤城霞起以建標」之句，山中的岩洞亦留有道教的勝跡，為仙山的代表。見〔清〕嚴可均輯校，《全上古三代秦漢三國六朝文》，頁1806-1。

〔註167〕 分見〔元〕長春真人編纂，《正統道藏・洞真部・列仙傳》，卷6，頁259-2、258-1。

積迷頓已悟，爲懽得未曾。

「化城」是一時幻化的城郭，佛欲使一切衆生都得到大乘至極佛果，然恐衆生畏難，不能堪之，故先說小乘涅盤，猶如化城，衆生中途暫以止息，進而求取眞正佛果。〔註168〕以此爲比，詩人並非眞正要遁入空門，而是藉佛教的信仰，暫時讓失意的心靈得以休憩。五到八句即描繪寺院的景致，佛塔上有著美麗的裝飾，誦佛經之平臺則鋪有香料，月亮照耀著佛刹旗蟠，「風輪」是寺觀建築上的一種裝飾物，靠風力轉動發聲，「寶鐸」爲佛殿或寶塔簷端懸掛的大鈴，呈現出彷彿金光珠色，交相輝映，梵音繚繞，佛香四溢的極樂淨土，詩人與當地名僧在此通宵達旦地談笑佛法，不但闡釋慧遠大師所傳之佛理，更弘揚了竺道生所謂的「頓悟」之道。頓悟之說，與漸悟相對，指無須長期按次第修習，一旦把握住佛教眞理，即可突然覺悟而成佛。漢代僧人安世高所傳的小乘禪學，側重於數息行觀的精神修煉，認爲達到阿羅漢也要累世修行，積累功德，因而被視爲主張漸悟的一派；而支讖、支謙一派的大乘般若學，側重於義解，直探實相本體，接近於頓悟，後在竺道生大力提倡鼓吹下，受到重視，〔註169〕故詩人才言「小乘非汲引」。在與僧人交談的過程中，使詩人「積迷頓已悟」，得到未曾領略過的歡欣。這雖是酬答友人別後懷念的篇什，但其中則蘊含著詩人的思想與信仰，期望寄情於佛、仙之中，來尋求解脫世俗煩擾之道，然而終忘不了對世俗功名的眷念，故詩末又云：「賈生傅南國，平子相東阿。優游匡贊罷，縱橫辭賦多。方才幸同貫，無令絕詠歌。」士人與方外之人的贈答詩中，雖滲入了佛教色彩，但非爲純粹的佛教容貌，而是徘徊於用世的儒家與超世的釋、道之間，形成了豐富又複雜的思想內蘊。

〔註168〕詳見〔姚秦〕鳩摩羅什譯，《法華經‧化城喻品》（臺北：圓明出版社，1992年），頁152～153。
〔註169〕關於竺道生的頓悟成佛說，參考自方立天，《魏晉南北朝佛教》，頁239～245。另可參湯用彤，《漢魏兩晉南北朝佛教史》，下冊，頁286～296。

第五章　贈答詩與士人的社會交誼 [註1]

　　贈答，屬於社會交誼的一環。《古今圖書集成・交誼典》的編目
上，將交誼對象分成：師友、師弟、主司門生、朋友、父執、前輩、
同學、同年、世誼、結義、賓主、故舊、鄉里、僚屬等十四種；交誼
形式則有：居停、拜謁、贈答、餽遺、宴集、乞貸、請託、盟誓、餞
別等數類；交誼內涵包括：好惡、毀譽、規諫、品題、薦揚、嫌疑、
傲慢、趨附、嘲謔、欺紿、疑忌、嫌隙、讒謗、忿爭、搆陷、恩讎等，
類別之多幾可羅盡交誼的一切。以詩贈答作爲社會交誼的一種形式，
可用於察知士人間的交際生活樣貌，並且在互動的過程中，流露個人
的人生態度與處世哲學，也展現了雙方情誼的形態。由於贈答之作，
一如書札，無不可寫，幾可包羅各種交誼的性質類別，但南朝贈答詩
中所蘊含者，多以正面爲多，較爲負面的忿爭、讒謗、傲慢則極爲少
見。根據這些詩作中所反映出的交誼內涵，大致可分爲四種：友朋諧
晤、別離懷思、規諫稱賞、譏諷嘲謔等，由此亦能探索寫作的文化背
景，呈現南朝士人在社交中的思想風貌。

〔註 1〕 關於「交誼」的概念是受到金南喜《魏晉交誼詩類的研究》之啓發。
　　　　金氏在其著作中，參考《古今圖書集成》中〈交誼典〉所涵蓋的內容，
　　　　以及《昭明文選》的詩部類目，將交誼詩分爲「宴會」、「贈答」、「祖
　　　　餞」三類，進行作品分析以及文士交際生活的探究。見金南喜，《魏晉
　　　　交誼詩類的研究》（臺北：臺灣大學中文研究所博士論文，1993 年）。

第一節　友朋諧晤的歡愉

在崇文的南朝之世，文人集會往往是產生交誼的背景。從漢代至兩晉文學活動的基本模式來看，是以宮廷或王室成員為中心，逐漸向廣大士大夫階層推進，最終滲入作為維繫家族傳承重要手段而存在的家族文化培養活動中。〔註2〕但這並非意味著以皇室為首的文學活動已消失，反之，南朝文學集團多以王室成員為中心，如劉義慶、蕭子良、蕭衍父子、陳叔寶等，故應理解為在「人」、「文」的自覺思潮中，文學活動作為士人顯情喻志的文化行為，已不局限於帝王或官僚的活動中，而是成為任一士大夫群體活動都可進行的普遍內容。萬繩楠先生便認為六朝時期文士集會活動的自由發展，歸根結底，來自獨尊儒術的崩潰、專制政治的削弱、人獨為尊的發現。〔註3〕所以南朝文會的場所，能見於朝廷官邸、家族內部，或為山澤、園林之遊，是蔚然盛興的多面開展。

文會的出現，是個人維繫或拓展交誼的媒介，尤其聚集談論文義時的和諧氛圍，更成為了雙方共有的美好回憶。以家族成員為主的文學活動，因有累世相繼的文化根基，故在贈答詩作中，則多了分特有的自信與自賞，更顯得聚會晤談的和樂歡愉。如謝靈運〈贈從弟弘元時為中軍功曹住京詩〉第四章：

> 契闊群從，繾綣遊娛。歷時閱歲，寒暑屢徂。
>
> 接席密處，同軫修衢。孰云異對，翔集無殊。〔註4〕

此處的「契闊」是情意投合之意，群從則指族中兄弟子姪輩，描寫自己與族人間的感情深厚，常一同遊賞與宴集，這樣愜意的生活經過了好幾個寒暑。之後又說大家的關係親密而毫無隔閡，以同車共行為喻，更代表著相互信任，並駕齊驅地往前邁進，為家族的昌盛盡心努力。雖非同父同母所生，但彼此的舉止行動沒有殊別，傳達出謝氏宗

〔註2〕請詳見張朝富，《漢末魏晉文人群落與文學變遷》（成都：巴蜀書社，2008年），第五章第二節，頁400～415。

〔註3〕萬繩楠，《魏晉南北朝文化史》，頁158。

〔註4〕《先秦漢魏晉南北朝詩》，頁1155。

人間朝夕相處的和諧情誼，這可和史書相印證，據《宋書・謝弘微傳》所載：「混風格高峻，少所交納，唯與族子靈運、瞻、曜、弘微並以文義賞會。嘗共宴處，居在烏衣巷，故謂之烏衣之遊，混五言詩所云『昔爲烏衣遊，戚戚皆親姪』者也。」〔註5〕藉由家族聚會來對子弟進行文化上的培養，從謝安開始便相當頻繁，傳至謝混時，便延續著其祖的一貫做法，帶領同族子姪們在京城烏衣中宴飲歌詠，清談玄理，賞詩品文。從謝靈運贈詩中所寫的這段回憶，能見彼此間的情誼非同一般，並且充滿著歡欣之情，由交誼的空間而言，烏衣巷對謝氏子弟來說，是提示著謝家的名士風流與華貴歷史，引發他們的緬懷與嚮往，如靈運的〈答中書詩〉第二章：

> 伊昔昆弟，敦好閭里。我暨我友，均尙同恥。
>
> 仰儀前修，綢繆儒史。亦有暇日，嘯歌宴喜。〔註6〕

中書，是其從兄謝瞻，此章亦是藉由酬答來回憶起昔日的交誼情形。詩說少年時與兄弟們的感情親厚和睦，生活在建康的烏衣巷中。自己與昆弟都有共同的榮辱觀，意乃欲延續祖祚，重振風流，所以他們仰慕前賢，如謝安、謝玄，能有治國經世的道情，於是深研儒學和史籍，以文義賞會，並且具有雅人深致，在閒暇之日，歡宴吟詠，彷彿芝蘭玉樹般瀟灑超脫的風姿與風神。這樣的生活方式深深地影響著謝靈運，在會稽時，他和隱士王弘之、孔淳之等「縱放爲娛」，東歸後，又「遊娛宴集，以夜續晝」，並與族弟惠連、東海何長瑜、潁川荀雍、泰山羊璿之，以文章賞會，共爲山澤之游，時人謂之四友。〔註7〕這是烏衣之遊的延伸，相互往來酬答，謝靈運有一贈詩可見彼此的交誼，如〈登臨海嶠初發彊中作與從弟惠連可見羊何共和之詩〉：

> 杪秋尋遠山，山遠行不近。與子別山阿，含酸赴脩畛。
>
> 中流袂就判，欲去情不忍。顧望脰未悁，汀曲舟已隱。

〔註5〕　〔梁〕沈約，《宋書》，卷58，頁1590～1591。

〔註6〕　《先秦漢魏晉南北朝詩》，頁1154。

〔註7〕　〔梁〕沈約，《宋書・謝靈運傳》，卷67，頁1754、1774。

隱汀絕望舟，驚棹逐驚流。欲抑一生歡，并奔千里遊。
日落當棲薄，繫纜臨江樓。豈惟夕情歛，憶爾共淹留。
淹留昔時歡，復增今日歎。茲情已分慮，況乃協悲端。
秋泉鳴北澗，哀猿響南巒。戚戚新別心，悽悽久念攢。
攢念攻別心，旦發清溪陰。瞑投剡中宿，明登天姥岑。
高高入雲霓，還期那可尋。儻遇浮丘公，長絕子徽音。
〔註8〕

元嘉六年（429），靈運「自始寧南山伐木開逕，直至臨海」，〔註9〕
這首詩當作於此次前往臨海郡的途中。嶠，尖而高的山；彊中，地名，
在今嵊縣，位於會稽與臨海之間。詩題意爲：將登臨海的尖山，由彊
中初發而作此詩贈與堂弟惠連，惠連如見羊璿之、何長瑜，可請兩人
一起和作。詩分四章，其間用頂鍼格相連，反復疊唱，流轉自然。第
一章寫在江邊告別，依依難捨的眷戀之情。第二章寫途中景物，驚流
急棹，以想像與惠連盡樂同遊，相伴而行，來傳達眼前的別苦與孤寂；
日落繫纜，豈止因天晚而離思鬱結，更憶及過往在此逗留的情事。第
三章寫舟行所聞，並憶及昔日相聚之歡，遂更添今日的分離之嘆：兩
地的離愁思慮本已痛苦，況又相合於秋日悲感的時序。秋泉響於北
澗，哀猿鳴發南巒，意境空遠且遼闊。初別已悲傷，對於舊時的懷念
更久聚於心。第四章寫來日行程的安排，浮丘公是浮丘生，爲傳說中
的仙人，〔註10〕以登山可尋仙，尋仙可遣懷，隱含有超然高舉之意，
這固然與靈運的人生際遇有關，也可說是反映出謝氏家族的文化風格
與人文素養。然詩中所重仍在於與友朋間的情誼相思，除別離的愁思
之外亦可見曩昔諧晤的歡愉。四友之才，以謝惠連爲第一，何長瑜次

〔註8〕《先秦漢魏晉南北朝詩》，頁1176。又詩題「彊」字，逯本作「彊」，
今據顧紹柏先生的校正，改爲「彊」，見顧紹柏，《謝靈運集校注》，
頁246。

〔註9〕〔梁〕沈約，《宋書·謝靈運傳》，卷67，頁1775。

〔註10〕據《列仙傳》卷上所載：王子喬曾遊於伊、洛水間，後被道士浮丘
公接上嵩山，終於成仙。見〔元〕長春眞人編纂，《正統道藏·洞眞
部·記傳類》，頁258-1。

之，荀雍、羊璿之殊爲不及，但五人共遊山澤，相談甚歡，在惠連的詩中即有「輟策共駢筵，並坐相招要」、「晤言不知罷，從夕至清朝」的句子，〔註11〕將其友誼描繪得生動具體。其中，靈運與惠連的交誼最爲親密，對其深相知賞，《詩品》引《謝氏家錄》云：「康樂每對惠連，輒得佳語。後在永嘉西堂，思詩竟日不就，寤寐間忽見惠連，即成『池塘生春草』。」〔註12〕足見兩人的投合相契，靈運對於能和惠連共處，相當歡欣與珍惜，故在酬答詩中則追憶相聚時的快樂，如〈酬從弟惠連詩〉：

> 寢瘵謝人徒，滅迹入雲峯。巖壑寓耳目，歡愛隔音容。
> 永絕賞心望，長懷莫與同。末路值令弟，開顏披心胸。
> 心胸既云披，意得咸在斯。凌澗尋我室，散帙問所知。
> 夕慮曉月流，朝忌曛日馳。悟對無厭歇，聚散成分離。
> 分離別西川，迴景歸東山。別時悲已甚，別後情更延。
> 傾想遲嘉音，果枉濟江篇。辛勤風波事，欻曲洲渚言。
> 洲渚既淹時，風波子行遲。務協華京想，詎存空谷期。
> 猶復惠來章，祇足攪余思。儻若果歸言，共陶暮春時。
> 暮春雖未交，仲春善遊遨。山桃發紅萼，野蕨漸紫苞。
> 嚶鳴已悅豫，幽居猶鬱陶。夢寐佇歸舟，釋我吝與勞。
> 〔註13〕

元嘉七年（430），惠連離始寧往建康，行至西陵遇大風，不能開船，於是寫〈西陵遇風獻康樂〉一詩相贈靈運，能見手足情深。這是靈運的答詩，亦表達了對從弟的深厚感情，尤以相識的欣喜、相聚的歡愉爲基調，盼望能再共賞美景，能看出雙方交誼的內涵。第一章寫臥病隱居，以山水寄託視聽，斷絕了能推心置腹的友朋，無人與我同歡共憂。晚年恰逢賢族弟惠連，令我笑顏逐開，能彼此吐露心胸。《南史·謝靈運傳》云：「惠連幼有奇才，不爲父方明所知。靈運去永嘉還始寧，

〔註11〕〈泛湖歸出樓中望月詩〉，《先秦漢魏晉南北朝詩》，頁 1195。
〔註12〕〔梁〕鍾嶸著，陳延傑注，《詩品注》，頁 27。
〔註13〕《先秦漢魏晉南北朝詩》，頁 1175。

時方明爲會稽，靈運造方明，遇惠連，大相知賞。靈運性無所推，唯重惠連，與爲刎頸交」，〔註14〕可作爲印證。時靈運在仕途上失意潦倒，與從弟的交遊酬唱，確實安慰了其孤單與寂寞。第二章追憶起兩人相聚時的美好景況：惠連常跨越溪澗至靈運住處，開閱書卷詢問古今事理，彼此相互切磋，晤面談心而沒有停止，因十分投機，所以常感到時光過得太快，但聚而復散，終要別離。第三章寫別後盼望音訊，果得惠連的贈詩，傾訴險遇風濤的艱辛，敘說在西陵的停留。第四、五章則希望惠連能早日歸返，共同欣賞春日的美景。從答詩中能見雙方在東山始寧墅中共論文義，遊覽美景，並吟詠唱和，建立起非僅是同族兄弟的親情，更是意氣相投的知己交誼。若再考量靈運以詩相贈答的背景，能發現創作的時間多在其仕途失意之際，因不被託以重任而萌生寂寞少知音的嘆息，進而懷想起過往聚會時的美好，「人在孤獨無依時，價值取向偏重尋求安全感，希冀著親和力的憑依。這時往日群體生活體驗，故鄉景物親朋故舊對象化的滿足，就隨著舊情重溫的認同給人莫大的愉悅。這也是『離群託詩以怨』的深層動因。」〔註15〕於是在烏衣巷的文義賞會，以及與四友共遊山澤的歡愉生活，便在詩作中一一復現。

　　文會的形成能作爲一種交誼的橋樑，透過吟詠創作、編纂圖書等文化活動，來結識聲氣相應之人。儘管最初產生交誼的媒介已不復存，但彼此之間的關係甚篤，仍然能在相聚共處時，有著歡愉的氛圍。如蕭衍〈答蕭琛詩〉：

　　　　雖云早契闊，乃自非同志。勿談興運初，且道狂奴異。〔註16〕

詩意是說：雖然早年分離乃是因不同志趣；但今日勿談時運的昌隆，還是說說你這狂奴的與眾不同吧。梁武帝與蕭琛的交遊，在南齊永明

〔註14〕〔唐〕李延壽，《南史》，卷19，頁539。
〔註15〕王立，《中國古代文學十大主題》（臺北：文史哲出版社，1994年），頁248。
〔註16〕《先秦漢魏晉南北朝詩》，頁1538。

年間便開始，結識的契機則在以竟陵王爲首的文學集團，《梁書・武帝紀上》載：「竟陵王子良開西邸，招文學，高祖與沈約、謝朓、王融、蕭琛、范雲、任昉、陸倕等並遊焉，號曰八友。」〔註17〕八友彼此之間相從時跨齊梁二代，有的達二、三十年之久。儘管名位有高低，才學各不同，但關係甚篤，友誼多始終如一。自蕭衍稱帝後，在朝中宴會時，仍以舊日情誼接待蕭琛，並呼爲「宗老」，故蕭琛便也陳述昔日的恩情：「早篷中陽，夙忝同閏，雖迷興運，猶荷洪慈」，〔註18〕所以蕭衍才以詩相答。詩中對於友朋間晤談的和樂並非出自於文義品賞、學術鑽研，或有相同的志業，而是欣賞其個性的放達不拘小節，所以當蕭琛在陳述奉承之語時，武帝則傳達雙方的交誼是在於任情恣意。不過由於身分的尊卑，蕭琛與武帝的往來不能僅是通脫狂放，而是配合著捷才善辯，這才是武帝眞正欣賞接近的原因。可見於《南史》這段記錄：「經預御筵醉伏，上以棗投琛，琛仍取栗擲上，正中面。御史中丞在坐，帝動色曰：『此中有人，不得如此，豈有說邪？』琛即答曰：『陛下投臣以赤心，臣敢不報以戰栗。』上笑悅。」〔註19〕以棗的形貌來比喻赤心，用「栗」的諧音表達「戰慄」，足見蕭琛的機智靈敏、巧妙應對，可被視爲士人與君主間交誼的一種形式。

　　透過西邸聚會，以文會友，因志趣同賞自然能相談甚歡，若是文才品德兼備，則更爲人敬重，雙方的情誼便由此而生，並以詩贈友來表達內心的欣賞，如任昉的〈贈王僧孺詩〉：

惟子見知，惟余知子。觀行視言，要終猶始。
敬之重之，如蘭如芷。形應影隨，曩行今止。
百行之首，立人斯著。子之有之，誰毀誰譽。
脩名既立，老至何遽。誰其執鞭，吾爲子御。
劉略班藝，虞志荀錄。伊昔有懷，交相欣勗。

〔註17〕　〔隋〕姚察等著，《梁書》，卷1，頁2。
〔註18〕　〔隋〕姚察等著，《梁書》，卷26，頁397。
〔註19〕　〔唐〕李延壽，《南史》，卷18，頁507。

　　　　下帷無倦，升高有屬。嘉爾晨燈，惜余夜燭。〔註20〕

開頭言對王僧孺的深知，觀視其言行始終如一，令人敬重，是有如蘭
芷的君子。「形應影隨，曩行今止」則點出了贈詩的背景，兩人曾形影
相隨的交遊，如今卻要分手話別，即如《梁書》所載：「僧孺與樂安任
昉遇竟陵王西邸，以文學友會，及是將之縣，昉贈詩。」〔註21〕之後
稱揚其人，說眾多品行之首，立身最為顯著，而你已卓然樹立，誰能
非議。既然建立美名，年老又何妨，我甘心為你持鞭駕車，有敬仰追
隨之意。接著追憶雙方相處的景況，在劉向《七略》、班固《漢書·藝
文志》摯虞《文章志》、荀勗《文章敘錄》中，相互勉勵。從所舉的書
目可推想兩人在圖籍典校、文書治理上的交流。頌揚僧孺能讀書不懈，
並且有賦詩作文的才能。最後恭賀友人將出任錢唐令，猶如晨燈般的
前途光明，詩人自謙夜燭，期盼雙方能珍惜此情誼。從王僧孺的本傳
中，能知其確為飽學之士，頗有聲名，且就任後政績清明，能知任昉
的贈詩不為虛譽，而是在共處後欣賞其志行，以詩真摯地推重友朋。

　　　因任昉對於賢才的舉薦真誠，對後進的創作也加以獎掖提攜，自
然吸引了一批文學之士的慕賢敬仰，紛紛以詩文而往來相聚。從贈答
詩歌中能見彼此的交誼。如陸倕〈贈任昉詩〉：

　　　和風雜美氣，下有真人遊。壯矣荀文若，賢哉陳太丘。
　　　今則蘭臺聚，萬古信為儔。任君本達識，張子復清修。
　　　既有絕塵到，復見黃中劉。〔註22〕

本詩以參加文學聚會為背景，述寫友人們的美善，蘊含著晤面雅集時
的歡欣。詩的起首言：和風相伴著美麗雲氣，在此與養性修真的任君
交遊。頌美其人豪壯有如荀文若，則是指曹操的首席謀士荀彧，曾被
南陽名士何顒讚為「王佐才也」，又因時人以其為操所重，稱之為「荀
令君」。〔註23〕任昉亦深受君主之賞愛，梁武帝聽聞其病逝的消息後，

〔註20〕《先秦漢魏晉南北朝詩》，頁 1595。
〔註21〕〔隋〕姚察等著，《梁書》，卷 33，頁 470。
〔註22〕《先秦漢魏晉南北朝詩》，頁 1776。
〔註23〕見〔晉〕陳壽著，〔劉宋〕裴松之注，〈荀彧傳〉，《三國志·魏書》，

「悲不自勝」、「即日舉哀，哭之甚慟」，〔註24〕故可與荀文若相比。
又舉陳太丘來稱揚任昉之賢德，太丘是東漢的陳寔，與其子元方、紀
方「並著高名，時號三君」。任昉因好交結，衣冠貴遊多與之往來，「時
人慕之，號曰任君，言如漢之三君也」。〔註25〕「今則蘭臺聚」便點
出了贈詩的緣由與起因，彼此是以眞誠相交。《南史》卷二十五便載：
「時有彭城劉孝綽、劉苞、劉孺，吳郡陸倕、張率，陳郡殷芸，沛國
劉顯及漑、洽，車軌日至，號曰蘭臺聚。」〔註26〕蘭臺，御史臺也，
天監初年任昉爲御史中丞，這是以其爲首的文學聚會。同書卷四十八
亦云：「昉爲中丞，簪裾輻湊，預其讌者，殷芸、到漑、劉苞、劉孺、
劉顯、劉孝綽及倕而已，號曰『龍門之游。』雖貴公子孫不得預也。」
〔註27〕可知非一般朱門的飲宴歡聚，曹道衡、沈玉成先生認爲這是當
時士大夫互通聲氣，求名延譽的常用方式，〔註28〕但是從詩文的往來
贈答中亦能見其眞摯的友情，彼此相互激勵、勸勉、祝願或思念。另
外陸倕、張率出身吳姓土著，任昉、劉孝綽、劉孺等爲僑姓士人，南
北士人的文學往復亦造成思想上的相互激盪，吳正嵐先生便認爲這段
的交遊推動了任昉晚年用事詩風的成熟與流行，並對文質彬彬、折衷
今古的文學觀念的形成產生深刻影響。〔註29〕所以若只從結交延譽的
角度來看，似不甚全面。同道之人亦各有其個性色彩，於是在贈詩中
便言任昉富於才幹與識見，張率則修潔美操行，既有到氏兄弟的超塵
絕俗，又見劉氏的優美內德。詩人逐一稱揚，表示蘭臺之聚爲雅人交
遊，陸倕在西邸時已與任昉深交，如今更多雅士相聚晤談，彼此酬唱，

　　　　卷10，頁307、310。
〔註24〕　〔唐〕李延壽，《南史》，卷59，頁1454。
〔註25〕　分見〔劉宋〕范曄，《後漢書》，卷62，頁2069；〔隋〕姚察等著，《梁
　　　　書》，卷14，頁254。
〔註26〕　〔唐〕李延壽，《南史》，卷25，頁678。
〔註27〕　〔唐〕李延壽，《南史》，卷48，頁1193。
〔註28〕　曹道衡、沈玉成編著，《南北朝文學史》，頁168。
〔註29〕　詳見吳正嵐，《六朝江東士族的家學門風》（南京：南京大學出版社，
　　　　2003年），頁179～185。

則有著如「和風雜美氣」般，和諧的歡愉交誼。

在蘭臺聚之前，任昉便曾邀到溉、到洽共為山澤之遊，到洽寫有〈贈任昉詩〉相送，前三章主要稱頌任昉博學多聞，品德優秀，之後則著重描述雙方深厚的友誼，其詩第四至八章云：

> 在昔未邁，逦睐伊人。余未倒屣，先枉清塵。
> 顧慙菲薄，徒招好仁。傾蓋已舊，久敬彌親。
> 范張交好，升堂拜母。亦蒙吾賢，此眷之厚。
> 恩猶弟兄，義實朋友。豈云德招，信茲善誘。
> 欣遇以來，四載斯日。運謝如流，時焉歲聿。
> 月次既窮，星迴已畢。玄象晝昏，明庶曉疾。
> 妍拙不齊，方員各取。子登王朝，為代規矩。
> 余栖一丘，臥痾靜處。同盡性分，殊塗嘿語。
> 得於神遇，相忘道術。若水之淡，乃同膠漆。
> 豈寄呴濡，方申綢密。在心為志，非詩奚述。〔註30〕

第四章以自謙鄙陋來稱賞任昉的知遇，並具有「善與人交，久而敬之」〔註31〕的真誠。第五章先用東漢范式、張劭之典，〔註32〕描述摯友相訪，行登堂拜母禮，結通家之好，來表示雙方友誼的篤厚，再感謝任昉的提攜與賞識。史書中亦有記載：「（任昉）嘗訪洽於田舍，見之歎曰：『此子日下無雙。』遂申拜親之禮」，〔註33〕任昉有知人之鑒，而到洽確有才學士行，於是任彥升加以提攜到氏兄弟，並在天監初年出守義興時，邀請溉、洽至郡，共同遊歷山水。〔註34〕所以第六章則敘述結識以來，不知不覺中已過了四年，可推想彼此相聚共處的歡欣，而忽略了歲月的流逝。第七章提及雙方境遇的不同，任昉已任官職，但到洽卻於山中幽居，不過並無妨礙交誼，性分所至而已。「殊塗嘿

〔註30〕《先秦漢魏晉南北朝詩》，頁1786。
〔註31〕《論語‧公冶長》：「晏平仲善與人交，久而敬之。」見〔魏〕何晏集解，邢昺疏，《論語注疏》，《十三經注疏》，頁44-1。
〔註32〕事見〔劉宋〕范曄，《後漢書》，卷81，頁2676～2677。
〔註33〕見〔隋〕姚察等著，《梁書》，卷27，頁403。
〔註34〕見〔唐〕李延壽，《南史》，卷25，頁678。

語」語本裴頠的〈崇有論〉:「雖出處異業,默語殊塗,所以寶生存宜,其情一也。」〔註35〕表示雖然進退仕隱不一,選擇沉默或言語有其不同,但珍愛生命懷有適宜之本性,其道理卻是相通的。末章則再次強調二人的友情,是「君子之交淡若水」,〔註36〕能同甘共苦,心靈相通,所以流露膠漆相投,相處融洽的歡愉。

聚會,是古代士人交流感情,增進友誼的方式之一,士人在聚會中或高談闊論,或飲酒賦詩,或彈奏樂器,或共賞美景,聚會使人的身心得到了調適,精神獲得了愉悅。〔註37〕這種社會交誼的形式,便成為士人理想中的生活體驗,如梁陳士人沈炯的〈離合詩贈江藻〉:

> 開門枕芳野,井上發紅桃。林中藤蔦秀,木末風雲高。
> 屋室何寥廓,至士隱蓬蒿。故知人外賞,文酒易陶陶。
> 友朋足諧晤,又此盛詩騷。朗月同攜手,良景共含毫。
> 欒巴有妙術,言是神仙曹。百年肆偃仰,一理詎相勞。
> 〔註38〕

離合詩,是逐字相拆合以成詩的文字遊戲。這首採取先離後合的方式,即每兩句首字相減所得的偏旁,再兩兩組合,如「開門枕芳野,井上發紅桃」中的「開」、「井」二字相減,便得出「門」字;「林中藤蔦秀,木末風雲高」中的「林」、「木」二字相減,則得出「木」字;再將「門」、「木」二字相組,即是「閑」字。以此類推,便可得「閑居有樂」四字。雖然是相贈給江藻的娛情之筆,但其中亦透顯與友人聚會的美好。前四句描繪出居處環境的自然美麗,猶如棲隱於世外桃源,但卻並非孤寂一人,而是與朋友和諧的歡聚,飲酒賦詩,同行賞月觀景,並且共相酬唱,彷彿仙人的遊樂,能忘卻煩憂,無事相勞,士人們便在此交誼形式中去感受歡欣的友朋之情。

〔註35〕〔清〕嚴可均輯校,《全上古三代秦漢三國六朝文》,頁1647-2。
〔註36〕見〔清〕郭慶藩,《莊子集釋》,〈外篇〉卷7上,頁685。
〔註37〕孫立群,《中國古代的士人生活》(北京:商務印書館,2003年),頁189。
〔註38〕《先秦漢魏晉南北朝詩》,頁2445。

第二節　別離遠行的眷戀

鍾嶸《詩品・序》云：「嘉會寄詩以親，離群託詩以怨。」〔註39〕在盛會上能借詩來表達親愛，這種諧晤的歡愉感成爲士人間交誼的內涵。以詩贈答除追述往日共聚時的美好之外，也是延續雙方友誼的媒介。所謂天下無不散的筵席，與友朋間文酒陶陶的生活終有別離的時刻，如同謝靈運與其兄弟在烏衣巷的繾綣遊娛、嘯歌宴喜，亦因陸續各奔前程而從高牆深邸中走出，各自登上政治的舞台。餞別之時以詩贈答乃屬於社交禮儀的文化行爲。南齊的西邸文士集團，若有人離京，則往往要贈詩作別，如謝朓〈和別沈右率諸君詩〉：

> 春夜別清樽，江潭復爲客。歡息東流水，如何故鄉陌。
> 重樹日芬蒀，芳洲轉如積。望望荊臺下，歸夢相思夕。
> 〔註40〕

永明九年（491），謝朓跟隨蕭子隆赴荊州前，與西邸文士如沈約、王融、范雲、蕭琛等離別時所作，以此答詩來回應諸人的贈別。開頭二句言將在飲宴中餞別，江潭借指楚地，即是要前往荊州爲客。其後二句便是擬想到任之後，於江岸感嘆自己未能如東流之水能奔騰回鄉。故五、六句以景喻情，寫春樹日漸繁茂，芳草不斷積累，表示自己的思鄉之情越發濃郁。最後則將是身在荊州而遠望故鄉，於夢中仍懷戀著友人，充滿著鄉思與別緒。這是由於雙方曾經有過美好的歡聚，離群的寂寞感更增添了依依離情，「人與人之間的別離因空間的阻隔帶來的心理缺憾和傷感的情感，給詩人提供了豐富的情思與靈感。他們將嘉會的歡愉、離群的孤獨與相互的思念寄託於詩歌。」〔註41〕於是著重描寫餞別時飲宴的和樂，以襯托出相別的留戀不捨，如蕭衍〈答任殿中宗記室王中書別詩〉：

> 問我去何節，光風正悠悠。蘭華時未晏，舉袂徒離憂。

〔註39〕〔梁〕鍾嶸著，陳延傑注，《詩品注》，頁4。
〔註40〕《先秦漢魏晉南北朝詩》，頁1448。
〔註41〕陳向春，《中國古典詩歌主題研究》（北京：高等教育出版社，2008年），頁91。

　　緩客承別酒，鳴琴和好仇。清宵一已曙，藐爾泛長洲。
　　眷言無歇緒，深情附還流。〔註42〕

蕭衍在永明八年被任命爲隨王鎮西諮議參軍，和謝朓一樣在翌年前往荊州，西邸同列以詩送別，蕭衍以此詩酬答任昉、宗夬、王融等人。前四句以景襯情，春光正明媚，卻要在此餞別，內心不免興起離愁。文友們持觴勸酒，期望能延遲啓程的時間，其間伴隨著悠揚的琴聲，爲士人身分的象徵，如《顏氏家訓‧雜藝》所言：「洎於梁初，衣冠子孫，不知琴者，號有所闕。」〔註43〕同時，亦含有「伯牙鼓琴，鍾子期聽之」〔註44〕的知音交心，所以詩中便云彼此是聲氣相投之好仇。徹夜的歡宴須盡，是將離別的時刻，末二句描寫詩人不斷地回頭與故友相望，雙方眞摯的情意便在其中往復交流，令人感到別緒的綿延。

　　士人因離京赴外，遠離親朋與熟悉生活，本就足堪傷感，尤其在宦旅行役中，對於前路的艱險遙遠，更增添內心的悲愁。於是以詩贈別的鋪敍中，便用相遇之事、辭別之情、景境之象互發相紐，將離思懷想有更多的層疊與迴盪。如任昉〈贈郭桐廬出溪口見候余既未至郭仍進村維舟久之郭生方至詩〉：

　　朝發富春渚，蓄意忍相思。溟令行春返，冠蓋溢川坻。
　　望久方來萃，悲歡不自持。滄江路窮此，湍險方自茲。
　　疊嶂易成響，重以夜猿悲。客心幸自弭，中道遇心期。
　　親好自斯絕，孤遊從此辭。〔註45〕

天監六年（507），任昉出爲寧朔將軍、新安太守，〔註46〕從京城出發，順江路船行，途經桐廬，與時爲桐廬令的友人郭峙相聚，辭別時以此詩相贈。詩題頗具特色，是說詩人未到，郭即已見候，足見其仰盼的

〔註42〕《先秦漢魏晉南北朝詩》，頁1528。
〔註43〕〔北齊〕顏之推著，王利器集解，《顏氏家訓集解》，卷7，頁526。
〔註44〕〔戰國〕呂不韋編纂，《呂氏〔春秋〕孝行覽‧本味》，見陳奇猷校注，《呂氏春秋新校釋》（上海：上海古籍出版社，2002年），頁740。
〔註45〕《先秦漢魏晉南北朝詩》，頁1597。
〔註46〕〔隋〕姚察等著，《梁書》，卷14，頁254。

心切。郭仍進村,則是暗示其正巡視春田,盡心職守。詩人雖於赴任途中,行程緊迫,但仍繫船以待,等候時久,願屈太守之尊以就,顯示出兩人乃是忘年之交。詩題提挈全篇,所以沈德潛評為:「如題轉落,不見痕跡,長題以此種為式。」﹝註47﹞開頭二句寫詩人從晨間出發,便一路相思而來,是待見的思緒;次二句敘郭峙返回江岸,並率屬官來迎的景況;五、六句言望久生悲,逢聚而喜,內心百感交集而難以自持。七至十句寫前路景境的險惡,從客觀環境來看,「送者和行者都不能不有前途之憂,每一次遠別往往都意味著長久的分離甚至永訣,生命的短促又反照著分別的久時」,﹝註48﹞所以易引發見別的離愁。何義門曾言:「結句索漠,宜乎不返」,﹝註49﹞任昉最後終了於新安,讓這次的贈別更有暫離即是永訣的悲思。

鄭納新先生曾歸結六朝送別詩繁多的原因,其中之一便在於:「尚情不尚理,重情誼的抒發和個人生活的感詠,很少那沉重的國家民族的負擔,雖然有時也感時傷世,但落腳點卻多是個體的命運際遇。」﹝註50﹞士人在宦途中遭逢貶遷謫調,政治上的失意,意味著自身理想的失落,於是別離贈詩便帶有個人命運的悲怨。如劉孝綽〈發建興渚示到陸二黃門詩〉:

> 扁舟去平樂,還顧極川梁。猶聞棗下吹,尚識杏間堂。
> 洛橋分曲渚,官寺隱回塘。客行裁跬步,即事已多傷。
> 況復千餘里,悲心未遽央。﹝註51﹞

建興渚,在今江蘇南京市城南淮河南岸,劉孝綽由東宮任上離京赴外,臨行作此詩相贈到洽、陸倕。詩的起首用漢代宮觀名「平樂」,來代指京中的園林館閣,離去之時仍不斷地回顧,描寫戀戀不捨的情態。「棗下」為古曲名,「杏間堂」是用杏梁搭成的屋宇,高貴華美,

---

﹝註47﹞〔清〕沈德潛編,《古詩源》,卷12,頁80。
﹝註48﹞鄭納新,〈送別詩略論〉,《學術論壇》期3(1997年),頁78。
﹝註49﹞〔清〕何焯,《義門讀書記》,下冊,頁915。
﹝註50﹞鄭納新,〈送別詩略論〉,《學術論壇》,頁79。
﹝註51﹞《先秦漢魏晉南北朝詩》,頁1833。

可見詩人所難捨的乃是在京師生活的繁華富奢。於是在船行中所目之景爲「官寺」，便是官署衙門，並言才僅離京一小段距離，就已沮喪憂傷，更何況征途的遙遠，令心中的悲愁不斷。雖是臨行贈給友人的詩歌，但內容多在抒發遭受挫折的牢騷，以及心繫仕宦的感嘆。再看何遜〈贈江長史別詩〉：

> 二紀歷茲辰，投分敦遊處。況事兼年德，宴交無爾汝。
> 中歲多乖違，由來難具敘。及君相藩牧，伊予客梁楚。
> 出國乃參差，會歸同處所。以茲篤惠好，何用忘羈旅。
> 重得申平生，何年更睽阻。籠禽恨踢促，逸翮超容與。
> 餞道出郊坰，把袂臨洲渚。長飆落江樹，秋月照沙潊。
> 遠送子應歸，棹開帆欲舉。離舟懷未極，別至悲無語。
> 安得生羽毛，從君入宛許。〔註52〕

江長史是江革，兩人曾於江州同爲廬陵王幕僚，從詩的內容可知江革入朝爲官，何遜寫詩相贈。雖是送人的道別離傷，但仍夾敘著對自身命運際遇的感慨。詩的前四句描述雙方結識已久，是情分相投的交遊，且不拘禮俗，直接以爾汝相稱，以喻親密的情誼。次八句則說兩人先前曾因任職不同而分離，後成爲同僚而結下的深厚友情，可減輕宦遊思鄉之苦。次四句言這次又將分離，友人宦途順利，讓何遜感傷自己如籠鳥般窘迫，欽羨高飛的自由自在，向江革抒發對於人生境遇的喟嘆。其後描述餞別的景況，以及別離的不捨，表達能相隨同處之願。

關於別離之作的特性，日本學者松浦友久則云：「第一，同離別對方之間實際上正隔離，或眼下正要隔離——空間距離感。第二，爲再會之日遙遙無期而憂慮的時間距離感。第三，因離別之後交往之情斷絕而引起的心理距離感。可以說，正是這種實在的距離感與爲填充這種距離而產生的對對方深切與激昂的眷愛之情，使其離別行爲具有了詩情派生的根源。因此，作爲離別詩基本條件的距離感與因爲時空

〔註52〕《先秦漢魏晉南北朝詩》，頁 1686～1687。

距離阻隔而產生的往復心情便相互交織，使因此引發的感動的情感幅度大為增強。」﹝註53﹞於是因別離而寄贈的詩歌，所承載的情感便非僅是當下餞別的不捨，還包含了別後對友朋的掛心，以及記憶中對故舊諸般美好事物的懷想，由於時空的相隔，更激發詩人對於友誼維繫的積極，於是詩歌出現長篇鋪陳的手法，在寄贈之作中將這些情意以滔滔絮語之方式向僚友傾訴，期望能接到對方的音訊。如陸倕〈以詩代書別後寄贈詩〉中云：

> 朋故遠追尋，暝宿清江陰。明旦一分手，颻飛各異林。
> 歸舟隨岸曲，猶聞歌棹音。行者日超遠，誰見別離心。
> 夕次洌洲岸，明登慈姥岑。水流多迴復，余歸良未尋。
> 江關寒事早，夜露傷秋草。心屬姑蘇臺，目送邯鄲道。
> 葭葦日蒼蒼，親知慎早涼。劉兄消渴病，休攝戒無良。
> 殷弟癲眩疾，行止避風霜。劉侯有餘冷，宜餌陟釐方。
> 伏子多風咳，門冬幸易將。率更愛雅體，體弱思自強。……
> 雙栖成獨宿，俱飛忽異翔。眷言思親友，沈思結中腸。
> 追惟疇昔時，朝府多歡暇。薄暮塵埃靜，飛蓋遙相迓。
> 李郭或同舟，潘夏時方駕。娛談終美景，敷文永清夜。
> 促膝豈異人，戚戚皆朋婭。今者一乖離，潸然心事差。
> 山川望猶近，便似隔天涯。玉躬子加護，昭質余未虧。
> 八行思自勉，一札望來儀。﹝註54﹞

從內容描述及劉孝綽詩作〈酬陸長史倕詩〉推論，此詩是寫於天監十四年（515），陸倕出任雲麾晉安王長史，與京邑友僚話別後，﹝註55﹞以詩代書的寄贈之作。前十六句則描述別離之際，將分隔兩地的景況，且隨著空間距離的漸遠，內心的別緒亦隨之增添。因為會面之期難以預料，時間距離感使詩人盼望知曉友人是否無恙，於是對友朋的關切之情便寫入詩中，其中的劉顯、劉孝綽、殷芸等皆是參與蘭臺聚

﹝註53﹞ 〔日〕松浦友久著，劉維治譯，《李白詩歌抒情藝術研究》（上海：上海古籍出版社，1996年），頁68。

﹝註54﹞ 《先秦漢魏晉南北朝詩》，頁1775～1776。

﹝註55﹞ 〔隋〕姚察等著，《梁書》，卷27，頁403。

的知己，詩人深記每個人的舊疾，並細心提醒該留意之處，多休養、避風寒，或提出服用「陟釐」、「門冬」等藥方，彷彿書信般鉅細靡遺地殷殷叮囑，令人感受到彼此間交往的深入與友誼的真切。由於時空的阻隔，無法當面進行情意的交流，於是藉由寄贈問候以及懷想昔日的相談甚歡，來補足心理上的距離感，其中用東漢李膺、郭太同舟而濟，眾賓望之，以為神仙的史實，〔註56〕來比喻知己相處，不分貴賤；再用晉人夏侯湛、潘岳并有美容，同輿接茵，時人謂之連璧的典故，〔註57〕來象徵彼此友誼的美好。最後，再次因距離的隔絕而派生離情，並且仍掛念著友人的平安，從「八行」、「一札」更能顯出其書信的特性，是期盼著對方能捎來慰問的音訊，以解別離之孤寂愁思。

　　另外，由於南北政局的對峙，以及地理的阻隔，若有駐留於北方的友人，則思念別情便更為深重。不過在隋代統一之前，南北朝的文化交流便已開始，吳先寧在《北朝文化特質與文學進程》中指出北人對於南朝文化的接受之途徑有三：其一是書籍的交流，其二是使者的互聘，其三是南人入北帶來的南朝文化。〔註58〕《北史‧李諧傳》則記載當時使者往返的情形：「既南北通好，務以俊乂相矜，銜命接客，必盡一時之選，無才地者不得與焉。梁使每入，鄴下為之傾動，貴勝子弟盛飾聚觀，禮贈優渥，館門成市。宴日，齊文襄使左右覘之，賓司一言制勝，文襄為之拊掌。魏使至梁，亦如梁使至魏，梁武親與談說，甚相愛重。」〔註59〕可知南北朝使節往來的盛況，亦說明雙方皆挑選才辯一流者為使臣，於宴中交相談論，爰至陳代亦是如此。因此，託付使臣寄贈詩歌予友人，除能見懷遠之意，亦透露出時代的色彩。先看江總〈遇長安使寄裴尚書詩〉：

　　　　傳聞合浦葉，遠向洛陽飛。北風尚嘶馬，南冠獨不歸。

〔註56〕〔劉宋〕范曄，《後漢書》，卷68，頁2225。
〔註57〕〔唐〕房玄齡等著，《晉書》，卷55，頁1491。
〔註58〕吳先寧，《北朝文化特質與文學進程》（北京：東方出版社，1997年），頁47～48。
〔註59〕〔唐〕李延壽，《北史》，卷43，頁1604。

去雲目徒送，離琴手自揮。秋蓬失處所，春草屢芳菲。

太息關山月，風塵客子衣。〔註60〕

這首詩是寫給原在陳朝任都官尚書的裴忌，因太建十年（578）隨吳明徹北伐，全軍覆沒，故羈留北方。〔註61〕詩人站在對方的立場設想，表達對流落異地，遠離家鄉、親友的蒼涼悲苦，「詩人往往描繪自己在別後煢煢孑立的生活境遇，或者設想對方此刻形影相弔的孤獨寂寞，來傳達彼此惺惺相惜的『知音』之誼與空間阻隔帶來的知音難覓的感傷」。〔註62〕詩的開頭借用合浦有一杉樹，葉落入風，入洛陽城內的傳說，〔註63〕來表達故友滯留未歸；並化用古詩「胡馬依北風」及《左傳‧成公九年》「南冠楚囚」的典實，〔註64〕來理解其內心依戀故土的哀切。之後用浮雲、秋蓬的漂泊不定來體會流離失所的悲憐，結尾以望月懷鄉的客子形象，營造出蒼涼悲慨的意境，其實江總的人生亦是多舛，侯景之亂中經歷了動盪的流浪生涯，太清四年（540），避地浙江，後又輾轉流落嶺南，直至陳文帝天嘉四年（563）才還朝，〔註65〕所以用感同身受的立場來表示對朋友的離別思念。

除了先前所述，臨行之際以詩相贈表達深厚的情誼與不捨的眷戀外，還有另外一類是偏重於禮貌性的酬贈，如潘徽的〈贈北使詩〉：

業定三邊靜，時和四海敦。行人仍禮籍，使者接軺軒。

賓榮君享燕，客踞我司存。既美齊嬰學，欣逢鄭產言。

琴酒時歡會，篇章極討論。迴旌逗隴左，返軸指河源。

塞榆行隱路，津柳稍垂門。日沈山氣合，漸落水花翻。

離情欲寄鳥，別淚不因猿。所可緘懷袖，方以代蘭萱。

〔註60〕《先秦漢魏晉南北朝詩》，頁 2581。

〔註61〕見〔隋〕姚察等著，《陳書‧裴忌傳》，卷 25，頁 317～318；另可參馬海英，《陳代詩歌研究》（上海：學林出版社，2004 年），頁 123。

〔註62〕陳向春，《中國古典詩歌主題研究》，頁 101。

〔註63〕〔晉〕劉欣期，《交州記》（北京：中華書局，1985 年），卷 1，頁 4。

〔註64〕分見《先秦漢魏晉南北朝詩》，頁 329；〔晉〕杜預注，孔穎達疏，《春秋左傳正義》，《十三經注疏》，頁 448-1。

〔註65〕見馬海英，〈江總論〉，《陳代詩歌研究》，頁 111。另見〔隋〕姚察等著，《陳書‧江總傳》，卷 27，頁 343～347。

〔註66〕

據《隋書》所載：「隋遣魏澹聘于陳，陳人使徽接對之。」〔註67〕所以北使，應指魏澹，在返回隋朝臨行之際，潘徽作此詩以贈別。前六句寫邊境安定，四海和平，隋派使者前來，我爲行人之官，掌邦國賓客之禮籍，迎使臣乘車入宮，受君上款待飲宴，賓主盡歡。之後用春秋齊國晏嬰、鄭國子產爲比喻，來頌美北使是受人敬崇的外交家，並且與之琴酒歡會，討論文義，更添風雅。「迴旌」、「返軸」表示出使將歸返，以榆柳垂蔭以及落日山色刻畫出送別的景象，內心的離情便寄託於詩歌來相贈。雖寫別離，但內容合度，少有情溢乎辭的造作，符合雙方交誼的身分。

　　此外，有時對友人的眷慕非僅存於遠行的餞別，而是相會契機的錯過，使得原先能逢遇共聚之歡，轉爲惜未得見的懷思，於是以贈詩來表示內心的情意。如范雲〈贈張徐州謖詩〉：

> 田家樵採去，薄暮方來歸。還聞稚子說，有客款柴扉。
> 儐從皆珠玳，裘馬悉輕肥。軒蓋照墟落，傳瑞生光輝。
> 疑是徐方牧，既是復疑非。思舊昔言有，此道今已微。
> 物情棄疵賤，何獨顧衡闈。恨不具雞黍，得與故人揮。
> 懷情徒草草，淚下空霏霏。寄書雲間雁，爲我西北飛。

〔註68〕

本詩應作於齊明帝時，范雲遭譚儼誣陷下獄，後被赦免，賦閒家居，故友張稷時任北徐州刺史來訪，不遇，於是以此詩寄贈。〔註69〕全詩可分爲兩大部分，前半從稚子口中敘說張徐州來訪的情形，儐從豪盛，衣輕馬肥，軒蓋與驛馬符節光輝照耀，顯示出來客的華貴氣象。後半則寫詩人內心的情緒，先疑是又疑非，認爲在此炎涼之世，尤其詩人正值失意顛躓，顯貴怎會獨眷賤者，之後再以恨未備飯食

〔註66〕《先秦漢魏晉南北朝詩》，頁 2563。
〔註67〕〔唐〕魏徵等著，《隋書·潘徽傳》，卷 76，頁 1743。
〔註68〕《先秦漢魏晉南北朝詩》，頁 1544。
〔註69〕見〔隋〕姚察等著，《梁書》，卷 13，頁 230；卷 16，頁 271。

共敘，與之失之交臂，未能一晤來側申疑是。從中流露出張稷非世俗勢利之徒的欣賞。最後則將心中離情寫於詩書，寄予雲間之雁，傳達思念感懷。另外，有時不得相見並非源於距離的遙阻，而是制度上的禁令，所以透過詩歌的贈答來表示思念。如顏延之〈直東宮答鄭尙書道子詩〉：

> 皇居體環極，設險祗天工。兩闈阻通軌，對禁限清風。
> 跋予旅東館，徒歌屬南墉。寢興鬱無已，起觀辰漢中。
> 流雲藹青闕，皓月鑒丹宮。踟躕清防密，徙倚恆漏窮。
> 君子吐芳訊，感物惻余衷。惜無丘園秀，景行彼高松。
> 知言有誠貫，美價難克充。何以銘嘉貺，言樹絲與桐。
> 〔註70〕

鄭尙書是鄭鮮之，字道子，入宋遷太常，爲都宮尙書，故本詩當作於永初元年（420）。〔註71〕開頭便寫思念而不得見的原由，時顏延之爲太子舍人，當值東宮；鮮之爲尙書，在中臺尙書省，所以言「兩闈」。距離雖近但因清嚴禁限，通道阻絕，所以難以相會。於是常舉首翹望，留意於南面中臺的鄭君，因思念情切，夜不成眠，故起身觀望夜空，徘徊漫步至天曉。之後稱美贈詩，慚愧自己才薄，傾慕對方如高松的節操，感謝其言辭的眞誠，將銘記於心，永遠不忘。分離思念的懷緒則深蘊於流雲皓月之景，全詩充滿著摯友間的欽羨想念，沒有過分的雕琢，而是情婉意切的清逸之作。

第三節　才能品性的稱賞

贈答詩的特性便是藉由詩歌來進行對話，自然涉及對他人的看法、想法以及彼此對待的態度和影響，從中形成社會交誼的內涵。透過贈答之作來表示讚美和賞譽，除了是人際關係的潤滑劑，其動機亦帶有時代的文化因素。先看南齊虞通之〈贈傅昭詩〉：

〔註70〕《先秦漢魏晉南北朝詩》，頁 1233。
〔註71〕〔梁〕沈約，《宋書》，卷 64，頁 1698。

英妙擅山東。才子傾洛陽。清塵誰能嗣。及爾邁遺芳。〔註72〕

這首簡短的贈詩，讚美傅昭才德出眾爲天下之英，「清塵」本是車後揚起的塵埃，亦用作對尊貴者的敬稱，〔註73〕言能同坐共事感受其芳馨眞是有幸。虞通之爲當世名流，善談玄，隨族人虞愿前往招請傅昭，而以此詩相贈，〔註74〕對其品評賞譽一來是出於內心的嘆服，二來則顯現出東漢以來清議的餘緒流風。東漢時期，宗族鄉黨對名士的鑒定，往往成爲品評人物的主要依據，直接關係到士人的政治前途，湯用彤先生便指出：「有名者入青雲，無名者委溝壑。朝廷以名治，士風亦竟以名相高。名聲出於鄉里之臧否，故民間清議乃隱操士人進退之權。於是月旦人物，流爲尚俗；講目成名，具有定格，乃成社會中不成文之法度。」〔註75〕曹魏時期推行九品中正制，並以「唯才是舉」爲思想原則，促使人物品評發生轉變：其一，是從政治上鑒別人才，轉向對理想社會和人生意義價值的哲學探討；其二是從政治需要出發，對人物個性才能的評論轉變爲對人物才情、風貌的審美品評。但這兩方面並非截然獨立，而是密切聯繫、交織進行的，嚴肅的政治色彩大爲減弱，在更多的情況下表現爲對人物智慧才能的讚嘆和對儀容舉止的欣賞，這在兩晉時代獲得了極大的發展。〔註76〕爰至南朝，仍能見到文人士族相互標榜、稱揚，來抬高社會地位與聲望，於是具有交誼特質的贈答詩類，便是可發揮的媒介。如南齊王儉〈贈徐孝嗣詩〉：

方軌叔茂，追清彥輔。柔亦不茹，剛亦不吐。〔註77〕

〔註72〕《先秦漢魏晉南北朝詩》，頁1471。

〔註73〕《漢書・司馬相如傳》：「犯屬車之清塵」，顏師古注曰：「屬者，言相連續不絕也。塵謂行而起塵也。言清者，尊貴之意也。」見〔漢〕班固著，顏師古注，《漢書》，卷57下，頁2589。

〔註74〕見〔隋〕姚察等著，《梁書》，卷26，頁393。

〔註75〕湯用彤，《湯用彤學術論文集》（北京：中華書局，1983年），頁202～203。

〔註76〕參見鄧心強，〈論人物品評與魏晉六朝文學創作〉，《太原師範學院學報（社會科學版）》卷5期5（2006年9月），頁91～92。

〔註77〕《先秦漢魏晉南北朝詩》，頁1379。

詩的前二句稱美徐孝嗣能與叔茂並駕齊驅，並直追彥輔。叔茂，是指東漢王暢，少以清實著稱，郡中豪族多以奢靡相尚，暢常布衣皮褥，車馬羸敗，以矯其敝，有「天下俊秀王叔茂」的美名；〔註78〕彥輔，指晉人樂廣，少為夏侯玄所讚賞，尤善與中朝名士談論，曾被讚美：「此人之水鏡，見之瑩然，若披雲霧而睹青天也」，能知其識見之清明。〔註79〕後二句寫兼濟柔剛，是賢能之士。王儉的贈詩在稱賞時，以相互比較的方式，來突顯、評定人物的文質，認為徐氏可媲美王暢，尚不及樂廣。這種以品賞優劣的社會交誼形態，在《世說新語》一書中的「品藻」篇中大量呈現，反映出六朝時期品題之風的盛行。王能憲先生指出：「清談玄理，講究學力與思辨；品題人物，則重在識力與鑒賞，往往是以對人物的洞察遠見和精鑒妙賞，并判別其才性優劣、流品高下為旨歸。因此，儘管這個時期的人物品題與政治沒有直接的聯繫，但它可以影響和決定人的名譽、地位、聲望等。所以，這種人物品題既是審美性的，同時也帶有一定的功利性。」〔註80〕王儉贈詩稱賞徐孝嗣之後，史書上便載時人敬重孝嗣，將其比作「今之正人」的蔡子尼，王儉死後，皇上就徵聘孝嗣為五兵尚書，〔註81〕可見王儉以詩來美其人確有發揮提高聲價的功效。然而王、徐二人的交誼卻並非建立在互為吹捧的基礎上，乃是涵蘊著儒家理想化的人格因素，試看這組贈答之作：

> 婉婉遊龍，載遊載東。靡靡行雲，並躍齊蹤。
>
> 無類不感，有來斯雍。之子云邁，嗟我莫從。
>
> 歲云暮止，述職戒行。崇蘭罷秀，孤松獨貞。
>
> 悲風宵遠，乘雁晨征。撫物遐想，念別書情。（王儉〈贈徐孝嗣詩〉）

〔註78〕分見〔劉宋〕范曄，《後漢書》，卷 56，頁 1823～1825；卷 67，頁 2186。

〔註79〕見〔唐〕房玄齡等著，《晉書》，卷 43，頁 1243。

〔註80〕王能憲，《世說新語研究》（南京：江蘇古籍出版社，1992 年），頁 139。

〔註81〕見〔梁〕蕭子顯，《南齊書》，卷 44，頁 772。

　　書帷停月，琴袖承飈。結芳幽谷，解珮明椒。
　　去德滋永，懷德滋深。行雲傳想，歸鴻寄音。（徐孝嗣〈答王
　　儉詩〉）〔註82〕

王儉贈詩以雅潤之語來抒寫離情，前六句以遊龍、行雲象徵友人的遠
行，於是內心充滿著惜別之感。其後寫在歲暮之時就職起程，用蘭、
松的形象來稱美徐孝嗣的秀逸與堅貞，並掛念著征途的遙遠與艱辛，
於是寫下此詩相贈，以慰途中思情。全篇流露著眞摯的情誼，但作者
採四言正體，其風格不忘「溫柔敦厚」、「發乎情，止乎禮義」的詩教，
如同王仲宣〈贈蔡子篤詩〉、〈贈士孫文始〉等四言，可謂「雅人深至」，
〔註83〕亦符合詩中所稱賞徐孝嗣的品德，乃儒家君子的風範。徐孝嗣
的答詩亦相應贈詩風格，開頭便勾勒出一幅如圖畫般的文雅之所，暗
指雙方的往來是若水之交。三至六句頗有《楚辭》「結幽蘭而延佇」、
「解佩纕以結言兮」之意，〔註84〕用椒蘭香草的意象來頌美高潔的品
性，並且寄託自己的思念與懷想。從對詩中兩人的相互稱賞，得見有
著惺惺相惜的交誼。

　　另外，用贈答詩來表示對人物才能品性的讚美、崇敬，亦屬於「禮」
的範疇與內涵。人際交往中常用物質的餽贈來表示內心的情意，但有
時主體之意難以物盡，便會鋪以言辭，所謂「無辭不相接也，無禮不
相見也」。〔註85〕如王筠〈摘安石榴贈劉孝威詩〉：

　　中庭有奇樹，當戶發華滋。素莖表朱實，綠葉厠紅蕤。
　　既標太沖賦，復見安仁詩。宗生仁壽殿，族代河陽湄。
　　有美清淮北，如玉又如龜。退書寫蟲篆，進對多好辭。
　　我家新置側，可求不難識。相望阻盈盈，相思滿胸臆。
　　高枝爲君採，請寄西飛翼。〔註86〕

〔註82〕分見《先秦漢魏晉南北朝詩》，頁 1379、1411。
〔註83〕參見〔韓〕崔宇錫，《魏晉四言詩研究》，頁 106。
〔註84〕分見〔漢〕王逸章句，洪興祖補注，《楚辭補注》，卷 1，頁 30、31。
〔註85〕〔漢〕鄭玄著，孔穎達疏，《禮記注疏》，《十三經注疏》，頁 909-1。
〔註86〕《先秦漢魏晉南北朝詩》，頁 2017。

詩的起首便化用「庭中有奇樹，綠葉發華滋」〔註87〕來象徵石榴樹的珍美，再以紫、朱、綠、紅等豔麗的辭藻來描繪其樣貌，產生斑斕璀璨的視覺美感，非大自然的鮮活靈秀，而是帶有濃重的宮廷色彩。詩人王筠是琅邪王氏子弟，劉孝威則出於彭城大家，皆是士族，前四句的描寫固然是為了應題，亦隱含有稱美劉孝威的俊秀譬若芝蘭玉樹。五、六句則頌美其人的文采有如左思和潘岳，七、八句則讚揚其族代代簪纓，繁盛不絕。十至十三句則分就品性、才能來稱賞，用玉器來象徵君子有德，並再次讚美其創作，辭美豐贍，是優秀的文學人才。在六朝士人的意識中，「才」與「性」之間，他們給予更多肯定的是「才」，將其表現視為完美自我的最重要內容。因此，六朝的士大夫，包括那些皇帝王公，也喜愛附會風流儒雅，對於詩歌、繪畫、書法，乃至於琴棋都有著很濃的興趣，並不時地向世人表現自己的才華。〔註88〕在門閥制度嚴格的六朝，文才卻能打破其界限，即使出身低微，也能獲得社會聲響，甚至能見士族對於寒門人才的稱頌。〔註89〕更何況王筠、劉孝威皆是高門子弟，相互賞譽亦有利於家族的發展。末六句則點出詩人盼以石榴相贈，寄託相思，表示友好之意。趙輝先生即指出：贈送酬答詩是由禮物的餽贈脫胎而來。送禮之目的，是為了維護君臣、父子、夫妻、兄弟和士人和諧關係，其內容不外乎對特定對象表示讚美、崇敬、友好、勸勉、祝賀等。贈答詩不僅具備了雙方往來的形式，也秉承了禮的內涵和「通上下親疏遠近」的本質和功能。禮，賦予這類詩歌以實用的品質。〔註90〕以物贈人、投桃報李本是社會禮儀文化的一環，若加以文辭，則自然會

〔註87〕《先秦漢魏晉南北朝詩》，頁331。

〔註88〕趙輝，《六朝社會文化心態》（臺北：文津出版社，1996年），頁80。

〔註89〕如《晉書·左思傳》云：「初，陸機入洛，欲為此賦，聞思作之，撫掌而笑，與弟雲書曰：『此間有傖父，欲作三都賦，須其成，當以覆酒甕耳。』及思賦出，機絕歎伏，以為不能加也，遂輟筆焉。」見〔唐〕房玄齡等著，《晉書》，卷92，頁2377。

〔註90〕參見趙輝，〈禮與贈送酬答詩的起源和本質〉，《江漢論壇》期4（2008年），頁106～110。

有所美言，而在崇尚文風的時代裡，才能的特秀便是稱賞的要點，可加強情感、友誼的聯繫，也帶有朋黨標榜的意味。

　　除了友僚之間的相互贈答稱賞外，亦有天子以「賜」詩相贈臣子，表示賞愛與恩典，其行為背後則關係到士人的政治前途與社會的人才觀念。就目前所存，自曹魏以來，以九五之尊賜詩臣屬者，為梁武帝蕭衍，如〈賜謝覽王暕詩〉：

　　　　雙文既後進，二少實名家。豈伊爾棟隆，信乃俱國華。〔註91〕

梁武帝曾命謝覽、王暕二人作詩相贈答，寫出來後十分符合武帝的心意，於是賜贈此詩。〔註92〕詩中頌美兩人雖屬後進，但皆出於名門，不僅能振興家族的隆盛，更確實是國家的精華人物。周唯一先生認為此詩所代表的意義，乃是蕭衍在政治上仍須高門望族的支持，使得出身庶族的文人處在政治的低層而得不到重視。〔註93〕為求長治久安，優待、網羅士族是其必要手段，但卻不能忽視梁武帝在用人方面的政策，能夠給包括庶族在內的各階層人士有進身的機會，「官以人而清，豈限以甲族」，且亦主張「惟才是務」，〔註94〕可見任官標準在於品性的清純高雅，以及才能的特出，從贈詩的動機與內容來看，士子的文學才華備受器重，是受到賞擢的主因。從「賜」字上來看，也象徵著雙方階級尊卑的不同，儘管王謝是江左大族，但在南朝政治權力上已非能和皇室並駕，蕭衍藉由贈詩展現出帝權之威，使其感受到寵榮之幸。另外，梁武帝的賜贈乃是由於二人的創作之美，可見蕭衍愛好文義，並有品評鑑別的能力，因為早在南齊時，便是竟陵王座上的「八友」之一，且「天情睿敏，下筆成章，千賦百詩，直疏便就」，〔註95〕亦對儒、玄、道、釋等思想頗有研究，象徵著以士族為首的文化優勢已逐漸回歸至皇族手中。江雅玲便認為：「『賜』字所領帶的贈答詩，

〔註91〕《先秦漢魏晉南北朝詩》，頁 1537。
〔註92〕見〔隋〕姚察等著，《梁書》，卷 33，頁 475。
〔註93〕見周唯一，〈南朝贈答詩對魏晉詩歌的繼承與發展〉，頁 38。
〔註94〕分見〔隋〕姚察等著，《梁書》，卷 1，頁 23；
〔註95〕〔隋〕姚察等著，《梁書》，卷 3，頁 96。

出現在梁代，這個南朝帝王文學的大國裡，隱約可嗅出主流派的『文學集團』與主流派『政治集團』疊合的親密程度了。加上贈答詩詩題關鍵字在宋、梁兩代變化最大，而且贈答詩創作量在梁代達到最高峰，兩者相乘，則『贈答詩與梁代仕途』的關聯，也就饒富臆測空間了。」〔註96〕雖然梁武帝曾在選官制度上進行革新，不完全以門第為限，而是根據對策和射策的成績，〔註97〕但由於南朝以文才作為社會地位標誌的反映，以及武帝本身敦悅詩書，所以士人能「以文藻見知」，「其文善者，（武帝）賜以金帛」，〔註98〕甚至賜詩讚賞，如蕭衍的〈賜張率詩〉：

> 東南有才子，故能服官政。余雖慚古昔，得人今為盛。
> 〔註99〕

這是張率在一次陪侍酒宴中賦詩，因展露優秀的文學才華，深受皇帝喜愛，故以此詩相賜贈。詩的前二句便說因為有「才」所以能擔任「官政」，便是將能文之士視為政治人才的觀念。林童照先生在《六朝人才觀念與文學》一書中，曾針對此觀點進行探究，指出六朝時期在取士任官的選拔上所採取的品鑒重點，非在人物的實際事功，而在於天生命定的情性材質。而文學創作是作者情性的外顯，凡有優秀作品，意味著作者的才器特出，所以判斷政治人才與文學人才的方式趨於一致，因此能文之士即已說明了其人有才，有才者居於高位，自有其合理性。〔註100〕梁武帝在賜贈完此詩後，詔令張率寫詩回覆，即是贈答詩的交流形式，今雖未能見張率的答詩，但可得知其與皇帝以詩相贈答後，便遷升祕書丞，受到極大的恩遇，蕭衍曾對其云：「祕書丞

〔註96〕 江雅玲，《文選贈答詩流變史》，頁42。
〔註97〕 關於梁代的選官制度，參見萬繩楠，《魏晉南北朝文化史》，頁55～62；李天石、來琳玲，《南朝文化（下）》（南京：南京出版社，2006年），頁23～30。
〔註98〕 分見〔隋〕姚察等著，《梁書》，卷49，頁688、685。
〔註99〕 《先秦漢魏晉南北朝詩》，頁1537。
〔註100〕 參見林童照，《六朝人才觀念與文學》（臺北：文津出版社，1995年），頁80～96。

天下清官，東南冑望未有爲之者，今以相處，足爲卿譽。」〔註101〕
可見贈答詩歌與稱賞才情、任官擢士互爲因果的關係。須要留意的
是，因爲「賜」字除了是上對下的嘉賞之外，還有教導、訓誡之意涵，
有時情意交流的特質便不那麼明顯。前人多認爲「賜」詩乃贈答詩之
範疇，〔註102〕但是其作用應是有所出入的。

　　士人因文學才華而受到提攜推崇，內心自然充滿謝意，於是藉由
贈詩來稱美獎掖者的才德，以表示敬慕與感念。如劉孝綽〈歸沐呈任
中丞昉詩〉：

> 步出金華省，還望承明廬。壯哉宛洛地，佳麗實皇居。
> 虹蜺拖飛閣，蘭芷覆清渠。圓淵倒荷芰，方鏡寫簪裾。
> 白雲夏峯盡，青槐秋葉疏。自我從人爵，蟾兔屢盈虛。
> 殺青徒巳汗，司舉未云書。文昌愧通籍，臨邛幸第如。
> 夫君多敬愛，蟠木濫吹噓。時時釋簿領，驂駕入吾廬。
> 自唾誠礛磩，無以儷璠璵。但願長閒暇，酌醴薦焚魚。
> 　〔註103〕

天監初年，劉孝綽起家著作佐郎，於歸沐（官吏休假）之時，寫此詩
相贈任昉。劉孝綽以詩文聞名，任昉尤相賞好，並且邀請其參與「蘭
臺聚」，可知對劉孝綽多所提攜。詩人在題目上用「呈」字，則有「下
對上」的位階關係，蘊含求得指教的意味。詩的前四句讚嘆皇城的華
貴氣象，次六句描述宮廷四周的景致，秀麗典雅，「方鏡寫簪裾」一
句透顯出作者亦熱衷於功名。後半段寫自己雖職掌撰史的著作佐郎，
但卻未有所成，慚愧記名於門籍而進出宮門，並用司馬相如與卓文君
俱之臨邛的典故，〔註104〕表示休假歸鄉的孝綽感念著任昉的厚愛。

〔註101〕　〔隋〕姚察等著，《梁書》，卷33，頁475。
〔註102〕　如洪順隆〈六朝贈答詩對文類學原理的背離〉、周唯一〈南朝贈
　　　　　答詩對魏晉詩歌的繼承與發展〉，以及江雅玲《文選贈答詩流變
　　　　　史》等論著都將「賜」詩視爲贈答詩之列，但未加以辨析其中
　　　　　的異同。
〔註103〕　《先秦漢魏晉南北朝詩》，頁1835～1836。
〔註104〕　《史記・司馬相如傳》云：「文君久之不樂，曰：「長卿第俱如臨

「蟠木」乃是盤曲而難以爲器的樹木，詩人用來自謙才能的不足，但卻受到「濫吹噓」，則是指任昉對其的多加推舉，所謂「卵翼吹噓，得升官秩」，〔註105〕並且常放下公務而驅車前來相會，便是「龍門之遊」的景況，所以感念能順利的步入仕途。於是接著用石頭和美玉對比，以卑顯尊，頌揚任昉的美德賢才，但願閑暇時多，能進獻美酒佳餚，共相交遊。任昉收到詩後，便作〈答劉孝綽詩〉一首回贈，答詩中仍見對劉孝綽的賞愛與稱美，但更主要的是抒發對其人的殷殷期盼之情。詩云：

> 閼水既成瀾，藏舟遂移壑。彼美洛陽子，投我懷秋作。
> 久敬類誠言，吹噓似嘲謔。兼稱夏雲盡，復陳秋樹索。
> 詎慰耋嗟人，徒深老夫託。直史兼褒貶，轄司專疾惡。
> 九折多美疹，匪報庶良藥。子其崇鋒穎，春耕勵秋穫。

〔註106〕

詩以誇獎孝綽起筆，用流水匯集成波瀾以及《莊子》「藏舟於壑，藏山於澤」的典故，〔註107〕來稱許其才既已豐滿，便要入仕任官。但是詩中敘及孝綽對自己的褒獎之辭時，彥升並未沾沾自喜，而是正色嗔怪：「詎慰耋嗟人，徒深老夫託」，可見對劉孝綽的用心良苦。於是便告誡孝綽如何作一個稱職的著作佐郎：秉筆直書兼就褒貶，任職史官嫉惡如仇，雖然生命中有許多阻礙，但三折肱爲良醫，有豐富的閱歷，自然造詣精深。所以這首詩任昉說不是回報，而是希望提供人生

邛，從昆弟假貸猶足爲生，何至自苦如此！」相如與俱之臨邛，盡賣其車騎，買一酒舍酤酒，而令文君當鑪。相如身自著犢鼻褌，與保庸雜作，滌器於市中。……卓王孫不得已，分予文君僮百人，錢百萬，及其嫁時衣被財物。文君乃與相如歸成都，買田宅，爲富人。」見〔漢〕司馬遷著，裴駰集解，《史記》，卷117，頁3000。

〔註105〕 〔梁〕沈約，《宋書・沈攸之傳》，卷74，頁1936。

〔註106〕 《先秦漢魏晉南北朝詩》，頁1598。

〔註107〕 《莊子・大宗師》云：「夫藏舟於壑，藏山於澤，謂之固矣。然而夜半有力者負之而走，昧者不知也。藏小大有宜，猶有所遯。若夫藏天下於天下而不得所遯，是恆物之大情也。」見〔清〕郭慶藩，《莊子集釋》，頁243。

的經驗供其參考體會。最後則是在稱美孝綽穎悟絕倫之中，激勵其更為努力，將來必有豐碩成果。可見身為文壇前輩對於後進晚生的深沉關愛。若在同輩之間，有時的稱賞則是帶有規諫性，藉由頌美的文字委婉地傳達勸誡之意，如范雲〈古意贈王中書詩〉：

> 攝官青瑣闥，遙望鳳皇池。誰云相去遠，脈脈阻光儀。
> 岱山饒靈異，沂水富英奇。逸翮凌北海，摶飛出南皮。
> 遭逢聖明后，來棲桐樹枝。竹花何莫莫，桐葉何離離。
> 可棲復可食，此外亦何為。豈知鷦鷯者，一粒有餘貲。
> 〔註108〕

王中書，指王融，曾任尚書殿中書郎，為竟陵八友之一。詩的前四句寫兩人任職不同官署，不得相見的懷念。其中「攝官」意指才德低下，不能稱職，暫時充數，為自謙之辭，全詩便是以讚美和自謙來相對形容。岱山、沂水皆在山東，是王融的故鄉琅邪，五至十句意指王氏多出俊秀佳才，融出身地靈人傑之家，自是優秀英奇之士，具有超越前賢的才能。聖明指的是齊武帝蕭頤，說明遭逢君主的寵愛，如鳳凰來棲於梧桐之樹，身居高位。〔註109〕以竹花桐葉的分披繁茂，來比喻所得俸祿之優厚，讚美其騰達得志且適得其所。結尾二句則用「鷦鷯」自喻擔任微官，一粒米便已知足，意在說明樂天安命，無所多求的人生理想，其實是在暗示著故友應明瞭止足之分，不可貪好功名。王融個性躁於進取，自恃才華門第以為能握有如王儉般的顯赫權勢，最後因擁立竟陵王失敗，被下獄賜死，年僅二十七歲。〔註110〕全篇贈詩以鳥作比，一線到底，讚美其才能優異高飛展翅，卻也用鷦鷯小鳥來警戒著勿過於驕矜，不知自退，對照王融之生平行事，可見范雲贈詩除了稱賞友人外，當中的規諫確為知交的金玉良言。

〔註108〕　《先秦漢魏晉南北朝詩》，頁1544。
〔註109〕　《文選》李善注引孔安國《尚書傳》：「聖人受命，則鳳皇至。」又引鄭玄《毛詩箋》曰：「鳳皇之性，非梧桐不棲。」見〔梁〕蕭統編，李善注，《文選》，卷26，頁1219。
〔註110〕　見〔梁〕蕭子顯，《南齊書》，卷47，頁817～825。

第四節 譏諷嘲謔的幽默

從《世說新語》中能見魏晉士人的言行思想與生活面貌，可謂是「一部風流名士的人物畫卷」。〔註111〕在談玄、品題、任誕之風的體現下，他們的舉措應對往往有令人會心一笑的幽默特質，如書中的〈排調〉篇即是記載了文人間的戲謔調笑，透過排調的言詞，可以看出人物的機智、風趣，以及「謔而不虐」、不傷和氣的嘲諷之意，而這正是屬於「幽默」的範疇。陳孝英在〈試爲「幽默」正名〉一文中云：「包括一切能引起具有審美價值的笑的表情、體態、姿勢、動作、情境、語言、文字、畫面、音響在內，諷刺、滑稽、機智、怪誕……都是『廣義的幽默』大家庭中的合法成員。」若聚焦於士人對於生活的思索與藝術的表現，則爲「狹義的幽默」，具有喜劇本質和現象：「創作主體以比較溫和的態度和比較含蓄的手法，通過美與醜的強烈對照，對包含喜劇因素的事物作有意識的理性倒錯的反映，造成一種特殊的喜劇情境，並進而創造出一種包含複合情感，充滿情趣而又耐人尋味的意境，使欣賞主體（即審美主體）產生會心的笑，來表達美對醜的優勢。」〔註112〕尤雅姿先生便曾從喜劇美學的觀點出發，探究魏晉士人所表現的滑稽行爲、幽默話語、冷嘲熱諷和古靈精怪的機智辯才，其舉止背後的生命意義和文化思維。〔註113〕南朝士人亦承魏晉風度之韻緒，在贈答詩中出現了以「嘲謔」爲動機的交誼內涵，除可探析其肇生源委以及所衍生的心理效應外，亦可從看似詼諧的玩笑中體會南朝士人社會互動下的人生態度。

贈答詩既以人物爲交流對象，那麼與頌美稱賞相對的，便是譏嘲諷謔，常在詩題上便能見其寫作之目的，但是此處須說明的是，前人

〔註111〕 王能憲，《世說新語研究》，頁 116。

〔註112〕 陳孝英，〈試爲「幽默」正名〉，《文藝研究》期 6（1989 年），頁 104～106。

〔註113〕 詳見尤雅姿，《魏晉士人之思想與文化研究》（臺北：文史哲出版社，1998 年），第五章，頁 257～323。

多將「嘲」字視爲贈答詩之屬，〔註114〕但是較少辨明二者的差別。贈答詩之創作本是基於諧好友誼的互動，相互嘲弄或帶有譏笑意味的酬贈，在作意、動機、目的和效果上都有別於傳統的贈答篇什，或可視爲情意交流之「變體」，贈答詩歌之「別調」。如何長瑜〈嘲府僚詩〉：

　　陸展染鬢髮，欲以媚側室。

　　青青不解久，星星行復出。〔註115〕

據《宋書》所載何長瑜爲臨川王記室參軍，曾在江陵時寄信給族人何勗，用韻語來排貶劉義慶州府中的幕僚佐史，如此詩所記敘：陸展爲了討小妾歡喜，將白髮染黑，可惜這黑髮不能持久，星星點點的白髮沒幾天又長出來了。這首詩即帶有嘲諷的意味，批評作官者不把心思放在政務上，反而只顧著討好美色。後被輕薄少年加以渲染推廣，凡州中的官員都爲其擬定題目，用誇張語言進行挖苦，這些文字便流傳開來，爲此，劉義慶大發脾氣，向宋太祖稟告，將何長瑜貶爲廣州曾城令。〔註116〕

　　這首詩雖非眞正贈予府僚，但此一樣式和「贈詩」的「形式結構樣式」是相似的。江雅玲在《文選贈答詩流變史》一書中，將兩漢樂府裡的雜歌謠辭作爲贈答詩溯源的脈絡之一，提出「A（發話主體）爲B（受話客體）……」的樣型，認爲 A 雖是發話主體，但是在行文技巧上，藏身於文字背後，扮演「文字偶控線人」的角色。讀者僅見字裡行間，盡言 B 如何之如何，事實上讀者所見的 B 完全來自 A 的訊息，嚴格說來，讀者印象中的 B，是 A 要大家看見的 B。而這個有相當主觀性的訊息，其實爲贈答詩示範了情志內容上，「話題焦點」的凝聚。〔註117〕從韻語的節奏感以及傳播的情形來看，這首以「嘲」爲領字的

〔註114〕　如洪順隆〈六朝贈答詩對文類學原理的背離〉、金南喜《魏晉交誼詩研究》，以及江雅玲《文選贈答詩流變史》等論著都將「嘲」字視爲贈答詩的特定用字。

〔註115〕　《先秦漢魏晉南北朝詩》，頁 1201。

〔註116〕　見〔梁〕沈約，《宋書》，卷 67，頁 1775。

〔註117〕　詳見江雅玲，《文選贈答詩流變史》，頁 149～150。

贈詩就如同漢代歌謠一般，以好記好唱迅速流傳，形成龐大的興論來
對人物進行臧否，這亦是漢晉以來清議、品評之風的延續。何長瑜在
詩中所勾勒的府僚形象，主要是透過視覺的描摹來讓讀者感受到所欲
傳達的幽默形態。《幽默心理學》中便曾對此作出說明：「那些帶有新
穎感，尤其是具有趣味色彩的事物或現象最容易引起人的注意。這種
外界刺激信號通過視覺通路傳入，作用於大腦，一系列的刺激物會在
皮膚產生許多程度不一的興奮灶。一定強度的興奮灶的焦點部分形成
優異興奮中心，同時誘導鄰近皮膚區域的抑制過程相應加強，人們就
能清晰地反映與優勢興奮中心相對應的外界刺激物，而避開其他干擾
性刺激，這就是注意指向和集中的生理心理學機制。據此理論，可以
較好地解釋為什麼某些來自視覺幽默方面的刺激物容易吸引人的原
因。」〔註118〕回到詩中，當陸展為了刻意討好小妾所染黑的頭髮，不
久又出現星白時，便吸引了作者的視線，心理學上「具有趣味色彩的
事物或現象最容易吸引人注意」，所以在何長瑜的心中竊笑，而寫下嘲
諷的詩語。經由輾轉傳布、誦讀後，由文字當中想像人物困窘的樣態，
再加上官吏的身分，使得眾人對其抱持著否定的嘲笑態度，用諷刺性
的言語來奚落對方的淺薄。法國學者柏格森（Henei Bergson）便指出：
「笑首先是一種糾正手段。笑是用來羞辱人的，它必須給作為笑的對
象的那個人一個痛苦的感覺。社會用笑來報復人們膽敢對它採取的放
肆行為。」〔註119〕也因此當個人的詼諧嘲諷演變為群體的恣意訕笑時，
過分赤裸的相譏已逾越了幽默的範疇，所以身為團體領袖的劉義慶才
將「始作俑者」貶遷外地，以平息這場士人間的「排調」活動。

當一個社會群體聯合起來抵制個別成員時，一種表示排斥的笑會
體現它的懲處功能。由於人是社會性的動物，多數的人都為憂慮自己

〔註118〕 參見蕭颯、王文欽、徐智策，《幽默心理學》（臺北：智慧大學
出版社，1993 年），頁 230。

〔註119〕 〔法〕昂利·柏格森著，徐繼曾譯，《笑——論滑稽的意義》（臺
北，商鼎文化，1992 年），頁 124〜125。

不被社會接納，不爲他人認同，因此，這種加入惡意成分的鄙夷之笑就可以發揮懲罰性的社會功能。〔註120〕如蕭巡的〈離合詩贈尙書令何敬容詩〉：

> 伎能本無取，支葉復單貧。柯條謬承日，木石豈知晨。
> 狗馬誠難盡，犬羊非易馴。戲嚬旣不似，學步孰能眞。
> 寔由綦朝典，是曰蠹彝倫。俗化於茲鄙，人塗自此分。

〔註121〕

自從晉宋以來，宰相多在文義之中尋求身心的安適，這亦爲六朝士人普遍的嚮往，於是便有了混跡塵世的朝隱現象，以縱情山水卻又不辭廟堂，身佩官綬而心存逍遙爲人生理想。但據《南史》所載，大同五年（539）何敬容改任尙書令，仍掌銓選之事，因久處臺閣，故通曉典章制度。常一大早就處理政務，日旰不休，雖職隆任重，但拙於草隸，淺於學術，反而精通餽贈賄賂之事。當時士人崇尙風流才華，所以對何敬容的舉措常有嗤笑鄙斥。〔註122〕蕭巡便是在這樣的背景下，寫此詩相贈，以爲嘲諷。旣是嘲弄之筆，便不用帶著嚴肅的心情，離合詩的體製，即是屬於遊戲性質，美國學者詹姆斯・薩利（James Sully）認爲人在發笑時和在遊戲時的心境是根本一致的，所以故意不把事認眞，不顧到事物的實際上的、理論上的乃至美感方面的性質和意象，專拿它們當玩具玩，以圖賞心娛目。

〔註123〕

　　所謂「離合」，即合數句詩爲一字之意，此類篇什猶如詩謎，〔註124〕這首詩每兩句首字相減所得的偏旁，再兩兩組合，可得「何敬容」三字。詩的前四句先以枝葉單貧爲喻，嘲其才乏，再以柯條蔽

〔註120〕　尤雅姿，《魏晉士人之思想與文化研究》，頁300。

〔註121〕　《先秦漢魏晉南北朝詩》，頁1805。

〔註122〕　〔唐〕李延壽，《南史》，卷30，頁796。

〔註123〕　轉引自潘智彪，《喜劇心理學》（廣州：三環出版社，1989年），頁25～26。

〔註124〕　王次澄師，《南朝詩研究》，頁281。

日爲比，笑其愚昧。五、六句暗諷何敬容終日盡力於政事，塵務經心，又喜嗜財祿，貪婪吝嗇。七、八句用典，「嚬呻」是仿效皺眉，是指東施效顰，「學步」則爲邯鄲學步，都是比喻模仿不成，又得反效果，亦爲嘲笑之意。末四句則批評敬容使朝典、常道都紊亂敗壞，習俗教化於是粗鄙，遠離風流雅道。讀者從詩題知曉是離合之作，便有著揭曉謎底的期待，在體會作者巧心的安排後，便能產生會心的一笑。所以當閱讀完詩作內容，再比對被嘲謔的人物，便能感受到當中諷刺幽默的蘊涵。當受贈者（嘲謔對象）接到此詩而感到受輕視時，則代表作者以及其餘讀者內心所產生的「笑」，帶有帶有鄙夷的意味，表示排斥與否定，這是源自於自我的優越感。英國哲學家霍布士（Thomas Hobbes）以此詮釋發笑者的心理動機：「笑的情感顯然是由於發笑者突然想起自己的能幹。人有時笑旁人的弱點，因爲相形之下，自己的能幹愈易顯出。人聽到『詼諧』也發笑，這中間的『巧慧』就在使自己的心理見出旁人的荒謬。這裡笑的情感也是由於突然想起自己的優勝。……所以我可以斷定說：笑的情感祗是在見到旁人的弱點或是自己過去的弱點時，突然念到自己某優點所引起的『突然的榮耀』感覺（Sudden glory）。」〔註125〕

六朝士人以隱逸爲高，能獲得清高名聲，又能遠離危機四伏的政治，既可保全個體性命，又有行動自由，顯示出自我的個性，永保一種自我價值實現的認同感。所以當隱逸精神被讚揚後，便成了社會時尚，無論是否眞心棲隱，也要表示對山林的渴望。但是何敬容卻背離了主流的意識，反而汲汲營利，案牘勞形，士人見之以爲鄙陋，將自己能逍遙山水視爲超然崇高，所以見此離合贈詩能夠發笑，便是流露出了內心的榮耀感。詩中所寫的是何敬容競入俗流的舉措，多有嘲諷之意，時人未產生同情的心理，反而感受到其中的幽默，除了是作者在文辭上的運用外，也是因對諷刺內容持肯定態度，以鄙夷對方，自矜高尚爲樂趣所在。

〔註125〕　見朱光潛，《文藝心理學》（臺北：臺灣開明書店，1985 年），頁278。

　　贈答詩有往來回復的性質，所以褒美之辭可用以互相標榜，以抬
聲價，那麼自然有嘲謔之辭，來相互譏揣，以爲諷刺。「如果對象的
錯誤具有較嚴重的侵害性，譬如傷及名譽、安全、尊嚴等，而主體又
自覺受到惡意的冒犯、挑釁，於是滋生予以還擊的報復心理，那麼其
所表現出的幽默方式多半是來勢洶洶的諷刺形態，藉以糾正或是懲罰
對象的失誤。」〔註126〕如以下這組贈答詩：

　　　　昔聞東都日，不在簡書前。（何點〈答張融詩〉）〔註127〕

　　　　惜哉何居士，薄暮遭荒淫。（張融〈贈何點詩〉）〔註128〕

這對詩作並非同一時間的相互交流，據《梁書》所載，張融年少時
曾被免官，所寫的詩歌中有表示不求仕進之語句，於是何點便以此
答詩酬之，意思是張融除去官職後，沒有處理文書的繁忙，雖是戲
言，但張融因此心中不快。何點年老後又娶魯國孔嗣的女兒爲妻，
張融便寫此詩相贈，拿何點晚年結婚開玩笑，作爲嘲諷。〔註129〕
身爲喜劇形態之一的「諷刺」，其滲透著創作主體的否定性審美評
價和熾熱的憎恨之情，但是過分赤裸的斥責不但令人不敢恭維，也
難以躋上幽默之堂，所以諷刺性幽默要求主體必須節制激憤，表現
出一種蔑視的心態。〔註130〕何點個性通脫，雖出身世家大族，但
卻不入官府，常穿著草鞋，駕著柴車，恣心所適，致醉而歸，士大
夫多慕從之，時人號爲「通隱」。〔註131〕但贈詩中張融採取輕蔑的
口吻，可惜過去令人欣賞的何居士竟然迷於佚樂女色，用軟中藏刺
的回擊、貶抑對手，從中渲洩了自己的憤懣，由是獲得了喜劇性的
審美效應。又如劉之遴〈嘲伏挺詩〉：

〔註126〕　尤雅姿，《魏晉士人之思想與文化研究》，頁298。
〔註127〕　〔隋〕姚察等著，《梁書》，卷51，頁733。
〔註128〕　《先秦漢魏晉南北朝詩》，頁1410。
〔註129〕　事見〔隋〕姚察等著，《梁書》，卷51，頁733。
〔註130〕　佴榮本，《笑與喜劇美學》（北京：中國戲劇出版社，1988年），
　　　　　頁89～90。
〔註131〕　〔隋〕姚察等著，《梁書》，卷51，頁732。

傳聞伏不鬥，化爲支道林。〔註132〕

史載伏挺因事納賄，當被推劾，挺害怕罪責，於是變服爲道人，出家藏匿，所以劉之遴寫此詩嘲諷，〔註133〕本就具有幽默意味，但是劉之遴後來遇亂落入侯景手中，侯景將派他傳授玉璽，之遴預知，連忙剃掉頭髮披上僧衣才躲掉此事。〔註134〕對照先前嘲諷伏挺出家，劉氏的舉措令時人不禁竊笑，這便是一種情景的反諷。反諷，亦是喜劇形態的美學特徵，它是主客體關係，即諷刺主體與被諷刺對象關係的倒置，藉由出人意外的轉化來引起幽默的愉悅。〔註135〕

最後，再看何遜的〈嘲劉郎詩〉：

房櫳滅夜火，窗戶映朝光。妖女褰帷去，躞蹀初下床。
雀釵橫曉鬢，蛾眉艷宿粧。稍聞玉釧遠，猶憐翠被香。
寧知早朝客，差池已雁行。〔註136〕

劉郎，指的是劉孝綽。詩的起首寫劉郎居室中的夜來燈火已滅，外面漸露曙光。其後一位美人揭起帷幔，小步地行走下床，頭上有美麗的飾物，容貌豔麗奪目。此時妖姬已去未遠，劉郎尚未起身，因還留戀著與美妾同榻之時的歡愉。之後話鋒一轉，言上朝的官吏已先後到齊排成朝列，兩相對比，呈現出可笑的情景。這雖是善意的嘲諷，但也揭露了高門子弟腐朽生活的一面。何遜屬落魄的士族，因家境貧寒且仕途不順，常有自慚形穢的感慨，在這首贈詩中，他以一種冷眼旁觀的態度來展現其中的荒謬，收尾的畫面一出，彷彿能聽見詩人內心冷冷的謔笑。何遜筆下所嘲諷的便是矜尚門閥的時代，甲族入仕順利且能居清職，經濟無虞，故能耽溺於享樂，沉迷在紙醉金迷的生活中。但是下層的士人卻飽受羈旅之苦，失意不遂的詩人則用一種譏嘲詼諧的筆調突顯出社會的不平。詩中多有豔情的描繪，自是與宮體詩風的

〔註132〕《先秦漢魏晉南北朝詩》，頁1855。
〔註133〕〔隋〕姚察等著，《梁書》，卷50，頁722。
〔註134〕〔唐〕李延壽，《南史》，卷50，頁1252。
〔註135〕佴榮本，《笑與喜劇美學》，頁93。
〔註136〕《先秦漢魏晉南北朝詩》，頁1692。

流行有關，從寫作這類題材的動機上看，便帶有一種遊戲的態度，如林文月先生所指出：「宮體詩有寫實客觀，輕柔纖巧的特色，事實上，這些特色乃是由於一個基本的寫作態度而產生的現象，即宮體詩的作者是以娛樂的心境去作詩，而缺乏嚴肅的寫作態度。」〔註137〕遊戲的心境便易醞釀出譏嘲謔笑，一來提示受贈者的失態，二來亦能撫慰作者當下的紛亂的心緒，因為「在大多數情境中笑都是一種遊戲的活動，功用在使心境的緊張便為弛懈。笑有時是偏於情感的，仇意的詼諧和淫猥的詼諧，都是要滿足自然傾向。有時它偏於理智，情境的乖訛和文字的巧合都屬於理智類的喜劇。笑是一種社會的活動，諷刺譏嘲的用意大半都是以遊戲的口吻進改正的警告。」〔註138〕無論是在韻語、離合等形式上的文字遊戲，或是豔情、嘲謔等創作上保持的遊戲態度，以贈答詩進行互動交流皆能呈現出南朝士人社會交誼中的豐富意涵。

〔註137〕　林文月，〈南朝宮體詩研究〉，《澄輝集》（臺北：洪範書店，1983年），頁162。

〔註138〕　朱光潛，《文藝心理學》，頁298。

第六章　結　論

　　本文以南朝贈答詩與士人文化為研究對象，分為四大部分：一是論述贈答詩的形式、內容與風格，以及南朝文士創作與審美觀念的遞嬗；二是分析贈答詩的仕隱觀念，有其功利的特質，亦蘊含抒情的美感，並反映出士人面對出處問題，從抉擇的糾葛到企求歸隱的各異心態。三是探察贈答詩的思想風貌，呈現出士人在宗親倫理、儒玄兼容、仙佛信仰等面向之處世哲學；四是析論贈答詩的交誼內涵，表現南朝文士的生活體驗以及社會互動下的人生態度。在論文的最後，將就前述進行總結，試圖為南朝贈答詩的「文學價值」與「文化意義」提出個人見解。

一、南朝贈答詩的文學價值

　　贈答詩在魏晉時期已具有基本的寫作模式與風格，並有繁榮的發展，爰至南朝，仍備受重視，詩人的創作不輟，到梁代更達到數量上的高峰之外，昭明太子在《文選》中特將此列為一類，所選作品在質與量上皆堪稱上乘，得見贈答篇什有其獨立存在的價值。若說建安諸子在贈答詩的創造上有著示範作用，那麼南朝作家的貢獻則在於補足了贈答詩的文本特點，形塑出贈答詩的典型風貌，使其具有文學史上的意義。「人我互動」乃是贈答詩的「本色」所在，因為有一特定對

象的傾訴，所以隱含著對閱讀和回音的期盼，無論是爲了情意的交流或帶有目的性的請求，都希望接收者能感同身受，體會作者的生命境遇與寫作動機，進而共相慰勉或加以援助。於是贈答詩作便具有雙重特質：其一是抒情自我，常表現在話別的離情、相聚的歡愉、宦遊的思鄉、失意的無奈，以及時光流逝的悲嘆，或藉以明志詠懷，或分享當下寓目所感的美好體驗等。其二是實用應酬，在仕途上爲求舉薦、賞擢的頌美酬贈，或家族間爲求名聲顯揚的互相標榜，還有公宴、文會上的逞才炫學，以及爲了招聘、宣告、勸戒、獎賞等目的之贈答。二者並非截然劃分，而多是兼而有之，依其所側重焦點的不同而有程度上的差異。

　　贈答詩在南朝的發展上亦出現變格的情形，稱之爲「別調」：第一，自我贈答，詩人在作品中假設有一特定對象，藉由對話的方式進行個人獨白，表露人生態度與情志；第二，擬代贈答，模擬女性口吻或代作之辭，雖有借以言志的表現，但較多集中於描繪女性的容貌和情感，傾心於綺麗的追求，非傳統與對方情意交流的典型；第三，豔情贈答，與擬代之間有部分類似，但在詩題上不冠以「擬」、「代」等字，而是一般的贈、答，對象多爲麗人愛姬，但從內容上看並非有意以詩相送，而是透過這個動作來引發創作的動機，即是爲了遣興娛情，無關乎自身與女子間的互動，所以有時題目加上「戲」字，展現出有別於抒情、實用之外的寫作心態。龔鵬程先生曾指出抒情傳統所對應或所顯示的，是生命美學的型態，那麼具有「戲」的性質之作品，則可另建構一條文字傳統的脈絡，概括爲語言美學的範疇。〔註1〕若對應到南朝贈答詩的文本特點，則是兼容本色與別調之表現，能見抒情詠懷，亦可帶有實用目的，也能純爲應酬、遊戲，進而豐富了贈答詩的內涵，完成了典型風貌的建構，就贈答詩的發展脈絡而言，有其文學的貢獻與價值。

〔註1〕詳見龔鵬程，《文化符號學：中國社會的肌理與文化法則》（上海：
　　　　上海人民出版社，2009年），頁409～412。

　　由於贈答詩所特具的「往還」形式，使其原本就屬於社會活動的一環，再加上，它又是針對某一身分明確的特定對象的表白，乃使爲詩者的發詠，必須因人、因事制宜，並且與時俱變。〔註2〕南朝贈答詩所表現出的藝術風格與寫作手法，都緊扣著該時的文學思潮，並隨著創作審美觀念的變遷而呈現階段性的特點，觀覽一時代的贈答篇什，似乎幾能掌握文學主流的脈動與走向。劉宋時期的贈答詩，以典雅矜重爲要，透過用事的繁富鋪排，展露博物的長才，契合此一時期的文學品味；齊梁贈答詩，與前代相比，較少典奧滯重的作風，多呈現自然清新的面貌，藉由山水意象的經營，抒寫眞摯的情誼，呼應著永明以來雅俗兼善的文學主張，梁陳之際，追求淺俗浮豔的聲色表現，則是君倡宮體下的時尚作風。南朝贈答詩的藝術風格隨著各階段所興發的主要詩風而加以嬗變，其發展脈絡與輪廓具有時代特色。

　　創作風貌的豐富，奠基於表現手法的多元，尤其贈答詩的寫作必須考慮不同的場合、時機、對象以及目的，來選擇適切的書寫方式，如《文心雕龍》所指出的：「繁略殊形，隱顯異術，抑引隨時，變通會適。」〔註3〕南朝贈答詩也有鮮明的創作手法。首先是用典的巧變，徵引古事部分以標舉人物或關鍵語彙來概括背後的故事，提煉所需的意涵融入詩歌當中，提高用典的密度；援用成辭部分則有一句含二典，或用藏詞、略語來涵蓋典意，造成用事的繁富。若是爲了要炫才較勁，則須要較長的篇幅來承載詩人的「博物」，但有時長篇大製則是用以替代「書信」的功能。這類的寫作手法多用於關係密切的親友身上，如謝惠連〈西陵遇風獻康樂詩〉、陸倕〈以詩代書別後寄贈詩〉等，像是遊子報告行旅生活般，透過細瑣情事的描寫來呈現內心的感受，但又須兼顧美感，所以採用受到兩漢賦體影響下的駢儷形式。其次，善用自然情景的描摹，產生物色移情的表現，並加強意象之經營，暮秋、飛鳥、芳蘭、青松等是贈答詩常見的典型，另外還有空間意象的對照，對比的兩極可在接受

〔註2〕　梅家玲，《漢魏六朝文學新論》，頁196。
〔註3〕　〔梁〕劉勰著，范文瀾註，《文心雕龍註》，卷1，頁16。

者的心中構成張力，並以此展開無限的遐想；或是時間意象的對比，以時光的流轉所產生的哀嘆，來表示內心的孤寂與想念。除了時空之外，意象的動態與靜態的相互對照，可令人感受到自然的生命力，並且加強了詩中畫面的鮮明感，使得對方能感受到自己的美感經驗，進而提筆回覆，正是贈答詩回環互動的本質。

另外，摹習南朝民歌的唱和形式，使用閨闈麗辭來傳達纏綿的情思，或是採用猶如詩謎的「離合」技巧，寫詩相贈以為調侃嘲弄之意，或者是用來表示生活的閒情逸致等，寫作手法相當多元，在詩中也是靈活運用。所以綜觀上述，南朝贈答詩在魏晉詩歌的基礎上進一步發展出屬於自身的特色，運用豐富巧變的創作手法，呈現出鮮明的藝術風格，使得南朝贈答詩的存在非僅是一文學現象，而是具有文學史上的價值。

二、南朝贈答詩的文化意義

贈答詩所反映出的不只是詩人個別的情志款曲，也牽涉到自我與社會群體的互動。詩中承載的思想內容，以及贈答行為背後所蘊含的意義，都是南朝文化的元素，有其深刻的時代烙印，除能展現出士人的內心世界外，也得以察見當時社會的變動。首先，從贈答的對象來看，士族與庶人雙方有所交流，原本「天隔」的界限漸被沖破，且這類的贈答酬唱常發生於文學集團之中或是陪侍皇帝之時，所以得見士族漸從以家族為中心的文學聚會，走向以宮廷為主的宴集。另外，僑姓世家與江東土著本存有文化上的差異，但從任昉、陸倕、劉孝綽、到洽等人於蘭臺聚會的彼此贈答，能知南北士人的差異逐漸淡化，朝著趨於合一的方向邁進。另外，由於南北政局的對峙，兩地間士人的酬和，則表現出時代、地域色彩，南北使節的贈答詩歌，則有文化交流的中介作用。

其次，從贈答詩的風格來看，也能發現文學審美觀念的改變，從士族所引領的淵雅典重之品味，到以淺易文字抒發清怨世情的雅俗兼採，再從兩者並蓄趨於「春坊」可盡學之的俗化。這與皇族再次站上

文壇領袖，所提出的文學主張與觀念有密切的聯繫，皇族以詩相贈臣子的文化意義便由此浮現，一來「賜贈」的行爲即是權力的象徵，代表東晉以來足以與皇室抗衡的門閥勢力已趨於弱化；二來「作詩」的能力，表示長期被世家大族所把持的文化優勢也逐漸瓦解，這與歷史中門閥走向衰弱，後終致消亡的現象能相互印證。

再者，從贈答詩的內容上看，能體現出士族所重視的家風傳承，尤其是對孝道的崇仰以及手足的顧念之情。同時，高門子弟在彼此的酬贈詩中，多追念世德，自矜家族的豐功偉業，隱含著期許自己能繼承先人的功業以光耀門楣。所以宗人間也常藉由詩歌贈答來相互標榜，以抬高家族聲勢，並帶有嘉勉意味，希望俊才迭起，家族才能輝煌不絕。另外，蕭梁皇室子弟間的贈答詩歌，多突顯愛好儒雅的風範，並且能重用儒生，可見士人所側重的思想原則與帝王的文化政策相符，即是以儒家爲主的傳統價值。這也表現在士人對於仕進的追求，受到傳統儒家「學而優則仕」的觀念影響，步入官場幾乎是每個讀書人內心的渴望，於是贈答詩的寫作成爲一種干謁行爲，以爲進身之階。部分世家子弟乘機敬贈諛辭以尋求政治靠山，希望能夠保全福祿，通達顯榮，一來可見門閥衰落的事實，二來也是該時士人的縮影，多欲攀附權貴，纓情好爵。但是魏晉以來的玄風並非消失，而是化作士人的處世態度，是縱情山水卻又不辭廟堂，身佩官綬而心存逍遙爲人生的理想。所以當尚書何敬容鎮日忙碌於案牘之間時，士族子弟竟寫詩相贈加以嘲弄鄙夷，這種「務虛而清高的品格，是玄學價值觀的外在表現」，〔註4〕可知老莊思想仍發揮著重要作用，尤其在政治的實踐上，士人常有歸返自然、依任本性等歸隱之想，於是產生了酬唱贈答隱逸之趣的篇什，眞能高蹈塵外者乃屬眞隱士之列，一般士子多是迎合時俗，或爲了避禍求安，或是在不得意時暫時的遠離塵囂，以求排憂解愁，當然也有受上位者之命歸勸隱士出仕的作品，總而言之，

〔註4〕許輝等主編，《六朝文化》（南京：江蘇古籍出版社，2001 年），頁46。

士人玄儒兼治，相互調節補充，融入在政治與生活的實踐上。

南朝贈答詩中亦有對仙佛信仰的描述與傾慕。修道者以養生度世為務，認為通過方術修煉便可長生不死，所以遠離人寰，入山尋訪仙藥，符合士人追求身心自由超脫的心態，故多有與道士交遊和酬贈之作。但是士人奉道信仰的傾向，羽化登仙、遨遊雲天並非最大的渴求，從詩中著重對神仙境地的刻畫，能知其所企求的是逍遙於名山洞府的仙真，能享人間的樂趣，又不為俗世所累，接近南朝士子亦官亦隱的政治表現。此外，南朝亦延續魏晉以來服散的風氣，展現名士的風流，所以士人之間有以鍊丹法、服散鎗相贈，並附上酬唱詩歌，一來是風雅之事，二來表現對永生求仙的傾心。他們對於神仙生活的追求，除了閒散的生活逸趣外，更多的原因應是來自於對世俗生活的不滿足，而在縹緲仙境中尋求精神的寄託。南朝士人在面對生與死、仕與隱等課題時，皆試圖從各種思想信仰中求得心寧的安適與自在，所以在與僧侶的贈答詩篇中亦呈現出對於佛教容受的情形，尤其是解脫的思想，在士子政途失意之際，成為心靈的慰藉。《六朝文化》一書曾指出：「佛教學說以人生的痛苦的價值判斷與人生解脫的理想追求，溶入以重生悅生的樂觀主義為傳統的中國文化中，這與以追求長生不老為宗旨的道教學說形成一種互補。」〔註5〕於是南朝士人多徘徊於用世的儒家與超世的釋、道之間，形成豐富又複雜的思想內蘊。

另外，詩中也表現出南朝的社會風氣，特別注重人物個性，所以有品賞優劣的文辭，對人物的美好才能、高潔品性進行讚美，表示崇敬之意，不可否認的，部分帶有朋黨標榜的意味，但有些則非重在相互的吹捧，而是抒發對其人的殷殷期盼之情，或是藉由頌美的文字委婉地傳達勸誡之意。對人物進行臧否，與稱賞相對的，便是譏嘲諷謔的贈答，這也是漢晉以來清議、品評之風的延續，從看似詼諧的玩笑中，多半透顯出的是社會中不平的現實與無奈。綜上所述，南朝贈答

〔註5〕許輝等主編，《六朝文化》，頁71。

詩的創作行為與思想內容，承載著當時的學術、宗教、藝術、政治、社會等議題，如同文化是一複合體的概念，它所能指涉到的文化表現或許可說是整體六朝的縮影，也為各個文化面向提供了素材，這些便是南朝贈答詩在文化發展上的意義。

三、對贈答詩未來研究的展望

　　贈答詩作為一獨立的詩類，其發軔可遠溯先秦，至南朝時期完成了典型風貌，唐代以降，贈、答詩雖各有其發展，但始終未衰絕於中國古典詩歌之中。現今研究的焦點多著重在於魏晉時期，故本文將研究範疇集中於南朝，試圖從文化的角度來開展新的視野，發現南朝贈答詩有其存在的文學價值與意義，並且能透顯出時代脈動與士人文化的發展，填補了研究上的空白。但是對於「贈答詩」這項議題，仍存有許多可待開展的空間，首先是個別作家的研究，若將其贈答詩作一有系統的整理與析論，對於作家的生平與交遊，以及其內容思想都能有更深入的瞭解。其次，贈答詩有明顯的實用性質，能與其他應用文類如書信、謝啟等相互比較，或分析其交流模式、情感內涵上的異同。另外，贈答詩史的建構尚待未來研究者的努力，尤其六朝之後的唐代，乃是古典詩歌最輝煌的時期，贈答詩類的發展與轉變應有值得探察之處。「贈答」一詞本源於社會禮儀的行為，與傳統禮尚往來、人倫關係之文化有著密不可分的關係，因此，希冀未來贈答詩文的研究除了能增添文學史上的價值，也可以豐富中國文化之意蘊。

參考文獻資料

說明：

一、參考文獻資料共分為古籍專書、近人專著、單篇論文、學位論文
　　四部分。

二、古籍部分，分經、史、子、集四部，外加叢部，按朝代先後排序。
　　近人箋注輯校亦附於此。

三、近人專著，依性質相近分類臚列，按作者姓氏筆劃排序。

四、單篇論文、學位論文依作者姓氏筆劃排序。

壹、古籍專書

一、經　部

1. 〔漢〕董仲舒，《春秋繁露》，臺北：臺灣中華書局，1966 年。

2. 〔漢〕許慎著，段玉裁注，《說文解字注》，臺北：黎民文化，1988
　　年。

3. 〔宋〕朱熹，《詩經集傳》，臺北：學海出版社，1992 年。

4. 〔清〕阮元校刻，《十三經注疏》，臺北：藝文印書館，1965 年。

5. 〔清〕方玉潤，《詩經原始》，上海：上海古籍出版社，1995 年《續
　　修四庫全書》影印清同治十年隴東分署刻本，第 73 冊。

6. 〔清〕皮錫瑞著，周予同注釋，《經學歷史》，北京：中華書局，2008
　　年。

二、史　部

1. 〔春秋〕晏嬰著，吳則虞編，《晏子春秋》，北京：中華書局，1962年。

2. 〔春秋〕左丘明，《國語》，上海：上海古籍出版社，1978年。

3. 〔漢〕司馬遷著，裴駰集解，《史記》，臺北：鼎文書局，1981年。

4. 〔漢〕劉向集錄，《戰國策》，上海：上海古籍出版社，1978年。

5. 〔漢〕班固著，顏師古注，《漢書》，臺北：鼎文書局，1986年。

6. 〔晉〕陳壽著，〔劉宋〕裴松之注，《三國志》，臺北：鼎文書局，1980年。

7. 〔晉〕袁宏著，周天游校注，《後漢紀校注》，天津：天津古籍出版社，1987年。

8. 〔劉宋〕范曄，《後漢書》，臺北：鼎文書局，1980年。

9. 〔梁〕蕭子顯，《南齊書》，臺北：鼎文書局，1980年。

10. 〔梁〕沈約，《宋書》，臺北：鼎文書局，1980年。

11. 〔隋〕姚察等著，《梁書》，臺北：鼎文書局，1980年。

12. 〔隋〕姚察等著，《陳書》，臺北：鼎文書局，1980年。

13. 〔唐〕李延壽，《南史》，臺北：鼎文書局，1985年。

14. 〔唐〕李延壽，《北史》，臺北：鼎文書局，1980年。

15. 〔唐〕房玄齡等著，《晉書》，臺北：鼎文書局，1976年。

16. 〔唐〕魏徵等著，《隋書》，臺北：鼎文書局，1980年。

17. 〔宋〕歐陽修等著，《新唐書》，臺北：鼎文書局，1981年。

18. 〔清〕趙翼，《二十二史箚記》，南京：鳳凰出版社，2008年。

19. 〔清〕李慈銘，《越縵堂讀書記》，北京：中華書局，2006年。

三、子　部

1. 〔戰國〕荀況著，李滌生集釋，《荀子集釋》，臺北：臺灣學生書局，1979年。

2. 〔漢〕賈誼，《新書》，臺北：臺灣中華書局，1981年。

3. 〔漢〕劉向著，盧元駿註譯，《說苑今註今譯》，臺北：臺灣商務印書館，1985年。

4. 〔晉〕王嘉，《拾遺記》，臺北：臺灣商務印書館，1983年《景印文淵閣四庫全書》本，第348冊。

5. 〔姚秦〕鳩摩羅什譯，《法華經》，臺北：圓明出版社，1992年。

6. 〔劉宋〕劉義慶等編撰，余嘉錫箋疏，《世說新語箋疏》，上海：上海古籍出版社，1993 年。

7. 〔梁〕蕭繹，《金樓子》，臺北：臺灣商務印書館，1975 年。

8. 〔北齊〕顏之推著，王利器集解，《顏氏家訓集解》，上海：上海古籍出版社，1980 年。

9. 〔唐〕歐陽詢主編，汪紹楹校，《藝文類聚》，上海：上海古籍出版社，1999 年。

10. 〔唐〕釋道宣，《淨心誠觀法》，臺北：新文豐出版公司，1983 年。

11. 〔宋〕李昉等編，《太平御覽》，臺北：臺灣商務印書館，1975 年。

12. 〔宋〕李昉等編，《太平廣記》，北京：中華書局，1961 年

13. 〔元〕長春真人編纂，《正統道藏》，臺北：新文豐出版社，1985 年。

14. 〔清〕何焯，《義門讀書記》，北京：中華書局，2006 年。

15. 〔清〕吳其濬，《植物名實圖考》，上海：上海古籍出版社，1995 年《續修四庫全書》影印清道光二十八年陸應穀刻本，第 1117 冊。

16. 〔清〕郭慶藩，《莊子集釋》，北京：中華書局，1995 年。

17. 陳奇猷，《韓非子集釋》，北京：中華書局，1958 年。

18. 李滌生，《荀子集釋》，臺北：臺灣學生書局，1979 年。

19. 王明，《抱朴子內篇校釋》，臺北：里仁書局，1981 年。

20. 大藏經刊行委員會編，《大正新脩大藏經》，臺北：新文豐出版社，1983 年。

21. 朱謙之，《老子校釋》，北京：中華書局，1984 年。

22. 上海古籍出版社編，《漢魏六朝筆記小說大觀》，上海：上海古籍出版社，1999 年。

23. 陳奇猷，《呂氏春秋新校釋》，上海：上海古籍出版社，2002 年。

四、集　部

（一）總　集

1. 〔梁〕蕭統編，李善注，《文選》，上海：上海古籍出版社，1986 年。

2. 〔陳〕徐陵編，吳兆宜注，《玉臺新詠箋注》，北京：中華書局，1985 年。

3. 〔宋〕李昉等編，《文苑英華》，臺北：大化書局，1985 年。

4. 〔宋〕郭茂倩編，《樂府詩集》，北京：中華書局，1979 年。

5. 〔明〕馮惟訥編，《古詩紀》，臺北：臺灣商務印書館，1983 年《景

印文淵閣四庫全書》本，第 1380 冊。

6. 〔明〕鍾惺，《名媛詩歸》，臺南：莊嚴文化，1997 年《四庫全書存目叢書》，第 339 冊。

7. 〔明〕張溥編，《漢魏六朝百三名家集》，揚州：江蘇廣陵古籍刻印社，1990 年。

8. 〔明〕張溥輯，殷孟倫注，《漢魏六朝百三家集題辭注》，北京：人民文學出版社，1963 年。

9. 〔清〕沈德潛編，《古詩源》，臺北：臺灣商務印書館，1970 年。

10. 〔清〕吳淇，《六朝選詩定論》，濟南：齊魯書社，2001 年。

11. 〔清〕嚴可均輯校，《全上古三代秦漢三國六朝文》，北京：中華書局，1991 年。

12. 逯欽立輯校，《先秦漢魏晉南北朝詩》，臺北：學海出版社，1984 年。

（二）別　集

1. 〔劉宋〕鮑照著，錢仲聯集注，《鮑參軍集注》，上海：上海古籍出版社，2005 年。

2. 〔南齊〕謝朓，《謝宣城詩集》，臺北：臺灣商務印書館，1979 年《四部叢刊》影印上海涵芬樓明依宋鈔本。

3. 郝立權，《謝宣城詩注》，臺北：藝文印書館，1976 年。

4. 俞紹初、張亞新校注，《江淹集校注》，鄭州：中州古籍出版社，1994 年。

5. 顧紹柏校注，《謝靈運集校注》，臺北：里仁書局，2004 年。

（三）詩文評

1. 〔梁〕劉勰著，范文瀾註，《文心雕龍註》，北京：人民出版社，1962 年。

2. 〔梁〕鍾嶸著，陳延傑注，《詩品注》，臺北：臺灣開明書店，1978 年。

3. 〔宋〕張戒著，陳應鸞箋注，《歲寒堂詩話箋注》，成都：四川大學出版社，1990 年。

4. 〔明〕王夫之，《古詩評選》，臺北：自由出版社，1972 年。

5. 〔清〕沈德潛，《說詩晬語》，臺北：臺灣中華書局，1966 年。

6. 〔清〕方東樹，《昭昧詹言》，北京：人民出版社，1961 年。

7. 〔清〕朱庭珍，《筱園詩話》，上海：上海古籍出版社，2002 年。

（四）其　他

1. 〔漢〕王逸章句，洪興祖補注，《楚辭補注》，北京：中華書局，1983年。

五、叢　部

1. 〔晉〕劉欣期，《交州記》，北京：中華書局，1985年。

貳、近人專著

一、文　學

（一）文學史

1. 王鍾陵，《中國中古詩歌史》，南京：江蘇教育出版社，1988年。
2. 曹道衡、沈玉成編著，《南北朝文學史》，北京：人民文學出版社，1991年。
3. 葛曉音，《八代詩史》，北京：中華書局，2007年。
4. 劉躍進，《永明文學研究》，臺北：文津出版社，1992年。
5. 羅宗強，《魏晉南北朝文學思想史》，北京：中華書局，1996年。

（二）詩歌研究

1. 王力堅，《由山水到宮體：南朝的唯美詩風》，臺北：臺灣商務印書館，1997年。
2. 王文進，《南朝邊塞詩新論》，臺北：里仁書局，2000年。
3. 王次澄，《南朝詩研究》，臺北：私立東吳大學中國學術著作獎助委員會，1984年。
4. 王延蕙，《六朝詩歌中之佛教風貌研究》，臺北：萬卷樓圖書公司，2003年。
5. 王國瓔，《中國山水詩研究》，北京：中華書局，2007年。
6. 王靜芝，《詩經通釋》，臺北：輔仁大學文學院，1995年。
7. 吳小如等，《漢魏六朝詩鑒賞辭典》，上海：上海辭書出版社，1992年。
8. 林文月，《山水與古典》，臺北：三民書局，1996年。
9. 林文月，《澄輝集》，臺北：洪範書店，1983年。
10. 林嵩山，《鮑照詩彙解》，臺北：眞義出版社，1991年。
11. 姚振黎，《沈約及其學術探究》，臺北：文史哲出版社，1989年。

12. 洪順隆，《六朝詩論》，臺北：文津出版社，1978 年。

13. 洪順隆，《由隱逸到宮體》，臺北：文史哲出版社，1984 年。

14. 胡大雷，《宮體詩研究》，北京：商務印書館，2004 年。

15. 馬海英，《陳代詩歌研究》，上海：學林出版社，2004 年。

16. 高莉芬，《元嘉詩人用典研究》，永和：花木蘭文化出版社，2007 年。

17. 康正果，《風騷與豔情：中國古典詩詞的女性研究》，臺北：雲龍出版社，1991 年。

18. 曹融南，《謝宣城集校注》，上海：上海古籍出版社，2001 年。

19. 陳僑生，《劉宋詩歌研究》，北京：中華書局，2007 年。

20. 程章燦，《世族與六朝文學》，哈爾濱：黑龍江教育出版社，1998 年。

21. 黃永武，《中國詩學：設計篇》，臺北：巨流圖書公司，1976 年。

22. 葉嘉瑩，《葉嘉瑩說漢魏六朝詩》，北京：中華書局，2007 年。

23. 裴普賢，《詩經評註讀本》，臺北：三民書局，2001 年。

24. 劉暢、劉國珺注，《何遜集注陰鏗集注》，天津：天津古籍出版社，1988 年。

25. 顏進雄，《六朝服食風氣與詩歌》，臺北：文津出版社，1993 年。

（三）文選研究

1. 王令樾，《文選詩部探析》，臺北：國立編譯館，1996 年。

2. 江雅玲，《文選贈答詩流變史》，臺北：文津出版社，1999 年。

3. 周啓成等，《新譯昭明文選》，臺北：三民書局出版社，1997 年。

4. 胡大雷，《文選詩研究》，桂林：廣西師範大學出版社，2000 年。

5. 陳宏天等編撰，《昭明文選譯注》，中和：建宏出版社，1994 年。

（四）論文集

1. 王力堅，《中古文學的文化思考》，新加坡：新社出版，2003 年。

2. 王瑤，《中古文學史論》，北京：北京大學出版社，1986 年。

3. 李豐楙，《誤入與謫降：六朝隋唐道教文學論集》，臺北：臺灣學生書局，1996 年。

4. 李豐楙、劉苑如主編，《空間、地域與文化——中國文化空間的書寫與闡釋（下冊）》，臺北：中央研究院中國文哲所，2002 年。

5. 李豐楙主編，《第三屆國際漢學會議論文集——文學、文化與世變》，臺北：中央研究院中國文哲研究所，2002 年。

6. 曹道衡，《中古文學史論文集續編》，臺北：文津出版社，1994 年。

7. 梅家玲，《漢魏六朝文學新論》，北京：北京大學出版社，2004 年。

8. 葛曉音，《漢唐文學的嬗變》，北京：北京大學出版社，1990 年。

9. 蔡英俊，《比興物色與情景交融》，臺北：大安出版社，1986 年。

10. 蔡英俊主編，《中國文化新論（文學篇)》，臺北：聯經出版社，1982 年。

11. 鄭毓瑜，《文本風景——自我與空間的相互定義》，臺北：麥田出版 社，2005 年。

（五）其　他

1. 王文進，《仕隱與中國文學——六朝篇》，臺北：臺灣書店，1999 年。

2. 王立，《中國古代文學十大主題》，臺北：文史哲出版社，1994 年。

3. 王能憲，《世說新語研究》，南京：江蘇古籍出版社，1992 年。

4. 杜志強，《蘭陵蕭氏家族及其文學研究》，成都：巴蜀書社，2008 年。

5. 林童照，《六朝人才觀念與文學》，臺北：文津出版社，1995 年。

6. 洪順隆，《中外六朝文學研究文獻目錄》，臺北：漢學研究中心，1992 年。

7. 徐芹庭，《修辭學發微》，臺北：中華書局，1974 年。

8. 張朝富，《漢末魏晉文人群落與文學變遷》，成都：巴蜀書社，2008 年。

9. 陳向春，《中國古典詩歌主題研究》，北京：高等教育出版社，2008 年。

10. 普慧，《南朝佛教與文學》，北京：中華書局，2002 年。

11. 詹福瑞，《中古文學理論範疇》，北京：中華書局，2005 年。

12. 雷淑娟，《文學語言美學修辭》，上海：學林出版社，2004 年。

13. 褚斌杰，《中國古代文體概論》，北京：北京大學出版社，1990 年。

二、史　學

1. 毛漢光，《兩晉南北朝士族政治之研究》，臺北：中國學術著作獎助 委員會，1966 年。

2. 王伊同，《五朝門第》，成都：金陵大學中國文化研究所，1943 年。

3. 田餘慶，《東晉門閥政治》，北京：北京大學出版社，1989 年。

4. 余英時，《中國知識階層史論（古代篇)》，臺北：聯經出版社，1980 年。

5. 吳正嵐，《六朝江東士族的家學門風》，南京：南京大學出版社，2003

年。

6. 杜正勝主編，《中國文化新論（社會篇）》，臺北：聯經出版社，1982年。

7. 唐長孺，《魏晉南北朝史論叢續編》，臺北：帛書出版社，1985年。

8. 陳長琦，《兩晉南朝政治史稿》，開封：河南大學出版社，1992年。

9. 陳寅恪，《隋唐制度淵源略論稿》，上海：商務印書館，1946年。

10. 劉淑芬，《六朝的城市與社會》，臺北：學生書局，1992年。

11. 蕭華榮，《華麗家族：六朝陳郡謝氏家傳》，北京：三聯書店，2008年。

12. 蕭華榮，《簪纓世家：六朝琅邪王氏家傳》，北京：三聯書店，2008年。

13. 錢穆，《國史大綱》，北京：商務印書館，1994年。

14. 閻步克，《察舉制度變遷史稿》，瀋陽：遼寧大學出版社，1997年。

15. 顏尚文，《梁武帝》，臺北：東大圖書公司，1999年。

16. 蘇紹興，《兩晉南朝的士族》，臺北：聯經出版社，1987年。

17. 顧頡剛主編，《古史辨》，臺北：蘭燈文化公司，1987年。

三、宗　教

1. 方立天，《魏晉南北朝佛教》，北京：中國人民大學出版社，2006年。

2. 任繼愈主編，《中國佛教史》，北京：中國社會科學出版社，1985年。

3. 呂大吉，《宗教學通論》，臺北：博遠出版公司，1993年。

4. 李豐楙，《探求不死》，臺北：久大文化公司，1987年。

5. 湯用彤，《湯用彤學術論文集》，北京：中華書局，1983年。

6. 湯用彤，《漢魏兩晉南北朝佛教史》，三重：佛光文化，2001年。

四、哲學、文化

1. 尤雅姿，《魏晉士人之思想與文化研究》，臺北：文史哲出版社，1998年。

2. 余英時，《士與中國文化》，上海：上海人民出版社，1987年。

3. 吳先寧，《北朝文化特質與文學進程》，北京：東方出版社，1997年。

4. 李天石、來琳玲，《南朝文化》，南京：南京出版社，2006年。

5. 李宗桂，《中國文化概論》，臺北：新學識文教出版中心，1991年。

6. 孫立群，《中國古代的士人生活》，北京：商務印書館，2003年。

7. 徐復觀等,《知識份子與中國》,臺北:時報文化出版公司,1985 年。

8. 秦躍宇,《六朝士大夫玄儒兼治研究》,揚州:廣陵書社,2008 年。

9. 郝耀南,《道的承擔與逃逸》,成都:巴蜀書社,2000 年。

10. 張蓓蓓,《中古學術論略》,臺北:大安出版社,1991 年。

11. 張蓓蓓,《魏晉學術人物新研》,臺北:大安出版社,2001 年。

12. 許輝等主編,《六朝文化》,南京:江蘇古籍出版社,2001 年。

13. 陳明,《中古士族現象研究》臺北:文津出版社,1994 年。

14. 馮友蘭,《中國哲學簡史》,北京:北京大學出版社,1985 年。

15. 萬繩楠,《魏晉南北朝文化史》,上海:東方出版中心,2007 年。

16. 趙輝,《六朝社會文化心態》,臺北:文津出版社,1996 年。

17. 魯迅,《而已集》,臺北:風雲時代出版公司,1989 年。

18. 錢仲聯,《夢苕盦論集》,北京:中華書局,1993 年。

19. 錢穆,《中國學術思想史論叢(三)》,臺北:蘭臺出版社,2000 年。

20. 錢鍾書,《管錐篇(一)》,臺北:書林出版公司,1990 年。

21. 鍾國發,《陶弘景評傳》,南京:南京大學出版社,2004 年。

22. 龔鵬程,《大俠》,臺北:錦冠出版社,1987 年。

23. 龔鵬程,《文化符號學:中國社會的肌理與文化法則》,上海:上海人民出版社,2009 年。

五、批評、理論

1. 司馬雲杰,《文化社會學》,北京:中國社會科學出版社,2001 年。

2. 朱立元,《接受美學》,上海:上海人民出版社,1989 年。

3. 朱光潛,《文藝心理學》,臺北:臺灣開明書店,1985 年。

4. 佴榮本,《笑與喜劇美學》,北京:中國戲劇出版社,1988 年。

5. 馬以鑫,《接受美學新論》,上海:學林出版社,1995 年。

6. 潘智彪,《喜劇心理學》,廣州:三環出版社,1989 年。

7. 蕭颯、王文欽等,《幽默心理學》,臺北:智慧大學出版社,1993 年。

六、外文譯著

1. 〔日〕山崎正和著,周保雄譯,《社交的人》,上海:上海譯文出版社,2008 年。

2. 〔日〕松浦友久著,劉維治譯,《李白詩歌抒情藝術研究》,上海:上海古籍出版社,1996 年。

3. 〔韓〕崔宇錫,《魏晉四言詩研究》,成都:巴蜀書社,2006年。

4. 〔美〕高友工著,黃寶華譯,《中國美典與文學研究論集》,臺北:國立臺灣大學出版中心,2004年。

5. 〔美〕孫康宜著,鍾振振譯,《抒情與描寫:六朝詩歌概論》,上海:上海三聯書店,2006年。

6. 〔美〕劉若愚著,杜國清譯,《中國文學理論》,南京:鳳凰出版公司,2006年。

7. 〔美〕馬塞勒(Massella Anthony J.)等著,任鷹等譯,《文化與自我》,臺北:遠流出版社,1990年。

8. 〔美〕查爾斯·霍頓·庫利(Charles Horton Cooley)著,包凡一、王湲譯,《人類本性與社會秩序》,臺北:桂冠圖書公司,1993年。

9. 〔美〕蘇珊·朗格(Susanne K. Langer)著,劉大基等譯,《情感與形式》,臺北:商鼎文化出版社,1991年。

10. 〔美〕特納(Turner, Jonathan H)著,張君玫譯,《社會學:概念與應用》,臺北:巨流圖書公司,1996年。

11. 〔美〕米德(George Herbert Mead),胡榮、王小章譯,《心靈、自我與社會:從社會行為主義者的觀點出發》,臺北:桂冠圖書公司,1995年。

12. 〔英〕泰瑞·伊格頓(Terry Eagleton)著,林志忠譯,《文化的理念》,臺北:巨流出版社,2002年。

13. 〔英〕愛德華·泰勒(Tylor Edward Burnett Sir)著,連樹聲譯,《原始文化》,桂林:廣西師範大學出版社,2005年。

14. 〔法〕柏格森(Bergson Henri Louis)著,徐繼曾譯:《笑——論滑稽的意義》,臺北,商鼎文化出版社,1992年。

15. 〔法〕牟斯(Marcel Mauss)著,何翠萍、汪珍宜著,《禮物:舊社會中交換的形式與功能》,臺北:遠流出版社,1989年。

16. 〔德〕黑格爾(Hegel George)著,朱光潛譯,《美學》,北京:商務印書館,1981年。

17. 〔德〕姚斯(Jauss Hans Robert)、〔美〕霍拉勃(Holub Robert C.)著,周寧、金元浦譯,《接受美學與接受理論》(瀋陽:遼寧人民出版社,1987年。

參、單篇論文

1. 王莉,〈論魏晉贈答詩之嬗變〉,《巢湖學院學報》卷6期1,2004年,頁65～70。

2. 王夢鷗，〈魏晉南北朝文學之發展（中）〉，《中華文化復興月刊》卷 14 期 8，1981 年 8 月，頁 9～16。

3. 王曉衛，〈魏晉贈答詩的興盛及當時詩人的交流心態〉，《貴州大學學報》卷 20 期 6，2002 年 6 月，頁 48～54。

4. 王麗珍，〈試論曹植贈答詩的思想意蘊〉，《青海師範大學學報（哲學社會科學版）》期 6，2007 年，頁 100～103。

5. 付軍龍，〈比德於眾禽——也論中國古代的「比德」觀〉，《北方論叢》期 4，2007 年，頁 21～24。

6. 吳小平，〈論秦嘉、徐淑的五言贈答詩〉，《蘇州大學學報》期 2，1999 年，頁 48～53。

7. 吳元嘉，〈張九齡贈答詩與興、觀、群、怨之詩教〉，《吳鳳學報》卷 15，2007 年 12 月，頁 149～161。

8. 呂菊，〈從贈答詩看陶淵明的社交心理及社交關係〉，《蘭州學刊》期 6，2007 年，頁 135～137。

9. 宋恪震，〈贈答詩的勃興——讀《文選》隨札一則〉，《黃河科技大學學報》卷 5 期 2，2003 年 6 月，頁 76～81。

10. 李紹華，〈兩種玄學人生觀的碰撞——讀嵇康嵇喜的贈答詩〉，《南寧職業技術學院學報》卷 5 期 3，2000 年 3 月，頁 37～39。

11. 李連霞、王加鑫，〈解讀隱逸〉，《河北理工大學學報》（社會科學版）卷 7 期 4，2007 年 11 月，頁 74～77。

12. 李劍清，〈從「贈答詩」看西晉時人對陸機的認同〉，《青海師範大學學報（哲學社會科學版）》期 6，2008 年，頁 86～88。

13. 周唯一，〈南朝贈答詩對魏晉詩歌的繼承與發展〉，《衡陽師範學院學報》卷 19 期 1，1998 年，頁 37～41。

14. 周唯一，〈魏晉贈答詩的基本模式及藝術文化特徵〉，《衡陽師範學院學報》卷 16 期 4，1995 年，頁 8～13。

15. 施永慶，〈吳均行年著述考略〉，《山東師大學報》（社會科學版）期 5，1999 年，頁 78～82。

16. 洪順隆，〈六朝祖餞、贈答詩論略〉，《第三屆中國詩學會議論文集》，彰化：彰化師範大學國文系，1996 年 5 月，頁 63～104。

17. 洪順隆，〈六朝贈答詩對文類學原理的背離〉，《魏晉南北朝學術國際研討會發表論文彙編》（未出版），1998 年 12 月，頁 1～38。

18. 洪順隆，〈論六朝祖餞詩群對文類學原理的背離〉，《第三屆魏晉南北朝文學國際學術研討會論文集》，臺北：文史哲出版社，1998 年 12 月，頁 453～489。

19. 胡秋銀，〈南朝士人隱逸觀〉，《安徽大學學報》（哲學社會科學版）
   卷 28 期 1，2004 年 1 月，頁 139～143。

20. 唐燮軍，〈詩人之外的沈約：對沈約思想與生平的文化考察〉，《文學
   遺產》期 4，2006 年，頁 37～45。

21. 孫亞軍，〈嵇康與嵇喜贈答詩質疑〉，《南京工業職業技術學院學報》
   卷 8 期 1，2008 年 3 月，頁 24～26。

22. 孫明君，〈二陸贈答詩中的東南士族〉，《北京大學學報（哲學社會科
   學版）》卷 44 期 5，2007 年 9 月，頁 46～52。

23. 徐書奇，〈古代貶謫文學探析〉，《文學研究》期 9，2005 年，頁 21
   ～24。

24. 馬寶記，〈南朝彭城劉氏家族文學研究（下）〉，《許昌師專學報》卷
   19 期 3，2000 年，頁 52～55。

25. 馬寶記，〈南朝彭城劉氏家族文學研究（上）〉，《許昌師專學報》卷
   18 期 4，1999 年，頁 35～38。

26. 高文強，〈南朝士人群體與佛教關係演化之特徵〉，《武漢大學學報（人
   文科學版）》卷 59 期 6，2006 年 11 月，頁 747～751。

27. 張明明，〈從劉琨盧諶二人的贈答之作分析劉琨其人的人格魅力〉，
   《語文學刊》期 8，2007 年，頁 89～90。

28. 梁祖蘋，〈曹植贈答詩主體意識的呈示〉，《寧夏大學學報》卷 22 期 2，
   2000 年 2 月，頁 20～23。

29. 陳冰，〈論六朝七夕詩的主題層面〉，《淮陰師範學院學報》卷 21 期 1，
   1999 年，頁 57～61。

30. 陳孝英，〈試為「幽默」正名〉，《文藝研究》期 6，1989 年。

31. 陳秀美，〈郭璞「贈答詩」析論〉，《中國語文》卷 93 期 5，2003 年
   11 月，頁 83～88。

32. 陳昌明，〈遊於物──論六朝詠物詩之「觀象」特質〉，《中外文學》
   卷 15 期 5，1986 年 10 月，頁 139～160。

33. 陳慶元，〈大明泰始詩論〉，《文學遺產》期 1，2003 年，頁 11～21。

34. 喻斌，〈劉琨盧諶贈答詩考辨〉，《海南大學學報（社會科學版）》期 2，
   1995 年，頁 68～70。

35. 黃偉倫，〈六朝隱逸文化的新轉向──一個「隱逸自覺論」的提出〉，
   《成大中文學報》期 19，2007 年 12 月，頁 1～26。

36. 趙輝，〈從「致意性」看贈、送、和、答類詩歌的實用性──以六朝
   唐代詩歌為例〉，《湖北師範學院學報（哲學社會科學版）》卷 27 期 2，
   2007 年，頁 29～33。

37. 趙輝，〈禮與贈送酬答詩的起源和本質〉，《江漢論壇》期4，2008年。

38. 劉全志，〈論曹植的贈答詩〉，《漳州師範學院學報（哲學社會科學版）》期3，2007年，頁68～76。

39. 劉見成，〈形神與生死──魏晉南北朝時期的形神之爭〉，《中國文化月刊》期208，1997年7月，頁24～50。

40. 劉周堂，〈論文士不遇〉，《中國文學研究》期1，1997年，頁7～12。

41. 劉海風，〈才秀人微與體廣身賤──鮑照與吳均詩文創作比較談〉，《哈爾濱學院學報》卷27期5，2006年5月，頁57～60。

42. 衛曉輝，〈從擬代到贈答：魏晉文學空間的拓展〉，《寧夏大學學報》卷29期4，2007年4月，頁43～46。

43. 鄭納新，〈送別詩略論〉，《學術論壇》期3，1997年。

44. 鄭雅如，〈寄意一言外，茲契誰能別？──陶淵明的贈答詩〉，《漢學研究》卷22期2，2004年12月，頁35～59。

45. 鄧心強，〈論人物品評與魏晉六朝文學創作〉，《太原師範學院學報（社會科學版）》卷5期5，2006年9月。

46. 鞏本棟，〈關於唱和詩詞研究的幾個問題〉，《江海學刊》期3，2006年，頁161～170。

47. 譙東颺，〈顏詩用典與詩的律化〉，《求索》期6，1994年，頁94～97。

48. 韓蓉，〈六朝贈答詩的類型研究〉，《晉中學院學報》卷24期5，2007年10月，頁38～42。

49. 韓蓉，〈論建安贈答詩的典範意義〉，《上海師範大學學報（哲學社會科學版）》卷37期3，2008年5月，頁96～102。

50. 韓蓉、韓芬，〈論六朝文學集團與贈答詩的關係〉，《合肥師範學院學報》卷26期1，2008年1月，頁20～23。

51. 黃海德，〈試論道教「三清」信仰的宗教內涵及其歷史演變〉，《世界宗教研究》期2，2004年，頁72～79。

52. 〔日〕上田武文，李寅生譯，〈從贈答詩的世界看陶淵明與青年友人的關係〉，《九江師專學報》期3，2001年3月，頁33～39；

53. 〔美〕梅祖麟、高友工著，黃宣範譯，〈論唐詩的語法、用字與意象（上）〉，《中外文學》卷1期10，1973年3月，頁30～63。

54. 〔美〕梅祖麟、高友工著，黃宣範譯，〈論唐詩的語法、用字與意象（中）〉，《中外文學》卷1期11，1973年4月，頁100～114。

55. 〔美〕梅祖麟、高友工著，黃宣範譯，〈論唐詩的語法、用字與意象（下）〉，《中外文學》卷1期12，1973年5月，頁152～169。

肆、學位論文

1. 王玉萍,《魏晉贈答詩與士人心態》,濟南:山東大學碩士論文,2006年。

2. 呂光華,《南朝貴遊文學集團研究》,臺北:政治大學中文所論文,1991年。

3. 李欣倫,《東晉世族文學研究》,臺南:成功大學中文研究所碩士論文,2004年。

4. 沈宗霖,《芝蘭玉樹生階庭:南朝家學現象之研究》,花蓮:國立東華大學中文所碩士論文,2006年。

5. 林育信,《製作隱士:六朝隱逸史傳之歷史敘事研究》,新竹:清華大學中文所博士論文,2007年。

6. 金南喜,《魏晉交誼詩研究》,臺北:臺灣大學中文所博士論文,1993年。

7. 范玉君,《江淹詩歌研究》,臺北:臺灣大學中文所碩士論文,2004年。

8. 涂佩鈴,《何遜詩歌研究》,臺北:臺灣大學中文所碩士論文,2000年。

9. 陳金松,《謝朓唱和詩研究》,嘉義:中正大學中文所碩士論文,2005年。

10. 陳恬儀,《謝靈運仕隱曲折研究》,臺北:輔仁大學中文所博士論文,2007年。

11. 薛幼萍,《南朝贈答詩研究》,貴陽:貴州大學碩士論文,2007年。

南朝贈答詩一覽表

【說明】

一、資料來源以逯欽立輯校《先秦漢魏晉南北朝詩》為據。

二、同一作家之作品，先列贈詩，後列答詩。

三、贈答俱存之作品，在詩名欄中一併列出，並於備註欄加以說明。

四、本表統計，贈答俱存之詩有 24 組，59 首，其餘贈詩有 165 首，
　　答詩有 58 首，合計共 282 首。

朝代	作　者	詩　　　名	卷數	備　註
宋	范　泰	贈袁湛謝混詩	卷一	殘篇
宋	謝　瞻	答康樂秋霽詩	卷一	
宋	謝　瞻	於安城答靈運詩	卷一	
宋	謝靈運	贈從弟弘元詩	卷二	四言
宋	謝靈運	贈從弟弘元時為中軍功曹住京詩	卷二	四言
宋	謝靈運	贈安成詩	卷二	四言
宋	謝靈運	還舊園作見顏范二中書詩 和謝監靈運詩（顏延之）	卷三	贈答俱存
宋	謝靈運	登臨海嶠初發彊中作與從弟惠連可見羊何共和之詩	卷三	
宋	謝靈運	東陽溪中贈答詩二首	卷三	
宋	謝靈運	答中書詩	卷二	四言

宋	謝靈運	答謝諮議詩	卷二	四言
宋	謝靈運	酬從弟惠連詩 西陵遇風獻康樂詩（謝惠連）	卷二	贈答俱存
宋	謝靈運	答謝惠連詩	卷三	
宋	王韶之	贈潘綜吳逵舉孝廉詩	卷四	四言
宋	謝惠連	西陵遇風獻康樂詩 酬從弟惠連詩（謝靈運）	卷四	贈答俱存
宋	何長瑜	嘲府僚詩	卷四	
宋	陸 凱	贈范曄詩	卷四	
宋	丘淵之	贈記室羊徽其屬疾在外詩	卷五	四言
宋	顏延之	贈王太常僧達詩 答顏延年詩（王僧達）	卷五	贈答俱存
宋	顏延之	夏夜呈從兄散騎車長沙詩	卷五	
宋	顏延之	爲織女贈牽牛詩	卷五	擬代
宋	顏延之	直東宮答鄭尚書道子詩	卷五	
宋	顏延之	和謝監靈運詩 還舊園作見顏范二中書詩（謝靈運）	卷五	贈答俱存
宋	王僧達	答顏延年詩 贈王太常僧達詩（顏延之）	卷六	贈答俱存
宋	湯惠休	贈鮑侍郎詩 答休上人菊詩（鮑照）	卷六	贈答俱存
宋	鮑 照	贈故人馬子喬詩六首	卷八	
宋	鮑 照	日落望江贈荀丞詩	卷八	
宋	鮑 照	秋日示休上人詩	卷八	
宋	鮑 照	贈傅都曹別詩	卷八	
宋	鮑 照	答客詩	卷八	
宋	鮑 照	和王丞詩	卷八	
宋	鮑 照	答休上人菊詩 贈鮑侍郎詩（湯惠休）	卷八	贈答俱存
宋	鮑令暉	題書後寄行人詩	卷九	
宋	鮑令暉	寄行人詩	卷九	

宋	鮑令暉	古意贈今人	卷九	
宋	漁　父	答孫緬歌	卷十	四言
齊	王　儉	贈徐孝嗣詩 答王儉詩（徐孝嗣）	卷一	四言 贈答俱存
齊	王僧祐	贈王儉詩	卷一	
齊	孔稚珪	酬張長史詩	卷二	殘詩
齊	王　融	贈族叔衛軍儉詩	卷二	四言
齊	徐孝嗣	答王儉詩 贈徐孝嗣詩（王儉）	卷二	四言 贈答俱存
齊	張　融	贈何點詩	卷二	殘詩
齊	謝　朓	暫使下都夜發新林至京邑贈西府同僚詩	卷三	
齊	謝　朓	冬緒羈懷示蕭諮議虞田曹劉江二常侍詩	卷三	
齊	謝　朓	贈王主簿詩二首	卷四	
齊	謝　朓	在郡臥病呈沈尚書詩 酬謝宣城朓詩（沈約）	卷三	贈答俱存
齊	謝　朓	答王世子詩	卷三	
齊	謝　朓	答張齊興詩	卷三	
齊	謝　朓	酬王晉安德元詩	卷三	
齊	謝　朓	郡內高齋閑望答呂法曹詩	卷三	
齊	謝　朓	和別沈右率諸君詩	卷四	
齊	袁　彖	贈庾易詩	卷五	四言
齊	虞通之	贈傅昭詩	卷五	四言
齊	陸　厥	奉答內兄希叔詩	卷五	
齊	許瑤之	閨婦答鄰人詩	卷六	擬代
梁	蕭　衍	贈逸民詩	卷一	四言
梁	蕭　衍	賜謝覽王暕詩	卷一	
梁	蕭　衍	賜張率詩	卷一	
梁	蕭　衍	覺意詩賜江革	卷一	殘詩
梁	蕭　衍	貽柳惲詩	卷一	殘詩

梁	蕭 衍	答任殿中宗記室王中書別詩	卷一	
梁	蕭 衍	答蕭琛詩	卷一	
梁	王 揖	在齊答弟寂詩	卷二	四言
梁	高 爽	寓居公廨懷何秀才詩 答高博士詩（何遜）	卷二	贈答俱存
梁	范 雲	古意贈王中書詩	卷二	
梁	范 雲	贈張徐州謖詩	卷二	
梁	范 雲	貽何秀才詩 酬范記室雲詩（何遜）	卷二	贈答俱存
梁	范 雲	贈俊公道人詩	卷二	
梁	范 雲	贈沈左衛詩	卷二	
梁	范 雲	答何秀才詩 落日前墟望贈范廣州雲詩（何遜）	卷二	贈答俱存
梁	范 雲	答句曲陶先生詩	卷二	
梁	江 淹	貽袁常侍詩	卷三	
梁	江 淹	寄丘三公詩	卷三	
梁	江 淹	贈鍊丹法和殷長史詩	卷三	
梁	江 淹	陳思王曹植贈友	卷四	擬代
梁	江 淹	謝法曹惠連贈別	卷四	擬代
梁	江 淹	古意報袁功曹詩	卷三	
梁	江 淹	郊外望秋答殷博士詩	卷三	
梁	江 淹	池上酬劉記室詩	卷三	
梁	江 淹	冬盡難離和丘長史詩	卷三	
梁	江 淹	感春冰遙和謝中書詩二首	卷三	
梁	任 昉	贈王僧孺詩	卷五	四言
梁	任 昉	贈郭桐廬出谿口見候余既未至郭仍進村維舟久之郭生方至詩	卷五	
梁	任 昉	贈徐徵君詩	卷五	
梁	任 昉	寄到溉詩 答任昉詩（到溉）	卷五	贈答俱存
梁	任 昉	答劉居士詩	卷五	四言

梁	任昉	答何徵君詩	卷五	
梁	任昉	答劉孝綽詩	卷五	
梁	任昉	答到建安餉杖詩 餉任新安班竹杖因贈詩（到溉）	卷五	贈答俱存
梁	丘遲	贈何郎詩 答丘長史詩（何遜）	卷五	贈答俱存
梁	丘遲	答徐侍中爲人贈婦詩	卷五	
梁	虞羲	敬贈蕭諮議詩	卷五	四言
梁	虞羲	贈何錄事諲之詩	卷五	四言
梁	沈約	贈沈錄事江水曹二大使詩	卷六	四言
梁	沈約	贈劉南郡季連詩	卷六	四言
梁	沈約	新安江至清淺深見底貽京邑遊好詩	卷六	
梁	沈約	華陽先生登樓不復下贈呈詩	卷六	
梁	沈約	奉華陽王外兵詩	卷六	
梁	沈約	早行逢故人車中爲贈詩	卷七	
梁	沈約	織女贈牽牛詩 代牽牛答織女詩（王筠）	卷七	擬代 贈答俱存
梁	沈約	酬謝宣城朓詩 在郡臥病呈沈尙書詩（謝朓）	卷六	贈答俱存
梁	沈約	酬華陽陶先生詩	卷六	
梁	沈約	還園宅奉酬華陽先生詩	卷六	
梁	柳惲	贈吳均詩三首 與柳惲相贈答詩六首（吳均）	卷八	贈答俱存
梁	柳惲	贈吳均詩二首 答柳惲詩（吳均）	卷八	贈答俱存
梁	何遜	落日前墟望贈范廣州雲詩 答何秀才詩（范雲）	卷八	贈答俱存
梁	何遜	日夕望江山贈魚司馬詩	卷八	
梁	何遜	道中贈桓司馬季珪詩	卷八	
梁	何遜	夕望江橋示蕭諮議楊建康江主簿詩	卷八	
梁	何遜	寄江州褚諮議詩	卷八	

梁	何	遜	入西塞示南府同僚詩	卷八	
梁	何	遜	贈諸遊舊詩	卷八	
梁	何	遜	贈族人秣陵兄弟詩	卷八	
梁	何	遜	秋夕仰贈從兄寘南詩	卷八	
梁	何	遜	仰贈從兄興寧寘南詩	卷八	
梁	何	遜	贈江長史別詩	卷八	
梁	何	遜	南還道中送贈劉諮議別詩 答何記室詩（劉孝綽）	卷八	贈答俱存
梁	何	遜	贈韋記室黯別詩	卷八	
梁	何	遜	學古贈丘永嘉征還詩	卷八	
梁	何	遜	嘲劉郎詩	卷八	
梁	何	遜	贈王左丞詩	卷九	
梁	何	遜	西州直示同員詩	卷九	
梁	何	遜	望新月示同羈詩	卷九	
梁	何	遜	詠春雪寄族人治書思澄詩	卷九	
梁	何	遜	酬范記室雲詩 貽何秀才詩（范雲）	卷八	贈答俱存
梁	何	遜	望廨前水竹答崔錄事詩	卷八	
梁	何	遜	暮秋答朱記室詩 送別不及贈何殷二記室詩（朱記室）	卷八	贈答俱存
梁	何	遜	答丘長史詩 贈何郎詩（丘遲）	卷八	贈答俱存
梁	何	遜	下直出谿邊望答虞丹徒敬詩	卷八	
梁	何	遜	答高博士詩 寓居公廨懷何秀才詩（高爽）	卷九	贈答俱存
梁	何	遜	敬酬王明府詩 寄何記室詩（王僧孺）	卷九	贈答俱存
梁	何	遜	野夕答孫郎擢詩	卷九	
梁	何	遜	石頭答庾郎丹詩	卷九	
梁	何	遜	日夕出富陽浦口和朗公詩	卷九	
梁	何	遜	答江革聯句不成 贈何記室聯句不成詩（江革）	卷九	贈答俱存

梁	何 遜	又答江革詩 又贈何記室詩（江革）	卷九	贈答俱存
梁	江 革	贈何記室聯句不成詩 答江革聯句不成（何遜）	卷九	贈答俱存
梁	江 革	又贈何記室詩 又答江革詩（何遜）	卷九	贈答俱存
梁	何寘南	答何秀才詩	卷九	
梁	沈 繇	答何郎詩	卷九	
梁	孫 擢	答何郎詩	卷九	
梁	朱記室	送別不及贈何殷二記室詩 暮秋答朱記室詩（何遜）	卷九	贈答俱存
梁	吳 均	重贈臨蒸郭某詩	卷十	四言
梁	吳 均	贈柳眞陽詩	卷十	
梁	吳 均	贈任黃門詩二首	卷十	
梁	吳 均	贈杜容成詩	卷十	
梁	吳 均	贈朱從事詩	卷十	
梁	吳 均	贈搖郎詩	卷十	
梁	吳 均	贈王桂陽別詩三首	卷十	
梁	吳 均	贈別新林詩	卷十	
梁	吳 均	酬別江主簿屯騎詩	卷十	
梁	吳 均	酬別詩	卷十	
梁	吳 均	發湘州贈親故別詩三首	卷十	
梁	吳 均	贈周散騎興嗣詩二首 答吳均詩三首（周興嗣）	卷十一	贈答俱存
梁	吳 均	贈周興嗣詩四首	卷十一	
梁	吳 均	入蘭臺贈王治書僧孺詩	卷十一	
梁	吳 均	贈柳秘書詩	卷十一	
梁	吳 均	詣周承不值因贈此詩	卷十一	
梁	吳 均	遙贈周承詩	卷十一	
梁	吳 均	周承未還重贈詩	卷十一	
梁	吳 均	贈王桂陽詩	卷十一	

梁	吳 均	贈鮑春陵別詩	卷十一	
梁	吳 均	去姜贈前夫詩	卷十一	擬代
梁	吳 均	以服散鎗贈殷鈞詩	卷十一	
梁	吳 均	與柳惲相贈答詩六首 贈吳均詩三首（柳惲）	卷十	贈答俱存
梁	吳 均	答柳惲詩 贈吳均詩二首（柳惲）	卷十	贈答俱存
梁	吳 均	答蕭新浦詩 贈吳均詩（蕭子雲）	卷十	贈答俱存
梁	吳 均	酬蕭新浦王洗馬詩二首	卷十	
梁	吳 均	酬周參軍詩	卷十	
梁	吳 均	江上酬鮑幾詩	卷十一	
梁	吳 均	酬郭臨丞詩	卷十一	
梁	吳 均	酬聞人侍郎別詩三首	卷十一	
梁	周興嗣	答吳均詩三首 贈周散騎興嗣詩二首（吳均）	卷十一	贈答俱存
梁	王僧孺	贈顧倉曹詩	卷十二	
梁	王僧孺	寄何記室詩 敬酬王明府詩（何遜）	卷十二	贈答俱存
梁	王僧孺	忽不任愁聊示固遠詩	卷十二	
梁	王僧孺	夜愁示諸賓詩	卷十二	
梁	王僧孺	春日寄鄉友詩	卷十二	
梁	王僧孺	為人有贈詩	卷十二	擬代
梁	王僧孺	秋日愁居答孔主簿詩	卷十二	
梁	徐 悱	對房前桃樹詠佳期贈內詩 答外詩二首（劉令嫻）	卷十二	贈答俱存
梁	徐 悱	贈內詩	卷十二	
梁	陸 倕	以詩代書別後寄贈詩	卷十三	
梁	陸 倕	贈任昉詩	卷十三	
梁	到 洽	贈任昉詩	卷十三	四言
梁	到 洽	答秘書丞張率詩	卷十三	四言

梁	蕭　統	示徐州弟詩	卷十四	四言
梁	蕭　統	詒明山賓詩	卷十四	
梁	蕭　統	示雲麾弟	卷十四	七言
梁	裴子野	答張貞成皋詩	卷十四	
梁	蕭　巡	離合詩贈尙書令何敬容詩	卷十五	
梁	蕭　瑱	春日貽劉孝綽詩	卷十五	
梁	陶弘景	詔問山中何所有賦詩以答	卷十五	
梁	劉孝綽	江津寄劉之遴詩	卷十六	
梁	劉孝綽	發建興渚示到陸二黃門詩	卷十六	
梁	劉孝綽	歸沐呈任中丞昉詩	卷十六	
梁	劉孝綽	淇上人戲蕩子婦示行事詩	卷十六	
梁	劉孝綽	愛姬贈主人詩	卷十六	擬代
梁	劉孝綽	爲人贈美人詩	卷十六	擬代
梁	劉孝綽	酬陸長史倕詩	卷十六	
梁	劉孝綽	答何記室詩 南還道中送贈劉諮議別詩（何遜）	卷十六	贈答俱存
梁	劉孝綽	答張左西詩	卷十六	
梁	劉　顯	發新林浦贈同省詩	卷十七	
梁	劉之遴	嘲伏挺詩	卷十七	殘詩
梁	劉之遴	酬江總詩	卷十七	
梁	到　溉	餉任新安班竹杖因贈詩 答到建安餉杖詩（任昉）	卷十七	贈答俱存
梁	到　溉	答任昉詩 寄到溉詩（任昉）	卷十七	贈答俱存
梁	朱　异	還東田宅贈朋離詩	卷十七	
梁	王　偉	獄中贈人詩	卷十七	
梁	劉孝威	郗縣遇見人織率爾寄婦詩	卷十八	
梁	蕭子雲	贈海法師遊甀山詩	卷十九	
梁	蕭子雲	贈吳均詩 答蕭新浦詩（吳均）	卷十九	贈答俱存
梁	蕭　綱	贈張纘詩	卷二十一	

梁	蕭 綱	戲贈麗人詩	卷二十一	
梁	蕭 綱	示晉陵弟詩	卷二十二	
梁	蕭 綱	贈麗人詩	卷二十二	
梁	庾肩吾	贈周處士詩	卷二十三	
梁	王 筠	寓直中庶坊贈蕭洗馬詩	卷二十四	
梁	王 筠	摘安石榴贈劉孝威詩	卷二十四	
梁	王 筠	摘園菊贈謝僕射舉詩	卷二十四	
梁	王 筠	東陽還經嚴陵瀨贈蕭大夫詩	卷二十四	
梁	王 筠	以服散鎗贈殷鈞別詩	卷二十四	
梁	王 筠	代牽牛答織女詩 織女贈牽牛詩（沈約）	卷二十四	擬代 贈答俱存
梁	王 筠	答元金紫餉朱李詩	卷二十四	
梁	蕭 繹	示吏民詩	卷二十五	
梁	蕭 繹	贈到溉到洽詩	卷二十五	
梁	蕭 繹	遺武陵王詩	卷二十五	
梁	荀 濟	贈陰梁州詩	卷二十六	
梁	費 昶	贈徐郎詩	卷二十七	四言
梁	朱 超	贈王僧辯詩	卷二十七	
梁	王 樞	至烏林村見採桑者因有贈詩	卷二十八	
梁	王 湜	贈情人詩	卷二十八	
梁	劉 氏	贈夫詩	卷二十八	
梁	劉令嫻	題甘蕉葉示人詩	卷二十八	
梁	劉令嫻	摘同心梔子贈謝娘因附此詩	卷二十八	
梁	劉令嫻	答外詩二首 對房前桃樹詠佳期贈內詩（徐悱）	卷二十八	贈答俱存
梁	劉令嫻	答唐娘七夕所穿鍼詩	卷二十八	
梁	沈滿願	戲蕭娘詩	卷二十八	
梁	吳興妖神	贈謝府君覽詩	卷三十	靈媒贈詩
陳	沈 炯	離合詩贈江藻詩	卷一	
陳	周弘正	贈韋敻詩	卷二	殘詩

陳	周弘正	答林法師	卷二	
陳	周弘讓	留贈山中隱士詩	卷二	
陳	陳叔寶	戲贈沈后詩 答後主詩（沈后）	卷四	贈答俱存
陳	沈　后	答後主詩 戲贈沈后詩（陳叔寶）	卷四	贈答俱存
陳	徐　陵	爲羊兗州家人答餉鏡詩	卷五	
陳	潘　徽	贈北使詩	卷六	
陳	江　總	贈洗馬袁朗別詩	卷八	
陳	江　總	詒孔中丞奐詩	卷八	
陳	江　總	贈賀左丞蕭舍人詩	卷八	
陳	江　總	遇長安使寄裴尚書詩	卷八	
陳	江　總	贈李駷詩	卷八	殘詩
陳	江　總	同庾信答林法師詩	卷八	
陳	江　總	答王筠早朝守建陽門開詩	卷八	
陳	何處士	敬酬解法師所贈詩	卷九	
陳	釋惠標	贈陳寶應詩	卷十	